每道陰影裡都隱有一個祕密……

馭光者

〔2〕盲眼刀 The Blinding Knife 下

The Lightbringer

Brent Weeks

布蘭特・威克斯——著 戚建邦——譯

The Lightbringer

馭光者

[2] 盲眼刀

目次

第七十章

伊度斯是座布滿遠古寶塔式建築的城市。有些盧克教士宣稱那是人類妄想與天比高而建的。他們說那些都是褻瀆的建築。但是試圖拆除那些寶塔的盧克教士，從來沒有成功過。城中有十三座排列整齊的大金字塔，兩邊各六座，圍著中央一座。中央金字塔遠比麗芙原本認爲全世界最高的稜鏡法王塔還要高出許多。

伊度斯因爲在稜鏡法王戰爭期間，投降達山的將領蓋德．戴爾瑪塔，沒有起身反抗，逃過了火炬、刀劍、動亂的摧殘。大多數被迫加入達山部隊的男人——至少是那些在裂石山戰役中存活下來的男人——都在兩個月內歸返家園，於是這座城市比所有位於大海南緣的城市更快恢復元氣。

該城行政官是阿塔西總督之子卡塔．漢哈迪塔。這是個提利亞名，算是少數提利亞曾經統治今日東阿塔西的證明。當行政官出城談判時，法色之王命令部隊裡所有狂法師在這個年輕人走過的中央大道外閒晃，交代要讓對方看見他們，不過完全別理會行政官，做自己的事，好讓對方以爲他們部隊裡的狂法師比實際人數多很多。

這段路程顯然非常可怕，小男孩抵達時神色恐慌。而他確實是個小男孩，儘管名義上統治七總督轄地最富庶的城市之一，但他只有二十歲，而且看起來還不到二十。

麗芙在法色之王主帳外迎接漢哈迪塔行政官和他的兩名護衛。她的出現似乎讓這個年輕人精神一振。他朝她微笑，彷彿他向來都能單靠這個笑容討女人歡心。他是英俊的男孩，雖然有點瘦，肩膀也不夠寬。麗芙喜歡看起來像男人的男人；她友善地點點頭。事實上，她心跳急促——不是因爲這男孩，而是因爲法色之王交付這個任務給她。她身穿最美麗的禮服，而她看得出來這個年輕人懂得欣賞。

「行政官，很高興你大駕光臨。法色之王正在裡面休息。你願意跟我們來嗎？」她問。

他看向護衛，但麗芙已經步入帳篷，沒有等候回應。遲疑片刻後，行政官及手下都跟了進去。

帳篷裡很陰暗，比往常更陰暗，沒有必要這麼陰暗。裡面有張椅子——一張王座，然後就沒有別的東西了，甚至連地毯都沒有。法色之王無精打采地坐在王座上。麗芙進來時，他沒有任何反應。接著，當漢哈迪塔行政官進來時，法色之王抬起頭，雙眼開始綻放黯淡的紅光，像剛打好的鑄鐵顏色。他起身，身上層層盧克辛彼此磨擦，發出類似鋼鐵碰撞的聲響。

一道淡黃色閃光掠過他的身體，照亮所有縫隙、關節和接口，他伸展四肢，彷彿在驅散睡意，身上所有藍盧克辛板綻放光芒，緩緩消逝，接著是所有紅色接口、所有綠色關節、一路亮到如同皇冠般在他頭上若隱若現的淡紫光環。

行政官臉上那副目瞪口呆的表情，看得麗芙差點哈哈大笑，但她緊縮下巴、管好舌頭。他的手下一副快要拔出武器的模樣，不過看起來也很害怕。

「行政官，」法色之王說。「歡迎。跟我走走？」

行政官得先清清喉嚨才有辦法開口。「當然。」

麗芙跟在雙方領袖和他們的守衛身旁，依照之前的指示，走在行政官右邊，法色之王則走在他的左邊。*這叫作夾在希望和恐懼之間*，法色之王如此說。

*什麼希望？*麗芙不太敢問。

她不認爲自己美到足以吸引未來總督的注意，雖然如果法色之王成功了，這個男孩永遠不會成爲總督。但他還不知道這點。那是怎樣？當情婦？取悅他一晚？麗芙突然再度意識到自己是個孤立無援的女人。如果法色之王要她成為漢哈迪塔行政官的妓女之一，她完全沒辦法拒絕。這可算不上是法色之王一直在暗示她的偉大目標，但她沒資格選擇，不是嗎？

她心中湧現一股無聲的怒火。

當他們步入陽光下，行政官又絆了一跤。在自然光線下看著法色之王的盧克辛軀體造成的震撼，至少和在昏暗帳篷裡看他發光不相上下。再一次，他沒有看錯。

法色之王領頭穿越營地，彷彿漫無目的地散步，不過麗芙肯定他不是漫無目的。他做任何事都有目的。

「你來是有話要說。」法色之王說。「談條件，或許。」

「城母們要我告訴你，我們崇尚和平，但如果要開戰，你們會為了奪下本城而付出慘烈代價，而且未必能在我們的援軍抵達前攻陷我們。」

「我相信你們的援軍隨時會來。」

「對，沒錯。」男孩臉紅，彷彿深怕對方在取笑他。「我們可以撐到援軍抵達，把你們打扁在我們城牆上。」

他們經過在與其他馭光法師一起訓練的辛穆。他上身赤膊，拿了條火焰鞭捲起一棵老樹甩來甩去，看得其他法馭光師敬佩不已。他在他們走過時停止動作，恭恭敬敬地向法色之王鞠躬，而在看見另外那個年輕男子時，目光充滿嫉妒。辛穆的傷勢已經痊癒，就算他打赤膊的模樣，沒讓麗芙浮現之前被加文．蓋爾挑起的那股難以言喻的慾望，他依然十分英俊。強大、聰明、魅力十足——而且總是，總是對她深感興趣。總是在和她調情。總是在調情。

她在克朗梅利亞時，當然也會和男孩子調情——大多是在那場慘不忍睹的盧克法王舞會以前。但那些調情都不可能有進一步發展——她只是在假裝大人，只是在假裝風騷。和辛穆調情卻有進一步發展的可能。她只要一句話，一次就好，只要哪天晚上他跑到她帳外問可不可以進去。她可以說好，不會有人阻止，甚至不會有人質疑她答應英俊瀟灑的辛穆是出於情慾。

她的學生會羨慕這段關係，當然，現在她有學生了。不是克朗梅莉亞那些神徒，自由法師中沒有那種稱謂。

「所以，戴萊拉·橘說服了光譜議會全面開戰，還是說我被盧易克菁英部隊盯上了？」

「都有。」男孩說。就連麗芙也看得出他在說謊。

「你是年輕人。」法色之王說。「而我認為你只差這麼一點點，就會被那些驚慌失措的老太婆撤換掉。」

他們走過兩座營帳中間的窄道，跨過架設營帳的繩索。走到另一頭時，行政官的護衛發現面前多了二十把上膛的火槍，還有半打手臂布滿盧克辛的馭光法師。

「繳械他們，和他們保持三十步距離，但是別傷害他們。」法色之王說。「除非他們打算採取什麼愚蠢行動，若是那樣，就射擊下體。」

扣押護衛之後，法色之王繼續前進，彷彿什麼都沒發生。「那兩個傢伙都和城母回報，而我認為我們不需要她們干涉，是不是，行政官？」

「你怎麼知道？還是說你用猜的？」行政官問，試圖保持正常語氣。

「是不是？」

行政官壓抑著心中的恐懼。「好吧。我——我敢說我們可以好好處理此事。」

「嗯。我相信選擇，卡塔。我們都是自由人，可以自行下決定，並且承擔後果。所以你的選擇如下：首先，你可以投降。我會給你不算太好的條件。你要釋放奴隸，你們城市得支付一百萬丹納，外加兩萬以砝大麥、六十車水果、一萬桶紅酒、兩萬桶橄欖。要交出五千支劍或矛，還有一千把堪用的火槍、五百桶火藥、五百桶子彈或八百條鉛條。派遣五十名鐵匠、五十名車匠和半打藥劑師隨我們部隊出征，而他們不在期間，你要支付他們雙倍薪水。你要清空城內妓院——妓女可以自行選擇要不要跟我們走，但你們一年內不得讓她們進城，藉以鼓勵她們做出明智抉擇。你要派遣所有城內的馭光法師來和我面談。奴隸也一樣。他們有權選擇要跟我們走，或前往其他地方，但在戰爭結束前，不能回到城裡，違者處死。你要在城內安排遊行，歡迎我們解放城市，把所有盧克教士都派來這個營地。」

這些細節讓年輕人震驚莫名，他像在漩渦中的竹筏般，抓緊最後一項條件。「你們要怎麼處置他們？」

「我們會殺光他們。」法色之王直截了當地說，然後當對方沒有插嘴般地繼續說下去。「接著，你要允許所有教堂開始改變信仰：每一座都崇拜一名古神。然而我不會要求你們支持或參與這些儀式，只要不干涉信仰，我們的新祭司也會遵守你們的法律。」

「以上條件換得的，就是你和城母都能保住性命、財產和地位，除非你們背叛我。我們不會騷擾本城，也不會掠奪周遭村落；不會強行徵召任何人。我想你會和城母討論這些條件。我已經寫好正式條約了。」

「以上都是真的，除了一部分例外。我不相信那些城母，我知道她們是哪種女人。我有她們每一人的報告。她們不像你這麼年輕、聰明、懂變通。當我離開時，你會獨自統治本城。我在朋友面前並不是嚴厲的主人，我希望你能當我的朋友。」

行政官臉色發白。「萬一我們拒絕呢？」

他們抵達了麗芙現在知道是法色之王此行的目的地。他比向他們身後一大群由士兵看守的可憐人。他們是從小鎮厄吉恩抓來的五百名男女老幼。「這群可憐人是從上一座膽敢抵抗的城市裡抓來的。他們會趕在部隊前面，擔任第一波攻勢。當你們開始發射火砲和投石器，就是屠殺他們——還是你認爲城母會指示你不要攻擊他們？到時候我們也會從城內展開攻擊。你知道我派了人混進去，但不知道人數。我知道你們在河岸和大修道院地下的所有祕密通道。」

行政官瞪大雙眼，可能是因爲法色之王知道這些祕密而驚訝，也可能是因爲城裡竟然還有他不知道的密道。

「你記得上一次讓伊度斯投降的盧城大屠殺嗎？我會做一樣的事，不過是反過來。伊度斯將會成爲全世界的榜樣，而你得選擇是哪種榜樣——是成爲我寬宏大量的榜樣，讓世人知道我如何善待征服的領土，還是要成爲冷酷無情的榜樣，讓世人知道我對待起身反抗之人的殘暴手段。你們城內的小孩將會被殺——太多人要養、可能會生病或長大後想報仇。女人會被殺，如果夠漂亮或用處夠大的話，或許會隨軍服務。唯一能夠毫髮無傷地存活下來的，只有奴隸。而他們會獲得自由，並且得到主人的財物。我派在城裡的人此刻已在散布消息。你有多信任你的奴隸，卡塔行政官？如果你們眞有辦法苦撐一個禮拜、兩個禮拜、一個月，你認爲那些奴隸會加入我們嗎？還是說你對他們好到讓他們忠心不二？」

「至於你，我會盡所能地活捉。我會把你的生殖器送給你父親。我會切斷你的手腳，幫你換上紫衫，然後放個皇冠在你頭上。或許會弄瞎你。我還沒決定怎麼做才是最好的榜樣。留舌頭，不留舌頭？或許要看你的態度決定。無論如何，我會慢慢來。你會活很久、痛苦很久，我保證。」

行政官看起來非常想吐。「你瘋了。」他說。「你前一秒鐘還像個盧克教士般講自己多有原則，下一秒鐘就開始討論屠殺十萬人的事。」

麗芙之前也曾有過同樣的想法，但現在她想到的是另一件事。全世界只有少數幾個人擁有絕對強大的能力——而她已經見過其中最厲害的兩個人：加文．蓋爾和克伊歐斯．懷特．歐克。這兩人，或許加上像白法王之類的少數其他人，都比麗芙能幹很多。但也就只有這些人了。她如果和這個男孩異地而處，絕對可以表現得更好——而他比她年長兩到三歲，擁有總督之子所能掌握的一切優勢。法色之王把她當作有能力的成年人看待，並不是在恭維她——雖然他確實在恭維她，他們兩個都很清楚——而是因為她確實有資格享受這種待遇。這並不是因為她天賦異稟，而是因為她原先以為天賦異稟的人其實也沒有比她強上多少。她和他們地位相等，而她還年輕。要不了多久，她就會高人一等。克朗梅利亞為什麼從來不曾這樣對她？

她自己的父親為什麼不這樣對她？

法色之王說：「我們都要做選擇，然後承擔選擇的後果。不幸的是，此時此刻，你必須為人民和我選擇。他們若淪為受害者，都是你造成的，不是我。等我掌權後，他們會有權為自己選擇。如果沒有像你這種人強迫我屠殺人民，我們就永遠不可能推翻克朗梅利亞。如果有這種辦法，我一定會立刻採用。這是唯一能帶來改變的方法，所以我會這麼做。」

「你會這麼做是因為你可以辦到。」行政官不顧自身恐懼說道。

「因為我可以，因為我會。」

「所以有力量的人就是對的？」

法色之王意志堅定。不覺得有趣、不覺得愧咎，也不打算讓步。「有力量不代表就是對的，但有力量能創造現實。」他凝望行政官一段時間，傳達這句話中的必然真理，然後轉頭望向那些女人和小孩。他的目光哀傷又堅決。他會趕這些人上陣赴死，守護自己手下的性命，而他會把這筆帳算在行政官頭上。

如果他是在虛言恐嚇，那這算是麗芙聽過最厚顏無恥的虛言恐嚇。但她並不認爲那是虛言恐嚇，而且她看得出來行政官也不這麼認爲。他的表情慢慢從恐懼、厭惡、驚愕，最後變成認命。他面對的不是一個人，是自然界的力量。人無法和一陣旋風講道理，不能向颶風求饒，只能盡力防災，然後祈禱能存活下來。

「我們庫房裡的現金遠遠不足一百萬丹納。」行政官說，麗芙知道他已經投降了。

「庫房裡沒有。你要讓城內所有有錢人和貴族都知道，如果不付錢，第一個死的就是他們。食物也可用其他東西代替。我並非蠻橫不講理。你們的大麥或許也不夠，但可以用其他作物來補足。不過，若手腳不快，水果就會變成問題。我們不接受腐爛的水果。每少一車水果，我就殺光一個貴族家族。」

行政官臉色發白。「我得去和城母商量，當然。可能要兩天時間。」

「一天內給我答覆，我們會趁這段時間架設投石器。直到盧克教士抵達營地前，每過一刻鐘，我們就會丟一個厄吉恩女人到你們城牆上。我知道你們的火砲可以打中我們的投石器，所以我會讓厄吉恩女人和小孩在投石器附近紮營。你們的砲手最多只受過半套訓練，絕不可能第一砲就擊中我們的投石器——甚至第十砲都未必能擊中。」

行政官吞嚥了口水。「我了解了。」

「我的手下會依序列出投上城牆的女人的姓名，好讓伊度斯城內的人民知道哪一聲慘叫發自他們朋友之口——也可能是他們的敵人，我想。我們會先從那些城母的朋友開始。我的工兵說，投石器環索拋擲的力道，有一半機率會在女人被丟出去前就殺死她。我告訴他們必須想辦法改進。我要你們聽見她們在飛行途中的慘叫聲。」

卡塔·漢哈迪塔輕聲咒罵，轉身離開。他看了麗芙一眼，隨即偏開目光，神色羞愧。

「就這樣？」麗芙等他走遠立刻問道。要是之前，她絕不敢開口詢問。她會深感敬畏，或是過於恐懼，但是現在她絕不會浪費向最好的老師學習的機會。

法色之王依然看著那些女人和小孩。小孩聚在一起玩耍，尖叫爭吵，完全不知道他們可能很快就要死了。「應該就這樣了。」法色之王說。「一切端看小卡塔有多聰明。有個叫作內塔·迪露西雅的城母，十分精明幹練，那兩個警衛就是她的人。如果卡塔不夠謹慎，和我私下會晤就等於是簽下他自己的死刑狀，而她立刻就會知道我是在收買他。我把迪露西雅城母的敵人放在投擲名單的最前面，緊接著是她的朋友。城母和行政官會爭辯，如果迪露西雅城母贏了，我們就投半打女人進城，到時候伊度斯就會開始講理。如果卡塔贏了，那麼所需時間就端看他採取行動的果斷程度而定。」

「無論如何，你都贏定了？」麗芙問。

「我們都是自由選擇的，阿麗維安娜。那並不表示我們不能想出令雙方都能獲益的選項。」他微笑，那個笑容讓麗芙聯想到加文·蓋爾那種不顧後果、堅定不移的瘋狂笑容，只是缺乏一絲暖意。

「那就不算眞的自由，不是嗎？對他們而言不是。」麗芙說。

「妳準備好面對另一個事實了嗎，阿麗維安娜？妳學得很快。非常好。自由並非最崇高的善。力量才是。因爲沒有力量，別人就能奪走妳的自由。」他再度微笑。那是冷酷的笑容，不過這是個冷酷的世界。

第七十一章

鐵拳在前往塔頂白法王住所的路上，看見有黑衛士在稜鏡法王住所外站崗。既然他才剛和加文分開，這些黑衛士只有可能是在守護她。

指揮官敲門。

「進來。」白法王說。

白法王坐在輪椅上。加文·蓋爾的臥房奴隸瑪莉希雅跪在她面前，頭趴在白法王的大腿上。臥房奴隸淚流滿面，白法王正在安撫她。

「加文·蓋爾回來了。他在下一層。」鐵拳說。白法王和稜鏡法王之間的關係已經夠緊繃了，若讓加文發現白法王跑來他的住所，只會雪上加霜。加文喜歡私人空間。

瑪莉希雅站起身，拿手帕擦拭眼淚。「喔！我一年就哭這麼一次，而他就是可以——聖母，謝謝妳，我會照妳的吩咐去做。」

「歐霍蘭保佑妳，孩子。我們現在就離開，別讓妳的生活變得更加複雜。」奧莉雅·普拉爾說。

「指揮官？」

他推她出門，來到走廊。由他來推速度快多了，但這同時也顯示她有多虛弱。不到兩個月前，她還會不開心地拒絕任何人把她當傷殘人士般推來推去。

而在走廊上移動時，她也沒有自己接手過去推。她似乎很疲憊。

一名黑衛士走在他們前面，一名走在他們後面。即使在這裡，他們也盡心守護。

「我從未想過變老會遇上一個問題，」白法王在鐵拳把她推到自己書桌前，然後坐到對面時說道。「就是會讓打探情報變得很麻煩。」

「我以為有人幫妳處理這類事情。」鐵拳說。

「這種事絕對不能全部假手他人，不然會被自己的諜報大師掌握。或是就這個案例而言，是諜報女大師。」

諜報女大師？什麼？她是指——「瑪莉希雅？」鐵拳難以置信地問道。「她是妳的——」

白法王好一段時間沒有說話，鐵拳心念電轉。瑪莉希雅隨時都可以在這一層樓裡來去自如，而她也可以任意和塔內其他奴隸互動。身為全世界最重要男人的奴隸，讓她在社交上處於灰色地帶：若有需要，她可以和最低賤的洗碗男孩結交，也可以責罵大傑斯伯最有錢的商人。聰明的女人就會利用情勢弄點好處，而鐵拳知道瑪莉希雅肯定是聰明女人。

「不，她不是。」白法王終於說道。「但是你剛剛想的就是我一直想做的事。加文肯定也是這麼想。」

「那比打賭妳的宿敵會抽到好牌的機率還低。」鐵拳說。

「熟能生巧。但我也只是說說。」她將手掌放上大腿，一言不發地坐著。她看了他的光頭一眼，然後又看回他的雙眼。等他說話。

鐵拳摸摸光頭，髮絲如同能夠割除卻無法連根拔起的頑固雜草一樣長了出來。如果連白法王都不能信任，他還能信任誰？儘管她根本毫無信仰。當然，現在他也失去了信仰。這有讓他比較不值得信任嗎？

他無聲地嘲笑自己。事實上，他也不知道。

「我可能快要被解除職務了。妳會有什麼風險？」

「牌都已經攤在檯面上了，呃？」白法王說。

「至少我表面上沒有多少東西可輸。」

「蓋牌的人無權觀看還在牌局裡的人拿了什麼牌。」白法王說。

「這個隱喻用在這裡並不恰當。」

白法王一時沒有說話，只是靜靜凝望著他。他在她的注視下不動聲色。「你不再戴你的高特拉了。要不注意到這點很難。我該如何反應，指揮官？要採取私人反應，還是政治上的反應？」

「什麼意思？」他問。

「就政治上而言，你這麼做可能會導致我完全救不了你。你放棄了信仰。大多數人不會把信仰證據戴在頭上——或在質疑信仰的時候拿下來。但是你這麼做了。如果黑法王將放棄信仰列爲解除職務的理由，你已承認此事。所以，就政治上而言，你等於是拿了把匕首架在自己脖子上。」

他根本沒這樣想過。他的信仰——或是缺乏信仰——並不是什麼公開的表演。但是人的外在怎麼可能不反映出內心的想法？

「當然，你只要把那頂可惡的帽子戴回去就可以解決此事。向所有問起此事的人解釋，說你是爲了哀悼死者才不戴高特拉的，而這也是事實。部分事實。但你不會這麼做。」

「身爲男人，就是要把期望中和現實中的你合而爲一。欺瞞只會引來黑暗。」

「難道不是歐霍蘭親自令世界旋轉，好讓我們同時擁有光明與黑暗嗎？偉大的日光和夜間的明鏡，都不會持續照耀全世界。」

「那種話通常是用來解釋戰爭中的道德非議的。」鐵拳有點生硬地說。

「你認爲過去十六年來我們沒在打仗嗎？」白法王輕聲說道。

「身爲白法王，就可以把一切都定義爲戰爭嗎？」

「你遇上了科凡．達納維斯，是不是？」她問。「喔，是了，你當然有，在加利斯頓。他以前常說：『瑟莉絲的大海裡並不只有鯊魚和海惡魔。』」

「我們用太多隱喻了，女士。我很單純的。」

「單純本身也具有力量。哈爾丹。這你很清楚。沒錯。你說得對，身爲白法王，表示我可以決定什麼是戰爭，還有什麼時候要發起戰爭。」她微微一笑。

鐵拳等她繼續說下去。

「正如你所知，黑衛士指揮官是我任命的，而黑法王有權力解除你的職務。這樣的用意就是要均衡我們的權力。實際上，這樣只是削減我的權力。但你或許不清楚一個事實，就是在你被解除職務之後，我還是可以再度任命你。」

「而他就會再度解任我。」

「可能會引發一場危機。但如果你留下來，待在崗位上，繼續發號司令，安排輪班，有多少黑衛士會忽視卡佛．黑的命令，接受你和我的選擇？」

她提出的做法可能會導致內戰。鐵拳揚起雙手。「暫停。等、等、等。我沒有掀起這種衝突的價值。」

「對，你沒有那種價值。」

她這樣講話，完全沒有道理。她終於老糊塗了嗎？不，那雙混雜了藍、灰和綠的眼睛，沒有透露任何她腦中高深智慧產生問題的跡象。

「那是怎麼回事？我又是妳某個戰場的前線？」鐵拳問。

「一點也沒錯。卡佛．黑不討厭你。事實上，他喜歡你。安德洛斯．蓋爾握有他的把柄。我甚至查不出來是什麼把柄，但可以把問題丟回去給他：問他是不是爲了解決他那一點骯髒事，而想要在這個時候摧毀黑衛士。」

「所以妳期待卡佛．黑睜一隻眼，閉一隻眼？」

「沒有錯。」白法王說。

「好吧，至少妳知道安德洛斯．蓋爾不會睜一隻眼，閉一隻眼。」

「絕對不會。」

「我不願承擔這種責任。我愛我的手下，不想拿他們的性命去賭，那是差勁男人在玩的遊戲。」

「或女人。」她漫不在乎地說。是在說她自己嗎？

「或女人。」他拒絕受她的自我貶低迷惑。她的魅力。她比他聰明，很好。他沒必要參與這場遊戲。「我是最適合擔任這個職位的黑衛士，不過所有黑衛士都忠於使命。失去我會是嚴重損失，但黑衛士還是可以恢復元氣。」他站起身。他已經決心放棄了。他不會懷念這種日子。

「你假設我會從黑衛士裡挑選你的接班人。」

他眨眼。「我想妳可以挑選任何想要的人選。妳不會爲了報復我而挑不適任的人。妳現在可以拿這個威脅我，但我很清楚妳是什麼樣的人。等我離開後，妳就沒理由這樣傷害自己。」

「別老和我唱反調，你這個傻瓜！想想安德洛斯．蓋爾會怎麼做。解除你的職務、羞辱你的名聲之後，利用你的屈辱來質疑我的判斷。他已經掌握自己所需、不讓我挑選黑衛士隊長的四票：到時候他就會透過卡佛．黑來指派你的接班人。」

「這肯定不——」

「還沒完呢。你的接班人，或許是年輕的傑瓦洛斯領主——或許因爲他是個忠心的笨蛋——將會回報我日漸惡化的精神問題。他們會安排一些事讓我看起來像個老糊塗，進一步限制我的職責，然後強烈建議我在太陽節卸任。」

她是用猜的，當然，但這一切在鐵拳聽來合情合理。「但是……他想幹嘛？蓋爾法王，我是說？爲什麼要花這麼多心思？他的目的爲何？」

「若要我猜，我認爲他只是想掌控一切。我熟悉這個人。可以的話，他會解散克朗梅利亞、廢除總督、撤去稜鏡法王，然後成爲已知世界的皇帝。我認爲會當一天皇帝。一天。然後他可能會感受到征服一切的快感，或是除了滿足本身的貪念外，完全沒有任何意義的空虛感——於是自殺。因爲他根本沒理由統治世界，他只是相信自己應該要統治世界。眼看著比他差的人統治理應由他統治的世界，讓他很難受。」

「妳講得好簡單，好沒意義。」

「邪惡就是既簡單又沒意義。邪惡沒有任何神祕層面。我們凝視黑暗的地洞，然後用恐懼填滿其中，但那只是一個洞。」

「妳相信歐霍蘭嗎？還是說那也只是非撒不可的謊言？」

「我有很多大問題想要問祂，但祂一直不屑回答我。」

年輕時，他也相信過類似說法。他認爲歐霍蘭會聽見偉人和聖人的禱告。他用手上的鮮血禱告，所以歐霍蘭不聽他的。藉口。二十多年來，他一直在爲歐霍蘭找藉口。因爲其他選擇都太可怕了。但到此爲止。他再也不要相信謊言。

「但我確實相信祂，」白法王說。「我深深地相信祂，我的朋友。」她直視他雙眼，提醒他眼前是個意志堅定的女人，意志堅定到足以成爲白法王，堅定到能很多、很多年不汲取任何色。

「妳會欺騙我嗎？」他問。

「當然會，但是這件事不會。」

「妳要把我變成騙子。」

「你不是我見過第一個會說謊的好人。」

「妳在打謎語。」

「或許。」

「妳是指主持那一堆儀式的加文。他是無神論者，是不是？」他說「無神論者」時，帶有侮辱意味。他發現這種侮辱的語氣是出於習慣。他向來認爲世界上最差勁的就屬無神論者，但現在自己也成了無神論者。

「我寧願把他想成是在經歷缺乏信仰的階段。」她斟酌著用字遣詞。

他嗤之以鼻。他來這裡，是爲了告訴她那副牌和匕首的事，但現在——這一切都在自欺欺人。如果她不願意將一切據實以告，他也沒必要全盤托出。

有人敲門。「女士。」一名身材健壯的黑衛士——錦繡——說道：「因爲稜鏡法王回來，光譜議會決定立刻召開那場緊急會議。我們要在十分鐘內下樓。」

白法王點了點頭，請她出去。一時之間，她彷彿肩負重擔，內心痛苦。「你的手下對我很好，指揮官。提醒我『那場緊急會議』，以免我忘了今天要決定是否開戰。但當我的身體狀況日漸惡化，而紅法王已經開始製造我老糊塗的形象時，這種好意就很危險了。」

「我會和她談。」

「如果可以，不要太直接。我知道她是好意。」她轉回去面對鐵拳。「我已經告訴黑法王，不能解除你的職務。我不知道紅法王討厭你的理由，而你也不肯告訴我，但只要我還有一口氣在，他就不能動你。」她揮揮手，就這樣了。鐵拳獲救了。「現在。關於我的賭注。不能告訴你是什麼，不過可以告訴你我押在誰身上。我把一切都押在加文身上。把世界都押在他身上，我或許不能活著看到最後是誰勝出。」

鐵拳吐出了一口氣。我是什麼時候開始變成隱瞞祕密，只說一半眞話的人的？

他掏掏口袋，拿出一顆白石頭，和他的手一樣大。他把它當垃圾般丟在白法王桌上。

她瞪大雙眼。「指揮官，那是……？」她伸手去拿。「白盧克辛。」她低聲道。

「加文在加利斯頓之役時汲色做出來的。他自己都沒發現。」

她雙手顫抖地拿起白盧克辛，破天荒地在鐵拳面前無聲哭泣。

今天有很多女人哭。

第七十二章

「阿麗維安娜，來，我有東西要給妳。」法色之王說。他轉向負責投石器的工兵。「如果第一發就投入城內，我就給你十個女人。但如果她沒尖叫，你就欠我五個。」

工兵深深鞠躬，差點拜倒在地。人們還是不清楚該如何對法色之王行禮。

整個營地的人都跑出來看。快要正午了，大家都知道正午就是最後期限。城牆的砲口都對準他們，但是守軍並未在他們於城牆三百步外架設投石器時開火。有些法色之王的追隨者待在遠處，深怕對方不顧投石器四周的厄吉恩人質開火，搶先摧毀投石器。然而，有更多人擠在附近，不顧自身安全，只想親眼見證這個奇觀。

麗芙也在這裡，不過是法色之王叫她來的。「我不會阻止妳看到戰爭的現實，阿麗維安娜。這是我們的道路，而妳要了解這條路。我相信妳可以應付殘酷的眞相。」她聽出他在暗示什麼：我不像妳父親，不像克朗梅利亞。

她値得他如此信任。於是她站在近處觀看一切。人群沒有和她擠在一起。她的紫黃法師袍確保不會有人膽敢推擠她。馭光法師的地位就像貴族和仕女，有權力，而權力是美德。

「你說有東西要給我，我的王？」麗芙問。

「有封寄給妳的信。」他說。「而在妳開口詢問前，我當然看過了。」

他比了個手勢，一名隨從拿了封信過來。麗芙認得信上字跡。她感到雙臂微微顫抖，一路抖到脖子。是她父親寄來的。

法色之王說：「該是妳決定自己是什麼人，又想要成爲什麼人的時候了，阿麗維安娜．達納維斯。」

工兵開始將超大配重塊捲上半空，拿長棍插入木頭齒輪，慢慢往下壓。配重塊上升，慢慢與即將抵達天頂的太陽競賽。

麗芙打開已經裂開的封蠟。「我最親愛的阿麗維安娜，我眼裡的光。」光是看見她父親的字跡，淚水就已經湧入眼中。當基普告訴她科凡死於瑞克頓時，麗芙的世界立刻崩毀。她緩緩吐出口氣，眨了眨眼。

群眾既歡樂又緊張。敵軍隨時都有可能開砲，往四面八方散布死亡，城門也隨時可能打開，或許是爲了投降，或許是爲了進攻，也可能完全沒有事情發生。有些人笑得太大聲了點。有些人在開賭盤。麗芙聽見排隊等著被投石器拋出去的女人正低聲哭泣。之所以低聲，完全是因爲不想嚇壞依然不知道現在是什麼情況的孩子。

她繼續讀信：「女兒，請回家。我知道妳認爲我背棄了我的誓言。我沒有。我不能在一封可能會被攔截的信裡多說什麼，但是等妳回家，我就會告訴妳眞相。」他說的是事實，但也令人生氣。她之前有和他碰面，也問過他——而他不肯說出他究竟在幹什麼。現在他肯了？

因爲她現在不在他的控制之下。

木頭呻吟、繩索扯緊，投石器的大配重塊來到太陽旁邊的頂點位置。不過工兵並沒有停下動作，開始迅速跑到前面確認他們的機器能承受這種壓力，以及準備裝女人的籃子，並警告站在投石器前後的群眾讓開。

最後，工兵長來到法色之王面前。「我們準備好了，長官，要裝塡貨物嗎？」

貨物。奇特的非人化用語，不是嗎？法色之王點頭。

一個老女人被帶了上來。她臉頰上有兩行淚痕，但此刻沒有在哭。麗芙看得出來，她的衣服本來很華麗，而她的皮膚白皙到顯然從來沒有在戶外工作過。一頭大波浪銀髮，棕色的眼睛。在這麼多人圍觀之下，她還是看見了麗芙，直視她的雙眼。

「這是虛張聲勢，是不是？」老女人問。「或我只是在騙自己？」

麗芙偏過頭去。相信我，她父親說過。這難道不是另一種要她服從的說法？

老女人任人將自己綁入網中，毫不抵抗，渾身無力。「把頭保持在網子裡，」工兵長說。「放輕鬆。」

放輕鬆，我們努力想要贏得女人，女士。

「準備好了。」工兵長對法色之王輕聲說道。

法色之王指示麗芙上前。他的雙眼轉成紅色，然後是藍色，接著又變成紅色。「告訴我，麗芙。我該等到正午，還是讓他們看看忤逆我是什麼後果？」

此刻離正午剩下不到一分鐘。麗芙立刻看出法色之王想要懲罰這座膽敢反抗他的城市，想要讓他們付出代價，深怕他們過早投降。麗芙還沒看完信。她遲疑了片刻，覺得看完信是很重要的事。「如果他們認為你沒有信守承諾，或許會堅定反抗的決心。你提出了期限和後果，讓他們為這個女人的死亡負責。」基於某種理由，她必須在那個女人死之前看完這封信。

法色之王鬆了口氣。「對，妳說得很對。我不該先眨眼。」接著，他眼中充滿橘色，突然間彷彿很享受自己營造的緊張氣氛。

她發現自己想得沒錯。他諮詢她的意見，是因為她的意見很寶貴。她——她——夠聰明、夠堅強，值得信賴。不是小孩子。

她讀信。「麗芙，我不知道他們告訴了妳什麼謊言，但妳加入了一群怪物。如果和他們待在一起，妳自己也會變成怪物。我們的家毀了，但是回家，麗芙。不管出了什麼事。不管妳做過什麼事。我愛妳。父親。」

回家，承認妳錯了。我會用所有妳了解的古老教條感化妳。我會再度讓妳回到童年。妳會感到溫暖與安全。

「很醜陋，是不是？」法色之王對麗芙輕聲說道，目不轉睛地看著城門。

「我想是——」

「醜陋，因爲他們弄出洛利安那種地方，因爲我們打算懲罰一個奴隸主人，這個女人竟然還說我們是怪物。妳覺得她養了多少奴隸？她打過多少奴隸？送過多少人去礦坑或妓院？允許她丈夫對她不忠？醜陋，他們竟然讓我們的內心與我們的利益對立。是他們讓我們陷入這個局面的，阿麗維安娜。他們建立了這套體系，刻意讓我們不能從體制內改變現狀，刻意把體系弄成讓我們想要打破體系就必須動手殺人。如果我們是怪物，就是以他們的形象創造出來的怪物。」

所有人的目光通通轉向大城門。城牆頂上也擠滿了圍觀群眾。

「不管他們反抗或投降，阿麗維安娜，死在這裡的人都會少於洛利安一年中的死亡人數。而我們永遠結束了洛利安的悲劇。犧牲，麗芙。一定要有人犧牲。」

儘管知道不可能，麗芙還是希望城門會在最後關頭開啓，冒出一面白旗隨風飄揚。沒有。

「正午。」一名工兵說道。

「動手。」法色之王大聲道。

老女人尖叫。「不，拜託！我從來沒有——」

發射栓被拔了起來。大配重塊瞬間落下，帶動嗚嗚作響的巨大支柱，長臂向前甩出，繩索以極高速度將籃子拋向天際。繩子的唰唰聲被女人的尖叫聲蓋了過去。

她以肉眼難以跟上的速度飛越投石器和城牆間的三百步距離，不過麗芙清清楚楚地看到老女人在一頭撞上城牆中央前揮手掙扎。

所有圍觀群眾齊聲驚呼，接著歡聲雷動，開心地嘲笑那些工兵。在麗芙眼中，一切都很遙遠，很恐怖。巨大的棕色城牆上多了一塊污點，彷彿巨人打扁手臂上的蚊子。

麗芙汲取超紫，感受到毫無情緒的一種矛盾式放鬆。這其中存在著邏輯，足以解釋這股恐懼的邏輯。如果進攻這座城市，會有多少人死於第一波攻勢？讓一個女人轟轟烈烈地淒慘死去——不過是沒有多少痛苦地痛快死去——好過數千人死於攻城戰中，更別提占領城市後還要殺害好幾萬人。一旦伊度斯人殺了數千名自由之民，法色之王就絕對無法制止手下展開報復。此戰不會像奪回加利斯頓那麼和平，因爲加利斯頓是這個部隊自己國家的城市，想盡可能維持原狀以便日後定居。而這座城市將會面臨毀滅性的浩劫。

儘管不再是奴隸，洛利安的奴隸也不是什麼清白的人，不是什麼被迫成爲奴隸、如今想要重返正常生活的農場男孩。很多人在被迫過著礦坑奴隸的淒涼生活之前就是殘暴之人。罪犯、海盜、強暴犯、叛逆份子，還有鼓動奴隸造反的人，才會淪落到洛利安。這些人在其中占了多大比例，麗芙不清楚，但即使身穿法師袍，夜裡在營地行走，有時還是會讓她緊張。把這些男人丟到一座曾經害死他們朋友的城市裡？

這樣比較好，對所有人都一樣，除了幾個不幸的女人。犧牲。他們一定要攻下這座城，而這是最好的方法。死一點人比死很多人好，不是嗎？爲了避免更悲慘的情況，他們得這麼做。從戰爭的角度來看，這是最人道的做法，儘管依然很淒慘。

在城牆方面沒有展開反擊的情況下，緊繃的氣氛很快就鬆懈下來。人們開始討論打賭的事、拿東西吃、在草地上鋪毯子野餐。

法色之王轉向麗芙。她又被他的外表震撼到了，不過現在震撼只會維持半秒。他乍看下確實像怪物。不過從頭到尾對她都很坦白，即使當眞相十分殘酷時也一樣。特別是在殘酷的眞相之前。他能看見眞正的她，肯定她的價值。儘管她是個提利亞少女，他還是公平地對待她。他說：「我給妳一匹馬、兩條錫丹納，還有通行文件。」

「我不打算——」麗芙開口。

「我還沒說完。如果妳走了，就永遠不能回來，會成爲我的敵人，我也永遠不會相信妳。如果妳現在不走，以後就永遠不能走。不管怎麼做，妳都要在今天內做出選擇。我一直對妳很有耐心，但是我要知道能不能信賴妳。就看今天了。看看我們最醜陋的一面，然後決定。在城市淪陷前決定。接著和我們一起入城，或是踏上妳自己的道路。」

第二個女人被拖上前時一直在尖叫，音量大到城牆上的人無疑聽得見。法色之王命令手下不要阻止她。當她用四肢纏住籃子上的繩索時，工兵又和她奮鬥了好一陣子。在投石器強大的力道下，那個女人還是會飛出籃子，不過可能大幅影響飛行的距離和軌道，讓工兵再度失敗。

他們解決問題的方法就是把她扯出籃子，然後用石頭打爛她的手掌。接著他們又把她的手肘打爛。她一叫再叫，麗芙好希望那個女人可以閉上嘴巴，就此死去。

但法色之王等待十五分鐘過去。時間到時，他說：「動手。」

配重塊落下和長柄端將籃子甩向前方的聲響蓋過女人慘叫聲。或許是甩出的力道逼出了她體內的空氣，因為她沉默了一會兒。但飛出去後，他們再次聽見她的叫聲。

平心而論，這個女人叫得比之前那個久。工兵調整了發射栓，女人高高竄入空中，深入城內數百步後才落地。

群眾高聲歡呼，不過有些人似乎對於沒看到像第一個女人那麼精采的死法而失望。

法色之王似乎看夠了。他回到帳篷，將現場交給他最寵信的藍法師，一個名叫拉米亞·科福的年輕人。麗芙手裡拿著父親的信，愣在原地。後面沒有了。再看一次信也改變不了什麼。這封信裡沒有隱藏的訊息。

經歷兩個小時，死了七個女人之後，城門開了，四百五十名黑袍盧克教士在士兵護衛下走了出來。法色之王的手下和那些士兵在城牆的陰影中會面，王的軍事顧問認為守軍可能會讓武裝士兵換上盧克教士黑袍，近距離行刺法色之王。

結果，那幾百個盧克裁決官乖乖接受守衛交接，讓他們檢查有沒有夾帶武器，然後順從地走向法色之王。

眞怪，麗芙心想。自殺傾向。利用他們的自由來失去自由。交出權力。瘋了。她再度看向那封信。

終於帶上來時，法色之王親自接見他們。他騎在自己美麗的白駒「晨星」背上。

「內塔·迪露西雅，我不知道妳穿上黑袍了。」法色之王對著前排一名女子說道。「妳的犧牲奉獻，雖然是信錯了神，依然……令人耳目一新。」

內塔·迪露西雅就是法色之王說過，會持反對意見的城母。如此看來，年輕的行政官終於還是成功了。

內塔朝法色之王吐口水。「你收買了他。那個小懦夫。那個小叛徒。我就知道你會收買他。」

「我知道妳是唯一有可能阻止他的人。」克伊歐斯說。「他是怎麼贏的，妳運氣不好？」

「他在我的人把他關進牢裡前的半個小時，搶先出擊。」

「我用得上願意不擇手段達成目標的女人。」法色之王說。

內塔一副難以相信她能獲得第二次機會的模樣。片刻過後，她跪倒在地，毫不在意旁邊那些死刑犯的目光。「我的主人，我樂意效勞——能爲你服務是我的榮幸。」

「現在誰是叛徒？」法色之王問，轉身背對她。

「但是我的主人！你說你需要我！」她尖叫道。

「夠了。」法色之王說。

「我的主人！我的主人！求求你！求求你！」

「讓她閉嘴。」王說。

一名士兵上前，在她脖子上劃了一刀。鮮血噴出喉嚨，她立刻癱倒。她躺在地上，呼出最後幾口氣。

麗芙感到一陣噁心，連忙汲取超紫來控制自己的情緒。

「我不是要殺她！」法色之王說。「我——無所謂。反正她也沒資格和這些歐霍蘭的僕人平起平坐。」他提高音量。「盧克教士，我厭惡你們深愛的一切，我痛恨你們對七總督轄地造成的影響。但我欽佩你們的勇氣。你們的死將拯救雙方數千條人命。爲了這個，我欽佩各位。壯烈犧牲吧。」

法色之王轉向看守他們的士兵。「綁起來，手腳都綁。全部。」有些教士哭出聲來，不過沒人反抗，沒人尖叫。接著，在數百名士兵帶著繩索前來綑綁不反抗的盧克教士的同時，他轉向四周的圍觀群眾。

「我的兄弟姊妹，今天是新秩序的第一天！」歡呼聲打斷了他，他必須等到群眾安靜下來。「今天，我們踏出離開黑暗的第一步。」再度歡呼。在麗芙看來，如果這些歡呼有造成任何效果的話，大概就只有讓克伊歐斯對於自己無法講完話感到不耐煩。她看出他不常和大批群眾說話，特別是在勝利與屠殺過後、情緒亢奮的群眾。「我們一直受制於克朗梅利亞和她的盧克教士。我們還要繼續忍受這種情況嗎？」

「不要！」少數幾個人叫道。

「我們要讓克朗梅利亞告訴我們該怎麼做嗎？」

「不要！」更多人叫道，終於跟上他的節奏。有點像是一搭一唱，不過這次針對的對象是盧克教士，不是這些人本身。

「我們要安安靜靜地步入黑暗嗎？」

「不要！」這一回，所有人齊聲呼喊，甚至連遠得不可能聽見法色之王提問的人也加入。

這就是暴民，麗芙心想。*這就是怪物。不過怪物是可以駕馭的。*

「我們的未來近在眼前。我們的勝利近在眼前。他們就在那裡！」他指向城市，此刻正在開啓的城門。

時間算得很準，麗芙心想。不過話說回來，或許他一直拖延時間，直到看見城門準備打開。無論如何，幹得好。安排得很棒。

歡聲雷動，不過法色之王還沒說完。「我們和我們的未來之間有一群盧克教士擋路。」他指向他們。「要讓他們阻止我們嗎？」

「不要！」

「我說，前進。我說，直接踏過那些打算阻止我們的人。」

「好！」

「如果一定要有人犧牲，那就讓他們的人犧牲！」

「好！」

「你們跟我一起嗎？」

「跟！」

他看向麗芙，輕聲問道：「妳跟我來嗎？」

她吞嚥了口水，又看了那封信一眼，然後把信丟在泥土地裡。「走吧。」

於是，看在歐霍蘭的份上，他們踏上去了。士兵把綁好的盧克教士攤在路上，整批大軍踏過他們前進。部隊步伐整齊，毫不理會腳下的人體，彷彿他們只是走在崎嶇的土地上，沒把地上的活人放在心上。

士兵走過後，輪到法色之王的白袍法師。他們長長的白袍邊緣掠過地上鮮血，染上一層血紅色彩。

然後是剩下來的人。有些試圖繞過還在呻吟慘叫的男女。其他人則故意踩下體和手指，還拿石頭敲碎腦袋。沒過多久，一切就都無關緊要了。屍體血肉模糊，和地上的泥土混在一起，整條路都一片血紅。後來麗芙聽說不知道算是好運還是壞運，有些盧克教士一直到被部隊最後沉重的馬車鐵輪壓過去時才氣絕身亡。

部隊入城，勝利歡呼，沉浸在一股無所不能的氣氛裡。他們很快就會離開，不過現在已擁有綽號，在鮮血和戰役中贏來的綽號、基於殘酷無情而獲得的綽號。有人稱他們爲「瀆神者」，於是他們就是瀆神者。有些人稱他們爲「盧克教士獵人」，於是他們成爲盧克教士獵人。有些人叫他們「紅袍法師」，將白袍上的鮮血視爲邪惡象徵。他們接受了所有綽號，然後繼續前進。而在這部隊當中，所有馭光法師都很珍惜袍緣上的血，即使洗過之後，也會在袍緣沾上牛血，重現那些血跡。這樣做會讓長袍有股臭味，特別是集體行軍時，但他們宣稱那是自由的味道，他人的犧牲。有些人小聲叫他們畜生。他們則自稱刀槍不入，自稱「血袍軍」。

當晚，麗芙憑藉著自己的身分地位，入住一名伊度斯貴族的豪宅。她喝醉了，當辛穆於午夜過後再度跑來敲她房門時，她沒有拒他於門外。

第七十三章

「你要把我的東西通通搶走，是不是？」基普問，語氣十分苛刻，比他原先想得嚴厲多了。

「什麼？」加文問，皺起眉頭。

就像鐵拳在場時，基普可以當那個在接受黑衛士訓練的基普，擁有幾段脆弱友誼，也開始要擅長某些事物的基普。而現在，在鐵拳暗示加文可能會叫他退出黑衛士之後，之前的一切都湧上心頭。不光只是今晚差點遇害，眼睜睜看著珍娜絲．波麗格死在自己懷裡，還包括了他母親死在自己懷裡前神情苦澀地責難自己的那一幕。「我就知道。我就知道如果沒有立刻去看那些牌，就會有人來搶走它們。只是沒想到會是你。」

基普知道他不是在爲那些牌生氣——而是因爲自己如此軟弱。在加文．蓋爾出現把一切搞得天翻地覆前，基普在那座爛小鎮上和那群爛朋友過著爛生活。打從加文．蓋爾進入他的生活，他就覺得自己好像被浸入水中。現在，最後一口氣已經耗盡，而他慌了，手忙腳亂地攻擊剛好出現在身邊的人。

「你在幹嘛？」加文問。

「什麼意思？」

「你幹嘛這樣？你兩秒前還很正常！」

「你丟下我！」基普說。遭人拋棄的感覺讓他喉嚨緊縮，難以吞嚥口水。他甚至不知道自己在乎這件事，但現在他感到強烈的無助、軟弱、羞愧。因爲他認定鐵拳指揮官將永遠離開——就像所有人都會離開他一樣。

「我──什麼?!」

「你把我留在這裡。」基普說。他已經開始從自己的愚行中恢復。加文才剛回來，基普就把這件事怪到他身上？不是剛剛才和鐵拳說自己已經是個大人了嗎？「我很抱歉。」基普說。「我失敗了。你交給我的任務，我一項都沒達成。」他無法直視加文。「你說我有六個月完成任務，但我唯一想得到的辦法就是混入圖書館禁止普通人進入的區域，而要混進去就得成為黑衛士。但我還沒有成為黑衛士。我不認為我夠強。而且也沒能搞定你父親。他討厭我。」

加文低聲咒罵。「我希望我媽還在。」他突然說。「我會問她……基普，你或許不管做什麼事都沒辦法取悅我父親。不管做什麼。至於另外那件事……我們運氣不好，法色之王移動的速度比我預期更快。不過我還是可能有辦法繞過之前討論過的那道阻礙。」

「所以，我所做的一切通通無關緊要？」

「基普，你在短短的時間裡變成我箭筒裡最重要的一支箭，但不是唯一的箭，不然我就得請歐霍蘭幫忙了。」

這話像是一巴掌甩在他那張抱怨連連的十五歲臉頰上。不過他該打。

加文再度咒罵。「我不是那個意思。我的意思是不可能只用一把武器達成目的，不管那把武器有多鋒利。基普，我應該多花點時間陪你，但此時此刻我大概有三個緊急狀況需要處理，而敵人八成已經展開行動。你可以等等我嗎？」

緊急狀況。重要事物，像是拯救世界、防止戰爭──或甚至是打贏戰爭──數十萬人的命運即將面臨危難。而基普還想要他幹嘛？坐下來聊天？玩摔角？打個牌？

我太黏人了。軟弱。讓人在重要的事物上分心。我在這邊無病呻吟會害死很多人。歐霍蘭呀，基普，當個男人。

基普吞了口口水，抬頭挺胸。「好的，先生。我沒事。」

加文遲疑。「如果……如果這樣說能讓你好過一點，我該把你帶在身邊，該親自指導你，但是我沒有——我沒想過。我一向獨來獨往，不常爲他人著想。我……我很抱歉。」

基普無言以對。

「你現在可以汲取幾種法色？」加文問。

「先生？」這個問題似乎毫無來由。

「法色？」加文執意問道。

「呃，四種，五種？你父親剝奪了我上實習課的權利，所以沒有足夠的練習時間。」

加文皺眉。「告訴我你現在的情況。」

「只有藍色和綠色夠穩定。紅色不一定。黃色會亂閃，而自從離開加利斯頓後，我就沒汲取過次紅了。」

「你知道傳說中馭光者會是汲色天才。」

「我……我不是馭光者，先生。」他說「會是」，那表示他父親相信盧西唐尼爾斯不是馭光者，馭光者尚未降世。

「對，你不是，基普。但那並非因爲你不是天才。你或許是。也不是因爲你不夠天賦、不夠聰明、不夠厲害，或腦筋動得不夠快。你都符合這些條件。你不是馭光者，是因爲世界上根本沒有馭光者。那是個曾經摧毀上千孩童的傳說、導致數十萬男人信仰犬儒主義，進而幻想破滅的神話。那是個謊言。隨著力量逐漸壯大而令人深信不疑的謊言。就像所有謊言一樣，它會摧毀所有追求這個目標的人。這就是我騙你的原因。」

「呃？」

「你是多色譜法師。如果你因為測驗沒測出這個結果而生我的氣，那我活該。你的出身讓你同時享有特權與鄙視，不同的人會為了你父親或母親的身分仇視你。你有權為此不滿，但我只是不希望你變成怪物。所以我不想讓你知道自己可以掌握多少力量。這就是我在你的測試結果上造假的原因。」

「什——什麼？」基普一直否認自己能汲取其他法色，都是因為那個天殺的測驗。他本來可以練習其他法色，偏偏把時間浪費在那些跳來跳去的末日球上面？

「我不會為此道歉，基普。我要你先成長一段時間。我要你先了解一點自己，然後再將天賦異稟的重擔加到你成為稜鏡法王之子、眼看所有認識的人遇害、搬到新家、投入你大概從未想像過的社交圈重擔之上。」

「為什麼你有權力決定這些？因為你是稜鏡法王？」

「因為我是你父親。我得在短時間內長大，而我處理得並不算好。你知道在十七歲時就掀起戰爭是什麼感覺嗎？」

「我以為你當時十八歲。」

「總之都很年輕。」加文說，短暫瞇起雙眼，在基普能夠解讀前一閃即逝。「那是很久以前的事了，但我依然記得自己迫不及待想要變成大人的感覺。我要大家嚴肅地看待我，在乎我的想法。不要用那種看戲般的容忍表情聽我說話——『年輕的貴族又要講話了』。我打過仗，基普，有很多人因為我處理不當而死。歐霍蘭不會讓你付出超過你應得的代價，但我不想要強迫你承擔每次犯錯都會讓自己或是他人死亡的責任。」

基普瞪視著他。「好吧，既然你都這麼說了，我想是有點道理的。」

加文脫下斗篷。「來吧，把那些東西包緊。」他說著，指向微光斗篷。「我們晚點再來討論它們。」

父子兩人仔細摺好斗篷，把它們包在加文的斗篷裡面。加文漫不經心地把斗篷拿在手上，並把那副牌塞進斗篷。

「你知道，」基普說。「珍娜絲．波麗格說我不會成爲下任稜鏡法王。倒不是說我很想當稜鏡法王。我是說，我希望你永遠都是稜鏡法王。但是……」

「但如果你不是下任稜鏡法王，世界上又沒有馭光者，那就表示你會一事無成？」加文問。

「是的，先生。」基普說著，將目光移開。「聽起來……很糟，呃？」

「是呀。」加文說。「我們走吧。」

基普被弄糊塗了。沒有馭光者？但是珍娜絲．波麗格說她知道馭光者是誰——而她是看著他說這句話的。事後，當他終於回想起這件事時，暗自期待那是指……

就是他父親以爲基普期待中的那個意思。她的意思可能是指，我知道馭光者是誰……馭光者誰也不是。或者，馭光者是盧西唐尼爾斯。搞不好她搞錯了。是吧？

她說過她能畫出來的都是事實，但基普不知道這話是不是眞的。就算她的畫都是事實，也不表示她的話都是事實。她很可能在說謊，或只是搞錯了。就算她沒搞錯，而加文搞錯了，她還是沒有畫出馭光者。或許她本來就不能畫出馭光者。又或許畫出來的圖隱晦到解釋不出任何東西。她之前就說過，有時候她的畫不能光從表面解釋。

基普跟著加文走出黑衛士營房。一名男性黑衛士和一名女性黑衛士跟了上來，動作自然，毫不起眼。基普不知道他們是怎麼辦到的。長年練習，他想。就和他們生活中的一切一樣。

或許這就是他爲什麼這麼想當黑衛士的原因。他們擁有的，都是努力得來的，和基普的人生大不相同。他們不在乎自己是誰的兒子，只在乎能不能勝任這個工作。

加文自己調整升降梯的配重塊——基普從未注意到這點，不過儘管黑衛士守護加文的性命，卻不是他的僕人。基普不知道這是因爲加文喜歡事必躬親，還是因爲黑衛士拒絕做保護他以外的事。他們開始上升。基普沒料到這點，他以爲加文會叫他回自己的房間。

他們在頂樓走出升降梯。加文和白法王的樓層。

「你爺爺刁難你？」加文問。

「先生，」基普說。「你父親……呃，他把我逐出家門，先生。你知道，拒絕承認我是你兒子。」基普吞了口口水。他當然知道那是什麼意思，白痴。「我說我失敗，就是指這個。」

「眞的？」加文問。「這樣事情會很有趣，不是嗎？」語氣不像覺得有趣。他轉向其中一名黑衛士，瘦瘦的伊利塔人，嘴角帶有一抹微笑。「萊托斯，這位是我兒子，基普。基普是我兒子。」

「是的，先生。」對方說，聲音高得不太尋常。「我了解。」喔，是個閹人。基普聽說過有些伊利塔人相信閹人是比男孩更高強的馭光法師。不過他的老師嘲笑這種想法——割掉男人的睪丸，並不會改變他的眼睛，她說。割掉男人的一部分不會改變另一部分。話說回來，這樣做確實改變了男人的聲音，所以，或許這個想法並不是那麼荒誕無稽。又或許割掉睪丸只是讓男人不會變聲，這兩種情況顯然不同。除非青春期會改變男人的眼睛——或許十分細微，但足以影響男人的視覺，導致他們汲色失敗的機會高於女性。

話說回來，問題就在於你沒辦法看出其他人究竟能看見什麼色調，所以人人都只能自行猜測。顯然有些人對於自己的猜測有信心到足以割掉小孩睪丸的地步。

基普生活在一個瘋狂的世界，到處都是樂意去做超乎他想像事情的人。他忍不住抖了一抖。

加文看著他，了解他的想法，輕輕碰了碰他的肩膀。

萊托斯在他們走過檢查哨時，脫隊去與負責的軍官交談。不到五秒之後，萊托斯又快步跟上加文和基普。另一名黑衛士——基普的黑衛士，他想——和他走在一起。錦繡。基普很高興又見到她。自從他第一天來到這裡以後，就很少見到她。他朝她笑了笑。她只是揚起一邊眉毛。

他們來到加文房間，走進去。加文指示基普跟上。錦繡像是一片小影子般跟著基普進房，然後站在門旁。她現在是基普的貼身護衛，表示即使是在加文房裡，也要保護他，甚至不惜與加文為敵？

眞是瘋狂的世界。

這間寬敞的大房間乾淨整潔，就和基普上次來時一樣美。但現在他對汲色的知識比第一次來時豐富多了，而知道得越多，就越感欽佩。牆壁上有地獄石鑲板，可以透過超紫盧克辛控制窗戶和上方的人工光源。地板下和天花板上隱約滲出次紅盧克辛，維持室溫，抵銷從數十面落地窗外吹來的寒意。

但在基普有機會讚嘆窗戶本身的傑出工藝和奢華裝飾之前，他看見了瑪莉希雅，加文的臥房奴隸。她一定聽說加文要回來了，因為基普從沒看她穿過這麼漂亮的服裝。他猜想她挑選灰色是為了遵守節儉法令，而她的頭髮刻意撩在耳後，露出耳朵上垂直剪半、然後燒灼過的魯斯加奴隸標記，不過看起美艷絕倫。她穠纖合度的身材和貼身服飾，如同呼嘯的海浪拍擊海岸般衝擊著基普。他被她臉上的表情深深擄獲。她吸了一口氣，迫切地想要獲得認同，想要主人寵幸，眼裡只看得見加文。

基普曾經見過數十、數百人仰慕地看著加文。他見過人們滿懷敬意地看著加文。但瑪莉希雅眼裡的是愛。

他以追蹤砲彈軌跡的速度轉頭看向加文。

稜鏡法王顯然很開心，笑容滿面。基普看見父親的目光讚賞式地瞄向瑪莉希雅的身體。

嗯。這就是我父親。看女人的樣子像個——

基普不想繼續想下去，偏過頭。

「瑪莉希雅。」加文說。

瑪莉希雅連忙上前跪在加文腳邊，親吻他的手。「閣下。」

基普忍不住回頭去看他們。

「妳哭了。」加文說。

「是的，閣下。我有很多事要告訴你。」她看了基普一眼。啊，要私下談。

加文把斗篷和牌盒交給基普。他走向一個櫃子，在裡面翻來找去。

基普尷尬地清清喉嚨，走向某個擺有桌椅的角落。基普坐下時，瑪莉希雅已經起身，迅速地對加文說話，手掌擋在嘴旁，以免基普能讀唇語，他猜。

這些人都很清楚自己在做什麼，而且都很認眞。基普感覺到一股熟悉的沉沒感。這一切完全超出他的層次，他只能像溺水般奮力掙扎。

「沒有！」她說，聲音大到基普剛好聽見。「沒有警報。我很肯定——」她再度壓低音量。

加文連問了幾個尖銳問題，聽著低沉的回應，然後點了幾次頭。門外有人敲門。加文看來像是罵了句髒話。「誰？」他問。

門開啟了一條縫。基普看不見對方是誰。加文暗暗比了個手勢，要他待在原位。他父親總是保守祕密，不讓任何人得知任何可能危害到他們的事。錦繡站在開啟的門後，一聲不吭，沒讓來人發現。

「加文，」一個老女人的聲音說道。「我在想你能不能陪我一起下樓。畢竟，今天光譜議會是要討論你的事，不過我想先跟你談談。」

白法王。加文是在和白法王說話。基普又吞了口口水。

「當然。」加文說。

他轉身向瑪莉希雅說話，不過基普看得出來那些話其實是在對他說的。「我一個小時內回來。別惹麻煩。」

瑪莉希雅深深行禮。她知道什麼時候該配合演戲。加文不經意地把一個東西丟到床上，朝基普看了一眼，讓他知道那是給自己的，然後離開。

門關上後，瑪莉希雅轉向基普。「看來你要待在這裡了，少爺。有什麼需要嗎？」

「或許來點吃——」

「非常好。那就容我先行告退，我有急事要幫稜鏡法王處理。請不要碰他的東西。他不太能容忍侵犯這裡的人，這裡是他唯一的避風港。」

「我了——」

但她已經走出門外，順勢關上房門。

「——解。」基普說，苦惱地看了門旁的錦繡一眼。她嘴唇噘起，肯定是在忍笑，不過除此之外，她面無表情。

他在桌前坐下。別惹麻煩，呃？他看向床鋪，然後看看那個牌盒，有那麼一瞬間，他考慮要不要打開它。

去他的。

那些牌簡直是直接跳到他手中。

門開了，基普把牌塞回牌盒中，然後藏在斗篷下。

喔，只是提雅。

「嘿，主人。」她目光閃爍地說道。「稜鏡法王的奴隸告訴我，你可能還在這裡。我們應該要去練習才對。」

「我們要談談叫我主人的事。」基普說。

「不，我們得談談黑衛士測驗的策略。練習完之後。」

「我們還不用討論策略，是不是？」基普問。

「不用。」

「他們派妳過來陪我。」基普理解式地說道。

「指揮官說你剛剛經歷了一些打擊。夥伴應該要照顧你。來吧。」

那感覺就像他們眞的是朋友。但提雅當然得照顧基普，她是他的奴隸。基普微微一笑。眞要說起來，其實「幾乎算是眞正的朋友」也不算太糟。

他起身時再度拿起牌盒。錦繡清清喉嚨。

基普看她。她面無表情地回看。他放下牌盒，感覺像個被懲罰的小孩。他比向床鋪：至少可以拿那個玩意兒吧，老媽？

隨便你，她的表情說道，看戲般的容忍表情。

基普從床上拿起一小根象牙棒。他不知道那是什麼玩意兒。

「喔，那是根測驗棒。」提雅走過來站在他身旁說。「打穀機測驗的。它會顯示你可能可以汲取的法色。他為什麼要給你測……」

那根測驗棒躺在基普張開的手掌上，上面出現了七種法色。

第七十四章

加文在黑衛士從後跟上時，朝白法王微笑示意。身材嬌小、膚色白皙的黑衛士愛莉希雅在幫白法王推輪椅。這倒新鮮。這表示白法王身體越來越虛弱了。

基於某種原因，儘管他已經怕她怕了快二十年，這個想法還是讓他心生恐懼。她快死了，加文也是。如果卡莉絲繼續這樣大量汲色，也沒剩下幾天可活了。或許這個世代的時間已經耗盡。

另一方面，法色之王的異教勢力日漸茁壯。基普不可能及時準備好。在加文以這種速度衰亡的情況下不可能。他已經失去了兩種法色，才多久，四個月內？

「你在基普的測驗結果造假，不讓你的敵人知道他是全色譜法師？」白法王問。

好吧，直接進入主題，只要她不叫他均衡世界法色就好了。「基本上是這樣，不過還是有人在測驗過後立刻派殺手要殺他，所以這招顯然沒效。」

「看來有人想要重組碎眼殺手會。你不在時，這裡發生了幾件難以解釋的謀殺案。不過那個可以晚點再說。」

他們一起進入升降梯。加文慢慢調整配重塊。首先，他要精準地計算重量，以免讓老太太顛簸不適。其次，他要她聽聽他的說法。

「如果你偶爾願意事先把你的想法告訴我，我可以幫忙，你知道的，加文。」

但這麼做的前提是我要信任妳。

「不過這麼做的前提是你要信任我。」她說。

恐怖喔。他和這頭老山羊相處的時間太久了。他在想自己是不是越來越像她，還是她越來越像他。這眞是個恐怖的想法。

「你的最終目的究竟是什麼，加文？」

最終目的？他想起他的七大目標。七年內的七大目標。已過了兩年，但也已沒有五年可以去完成那些目標了。他學會以自古至今最快的速度旅行。見鬼了，他還學會飛。解放加利斯頓失敗了——雖然若依照科凡的論點，因爲拯救了那些人，他其實是成功的。他還是沒有把眞相告訴卡莉絲，但他一離開這裡就會告訴她。至於其他四大目標呢？好吧，這場會議關係到那四大目標，而他肯定不能向她提起這些——

「所以你有最終目的。」她說，揚起眉毛，一副既冷靜又好笑的模樣。

狗屎。他忘記自己在和誰說話，忘記掩飾每一個表情，忘記先撒謊再思考。保護。守衛。掩藏。逃犯的座右銘。誠實代表死亡。孤獨就是弱點。

「戰爭。」加文冷冷說道。「最後總是會面臨戰爭。」

「我甚至不確定他們會宣戰，不過如果你認爲他們會再次封你爲普羅馬可斯，那你肯定是瘋了。」她在他拉下煞車時說道。他把升降梯停得非常完美，讓她的輪椅出去時能毫無顚簸。

他大步向前，沒有等她。

「他們太怕你了，加文。」

太怕我？他們還不夠怕。

加文進入會議室，走到遠端坐下。他們開會的桌子是圓形的，不過加文想坐在能看清楚誰從門口進來的位置。有幾名法色法王已經就座。代表帕里亞的莎妲坐在克萊托斯旁邊。莎妲是出身於在帕里亞影響力不大小部族裡的小貴族。帕里亞高山人。她藉由冰冷的智慧和強大的野心，達成遠遠超乎眾人期待的成就。外表看不出年紀，四肢修長，手掌的瘤多到像是絲蘭棕櫚樹的樹枝，皮膚上的癬也多到像是絲蘭棕櫚樹的樹幹。她把滿頭鬈髮打成很多小結，戴著一頂緊貼在頭皮上的金絲帽，帽子上留有小縫，露出一條條髮辮。這是很少見的風格，據加文所知，完全是她自創的。她很符合本身的超紫法色，總是冷靜客觀地投出每一票，往往也是具有決定性的一票，因為除了邏輯，沒有任何外在壓力能影響她的選票。她討厭謊言。

克萊托斯是個徹頭徹尾的魯斯加人，不過代表的卻是伊利塔。他是懦夫。人很聰明，但沒有眞材實料，也不夠莊重。大部分時候，他都對安德洛斯．蓋爾唯命是從。加文坐在克萊托斯旁邊，以一副毫不鄙視對方的模樣和他打招呼。他很高興能坐在這傢伙旁邊——不是因爲對方的陪伴，而是因爲偷偷注意坐在旁邊的人的表情是最難的；而克萊托斯無關緊要，加文不用研究他的表情。

吉雅．托爾佛，黃法王，向加文點頭微笑。黃色位於色譜中央，黃法師可以強大到眞正令人恐懼的地步：他們是能在理性與感性間找到完美平衡點的大人物。吉雅不是大人物，雖然她喜歡自認重要。事實上，她變得很容易受理性與感性兩者影響。她是加文的囊中物，幾乎每次都是。她多年以來都對他深深著迷，光用笑容就足以爭取到她的選票，雖然他一直靠這個笑容防止她嘗試上他的床。她三不五時就會勾引加文，而他往往以顧左右而言他應付，不是直接拒絕。金玉其外的女人。遠觀還算賞心悅目，不過妝太濃了，雖然她在安德洛斯明白表示每當她出現，室內就會聞起來像是廉價妓女的味道後，已經把香水用量減半了。她很看重自己的連心眉，會用頭巾加以裝飾。

坐下時，加文朝她額頭上那條毛茸茸的毛毛蟲微笑。吉雅喜形於色。

其他人交頭接耳地一同走了進來。他們神色友善，不過有點緊繃。戴萊拉，胸部大到應該也要算一票的紅／橘雙色譜法師，神色憔悴、陰鬱，比加文印象中更加衰老。她代表阿塔西——她的國家遭到法色之王入侵，所以肯定會鼓吹開戰。肯定會，自從入侵消息傳來之後，她就一直鼓吹開戰。

次紅法王是葛林維爾的阿萊絲。她此刻身懷八個月身孕，而她幾乎隨時都在懷孕。在她體內，次紅的熱情完全奉獻給馭光法師就是要傳宗接代的文化使命，藉以取代先前在血林和魯斯加間沒完沒了的戰爭中死去的馭光法師。加文猜她大概三十五歲，而她已經生了十二個小孩。如果傳言屬實，這些小孩的父親全都不同人。她有一頭火紅直髮，還有雀斑，以及閃爍著因爲長年汲取次紅而產生水晶斑暈的藍眼睛。她約莫還有兩年可活。她的十三個——或許在她死時已經是十四個——小孩，將會在血林光榮長大成人。同時也會在沒有母親的情況下長大成人。

「露娜呢？」加文問克萊托斯。

克萊托斯臉色發白。「我很抱歉，稜鏡法王閣下……」

儘管露娜是魯斯加人，她還是加文的人。他花了很多心思在她身上，確保在他召集光譜議會時，她願意爲他做任何事。

「什麼？」加文問。喔，不。

「她中風。去世了。」

「她還不到四十五歲。」加文說。

「我很抱歉，稜鏡法王閣下。她已經快要粉碎光暈好一段時間了，而……」克萊托斯壓低音量。「謠傳她不打算參與解放儀式。你懂吧？」

意思是說她想成爲綠狂法師，結果失敗了。不，她不會這麼做。會嗎？

但是面對死亡和瘋狂就是這麼回事，不是嗎？你永遠不知道別人會怎麼做。這些年來，加文見過各式各樣的反應。

這是一場災難。想宣戰就得取得大多數議員支持。總共有八票——每個法色法王一票，加上稜鏡法王。爲了因應票數相同的情況，白法王也可以投票。加文預計會投他一票的人包括戴萊拉，因爲她是阿塔西人，肯定會贊成開戰，還有阿萊絲·葛林維爾，因爲她的家鄉血林就在敵方入侵的路線上，而她也沒有透露反對開戰的傾向。他自己一票，加上露娜那一票，總共四票。這種情況會導致白法王出面投票，而他認爲白法王會投開戰票。她不是傻瓜。

但是少了露娜，加文就得爭取吉雅·托爾佛或莎妲的票。吉雅常常會投贊同他的票，但阿伯恩人不受戰爭威脅，也不在乎眼睜睜看著阿塔西陷入戰火一段時間，假裝他們是因爲反戰的高貴理念而不願意出面滅火。莎妲比她更難判斷。帕里亞距離戰線也很遙遠，不會想要派出領地內的年輕人或資源——但莎妲會做正確的決定。他希望。

想要贏得這次投票，加文就要盡快行動。

或許他可以左右新的綠法王。如果左右不了她或他，加文還是可以玩弄投票議題。他父親肯定已經傳達了在開戰議題上投反對票的決定，但如果加文動作夠快又夠狡詐，可以提出紅法王沒有做出決議的議題表決。只要不直接表決要不要開戰，加文或許能智取那隻老蜘蛛。雖然難度高，不過還是有可能。他可以利用老頭高傲自大到不尊重光譜議會這點來對付他。

長久以來鄙視我們所獲得的滿足感，父親，你遲早會爲此付出代價的。

但是露娜？她不會變成狂法師，不是嗎？

但如果她有這種打算……看在歐霍蘭的份上，謀殺法色法王？碎眼殺手會的人沒那麼厲害。

這並非處理此事最恰當的做法，他很清楚這點。他沒有針對這次會議做事前準備，但這並非是他的錯——他們幾週前就已經召集緊急會議，只要他一回來立刻舉行。所以他不能等，不能拖。和這些人在一起混得越久，他們就越有可能發現他不對勁。只失去藍色時，他的眼睛看起來還是稜鏡的顏色。現在失去了綠色，他的眼睛不會開始變色嗎？

這一切都很瘋狂，宛如在黑暗中蹣跚而行。

會議廳外傳來一陣交談聲，接著，身穿華麗綠絲斗篷步入廳內的不是別人，正是提希絲．瑪拉苟斯，破壞基普測驗的絕色美女。這個女人討厭加文，因爲他們家族有理由討厭眞正的加文。這個女人的父親在菲莉雅．蓋爾的命令下遭滅口，因爲他有可能揭發加文不是眞加文的祕密。

在門外和她交談的人說了句話讓她大笑，接著她瞪了稜鏡法王一眼。淡褐色眼睛、心型臉、白皙皮膚、極度少見的金髮、豐滿的曲線。一個爲了都不是他做的事而仇視他的異國美女。太棒了。不過以她的年紀參與光譜議會，算是非常、非常年輕。怎麼會有——

接著，跟她交談的人步入會議廳，戴著一副大遮光眼鏡，外加紅色兜帽，以及血紅色長袍。

「父親。」加文說，心臟宛如結了一層冰。「眞沒想到。」

第七十五章

卡莉絲．懷特．歐克走過來時，費斯克訓練官正在帶領矮樹進行擊倒練習。提雅立刻注意到她。首先，她不太擅長他們正在練習的拋擲招式——這對體重過輕的她而言非常困難。她還是能拋出體重是她兩倍的男孩，但得找出完美施力點。然而，此刻找出事物的完美之處，似乎超越她的能力範圍。

其次，卡莉絲是她的偶像。所有人都尊敬卡莉絲。眾所皆知，她是黑衛士中最強的戰士之一。又快又猛，不論在心理、生理，還是魔法上都一樣。聰明、自信，而且外貌出眾。她是提雅渴望成爲的一切，雖然其中有些特質不是努力就能得到。

第三，發現基普是全色譜法師有點嚇到她，也嚇到了基普。參與黑衛士訓練？這很正常。她可以應付正常的事。

「懷特．歐克守衛隊長，很榮幸有妳蒞臨指導。」費斯克訓練官說。

「我希望我能常來。聽說這班學生天賦異稟。」

她聽說？他們天賦異稟？所有人都喜形於色，就連基普也一樣。

「我在想，」費斯克訓練官說。「妳願意爲大家示範一下迅速擊倒的招式嗎？有些女生會很小聲地抱怨她們體重太輕，不適合這些訓練。」

「眞的嗎？」卡莉絲問。「非常小聲，我可以想像。至少我希望如此。」她朝一個女生揚起一邊眉毛。讓對方畏縮。「我很樂意。班上最厲害的戰士是誰？」

「關鍵者。」有人說。其他人出聲附和。

「關鍵者，採取守勢。」卡莉絲說。

她朝他走去，然後擺好架式，一腳在前，雙手微微向上握拳。她突然出擊，手刀刺出，直取對方雙眼。他立刻出手格擋，掌心朝外。

接著，他們手指交錯，關鍵者轉眼間就跪倒在地，叫出聲來。他雙膝才剛著地，她已經踏步上前，掃倒他的膝蓋，讓他摔在地上，翻過身去，臉部朝下，一手依然受制於她，而她的膝蓋已經抵住他脖子。

她不疾不徐地從腰帶上掏出一把手槍，槍口抵著他的後腦。

一切就是這麼快結束。她的對手還是關鍵者。提雅轉頭看向基普。他和她一樣難以置信。

接著，卡莉絲收回手槍，站起身來。班上的學生終於恢復正常呼吸。卡莉絲表現得毫不費力，甚至連膝蓋都沒弄髒。

「這是出其不意的技巧之一。」卡莉絲說。「就是本能。妳攻擊對方眼睛，對方就會攤開手掌阻擋攻擊。迅速扣住對方的手指，就可以放倒他。接下來，所有施力點都是你的了。體重不足、力氣不足只表示要多用點腦。」

「示範得好，守衛隊長。我已經很多年沒見過這一招了。搞不好連我都抵擋不了。」費斯克訓練官說。

「嗯，或許。」卡莉絲說，微笑。「不過我不急著重現我們上一次打鬥的情況。」

他聳肩。「那次情有可原。」他說。「妳當時很疲憊了。沒有多少人能連奪五枚格鬥代幣。」

「我下午可以向你借個學生嗎？」卡莉絲問。「我要私下複習一些訓練。」

「當然沒問題。」

卡莉絲環顧四周，最後終於指向提雅。「妳，就妳了。」

基於某種理由，提雅很肯定她不是隨機挑選自己的。但是那天晚上，卡莉絲眞的只有訓練。除了如何抱緊踢袋或想要提雅和她一起做的練習之外，什麼都沒說。

「不好意思，守衛隊長。」提雅終於說。「妳爲什麼要找我練習？我連幫許多每天與妳共事的戰士提鞋都不配。」

卡莉絲說：「有時候和不懂格鬥的人打架是有好處的，可以提醒妳眞實生活中的敵人大多會如何反應。這樣比較不容易預測對方動作。」

喔。那好吧。

之後她們兩個都沒再說話。

第七十六章

加文幾乎忘記他父親能對其他人造成什麼樣的心理效果。安德洛斯．蓋爾從十年前就開始逐漸隔離自己。大多數人在缺席後都會失去影響力，安德洛斯卻深植人心，以恐懼服人。他變成蛛網中央的傲慢大蜘蛛。現在再度回到眾人面前，儘管身體虛弱、近乎全盲，還是給人巨人的感覺。他年紀很大了。馭光法師很少能活到這個歲數。成爲老人就表示你達到了難以想像的成就。隨著年紀而來的衰老跡象——半透明的鬆垮皮膚、老人斑、虛弱——這些都成爲榮譽的象徵，證明你擁有神般的意志、自律、力量。

在那個阿諛奉承的奴隸葛林伍迪的幫助下，安德洛斯．蓋爾就座。他無視其他法色法王的招呼，趾高氣昂地看向唯一不爲所動的白法王。

好吧，如果安德洛斯．蓋爾出席動搖了會議廳中所有人對加文提議題的立場，至少是把白法王推向他這一邊。但儘管她會本能性地反對所有安德洛斯的意見，還是不會讓這種本能蓋過是非對錯，不去考慮對七總督轄地和克朗梅利亞而言最好的作法。就連她也不是絕對靠得住。

加文努力壓抑心中那股強大的怒氣，看著父親。那個渾蛋坐在那裡，沉浸在優越感中。所有規則都不適用於安德洛斯．蓋爾。他凌駕所有人之上。世界都屈服在他的意志下。太荒謬了。

加文輕笑。

「有什麼好笑的嗎，稜鏡法王閣下？」提希絲．瑪拉苟斯問。

「我只是剛想通了一件小事。」他毫不掩飾地微笑，沒有進一步說明，爲了激怒她。妳現在是在和大人物交手，提希絲，妳確定妳準備好了？

「什麼小事？」她問，語氣毫不誠懇。

「就是妳不喜歡我的理由。那根本不該是妳不喜歡我的理由。」

「或許我們該開會了。」白法王立刻說道。她向來喜歡擔任維護和平的人，可惜算不上創造和平的人。「安德洛斯，很高興見到你。你已經很久沒有出席了。你想要領頭禱告嗎？」

「不。」老人說，沒有多做解釋、提出藉口或道歉。

白法王十指交抵，等候片刻。

克萊托斯無法承受這種緊張氣氛。「我——我很樂意——」

「你不舒服嗎，安德洛斯？虛弱到無法禱告？」白法王問。

加文看出她的用意。暗指他虛弱，不適合繼續留任光譜議會。白法王很少採取如此直接的做法，她喜歡比較溫和的方式，但她也很討厭別人粗魯的行爲。

安德洛斯側過腦袋，彷彿承認對手得了一分。「當然不是。」他沙啞地說。「我的聲音已經不比從前了，這是多年服侍歐霍蘭的結果。我認爲或許提希絲美麗動人的嗓音比較能振奮人心。」

「歐霍蘭在乎的是心意，不是嗓音。」白法王說。「他會聽見所有帶著謙卑之心做的禱告。」

那我父親就不必浪費唇舌了。

加文神色困惑。他父親的雙眼即使戴了遮光眼鏡，也是閉著的，所以就和完全瞎了沒什麼兩樣。在無法看見任何人臉部表情下挑釁整個光譜議會？大膽。

或許光是這點障礙，就足以幫助加文。

但他父親的話確實在加文心裡種下疑慮。安德洛斯爲什麼要指定新任的綠法王？她當然年輕貌美，而且聲音的確好聽，加文知道這一切都是安德洛斯喜歡的特質，但光是指出這點，便等於是在告訴大家提希絲是他的人。

加文本來就假設她是，但安德洛斯爲什麼要當眾表明，難道她並不是他的人？或還不完全是？

提希絲雙眼四周皮膚緊繃，加上那副虛假的笑容，讓加文知道他父親爲何採取強硬手段。綠法師不喜歡拘束，討厭受人控制。小心點，父親。我或許有辦法從你手中搶中那顆寶石。儘管情況對我不利。

加文放鬆雙眼，進入次紅光譜，逐一打量光譜議會的每個成員，盡量觀察所有細節。在次紅光譜中，無法辨識五官表情的細節——那種光線難以呈現細節。他能看見的是所有人皮膚的溫度。女人的皮膚溫度因人而異，當然，端看她們天生的體溫及血管有多接近皮膚表面而定，不過如果你能建立並記下每個人的基本體溫——而多年以來加文已經針對這房裡的所有人做到這一點，除了提希絲以外——就可以看出有誰身處於不尋常的壓力下。在心跳逐漸加快的情況下，就算他們能夠控制吞嚥、坐立不安、緊閉嘴巴等較爲明顯的跡象，還是會在次紅光譜下越來越熱。

當然，人會因爲數十種理由而緊張，體溫也會受到從喝酒到穿厚重衣物等眾多因素影響，不過這個方法還是不時可以提供其他方法都無法提供的線索。和這些人打交道，他需要所有優勢。

安德洛斯．蓋爾禱告。「光明之父，我們謙卑地請您聆聽我們的禱告。」加文知道安德洛斯．蓋爾鄙視禱告。當然，他會做所有必要之事。他對所有儀式的程序倒背如流，在一般群眾之前，能擺出眞摯誠懇的模樣。但在這裡，和這群大多能與他平起平坐的人眼前，他比較不容易掩飾鄙夷。對他而言，這整個宗教都是場騙局，但卻是他們所有權力都奠基其上的騙局。於是，他使用這些古老用語，盡可能面無表情地禱告，讓人無法肯定他究竟是虔誠的老人，還是在嘲弄所有人：「我們在您面前拜倒，喔，我主。願我們的虛榮在您的榮耀中消弭，願我們的傲慢在您的眞相之光中逝去。願您在協商時賜給我們清晰的思緒、在困惑時賜與隱晦的開示、在行動時賜與敏銳的目光。如此，我們在危難時懇求。願年輕人尊重老人，願老人尊重逝者。願我們的努力帶著和平、眞相與漫長的苦難，在您眼前開花結果。」

陰險狡詐的老渾蛋。

「我如此祈求。」安德洛斯收尾道。

所有人做出四和三的手勢。「願祈願成眞。」眾人默唸道。

白法王看起來很不高興，但她的目光無法對盲人造成任何壓力。

「加文，」她說。「你的會議。」妳想反擊嗎？她是在挑釁安德洛斯。

他父親對白法王的恨意和藐視快把她氣炸了。主持會議是很大的優勢，足以給加文獲勝機會。

他深吸了口氣。「顯然我不在時，這裡變得不大一樣了。」他凝望著提希絲。「對我們所有人來說都是。」

「我是經由正當程序成爲──」提希絲大聲道。

「提希絲！」白法王說。「加文在主持會議。所有法王都有機會輪流發言，充分表達意見，但我們是合議團體，不允許打斷別人發表意見。」

「各位肯定已經得知，」加文說，彷彿剛剛插嘴和反駁完全沒發生過。「上次和各位碰面時──我是說當時有出席的人，而沒有出席的人當然也都十分盡責地看過會議紀錄──」也就是說，如果妳不知道我在講什麼，就表示妳很懶惰，不擅長自己的工作。提希絲。加文毫不懷疑父親已經把上次會議紀錄背下來了。畢竟，他繼承了父親的好記性。他繼續。「上次和各位開會時，我警告過各位加拉杜王已經背叛我們，肯定會進攻加利斯頓。我懇請各位預防戰爭，不過顯然我的說法讓光譜議會無法接受。這個嚴肅的團體拒絕我的提案，結果戰爭還是爆發了。」

克萊托斯揚起食指請求發言。加文伸出雙手下壓，彷彿在壓熄他的疑問。「我不是來重啓往日爭端的。我了解各位都有很好的理由質疑加拉杜王的意圖和實力。我並不打算糾纏在過去上。」我只是要提醒你們當初我是對的。「只想稍微提醒一下沒注意到那份會議紀錄所代表意義的人。」他看向提希絲，彷彿最後那句話是說給她聽的，而她確實也臉紅了。

事實上，他那些話是爲了自己的目的，要說給其他人聽的。他是掌握過去的人，他有先見之明……之類的話，都是加文在精心算計下說出來的。他此刻其實心念電轉。*歐霍蘭呀，露娜，我在她身上花了這麼多心力。*

安德洛斯·蓋爾輕舔雙唇。如果有什麼值得一提，大概就是他看起來似乎很滿意兒子的表現。

但那並不表示他不會扯加文後腿。

加文一時不禁懷疑，萬一露娜確實遭人殺害，但不是碎眼殺手會幹的？萬一是他父親幹的怎麼辦？

不，那並非安德洛斯·蓋爾的處事風格。他會賄賂，或勒索法色法王，但不會謀害她。不過話說回來，爲了避免法色法王粉碎光暈或辭職而擬定取代他們每個人的計畫，卻是安德洛斯·蓋爾典型的處事風格。不過他也不是每次都能找到完美候選人，只能左右提名。或許那就是提希絲並不完全算是他的人的原因。

如果安德洛斯眞的謀殺法色法王，一定會確保自己能完全控制取代死者的人選。對吧？不然有什麼理由冒險殺人？

加文拖太久了。應該盡快評估狀況後繼續下一步，弄清楚過去的事等以後再說。讓提希絲加入光譜議會究竟能替他帶來什麼好處？

光譜議會期待加文直接討論宣戰議題，認爲他接下來會要求他們再度冊封他爲普羅馬可斯。於是加文說：「事實上，我不認爲今天我們應該一開始就討論提利亞和東阿塔西的戰事。」

克萊托斯再度揚起手指。加文請他發言。「我們還沒認定提利亞和東阿塔西之間的問題是戰爭，稜鏡法王閣下。」克萊托斯說。

他還打算繼續說下去，不過加文敲了敲自己的額頭，彷彿難以理解克萊托斯能蠢到什麼程度。「一點也沒錯，這就是我們不一開始就討論這個的原因。我們是審議會，雖然該討論這種事，但沒必要優先討論，就像我剛剛說的一樣。」

戴萊拉瞇起橘紅斑暈的雙眼，她想討論戰爭，立刻。顯然期待加文會是她所需要的最後一票。她向來不太擅長算計這種情況。

「提利亞是代表恥辱與戰爭的總督轄地。」加文說。「打從盧伊．岡薩羅總督與我弟弟達山結盟開始，他的總督轄地就已萬劫不復，與其他轄地開啓戰端，彼此殘害。戰爭結束後，提利亞被剝奪了本議會的席次，並遭各總督轄地掠奪——」看見戴萊拉揚起手指，加文修正：「——被迫支付賠款，導致人民生活貧困，提利亞變成空殼。加拉杜總督摧毀了這個空殼，並向加利斯頓和七總督轄地宣戰，自立爲王。我在加利斯頓與他作戰，而我輸了。當然，好消息是這個所謂的國王也死於該場戰役。」

「今天我們有很多事情要做，我先爲我們將會耗在這裡的時間道歉——我安排兩小時後開始供應點心——不過第一項議題十分簡單。」所有法色法王都討厭這些會議，而除了藍法王和超紫法王，所有法王都很討厭那些能讓最簡單決議都要搞上半個小時的正式程序。加文希望利用在這裡開一整天的會讓他們粗心疏忽，而這種做法最有可能影響綠法王。過去白法王讓他主持會議時，他通常都是採取比較符合邏輯的做法——先通過所有人都願意通過的議題，再盡可能以最有效率的方式討論，讓大家都能發表意見。

「提利亞有些人現在失去領導人——不在乎他是喜歡自稱總督還是國王的人。他們追隨拉斯克的父親，且大多喜歡那個老頭。生活在一輩子都不曾被政治洗禮的世界裡，大部分平民百姓都願意聽命於任何下令的人。他們沒理由質疑拉斯克．加拉杜稱王的正當性，也沒理由質疑他的繼任者，特別當我們這些代表歐霍蘭旨意的人沒出面反對新國王時——而這個法色之王肯定會自立為王。所以，在我們討論今日的主要議題之前，我建議先起草一段簡短的決議，譴責拉斯克．加拉杜王對七總督轄地宣戰的行為。」加文開放討論與辯論，彷彿他想要盡快處理完這件瑣事。

他凝視提希絲。真是個美女。

「這樣做肯定能削弱法色之王的合法性。」戴萊拉說。這個女人一輩子汲取了很多紅魔法，導致渾身充滿怒氣。她會投票給任何足以傷害法色之王的議題。

「我們要譴責的人已經死了，」沙妲說。「這樣我們就不會激怒不久後可能要和談的人。如果可以在東阿塔西和這個人展開談判，對我們會比較有利。我們顯然要選定比較遠的中央談判地點，不過這也表示中間點會比較接近我們的勢力範圍。」啊，沙妲，把政治問題當作圖表上的描繪點。願歐霍蘭深愛她，那個蠢蛋。

「不、不、不，」克萊托斯說。「我知道你在做什麼，稜鏡法王閣下。」

加文揚起一邊眉毛，彷彿在說，這個白痴在幹嘛？「是的，我在努力趁他們橫掃七總督轄地半數領土前消弭這場叛亂。」

「我同意這個高貴的目標。」克萊托斯說，看了安德洛斯一眼。不過看不見眼睛時，安德洛斯無法讓克萊托斯得知這是不是他想要克萊托斯採取的行動。「但就算那傢伙自立爲王，我還是覺得這樣會賦予他太多威望。」

「他就是這麼自稱的。」吉雅．托爾佛不耐煩地說。

「我們不用給他這麼崇高的地位；他是個叛徒，就這樣。」克萊托斯說。在次紅光譜下，他的體溫顯然比之前高。不過，克萊托斯每次發言都會緊張，就算在這麼點人面前也一樣。

「那你想要怎麼稱呼他？」加文問。「非法國王，所謂的國王？非法總督？」

「很有道理。」莎妲說著，搔搔長癬的手臂。「宣稱他爲叛徒，將會架空他的合法性，所以『非法總督』是很正確的描述。」她說這話顯然是爲了安撫克萊托斯。

加文掌心向上，朝克萊托斯比了比，彷彿在這個議題上對他讓步。「好吧，我們就多退一步。你想要擬定這份文件嗎，克萊托斯？」加文問。

克萊托斯討厭公開演說。身爲藍法王，他認爲得在第一次開口時就把所有細節通通弄對——但他從來沒有全對過。「不，麻煩，交給你了。」說得一副好像在和他客氣的樣子。

加文轉向會議廳內的首席抄寫員。「在稜鏡法王完全認可與歐霍蘭之光的祝福下，光譜議會下令……」

抄寫員記下幾行字，留下一些空位，晚點來追加官方用語。

「我得承認，」加文在她抄寫的同時，對光譜議會說。「我很遺憾這麼簡單的事竟然沒有在我缺席時就處理好。這樣的譴責當然會給人一種形式上——無所謂，如果有任何意見，請不吝提出。」

還是有人對「戰爭」這個字眼有意見。加文和戴萊拉支持用這個字，但最後眾人偏向譴責「對七總督轄地無辜人民施暴」和非法總督加拉杜，不過「叛徒」這個字眼也被拿掉了。加文皺眉片刻，彷彿面臨挫敗，不過不算大挫敗。這是份簡短的文件，他沒有裝出太過無聊的樣子。

挑剔「戰爭」的用字遣詞只是假議題，讓他們以爲他打算稍晚再在會議中宣告開戰。但是不要做得太過火。

抄寫員寫完後，加文簽署文件，然後傳下去讓所有法色法王簽名。

「現在，」加文說，沒有等所有人都簽完名，不給他們多加思考。「當務之急。我們今天開會的主因爲難民和戰爭。重要的事實在於，我個人已經在這個議題上投入了一些心力。我先把事情攤上檯面。我沒有成功阻止加拉杜，加利斯頓因此失守。我投入作戰——或許有點草率——沒有取得光譜議會的全面支援，輸了。輸了這場仗有損我的顏面，也讓某些我盡心守護的人民對克朗梅利亞失去信心。很顯然，前者對本議會而言不是問題，但後者是。我認爲逃離加利斯頓的難民是我的責任。我希望光譜議會能夠投入資源照料他們。所以，再一次，先從簡單的問題著手：我要起草另一份決議書，要求我們的總督提供食物、衣服還有補給品給那些流離失所的難民。」

他請戴萊拉發言。「還有武器！」她說。「那些難民會加入作戰——至少有一部分會——對抗法色之王。」

「我同意。」加文說。「但建議把比較有爭議性的議題分開討論，好讓我們能夠盡快爲遭到拉斯克．加拉杜攻擊的難民提供合乎情理與人道的援助。光譜議會同意分別討論這兩個提案嗎？」

「讓我們來討論對所有人都顯而易見的問題。」阿萊絲說。「這些難民肯定都在挨餓。我們可以同意得援助他們。晚點再來討論各轄地應該分攤多少物資。」啊，很實際的說法。阿萊絲向來都非常實際，就算在做慈善時也一樣。加文喜歡她這點。

他們同意分開討論這兩個決議。第一個決議在桌子上傳了半圈。加文把它交給克萊托斯，他簽了。白法王跳過。因爲她只會在票數相同的時候投票，除非多數人都已簽署，不然她不會簽署任何決議。戴萊拉簽了，然後交給莎妲。她暫停動作，加文看不出是因爲她在考慮第二份決議，還是她對第一個決議突然產生疑慮。

莎妲凝視著加文，沒有說話，不過也沒簽名就交出決議。阿萊絲簽了，戴萊拉簽了，而她把決議推給提希絲。提希絲又看了安德洛斯一眼，沒有反應，於是簽名。

加文取得壓倒性多數。喔，提希絲。露娜幾乎算是我朋友。我絕不可能這樣對她。妳知道有什麼事是可以對敵人做，但不能對朋友做的嗎？背地裡捅她一刀。

卡佛將文件推到安德洛斯面前。卡佛可以在光譜議會中發言，但是不能表決。安德洛斯輕聲問了葛林伍迪一句話，他回答。安德洛斯又低聲問了他另一個問題。

加文瞇眼進入次紅光譜，立刻發現父親雖然表情完全沒有任何變化，但體溫上升。

安德洛斯突然笑出聲來，然後簽上自己的名字。由於眼睛看不見，他簽在差不多的位置上。

討論立刻停止。大家都很少聽到安德洛斯．蓋爾笑。

安德洛斯轉向提希絲。「妳知道妳做了什麼，孩子？」

「什麼？」她問，突然間憂形於色。

加文湊上前去，迅速從他父親面前取走文件，然後朝莎妲揚眉詢問：「妳願意讓這份決議全體通過嗎？」加文問。

「當然。」她說。現在反對已經沒有意義。她簽名，交給白法王。白法王嘆了口氣，然後簽名。

「什麼？」提希絲又問，語氣更堅決。

「你何不解釋一下，兒子？」安德洛斯．蓋爾提議。

首席抄寫員將決議交給加文，他將官印封蠟拿到手指前，直接汲取次紅，然後將官印封蠟壓在文件上，成爲正式文件。「當然，父親。」加文說。他將文件交給首席抄寫員，抄寫員又把文件交給一名祕書。之後祕書會將決議歸檔發布。

會議廳大門關上之後，加文說：「事實在於，我們已經開戰了。這裡沒有人想要戰爭。我不想，而你們因爲深怕我會再度要求成爲普羅馬可斯，則不想承認。我瞭解這層恐懼。交出權力確實很可怕，雖然看在歐霍蘭的份上，我從來沒有給各位任何不信任我的理由。提利亞淪陷了。這樣也好。我們可以爭論接下來該怎麼做。可以爭論該怎麼採取行動。但是當我們爭論不休時，逃離加利斯頓的難民失去了一切。我敢說各位現在都已得知他們在先知島上安頓下來，此事我稍晚會提出完整報告，但冬天即將降臨，他們沒有時間播種。如果我們不提供糧食，他們會死。一旦提供援助，就算你反對此事，也表示他們依然是七總督轄地的子民。這是我們的職責。」

「重點在……」安德洛斯大聲道。

「重點在，親愛的父親、親愛的朋友，我不能容忍這些人在展開新生活後承受任何不必要的苦難。透過我們剛剛全數簽署通過的決議，本議會已經宣告加拉杜總督的總督轄地不合法。拉斯克．加拉杜一開始合法上任，也合法統治了一段時間。如果後來變成不合法的統治者，但不是因爲他個人的背叛，那就是因爲他的總督轄地本身不合法。而這本來也很符合事實。提利亞過去十六年來都不是眞正的總督轄地。有管理員住在它的前首都裡，而它在光譜議會的席次也落入另一個總督轄地手中。所以，這是很合理的處理方式。然而，取消總督轄地一定要有本議會壓倒性多數表決通過，而我們剛剛表決了。」

「你對一份簡單的文件做了很多延伸解釋。」白法王說。加文認爲她未必反對自己的決定，只是不喜歡做法。

「沒錯。但是界定總督轄地是稜鏡法王的權力，而我已經做出決定。我將難民安頓在先知島——這表示他們不會帶著上萬座破爛帳篷擁入你們的城市，而我想你們的總督會爲此極度感謝你們。還有我。我宣告先知島爲新總督轄地，而我得說，新任總督除了科凡．達納維斯，不作第二人想。」

他們知道他討厭科凡，知道科凡曾經和他對抗，也在那些戰役中失去朋友。讓科凡成爲總督，至少算得上是削弱加文個人權力的事——他們這樣以爲。

「承認我們依然保有七總督轄地，就等於承認我的新總督轄地。」

「這太過分了。」卡佛說。

「我想我們都同意你的所作所爲，但就是不能接受。」克萊托斯說。

「他當然無權獨自建立總督轄地，」提希絲說。「高貴的普拉爾女士？」

白法王聳肩。「回顧歷史，妳會知道七總督轄地是稜鏡法王建立的。當然，現在時代已經大不相同，但創建總督轄地肯定是稜鏡法王的傳統權限。」

「而照妳這種說法，表示這個權力一直沒有被解除。」加文說。當然沒有解除，世界上根本沒有地方建立更多總督轄地，也絕不會有總督願意分裂自己的領土。

「讓我們投票撤銷這項決議。」提希絲說。

好幾名法色法王出聲附和。

「我同意。」加文說。「但是不好意思，今天會議還是由我主持，所以依然要遵守議事規則。妳想要撤銷先知島總督轄地？」

「對！」提希絲說。

「那妳需要壓倒性多數的票數通過妳的決議。我們剛剛說過了，撤銷總督轄地需要壓倒性多數。」

「好。」他看到其他人都在左顧右盼，心下盤算。會有人持反對意見嗎？

他們提出決議。數名法色法王以一副加文瘋了的神情看著他。他為什麼要做這種事，然後又任由此決議立刻遭到撤銷？

白法王知道。他可以從她嚴肅的表情看出這點。安德洛斯也知道。他輕揉鼻梁上被沉重黑眼鏡壓出的凹痕。

提希絲怒氣沖沖地口述決議。加文沒有提出異議。當首席抄寫員把決議拿給他檢視時，他點了點頭，然後把文件交給提希絲。

「妳代表誰簽署決議，提希絲？」加文問。

「我自己。」她說，好像這句話有陷阱一樣。

「我們在光譜議會向來都不是代表自己，孩子。」白法王說，聽起來語氣疲憊。

提希絲嗤之以鼻。不智的反應。她在生加文的氣，不是白法王，若以這種態度對待白法王，向來不會有好結果。「那好吧。我代表……」她突然間面無血色，聲音細不可聞。她是魯斯加人，她的席次代表魯斯加的利益，不過卻是攝政席次。「我代表提利亞簽署。」她低聲道。

「已經沒有提利亞總督轄地了。」加文說。「妳的席次不復存在。由於這是光譜議會的不公開會議，我得請妳離席。」

會議室中一片死寂。

「你不能這麼做。」提希絲說。

「我一個人辦不到。我們是一起做的。妳也有幫忙。」

加文的黑衛士來到他身旁，提防可能發生的威脅。

提希絲難以置信地環顧會議桌。

「別擔心，妳立刻就能回來。」克萊托斯說。「我們立刻投票表決。五分鐘就好了。」

提希絲哼了一聲。「笨蛋，你以爲他若沒計畫周詳，會做到這個地步嗎？」她突然起身，大步走出會議廳，重重甩上廳門。

「由於先知島總督尚未指派法色法王之故，該席次由稜鏡法王代爲託管。」加文說。「相信我，他不會希望我拿他那一票去撤銷他的總督轄地。」

這表示他有兩票了。他給他們一點時間消化當前狀況。提希絲離開了。他們需要五票才能取得壓倒性多數，所以加文只要四票就能阻止他們。不可能會有票數相同的情況，所以白法王不必投票。黑法王不管什麼情況都不能投票。他們知道戴萊拉會投他一票，因爲她需要他幫忙開戰。吉雅．托爾佛總是投他一票。四票。

而這還要其他人都聽從安德洛斯指示才行。

「有人想要投票表決嗎？」加文問。挑釁他們。自信滿滿。

「我要。」克萊托斯立刻說道，從其他地方獲取勇氣。

「有人附議嗎？」

「拉卡，」安德洛斯．蓋爾對克萊托斯說。這句話是很嚴重的侮辱。「你要留下失敗紀錄，建立判例嗎？」

克萊托斯臉色發白，然後環顧四周，尋找盟友。就連可能會和他意見相同的人也偏開目光。

「我——我——希望——」

加文沒有讓他收回動議，搶先說道：「由於無人附議，動議取消。」

「我提議暫時休會。」阿萊絲說。「我要照顧小孩，而且我想我們都得找信差送信。」

加文早就料到會有人提議休會。「先等一等。我有話說。」他在眾法色法王推開座位，準備離開時說道。「這一切都是你們造成的。本來事情不會走到這個地步。如果你們之前就聽我的，提利亞至今依然存在，法色之王也不會入侵阿塔西。如果你們派遣千名士兵或百名法師，我們就能擊敗加拉杜王。但是，你們派了一支代表團去研究問題。」

「我們應該要不惜代價維護和平。」克萊托斯插嘴道。「正如神聖的阿德拉雅·科倫——」

「戰爭很可怕，沒錯。我知道。但你們自稱非常珍惜的和平主義又是什麼？和平主義是很容易與懦弱搞混的美德。」他嗤之以鼻。「我們本來可以用半打解決方式在開打前結束這場戰爭。只要你們在提利亞起身反抗之前縮回壓迫在它喉嚨上的靴子，這一切都不會發生。告訴你們，如果你們不肯做正確的事，我就自己動手。克朗梅利亞即將改變。」

安德洛斯·蓋爾打了個呵欠。

「就從這裡開始。」加文突然道。「父親，你把基普當成私生子。但他不是，他母親是自由的平民，而我在戰爭期間將她晉升為貴族仕女。身為普羅馬可斯，我有權這麼做。我們祕密結婚，因為我當年很年輕，怕你會有意見。但我們確實結婚了，而那就是我之後沒有再結婚的原因。現在她去世了，但我起碼要為她做到這件事：基普是我兒子，不是私生子，是我名正言順的兒子。我認為你針對此事惡意中傷、懷疑我的說法，恐怕都是你老邁糊塗的證據。你會參加今年的解放儀式，我的孩子。

如果你覺得自己沒辦法撐過接下來這八個月，我可以提早私下為你舉行儀式。」

所有人都動也不動，甚至連大氣都不敢吭一聲。加文內心某個客觀的部分對此感到十分驚訝。他可以撤銷一整個總督轄地，強迫法色法王退位，而他們只是有點心慌而已——但是看著他違逆自己父親，卻讓他們通通目瞪口呆。

「老邁糊塗？」安德洛斯的音量只比輕聲細語高一點點，危險又饒富興味。

這下我們可以弄清楚他受紅魔法的影響究竟有多深了。

但是安德洛斯．蓋爾維持著老紅法師最冷靜的情況。他看見了陷阱。如果他大叫，大發雷霆，就等於是證實了加文的說法。

「如果我的稜鏡法王閣下如此認為，那我當然會在你指定的時間參加解放儀式。正如所有人一樣。我只想知道自己究竟做了什麼事激怒你？你為什麼突然針對我，我的兒子？」

這招很厲害，父親。幹得好。是的，稜鏡法王可以叫我去死。他可以叫我們所有人去死。想想這點，不要把這件事說成是我蠻不講理。

「不，」加文說。「不。你威脅我兒子的性命。故意為之。不要再說謊了。葛林伍迪，帶他出去。」

「兒子，」安德洛斯．蓋爾說，語氣變得緊繃。「你要對我表達適當的敬意。」

「在你做蠢事的時候不理會你，在你羞辱自己的時候讓你離開公共場合，就是在表達適當的敬意。葛林伍迪！」

安德洛斯手指發抖，下頜打顫，克制著自己。一段時間過後，他轉過身去，在葛林伍迪的帶領下離開。

沒有人開口說話。沒有人直視加文的目光。

「此事著落在我們身上，」加文說，「我們得開始考慮下任紅法王的人選。我會接受大家的意見。」我知道我手段強硬。我知道我嚇到你們了，而為了彌補這點，我願意讓你們其中之一得償所望。我會讓你們其中之一把手下的男人或女人放到紅法王的位置上，而不會任用我自己的人。有得有失。你要玩弄手段，父親？一起來吧。

「好了，在我們宣布休會前，」加文說，「還有人要提出其他動議嗎？」

沒人開口。

「戴萊拉？」加文提示。

她在收到暗示時瞪大雙眼。「我提議宣戰。」她說。

「附議。」阿萊絲說。

「先知島贊成宣戰。」加文說。「稜鏡法王贊成宣戰。」

「阿塔西贊成宣戰。」戴萊拉說。

「血林贊成宣戰。」阿萊絲說。

「但是紅法王——」克萊托斯說。

「你想要在表決期間離開會議廳去找他進來？」加文問。「若是離開，你的票就不會列入記錄。」

「你不能這麼做！」克萊托斯說。

加文立刻接話，不過放慢速度，咬字清楚，就連交談的節奏也掌握在手裡。「對我說這種話之前，最好先想清楚。」

一段意味深遠的沉默。懦夫有時候會在困難時刻鼓起勇氣。不過克萊托斯退縮了。

「你和他的票都會被列為棄權。」加文說。事實上，他不能讓人事後質疑這次表決。那樣會多拖好幾個禮拜。

「儘管我個人深表遺憾，但阿伯恩反對。」吉雅．托爾佛說。這在加文的意料之中，她顯然收到嚴格的指示。

加文需要莎妲或是白法王投贊成票，而他很肯定白法王會贊同他。

顯然，莎妲也是同樣的想法。她看向白法王。

「帕里亞贊成開戰。」莎妲說。這是致勝的一票。

克萊托斯眨眼。「高貴的稜鏡法王閣下，魯斯加希望與鄰居站在同一陣線。魯斯加投贊成票。」

「當然，」加文說。他將宣戰決議遞交下去，所有人都簽名。他們把安德洛斯登記為棄權，然後白法王簽名。

眾法王紛紛離席，沒有人開口說話。

奇怪的是，吉雅．托爾佛留了下來。加文本來以為白法王會留下。吉雅皺起她那條黑眉毛。在除了加文的黑衛士之外，所有人都離開會議廳後，她湊了過來。「我的稜鏡法王閣下，只想讓你知道，如果他們提出表決你自己的總督轄地，我會投反對票。他們會以壓倒性多數過關。你的傲慢自大總是踩在底線上。但今天，你跨過界了。你贏了。你贏了一切。但從此以後不要把我當成你的鐵票。」

她離開會議廳。加文伸手理理頭髮。他得喝一杯。他看向黑衛士。他們面無表情。他不知道他們怎麼能做到這一點。他們才是這裡最瘋狂的一群人。

他站起身來，走向門口。他們沒有說話，不過其中一名黑衛士走在他前面，而這並非他們通常會採取的預防措施。

白法王在走廊上等他。

他沒有停步，於是她指示她的黑衛士推輪椅，維持與加文同樣的速度前進。

「你做了什麼，加文？」

加文進入升降梯。「我要下樓，」他說著，轉頭面對她，試圖阻止她跟進來。

「我就擔心這個。」她說。她以意志力擄獲他的目光，讓問題在空中發酵，要求他給個答案。

「我說謊、作弊、玩弄手段，然後贏了。難得一次，我做這一切都是爲了很好的理由。」

「都是爲了很好的理由？」她問。

他沒再多說什麼。拉開煞車，急墜而下。

第七十七章

「我有話要說，妳可能會有點難以接受。」錦繡說。

卡莉絲才剛洗完澡，換好衣服，錦繡就已經走到營房的弓箭手區。錦繡是卡莉絲在黑衛士裡最好的朋友：矮小、強壯、聰明，每次試圖釋放善意時都表現得尷尬。卡莉絲停下動作，手裡拿著梳子。

「怎麼了？」

錦繡重重地坐在卡莉絲的床沿。「卡，妳知道那些大家族的貴族仕女一直都想收買黑衛士，當作她們的間諜或叛徒？」

「我——妳講這個幹什麼？」

「我被收買了。許多年前。」

「什麼?!錦繡，別說了！妳在幹嘛？」

「我很久以前就該做的事。」錦繡神情嚴肅，卻很固執。她手肘抵在大腿上，雙手食指交扣。

「是誰？」卡莉絲的聲音幾乎細不可聞。

「菲莉雅．蓋爾夫人。」

「蓋爾夫人收買了妳？」卡莉絲問。她喜歡蓋爾夫人，很喜歡。曾經有好幾年，卡莉絲都以爲她會成爲自己婆婆，成爲她生命裡最接近母親的形象。「她是怎麼——不，算了。我不用知道。錦繡，她去世了。妳不用告訴我。」

「事情的經過也不是很糟。我有兩個弟弟被伊利塔海盜擄去，變成划槳奴隸。我家的人根本不知道該從何找起，更別提要支付贖金。我去找她幫忙。她派人追查他們下落，然後親自支付贖金。她把他們帶來這裡，讓我知道他們沒事。她治好他們的傷，然後給他們回家的旅費。我不可能還清這筆債；我是說，我用加入黑衛士的款項幫我家買了一個店面和一座農場，而我說要把這些給她，但她拒絕了。她知道這樣會毀了我家。幾個月過去了，她完全沒有提起此事，後來當她要我提供情報時，我根本沒辦法拒絕。」

很脆弱的束縛，完全奠基在錦繡的榮譽和虧欠感上。沒錯，那正是蓋爾夫人的處世風格。她是溫和的橘法師，但依然是橘法師。

錦繡繼續說下去，語氣單調，彷彿正迎向自己的死亡。「她說只是想要保護兒子，我相信她。他是稜鏡法王，所以我想我們擁有共同的目標。這不算真正的背叛，是吧？我心裡清楚實情並非如此，所以我現在才會告訴妳。但我沒辦法告訴鐵拳指揮官，我不忍看他失望的眼神。總而言之，她交代給我最後的任務就是：她說等她死後，就把這封信交給妳。」

錦繡交給卡莉絲一張用蓋爾夫人信紙寫的信。

「我不怪她，妳知道。」錦繡說。「她或許毀了我的一生，但那並不是針對我，甚至不是爲了保護她的家人。她做這些都是爲了七總督轄地。有時候，有人得犧牲，而犧牲的通常都是我們這些小人物，而且不一定會知道原因。小時候，我討厭這種事，但現在已經看開了。這世界就是這樣。」她清清喉嚨，站起身來。「我會，呃，我在外面等妳。」

「可惡，錦繡，妳幹嘛不直接把信留在我床上就好了？」

「我飽受這個祕密煎熬。我不能這樣過活，卡莉絲。再也不能了。」

卡莉絲揉揉腦側，努力在錦繡出去之後鎮定下來。黑衛士不能失去像錦繡這麼頭腦清楚的女人，就算在平時也不能，更別提是此時此刻，在加利斯頓折損那麼多人手之後。她打開了那封信。

蓋爾夫人美麗流暢的字跡寫道：「達山愛妳，卡莉絲。他一直深愛著妳。如果妳已經去找他對質了，請花點時間問他當年妳們家慘案的眞相。我知道妳不想聽這些，但妳的一生都活在一場善意謊言裡，而那個謊言就是——妳的兄弟們都是摧毀妳們家族的那場悲劇中的無辜受害者。他們並不是。」

卡莉絲覺得肚子上挨了一拳。她呼吸急促，撐著要把信讀完。蓋爾夫人不但承認了加文不是加文，甚至還透露一些卡莉絲不知道的事。或許她也不想知道。

「妳的女侍蓋拉雅把你們私奔的事告訴妳的兄弟。他們在家裡布置陷阱，誘騙達山進去。他們鎖上所有房門，因爲認定他不是紅法師，只留下紅色光源。只有他逃出來，卡莉絲。或許火是他放的，但門不是他鎖的。我不想說死者壞話，卡莉絲，但是我的達山並不該爲當晚的事負責。」

「當然，我沒有更好的方式讓妳得知眞相。這些年來，我派了好幾個人向妳旁敲側擊，但是妳拒絕討論此事。請原諒我愚昧地嘗試讓你們言歸於好。」

「我親愛的孩子，達山以爲妳愛上了加文，所以才會和他訂婚。他以爲妳永遠不會原諒他的罪行。裂石山大戰過後，我慫恿他盡快娶妳，以免安德洛斯出面干涉。他拒絕，卡莉絲。他說他可以殺死自己的哥哥，他可以對全世界說謊，但他永遠不能帶一個深愛自己哥哥的女人上床。他不能騙妳。笨孩子，他和妳解除婚約是因爲他愛妳。」

卡莉絲心煩意亂，但沒辦法不繼續看下去。

「而他至今依然愛妳，卡莉絲。相信我，我後來終於放棄希望，催促他娶其他女人，但他始終忘不了妳。請原諒他，孩子，也請原諒我。我寫下這些眞相，就等於是把我們家族的命運交到妳手裡。如果想，妳可以摧毀達山，這封信就是證據。我不會讓任何其他人握有我兒子的把柄，但我沒有別的辦法。

我只希望自己有機會親口把眞相告訴妳，盡心盡力幫助你們兩個言歸於好，在我死前看看我的孫子。願歐霍蘭之光籠罩妳身，卡莉絲。誠心祝福。菲莉雅．蓋爾。」

卡莉絲的心思頓時無法運轉。她又讀了一次信，然後質疑自己。她怎麼會相信如此荒謬的謊言？相信達山會在他們私奔當晚溜進他們家，鎖上所有門放火燒屋？相信他和十幾個人結夥幹這件事──加文帶兵追捕弟弟後，這些人就再也沒出現過、也沒有被人提起過？

不，這樣合理多了。不然她父親有什麼理由堅持要在那天晚上帶卡莉絲出城？因爲他知道兒子布置了陷阱，或許還有幫他們一起策劃。

接著計畫失控了，他父親很樂意用屋內所有人的犧牲來掩飾兒子罪行，還和安德洛斯．蓋爾同謀，因爲這件事可以聯合其他貴族家族支持安德洛斯寵愛的兒子加文。這是陰謀，只是和卡莉絲之前想的不一樣。

戰鼓開始敲響了，而卡莉絲，既年輕又軟弱，單純地相信那些長輩知道一些她不知道的事。導致戰爭無法避免、達山罪大惡極的事。

那之後，卡莉絲就一直努力想要把她印象中的兩個加文拼湊在一起：一個是和她訂婚，殘酷地利用她，然後把她當成垃圾丟掉；另一個是後來和她解除婚約，卻對她很好的那個加文。這兩種難以解釋的變化，令她心生糾結──如果她認識的加文一直都是殘酷的渾蛋，她就可以將自己的迷戀歸咎於年輕女子被男人的外表、魅力與權力蠱惑的愚行。但眞正令她困擾的是他截然不同的矛盾個性。

現在，得知眞相並沒有讓卡莉絲爲了逝去的歲月和誤信謊言而淚流滿面，反而讓她有股欣慰的感覺。心情寧靜。

她一張張拿起信紙，放到一根蠟燭上。每張都在強光中灰飛湮滅。

卡莉絲不禁微笑。火紙。蓋爾夫人或許信任她，但並不表示她想讓這封信難以摧毀。達山愛她。達山一直深愛著她。而他心中藏有駭人的祕密，並獨自承受那些祕密。他對她的尊重、對她的愛，讓他留她在身邊，而這麼做讓很多原本就很困難的事更加困難。如果他有心的話，可以輕易地將她逐出黑衛士。他可以囚禁她。但只要事情和她有關，他從來不肯選擇簡單的脫身之道。

她站起身，覺得比過去十六年來都輕鬆許多，走到門口。錦繡站在門外等她，雙手放在身後，好像在藏什麼東西。

錦繡說：「蓋爾夫人說等妳看完信之後，不管做何決定，都會需要強大的火力。」她自背後伸出雙手，其中一隻手拿著一把陳舊的大手槍，另一隻手拿著完全以蕾絲製成的寬鬆美麗襯衣搭配束腹，價值肯定等同於黑衛士一年的薪水。「妳選哪一樣？」

卡莉絲目瞪口呆地看著那套襯衣。*蓋爾夫人！太淫蕩了！而且錦繡還在營房中央拿出那玩意兒，看在歐霍蘭的份上！*「今晚誰負責守衛稜鏡法王？」

「我想是新來的男生。」

「太好了。」卡莉絲說，面露微笑。

「卡莉絲，妳打算……」錦繡問。

「妳是要這樣子站在那裡，還是要幫我梳頭髮？」

第七十八章

瑪莉希雅低聲回報的內容實在太驚人了，長久以來熟悉的驚慌感緊扣加文胸口。首先是各總督轄地傳來的消息：十二頭海惡魔，整整齊齊地排成三排，圍著阿伯恩外海游了五圈，然後消失。儘管當地氣溫十分暖和，但一層冰覆蓋凱爾芬旁的克雷特湖。上千頭野生山羊列隊整齊地站在原地。詩人都被嚇傻了。樂師能在一天內寫下上百頁樂譜，忘記吃飯、喝水、睡覺，直到陷入昏迷。划槳奴隸划到力竭身亡，深怕會趕不上其他人的節奏。船長忙著計算星辰位置，卻不領航，結果撞上暗礁。母親會丟下哭哭啼啼的嬰兒去做僕人的差事，直到差事做完為止。

自然界的秩序失去控制，似乎有種諷刺意味，不過不是死人會喜歡的那種諷刺。而這還不是最糟的問題。

藍色警報沒響，她不知道達山已逃出藍囚室。加文上次檢查警報是什麼時候？一年前？一年半前？

達山遭擒的第三年，為了紓緩自己最深沉的夢魘，加文添加了安全措施。他以為算安全措施。如果達山進入任何囚室，理應啓動輸送道頂端的發光裝置——警報。

要不就是瑪莉希雅遭人策反——不，她臉上的震驚之情不是裝出來的——不然就是加文的警報機制壞了。

如果輸送道沒有轉換，達山現在已經餓死了。根據加文的設計，如果達山試圖朝輸送道發射盧克辛，也會轉換輸送道——但如果一種機制壞掉了，另一種也可能會壞。可惡。他沒把那些東西做到永遠不會壞。盧克辛會腐朽，就算在黑暗中也會，而他整座監牢幾乎都是用盧克辛建造而成的。

如果他死了，我會察覺到，不是嗎？塞瓦斯丁死的時候，我就感覺到不對勁。當然……

升降梯突然停止，才下沉了兩層樓。沒有多少人握有能讓稜鏡法王的升降梯停止的鑰匙。

來人是葛林伍迪，帶著難看的笑容，開心地前來攔截他。他一言不發地伸出一隻手。加文自奴隸手中接過字條。他已經知道字條上寫些什麼了。

「兒子，到我屋裡一敘。這不是請求。」

和他猜得差不多。

首先，因爲基普和錦繡在他房間，他沒辦法立刻去檢查輸送道的警報。接著他們又召開「緊急會議」。現在又來這個。

不過他也沒什麼可做的。如果達山當眞逃脫，此刻早已不見蹤影。如果他沒東西吃，那現在已經死了。歐霍蘭慈悲爲懷，這讓那些說達山．蓋爾會回歸世間拯救他們的狂法師有其他解讀空間，是不是？

他們知道。他們一直都在想辦法解救他。

冷靜，加文。耐心。如果事情已經發生，那就發生了。如果沒有，不要做出任何古怪舉動讓全世界最狡猾的男人起疑。他跟著葛林伍迪走。拖延不會有任何好處，給他再多時間也不可能做好面對這個暴君的心理準備，而且安德洛斯．蓋爾的怒氣也不會隨著時間消退。事實上，現在就去找他，趁他還在氣頭上，沒有時間計畫報復，或許才是最好的做法。

加文進入那個黑暗的房間。空氣十分凝重、悶熱。他討厭這裡。就算用超紫提燈照明，這裡還是有一種侵入骨髓、消磨意志的黑暗。

「加文。」安德洛斯・蓋爾說，聲音很平靜，很嚴肅。

「父親。」他盡量擠出尊敬的語氣。

「你剛剛從背後捅我一刀。」安德洛斯・蓋爾臉上不動聲色，當然，不過語氣卻有點心不在焉。加文發現他在咀嚼箇中滋味。這個老頭現在一心只想證實自己依然掌權，而世界上再也沒有任何遊戲能和加文公然挑釁他相提並論。

同時，安德洛斯也很肯定自己會贏。這點讓加文感到害怕。

「都是你教我的，父親。」

「我教你幫來自提利亞的小渾蛋出頭？」

「你教我贏。我贏了。」

這話贏得了一陣沉默。

「你得到了自己的總督轄地，但這件事本身毫無價值，新提利亞根本撐不了多久。所以你在光譜議會裡多了可以撐上兩年的一票，不過做得很不漂亮。如果你想要控制法色法王，有很多更好的做法。為什麼要忤逆我？」

「有趣了。」加文說。「我也想要問你這個問題。為什麼要和我作對，父親？我們打不打仗究竟與你何干？又不會有人叫你上陣殺敵。就算我再度出任普羅馬可斯，又關你什麼事？還有什麼比這個更能讓我們家族受益？」

「你忘記這裡是誰的地盤。」安德洛斯大聲道。

加文坐在一張老椅子上。從前這張椅子華貴大器，現在卻已陳舊不堪。「聽說你一直在和基普玩九王牌？他厲害嗎？」這是很無聊的反抗，在他父親定下規矩時顧左右而言他。但他認為安德洛斯難以抗拒這個問題。這個男人現在心裡只剩下遊戲。

安德洛斯微笑，嘴唇上翻。「戰爭結束後，你就不夠專注了，加文。你的牌技本來可以和我一樣好的。現在時日無多的你已經永遠趕不上我了。很抱歉，我錯估了你的實力。」

錯估我的實力？眞是保守的說法。你這個皮膚鬆垮的怪物。裂石山大戰後，母親才看我一眼就知道我是誰，而你在那之後和我說過幾千句話，卻還是認不出我。你從來不曾認識我，你這個瞎了眼的老笨蛋。「你不知道認爲我或許不會和你一樣，對我造成多大的影響。」加文語氣平淡地說。

「你該結婚了。」安德洛斯說。

加文以爲老頭已經忘記這檔子事了。他自己都差點忘了。他覺得肚子挨了一拳。

「我只要娶一個女人。」加文說。

「我也只要你娶一個女人。你還有五年。如果能給我生四個兒子，或許其中一個會有點骨氣，讓我有機會重建這個家族。」

「我有兒子。」加文說。基普其實是他哥哥的兒子。眞是亂七八糟。

「私生子。」安德洛斯揮手道。「時間到了，他自然會被趕走。在你眞正的子嗣成年前，基普會以其他方式爲家族效力，譬如充當其他家族暗殺目標之類的；但永遠不能繼承這個家族的名聲。」

加文食指交抵，嗤之以鼻，但是安德洛斯當然沒看到他的動作。「那你究竟有什麼大計畫？」

安德洛斯嘴唇一緊，在加文對面坐下。「我要爲你提出幾個妻子人選。三個有錢或有其他用處的家族裡都有不錯的選擇，而那些女孩都很年輕，很快就會幫你生孩子。年輕到……願意順從，懂得關懷。」

「意思是你可以在我死後控制她們。」

「當然。和意志堅定的女人睡覺，她可能竊取你的未來，然後消失。」安德洛斯不懷好意地笑了笑。

加文僵在原地。從他的語氣和笑容，這句話等於在他的護甲下抵了支匕首——在加文的護甲下——而他根本不知道父親在說什麼。

只要說錯一句話，他就會知道。

於是他一言不發，彷彿為此深受打擊。他確實深受打擊，不過理由不太一樣。

那支匕首，和那支匕首有關。

「你不想知道是哪些女人嗎？」安德洛斯問。

「請說。」加文輕聲說道，嚥了嚥口水。

「安娜．喬維斯那個小蕩婦、娜弗塔莉．戴萊拉，還有伊娃．高登．布萊爾。我本來想要加上麗芙．達納維斯的，如果你在她父親的協助下拯救了加利斯頓的話。當然，現在你已經讓達納維斯和我們家族永遠結合在一起，所以已經沒有意義了。總而言之，」安德洛斯．蓋爾說。「你親手摧毀了那個選項。我不得不說，兒子，你替我提出一項有趣的挑戰。」

葛林伍迪端茶過來，加文拿起他遞來的杯子。「父親，說到沒有意義，這一切都沒有意義。我不會娶——」

「提希絲．瑪拉苟斯。」

茶杯停在加文嘴前。「不好意思？」

「她十九歲，沒有年輕到你打個噴嚏就能讓她懷孕的地步，不過還是很快就能懷孕。而且她也很漂亮，至少葛林伍迪是這麼說的。德凡尼死於戰場後，她姊姊伊蓮就接管了家中財務。伊蓮非常擅長經商，把他們家族變成經濟巨人，儘管提希絲的嫁妝就已十分驚人，但完全無法和伊蓮死後她所能繼承的財產相提並論。」

「什麼？提希絲爲什麼能繼承姊姊的財產？」

「伊蓮是同性戀，也沒有喜歡小孩到願意和任何男人上床。不過她很聰明，還是爲了得到生意而與許多男人嘴上調情。另外，她還認爲，如果她妹妹眞的嫁給你，可以防止我們亂來。就某方面而言，這想法沒錯：和提希絲結婚後，你絕不能離婚或公然出軌，加文。」

「什麼?!」加文還沒有從第一部分恢復過來。他父親要他娶提希絲？她就是破壞基普測驗的女人，也是剛剛才被加文趕出光譜議會的人。

歐霍蘭慈悲爲懷。加文的母親承認她下令暗殺德凡尼——因爲他知道達山的祕密。現在他父親要他娶這個父親死在菲莉雅・蓋爾手中的女人。

「看出好玩之處了嗎？伊蓮拿她的繼承權來威脅我們，我們則拿基普這個子嗣去威脅她。如果她爲了繼承所有財產而離開我們家，我們就和基普斷絕關係。這並非我們唯一可打的牌，不過讓你的對手爲了一張你本來就不想要的牌付出代價，向來都是好主意。」

單就策略層面而言，加文看出這種做法的好處——不是對家族，而是對他自己。提希絲是個美女，她還是有機會成爲朋友，而不是他剛剛樹立的那種敵人。如果這麼做，他就可以阻止父親摧毀基普，至少能幫基普爭取時間。加文自己的時間已經快沒了，等他死後，就不會有人保護基普——如果加文比安德洛斯早死，基普就需要人保護。但是——

「父親，你爲什麼就是不願意幫我一次？我唯一可能答應會娶的女人就是卡莉絲・懷特・歐克。」

安德洛斯嗤之以鼻。「她能為家族帶來什麼好處?幾棟空房子?放著家族的盟友不管，自己跑去當黑衛士?少胡鬧了。」

加文喝了口茶。冷靜下來之後，他非常沉著，非常小聲地說:「娶她，或是誰都不娶。」

「你向來是我最寵愛的兒子，加文。我覺得在你身上看到我的影子。在你身上看見意志。或許我不該怪你在這個時候背叛我，雖然你有很好的理由不這麼做。你記得我們為了讓你當上稜鏡法王做過什麼事嗎?你能有今天，都是因為我，兒子。除非你完全照我的話做，不然你將會付出超乎想像的慘痛代價。」

加文一言不發，站起身來。

「兒子，讓我聽到你說會聽我的話。」

加文走向房門，拉開黑簾幕，穿簾而過，離開惱人的黑暗。

「加文!」他父親大叫，聽起來很衰老，很虛弱。「加文!」

第七十九章

「晚安。」加文和站在他房門外的黑衛士說。他不認識這兩個人。他們很年輕，約莫十八歲，看起來像小孩——當十八歲的男人在你眼中看起來像小孩時，表示你已經老了。

你十八歲時都在做些什麼，加文？

太多了，但那些都是令他分心的想法。眼前有兩個他不認識的黑衛士，但他認識所有黑衛士。兩個黑衛士，附近沒有其他人。這就是刺殺行動的開端。有人警告過他。

對方向他敬禮。「稜鏡法王閣下。」

「你們叫什麼名字？」加文問。

「吉爾和加文．葛雷林，閣下。」年長的那個說。

兄弟，當然。他早該看出來。「加文？」他問年輕的那個。

男孩微笑。「是的，閣下，我的名字是——」

「是在我們母親認定他比較不受寵之後取的，閣下。」吉爾冷冷地說道。

「嘿！」加文．葛雷林說。

加文大笑。在這兩兄弟裡，加文顯然比較英俊。

年紀小的葛雷林看到稜鏡法王大笑時鬆了口氣。「很抱歉，我哥哥這麼討人厭，閣下。能夠為你服務是我們的榮幸。一生的夢想，閣下。」

「有你服務是我的榮幸，加文，你也是，吉爾。你們兩個剛晉升？」一個以他為名的黑衛士。看在歐霍蘭的份上。他眞的老了。逐漸看不見顏色就是證明。他胸口緊繃。在和父親會面之後，他沒辦法直接下樓前往祕密通道。他告訴自己，這樣可以讓他先從房間裡檢查警報。如果遭人背叛，可以獲得一點警示。

但是說實在話，他只是沒勇氣現在就下去面對他兄弟——不論死活。

「是的，閣下。」吉爾說。

「指揮官通常不是會派老手帶新人嗎？」加文問。

吉爾畏縮。「是的，閣下。因爲在加利斯頓損失慘重，我們沒有足夠的老手應付所有輪班。」

加文分別打量這兩兄弟，瞪大雙眼片刻，看看他們的體溫有多高。兩個體溫都很高，很緊張。當然，在沒有基本體溫參考，又是第一次和他交談，這個結果透露不出什麼訊息。

再說，仔細回想之後，他覺得自己確實看過這兩個男孩受訓。沒記錯的話，吉爾很擅長刺矛。而且什麼樣的殺手會冒著激怒目標的風險以言語取笑對方？或許非常深藏不露的殺手會這麼做，不過十八歲的人不太可能那麼厲害。

他祝他們有個美好的夜晚，然後步入住所。「瑪莉希雅？」他叫道。夜深了，她或許已經回側房——其實比較像是櫥櫃——去睡了。但是她沒有回應。如果背叛了他，她當然不會回應。

加文．葛雷林在他身後關門。「呃，她約莫半個小時前離開的，閣下。」她往往會在他外出歸來的日子工作到很晚，然後第二天一早提供最新報告，並且安排他行程表上最需優先處理的事項。如果她忠心耿耿，現在就會是在盡可能調查她的「失敗」。沒錯，瑪莉希雅就是這樣。這是她的處世態度，盡忠職守地努力糾正錯誤，甚至會忘記當他回家時，會希望她待在房裡。她完全沒有叛變之心。

「啊。」狗屎。

「有什麼我們能效勞的嗎，閣下？」加文．葛雷林問。

加文饒富興味地看著那個男孩，說道：「我過去四個月裡都和一個我渴望得到卻不可得的女人一起旅行。所以，不，恐怕我想找臥房奴隸做的事不是你可以效勞的。」

吉爾笑出聲來。他弟弟過了一會兒才聽懂。

「你是指守衛隊長卡──噢！」他在吉爾一矛柄捶在他腳上時叫道。

加文．葛雷林看著他哥哥，神情惱怒，接著面無血色。「喔。喔。呃。我很抱歉，閣下。你要我們其中一個去傳喚她嗎？『她』是指臥房奴隸，閣下。不是守衛隊長……雖然我想……啊哼。」

儘管他們自告奮勇，加文還是知道他不該把黑衛士當成自己的打雜僕役使喚。這麼做很可能會讓這兩個自告奮勇的年輕人惹上麻煩。不，他花時間和他們聊天，純粹是爲了套點交情，確保他們不是殺手。他可不想爲了按捺不住慾火就抛開這點交情。

不過，他差點就答應了。他搖了搖頭。

身後的門關上，他朝畫像慢慢走去。他很疲倦，肚子裡還有顆絕望之球滾來滾去。他仔細打量那幅畫，檢查隱藏式鉸鏈──沒有被動過手腳的跡象。不過畫框要重新上漆了，他手指上的油脂抹平了其中一邊，得再加以掩飾。他拉開畫框。

畫框後面鑲板上放的液態黃盧克辛依然原封不動，一旦警報在其中注入空氣，就會開始發光。警報沒有啓動。

他沒取超紫，讓超紫盧克辛深入地獄石鑲板內；感受裡面的細絲，薄到輕輕一碰就會扯斷──細到能告訴他有沒有人動過警報，是否仍在。他感覺到警報的機械結構。沒人動過。

有那麼一瞬間，他以爲一切都是誤會。達山依然待在藍牢房裡！一切都沒出錯！他之所以會驚慌失措，都是因為失去藍色，因為他夢到達山逃獄——那是他已經擔心了十六年的事，所以在失去藍色之後，會產生這種想法也在所難免。

只不過第三眼也說他兄弟逃出藍牢房了。

但是算命師常常會出錯，對吧？

她不會。

加文汲色深入輸送道。它移動了。轉到綠牢房了。

所以，達山逃出了藍牢房，不過依然卡在綠牢房。藍警報沒響，不過至少達山有食物。他在綠牢房裡拿到藍麵包，不過還沒有逃出去。原因要麼就是綠色讓他衝動到無法靜下心思考，不然就是在綠光下的藍麵包顏色太淡，無法製造可用的盧克辛。他在綠牢房裡，而且還活著。

他永遠無法確保達山不會逃出來，但目前的情況還不算太難收拾。還不算。

加文肩膀上的壓力並沒有因此消失，不過轉移到比較舒服的部位。至少這個緊急事故可以等到天亮再說。他還沒準備好面對達山，他要好好休息，沉靜思緒，然後再去面對兄弟。明天。

他走向書桌，拿起摺好的微光斗篷和牌盒，塞入一個衣櫥。這也是明天的問題。明天總是還有更多問題。他走到床前，脫下衣服，隨手亂丟後突然感到一股氣悶。瑪莉希雅究竟上哪兒去了？要不是為了三不五時溫存溫存，沒事養個臥房奴隸幹什麼？行程可以晚點再排，他要她待在房裡。他低聲咒罵，覺得自己在胡亂生氣。

事實上，他是在生卡莉絲的氣，氣她為何要一定要那麼倔強。而且他想瑪莉希雅，不光只是想念她高超的床上技巧。今晚他不想獨自入眠。他想要擁抱她的嬌軀，感覺她柔順的曲線。他想要在醒來時能夠抱住她，然後再度入眠。他想要一早和她一起洗澡，讓她幫他梳頭，給他抹油，細心打扮，然後把頭腦清楚的他送出門去征服世界。

結果，她卻在外面做那些她沒有服侍他時會做的事。

這樣說很糟糕、很不公平。瑪莉希雅離開房間通常都是為了幫他做事。他爬到被單裡，想了一會兒不好的事，然後沉沉睡去。

半夜，加文一定是覺得太熱而扯開被單，因為他又覺得冷了。迷糊中，他伸手去拉床單，不過卻感覺到長髮掠過他的大腿，接著有人吻他。對方牽起他的雙手，用力壓在他身體兩側，示意他不要干涉。

喔，瑪莉希雅，如果男人可以和奴隸相戀……

瑪莉希雅取悅他的方式就像她做所有事一樣，又好又有效率。之前他遠行歸來，而她又不在房裡時，她就做過這種事，甚至只是當她察覺到他慾火中燒時，會立刻叫醒他，愉快地騎到他身上，迅速達到高潮。那感覺就像是在行軍時準備餐點——她盡量以最快速度滿足他的飢渴，盡可能不干擾到手邊的事情。而在現在這個情況下，就是指他的睡眠。有趣的女人，但就算拿全世界來和他交換，加文也不肯換。

在以極快的速度弄硬他之後，瑪莉希雅爬到加文身上。他伸手撫摸她的乳房，但她抓起他的雙手，壓到他頭上。瑪莉希雅的乳房十分敏感，有時候不希望加文碰。若他堅持，她會讓他摸，當然——她的工作就是要取悅他——但是今晚加文不想堅持。在她這麼主動的時候不想。

她在一點一點慢慢坐上去時低聲呻吟，那股快感幾乎蒙蔽了加文的思緒，但他睜開雙眼。瑪莉希雅很少呻吟。屋內很暗，加文當然可以改變這一點，但是快感蒙蔽了意志。他已經太久沒做愛了。

不過，當她完全坐進去時，即使沒有用手，看不見東西，他還是感覺得出對方不是瑪莉希雅。隨著他逐漸清醒，這個事實越來越明顯。他很熟悉瑪莉希雅的身體、動作、興奮時的體味，還有香水的味道，這可不是——

那個香水。當他身上的女人開始隨著節奏搖擺臀部時，加文陷入快感和回憶的催眠狀態。

卡莉絲幾乎從來不擦香水，但每年都有一天非擦不可，而且還是在她沒有藉口不出席那個場合時。她只有在盧克法王的舞會上才會擦香水。就是這種香水。

歐霍蘭慈悲為懷。她就是這樣進入他房間的。黑衛士知道不能讓任何人進來，但他們不會阻止卡莉絲。特別是在加文和他們提過……喔。

光是想到身上的女人是卡莉絲，就讓加文完全清醒過來，馬上慾火中燒。對方有點不知所措，好像她並不眞的清楚自己在幹什麼。據他所知，卡莉絲只有過兩個情人，兩個都沒有維持多久。她沒有多少練習的機會。儘管如此，她的肢體動作大多比現在協調。

加文伸手捧起她柔軟的臀部，引導她的動作。卡莉絲！十六年後——

柔軟？卡莉絲的臀？一個女人可以全身都鍛鍊到很結實，但依然保有柔軟的臀部，當然，但是……

現在她越叫越大聲，嗓音幾乎蓋過了加文門外的聲響。他停止引導她，但她只有越撞越大力。

門開了，一個女人拿著提燈走入。

「守衛隊長，」一個葛雷林兄弟抗議道。「我眞的認為妳——」

提燈的光照亮站在加文床腳的卡莉絲，不過背光導致他身上的女人依然處於陰影之中。雖然肯定已經發現房裡還有其他人，但那個女人沒有停止動作，體態淫蕩地刻意在他身上繼續扭動好幾秒。

卡莉絲拉動開啓牆上明水鑲板的拉柄，房內頓時大放光明。

一時間，加文在突如其來的光線中什麼也看不見。接著，當他調適雙眼後，身上的女人終於完全被照亮：安娜．喬維斯，超紫課堂上的學生。安娜，之前就曾試圖溜上他的床的小蕩婦。

「妳介意嗎？」安娜回過頭去大聲說道。她對自己在卡莉絲和年輕黑衛士面前赤身露體絲毫不以爲意。遭人打斷性交卻一點也不害羞，甚至十分驕傲。目中無人、傲慢無禮。

但是，加文根本沒把她放在眼裡。他凝視著卡莉絲，她的頭髮垂在肩上，不是隨意垂放，而是仔細梳過、捲過，臉上唯一帶有血色的就是臉頰上的腮紅，嘴唇上也塗有口紅。卡莉絲從不化妝。她身上披著一襲沒見過的精緻斗篷，而從拿提燈的手露出的開口可以看見斗篷裡的蕾絲。

一件蕾絲襯衣。卡莉絲。午夜時分。跑來他臥房。她是打算要——

「我說，妳介意嗎？法王和我有事要忙。」安娜說。她抓起加文垂在她屁股旁的手，壓在自己的乳房上。她之前不讓他碰的乳房——深怕他因而察覺她的身分。

卡莉絲拔腿就跑。

加文咒罵了一聲，甩開安娜，緊追卡莉絲而去，衝過目瞪口呆的葛雷林兄弟。「卡莉絲！」衝上走廊的同時，他聽見玻璃摔碎的聲音，看見卡莉絲匆忙間丟下了提燈。油槽摔爛了，燈油灑落滿地。加文停步。

還在燃燒的燈芯緩緩傾倒，在加文有機會汲色前，走廊已經大放光明。他以大片黃盧克辛悶熄大火。終於通過走廊後，卡莉絲已經搭升降梯下樓。他探頭到升降梯井裡往下看，不理會守護升降梯的黑衛士。

她去的是下一層樓，黑衛士營房。

「法王閣下！」黑衛士錦繡大叫。

「別想阻止──」加文吼道。

她舉起雙手。和平。她把她的斗篷丟給他遮身。「祝你好運，閣下。」

加文把斗篷綁在腰上，跳入升降梯井。落到下一層之後，他翻出升降梯井，大步走向女黑衛士營房。營房大門緊閉。

「卡莉絲！」他叫。

但是在他走近的同時，十來名衣衫不整的黑衛士，列隊在門前，形成一道人牆。

「不要再前進了，閣下。」震拳輕聲說道。他也衣衫不整，儘管身材沒有鐵拳魁梧，但還是比加文壯。胸肌超大，肩膀寬到足以封閉永恆黑夜之門。

「走開！」加文叫道。

他們一言不發，只是站在原地。

「去你們的，你們阻止不了我！」

「我們阻止得了。」震拳說。「拜託，閣下，離開吧。在進一步羞辱對你忠心耿耿的僕人之前離開。營房裡有新人，他們不可能瞭解的。」

加文發出挫敗的叫聲，怒氣沖沖地離開。

上升一層樓並不足以讓他冷靜下來。年輕的黑衛士目瞪口呆地打量他，不過在他路過他們、走進房裡時並沒有開口說話。

安娜應該要跪在地上，一邊哭泣，一邊祈求原諒，但是她卻擺出知名雕像「處女之禮」的庸俗姿勢站在房裡。她甚至穿上和那座雕像同樣的薄紗連身裙──背對著他，長髮披在肩膀上，身體扭成S形，一邊乳房若隱若現。裝模作樣到要不是加文這麼生氣的話，肯定已經哈哈大笑。結果她這種做法只有進一步激怒加文。

「法王閣下，」她說。「要繼續嗎？我還有好多技巧沒有和你分享。」

加文以強大的自制力壓抑心中的怒火。他閉上雙眼，咬緊牙關，最後說道：「妳知不知道……我只是——我以爲妳是她！」

「什麼?!她？她那麼壯，又那麼粗俗。卡莉絲老到可以當我媽。我是說，你要找人練習打架，我敢說她是絕佳人選，但是當情人？和她上床就像插灰塵一樣。那個老賤人——」

加文的喉嚨裡冒出一陣出閘猛虎般的聲音。他拉下開啓房內所有窗戶的拉柄，隨即撲到安娜身上。

月光皎潔，狂風吹開了烏雲。

「閣下，你在做什麼？」一名黑衛士喝問，但加文根本沒聽見。他抓起一把女孩的頭髮，扯著她倒退來到寒夜中。「那個賤人，」他在呼嘯的狂風中吼道。「是我愛的女人！」他發出不似發自人口的叫聲，將安娜一甩而出。這一甩的力道，大到令她撞上陽台護欄，翻了過去。

然後墜落。

她沒有叫。她只是低呼一聲，在風聲中幾乎細不可聞。

加文心跳停止，風也停了，但是他沒有聽見她墜地的聲音。或許有東西擋住了她？或許有人救了她？

愚蠢的希望，加文心裡清楚。

他衝到陽台邊緣，透過欄杆往下看。

歐霍蘭慈悲爲懷。安娜在下方數百呎外以頭部落地，身體扭曲。從這裡看下去，她就像是在手指間被捏爆的葡萄：所有皮膚皺成一團，汁液賤落滿地。

「閣下……」

加文轉身，看見他那兩個年輕黑衛士。他們臉上的表情明白表示，安娜不是唯一剛墜落天堂的人。他以雙手遮面，退入屋內。其中一名黑衛士瞪大雙眼，關上窗戶。加文坐到床上，終於意識到自己幾乎赤身裸體。

「去向該回報的人回報。」加文說。「我就待在這裡。」

當然，他說謊。

第八十章

當女性營房的門上傳來敲門聲時，卡莉絲還以爲加文又回來了，但是門外傳來劍客守衛隊長的聲音。「嘿！門怎麼鎖起來了?!我說全員出動。可惡！我不管妳是沒穿衣服還是在拉屎，立刻給我出來！」

卡莉絲推開房門，立刻神色一凜，忘記眼淚。「怎麼了？」她問。

劍客守衛隊長看著她，斗篷沒有遮住她的襯衣，沒有遮住她的妝、她的香水、梳理過的頭髮，還有哭腫的雙眼。他遲疑了片刻，壓下驚訝的情緒，決定緩一緩。「全員出動，卡莉絲。妳得立刻上樓。有個女孩剛從稜鏡法王的陽台墜樓。她死了。我們認爲是被他丟下來的。」

□

加文凝視著月亮，慢慢透過它的微光汲色。他的計畫很簡單——製作一條繩子，丟到窗戶外面，讓他們以爲他逃走了。

但現在他已無法汲取綠和藍，做不出繩子。他靠在門框上，努力吞嚥口水。他從來沒必要用這種方式思考，最簡單的答案向來都是最好的。在能汲用所有法色的情況下，他只要弄清楚最適合狀況的材質，然而現在……他就像是普通馭光法師，試圖在有限工具之下解決問題。這是完全不同的思考模式。他討厭這樣。

他一邊思考問題，一邊從衣櫥裡拿出乾淨的衣服穿。他想可以弄出一條黃鎖鏈，但那會讓他們懷疑他爲什麼只汲取難度高又費時的黃魔法。這種問題比殺死當權貴族的女兒嚴重多了。

他把這個想法拋到腦後。沒有時間。

那就打開窗戶。

接著，加文看見衣櫥裡的微光斗篷。他披上大件斗篷，扣上項圈，調整到適當大小。他討厭在脖子上套東西，項圈內緣有冰冷的金屬隆起，卡進他的皮膚，感覺不太舒服。

他走到一面鏡子前。身影還是看得一清二楚。他拉緊斗篷。沒有隱形。他閉上雙眼，想像自己隱形，期待、渴望、貪求、相信此事會發生。睜開一條縫，他還是看得到自己。

門上傳來敲門聲。加文本能性地汲色保護自己。

兩把刀從兩側插入他的脖子。一股火熱之氣在他體內亂竄——臉頰火熱、頭皮起火、胸口燃燒、手臂燃燒、兩腳燃燒。接著，火熱感消失了，轉爲刺痛，而刺痛又轉爲微微敏感，像是牙齒喝到冷飲時的感覺。

他看向鏡子——看穿了自己。他的臉還在，還有脖子上斗篷沒有完全遮住的部分。項圈像兩根針一樣插入他脖子。加文用斗篷完全遮住自己，隨即發現兜帽裡有小勾方便他遮蔽臉孔。只有眼睛露在外面，他身體的其他部分都是透明的——不算完全透明，比較像是透過髒兮兮的窗戶視物。在昏暗光線下，這種程度的隱形完全可以接受。如果他動也不動地貼牆而立，就不會被發現，但若在良好照明下迅速移動，會輕易露餡。

敲門聲變大。「閣下，請讓我們進去！」

加文低頭，嘗試將眼睛藏在兜帽的帽緣下，讓自己完全隱形。這麼做時，他什麼也看不見。黑暗深邃到讓他打從心裡害怕起來。

這表示如果有人要仔細檢查，他就得在什麼都看不見時才能完全隱形。太好了。太可怕了。

窗戶已經打開了。加文貼著門旁的牆壁而立。

「稜鏡法王閣下。」鐵拳指揮官叫道。「我們是來帶你去光譜議會的。請開門，閣下。」

謝謝你警告我，老朋友。

片刻之後，黑衛士打開房門。他們當然有鑰匙。鐵拳帶了六個人進來。「檢查陽台。」鐵拳說。

加文等他們一進房，立刻溜出門外。從窗口和走廊吹進來的強風，讓斗篷在他腳下擺動。但是沒有人看見。他來到走廊。

接下來，他沒有前往升降梯，而是反方向往通向塔頂的樓梯走去。他打開塔頂的門，在另一陣強風中迅速溜到外面。

此刻離天亮還有幾個小時。加文坐在一張從門口看不見的長凳上。他必須先弄清楚情況有多糟，才能採取行動。但是坐著思考也很危險。

歐霍蘭慈悲為懷，他殺了那個蠢女孩。他搓搓自己的臉頰。他希望自己感覺更難受點，但這並不是他第一次謀殺。他每年都在那場野蠻儀式中謀殺很多人——傾聽他們告解，然後一刀插入胸口。多加一條人命又怎樣？

如果他深入調查那個女孩，肯定可以查出什麼悲慘故事。像是安娜的家族即將破產，她希望藉由引誘他來拯救家族。又或許她父親威脅她去上加文的床，好讓他可以威脅加文之類的。安德洛斯說安娜在那份結婚候選人的名單中，不是嗎？還是……無所謂，不管她做了什麼，為何而做，是怎麼通過守衛的。這可能是場陰謀，不過更有可能只是溝通不良和缺乏經驗。

但加文不常失控到這種地步。他很鎮定，很理性。看在歐霍蘭的份上，加文是完人。本來是。曾經是。

不再是了。

他失去了藍色，而這不光只是魔法的效果，或許也會對他的個性造成影響。他失去了沉著、冷酷、謹愼思考等藍色實質特徵。他根本沒理由殺死那個女孩，除了激動和仇恨外，沒有其他情緒驅使他這麼做。理性放縱下的激動和仇恨。

失去力量不光只是失去力量；加文失去的越來越多。他失去自制力、失去智慧、失去人性。

他把一個女孩丟下陽台。什麼樣的人會幹這種事？他並不想——但想這沒意義，事情已經做了。或許他眞的就是想殺她。

而且他還失去了卡莉絲。她深夜來到他房間，打扮得像是來找他做愛的模樣。他的心臟卡在喉嚨裡。歐霍蘭慈悲爲懷。他不知道她在幹嘛，爲什麼過去的幾個月裡隨時都有機會，偏偏選在這個時候來找他。但是她來了。如果他在任何一件小事上採取不同做法，今晚就會完美無瑕——如果他沒有和守衛套交情，還告訴他們他想找女人；如果他沒有提早醒來；如果他有阻止不認識的女人騎到自己身上，或許？

我只看見自己想看見的東西，我這輩子都是這樣。自我幻想讓我失去了眞正重要的東西。

他不知道自己還要多久才會失去黃色。還要多久才會失去所有法色。距離下次解放儀式還有八個月，當發現自己失去藍色時，他以爲自己可以撐那麼久。現在知道那是不可能的了。

他想到他的目標。

盧西唐尼爾斯啊，厄爾人把你困在哈斯谷時，情況有這麼危急嗎？你當時有沒有懷疑過自己？還是你和傳說中一樣意志堅定？你只是個凡人嗎？你改變了世界，但那是因爲你想要改變世界嗎？

加文殺了親生母親，而她還爲此感謝他。這究竟是什麼狗屁世界？她爲此感謝他！

他記得那個畫家，沉浸在創作世界裡的天才畫家。他叫什麼名字？阿黑亞德．明水。他給了那具軀體一個名字，然後殺了他。一隻手給他一些垃圾，然後用另一隻手奪走一切。而阿黑亞德感謝他。加文辜負了加利斯頓全城百姓，弄丟了他們的城市、財產、許多他們在乎的人——而他們把他當神膜拜。他們愛他。

他怎麼可能是唯一看穿眞相的人？

黯淡的星空下沒有答案，就像在這個黑暗的時代裡找不到諸神、歐霍蘭，或是光明一樣。

他能度過這一關，是不是？如果安娜．喬維斯是奴隸的話。但她不是。她父親擁有航行於大河上超過半數的駁船，而她母親是葛林維爾的阿萊絲的妹妹。阿萊絲，次紅法王。他的前盟友，衝動，不反對戰爭。阿萊絲深愛安娜。阿萊絲會把摧毀殺害她外甥女的男人當成畢生志願。是因爲只剩下兩年可活而產生的衝動和魯莽嗎？見鬼了，就連加文失去她在光譜議會裡的那一票也表示……

沒有希望了。一切都結束了。

太陽終於伸出血紅指甲抓住地平線，開始向上攀爬。當陽光終於如同歐霍蘭沉重的手掌拍在他身上時，加文走到鑲在旋轉座台上的大水晶前，拉開微光斗篷，丟在腳邊，然後掀開防塵罩，以雙手接觸那塊冰冷的大石頭。

他延伸自己的思緒，感受、感應著光線。他看不見藍色，但感覺得到。藍色算不上失去平衡——此刻藍色和紅色基本上勢均力敵——但卻失去控制。它不均衡，像是全面混亂、不受控制的棋盤。不過，他感應得到一個結，很小，位於瑟魯利恩海深處，或許還沒有取得實際形體，一點一滴地重組自己，如同來自永恆黑暗之門後的傳說冰河般，漂浮在海面上。加文已經摧毀了剋星，但它永遠無法消滅。再過六個月，世界上又會出現另一個剋星。他可以一個接一個地摧毀它們，但它們會慢慢重建自己——直到眞正的稜鏡法王再度馴服它們。

接著，他感應到綠色。綠色沒有秩序、沒有明顯的棋盤。綠色瘋狂肆虐，不過卻化作隨機色帶。時值深秋，維丹平原卻百花齊放，因爲有一條翠綠的色帶籠罩其上。然後是縫隙。海裡出現大片藻類生長，許多虛無空間，然後又是一個結，剛自西南方成形。那是哪裡？

歐霍蘭呀。就在盧城外。就在法色之王行進的路線上。

兩個……結——不管它們是什麼玩意兒——都在緩緩成長。

加文將意志注入大水晶，試圖均衡魔法，試圖把愉快的和諧強加在世界上，就像從前那樣。這就是他降臨世間的目的。這就是他反覆在做的事，甚至不用水晶輔助。這就是他的天賦、他的使命、他的光榮時刻！

一無所有。空無一物。什麼都沒有。缺乏一切。他只是個凡人，只是個推著岩石、幻想能單憑意志力擠出清澈夢想的凡人。一個笨蛋。

結束了。他玩完了。無法均衡魔法的稜鏡法王只是個廢物，而少了能均衡魔法的稜鏡法王的世界，也將面臨末日。問題只會越來越嚴重。世界會回復到盧西唐尼爾斯出現之前的情況：諸神降世，馭光法師朝所屬法色的神祇聚集，試圖讓自己也變成神，然後神與神開戰，世界被狂吹數十年的風暴撕裂、大海堵塞，死亡、龐然巨獸橫掃大地、冰河翻山越嶺，直抵沙漠。饑荒、貧困，還有爲爭奪稀少資源而長年征戰。國家分裂成部落和幫派。城市陷入火海。圖書館付之一炬。文明終結。

如果關於稜鏡法王消失的傳說有一半眞實，世界就會面臨毀滅劇變。加文坐下，裹在溫暖的斗篷裡，時而清醒、時而出神。

接著，他慢慢釐清了頭緒。在這個一切分崩離析的瘋狂世界裡，加文・蓋爾並非唯一的稜鏡法王。胸口的壓迫感讓他知道必須怎麼做。

就連我的自私都得終結了。

加文站起身來，轉身背對陽光，然後去找他的兄弟。

第八十一章

達山知道自己的時間不多，加文當然有辦法知道他逃出牢房。

加文。達山？就連我也弄糊塗了。

達山雖然年輕，但向來比較聰明。好了，現在我是達山，這次我一定要比你聰明。

達山首先考慮簡單的方法。他要在走道的地獄石上多鋪上一層彌封綠盧克辛。只要盧克辛保持彌封狀態，地獄石就無法吸收它，至少吸收得不快。只要多鋪幾層、多鋪幾次，他應該就能一路踏著綠盧克辛抵達下一座牢房。如果這條走廊和第一條一樣長，那從達山此刻虛弱的狀況研判，大概要走上兩、三天。

他有兩、三天嗎？他花了幾個月走到這一步，多等兩天又算什麼？

他不知道。多等兩天或許會導致完全不同的結果。也或許加文在外面遇上了淒慘的結局，那多等幾天完全沒差。

加文以爲他的囚犯會深受綠色影響，像條追求自由的瘋狗一樣衝入走廊嗎？

不，加文絕對不會這樣想。他知道達山在藍綠牢房間的走道上被吸乾了所有盧克辛之後，現在絕對會格外小心。加文第一個會想到的，肯定就是達山第一個會想到的事。

而加文定有因應之道。加文會準備陷阱等他。當達山踏上走廊，肯定會有東西奪走他的綠盧克辛。

於是，達山坐下來思考。陷阱的誘發點——這裡絕對、絕對會有陷阱——可能在地獄石走道的任何一個位置。除非達山做好計畫，不然直接走過去尋找陷阱是很愚蠢的行爲。

但是一直坐在這裡計畫也很愚蠢。加文隨時都有可能回來。過來看他，過來幸災樂禍。達山眞想把那怪物的臉打扁。

他坐下來，吃麵包，沉靜思緒，尋求、尋求。

他決定嘗試另一種做法，於片刻後起身，站在通往地獄的通道口，通往黃牢房。他非常小心、非常緩慢地汲色，用綠盧克辛彌封出一條細杆子。他戳戳通道口，找尋隱藏於黑暗中的陷阱線。

不，這樣毫無希望。如此偏執妄想絕不可能逃出這裡。他得大膽採取行動，要掌握自己的命運，攻破加文的計畫，摧毀它們。他不能任由自己受困於此。他得離開，現在！他得——

慢慢來，達山，別讓綠盧克辛影響。你太虛弱了，盧克辛在你疲倦虛弱時最能影響你。

達山釋放盧克辛，完全把體內清空。

少了盧克辛，他覺得很難受，疲憊不堪。不，他虛弱到了極點。如果不繼續製作綠盧克辛，他會睡著，而睡著就會讓加文有時間趕回來——

但如果製作綠盧克辛，他就會做出蠢事，正中加文下懷。他就會直接墜入下一個陷阱，而那或許會讓他陷入前所未有的困境。黃牢房很可能堅不可摧。他能突破綠牢房算十分走運，因爲加文的疏失讓他取得藍麵包，而達山不能把希望寄託在加文會繼續犯錯。他必須徹底利用加文的第一個錯誤。

他想像著加文下到這裡，揚起嘴角微笑，嘲弄他——

等等。加文下到這裡。加文下到這裡時，必須穿越這塊幾何空間。

即使沒有盧克辛，達山還是感覺到一股能量，活力。加文下到這裡，那表示他有下來的通道，而且那些通道離他非常非常近，才能來到能和他對話的距離。

如果達山能找到其中一條通道，就不光只是繞過黃牢房，而是可以直接離開整座監獄。他不必一間牢房一間牢房地逃，可以直接離開。

救贖近在眼前。他心跳加速，心臟在體內燃燒，彷彿身體都在發燒。

不，這是眞正的喜悅。他已經很久沒有感覺到喜悅了，幾乎忘記那種欣喜若狂的感覺。他哈哈大笑，接著開始沿著原先是他牢房的大綠蛋繞行，敲打牆壁。

叩、叩、叩。叩。叩、叩、叩。叩、叩、咚。

咚、咚、咚。空蕩的聲響聽起來像是太陽節的救贖之歌。

爲了確認，爲了謹愼，達山把整間石室的牆壁都敲完。沒有。就這附近，約莫四步長的區塊，是最薄的牆壁。他尋找隱藏鉸鏈，但是沒找到。牢房完工後，加文肯定已把通道完全彌封，沒理由留下可能會被達山找到的弱點。

回到綠牢房的感覺，就像舀起自己的嘔吐物然後吃下去一樣，但他還是回去了。他興奮顫抖，爬回剛剛打穿的洞，抓起他的藍麵包。

他留下所有的麵包皮，全剝開來，讓他有最大的面積汲色。

他又爬出綠牢房，不過仍站在綠光中。他又花了一刻鐘製作出足夠藍盧克辛。他在盧克辛出現時鬆了一口氣，清澈的藍盧克辛在他眼中是種恩典。他過去十六年都生活在藍色環境裡，他需要藍色。當藍色緩緩充斥體內時，他再度意識到自己的身體有多脆弱。他退燒至今不過才幾個月，胸口噁心的傷口已大多癒合成一塊可怕的疤。他的身體戰勝了感染，但並不表示已完全復元。

他不知道自己有多少時間。他必須炸開牆壁，製作綠盧克辛以取得足夠力氣，然後用最快的速度拉開最遠的距離。等他找到安全之地，就可以思考治療問題。這是場賭博，而藍色的他討厭賭博，但是非賭不可，不然只有死路一條。

他考慮再敲一遍石牆，再次確認，但是沒必要，他汲取藍色的時間已久到眼睛已可直接標出空洞處的輪廓。他可以想像石牆厚度。從他小時候上過卻早已遺忘的課堂內容判斷，這是花崗岩，他記得花崗岩破碎的情況。

藍色就是會有這種效果，從腦海中翻出你難以想像的記憶。花崗岩會碎成許多可以預測的楔形石塊，約莫呈六十度和一百二十度角。當然，藍色不能告訴他那些楔形碎塊會以什麼角度崩裂。於是他做好準備，左手握住右手手腕，凝聚意志。第一發魔法彈得是他拇指的大小，不然花崗岩不會裂開，讓他看出適當裂角。

他深吸了口氣，大喊一聲。這樣能緊縮腹部、胸膛，還有橫膈膜，製造張力和穩定的發射台，並且如同動物般稍微強化意志。融合機械力學與獸性。

藍色子彈激射而出，擊中牆壁，在一陣花崗岩塵土和碎片中穿牆而過。

沒有警報。至少沒有他能聽見的警報。達山大步走到牆前。光線太暗，看不清楚洞後情況。他將手指伸進去摸索，感覺洞內裂痕。啊哈，傾斜約二十度。

他透過藍色強化的心靈輕易預測裂痕，透過角度修正，算出牆面將會如何裂開，以及下一發魔法彈要射在哪裡才能讓這個洞大到能爬出去。

達山向後退到可以避免自己被碎石擊傷、但能輕易擊中目標的位置，然後擺開架勢，一腳在後，轉身，雙手舉起。他的雙掌將同時射出兩枚魔法彈：目標是那裡……還有那裡。

他大叫，魔法彈激射而出，因爲有些盧克辛已變回光線狀態，在藍光爆炸中擊中牆壁。通道中煙塵滿布，達山呼吸困難，突然感到一陣空虛。他踉蹌走向綠牢房，從中擷取液態生命。

看著腳邊的麵包塊，他心裡湧現一股或許也該汲取藍色的想法，至少汲一點，弄些藍絲就好了——

他把麵包吃掉。他要去的地方有很多、很多藍色。他需要體力。

心裡有一些些遲疑，但是微不足道。

他擠進黑暗的洞穴，進入黑暗通道，然後在手中製作不完美的綠盧克辛。綠盧克辛不適合當火把，即使以他此刻的身體狀況，也知道不能把所有盧克辛都用在照明上。

這條走道——加文的走道——很簡單、粗糙。這是條工作走道，幾乎連一個人通行都困難，更別說是手持火把的人，除非你想把自己燒死。當然。

加文會拿盧克辛火把。渾蛋。

達山一進入走道，立刻感到遲疑。一邊似乎微微向上，而另一邊則是微微向下，但他不敢肯定。他的本能要他挑選往上的，但是經過理性思考後，他認爲光是這一小段路往上，並不代表往這裡走就會直通地面。眞的，他不知道哪個方向才是出路。如果走錯路，當然可以直接折返，但那樣就會浪費時間。可能很珍貴的時間。肯定也會浪費體力，即使體內擁有綠盧克辛的活力，他還是清楚這個桶子底下有洞。他身體虛弱，在綠盧克辛的狂野能量之下只是一具不健康的軀體。於是，他強迫自己站在原地，靜靜等待。

藍色拯救了他。他沒有汲取藍色，但它長年以來已經改變了他。他一動也不動，舉著微弱的綠火把。因爲那場爆炸和他擠過牆洞的動作，讓還在慢慢塵埃落定的花崗岩灰塵回到了自然狀態。

這兩條新連接的通道間，吹拂著一陣微風，微弱到達山的皮膚感覺不到，不過卻足以吹動塵埃，讓它們……往上飄。如果風往那邊吹，就表示那個方向是通的。那裡就是出口。

達山往上走。上方很好。上方就是出口。

他突然喜極而泣。上方是出口。親愛的諸神啊。上方是出口。

第八十二章

「我比較好奇這個。」提雅在他們於基普房間內坐下時說。她很疲倦，頭髮也在跟卡莉絲・懷特・歐克訓練時弄亂了。「我以爲阿朗是矮樹裡第二高強的戰士。」

「他是那個高高壯壯的男生？」基普問。

「而且動作很快。還是黃/綠雙色譜法師。他遇上了幾場倒楣的比試，不過我懷疑他是不是在搞沙蜘蛛那一套。」

「沙蜘蛛？」基普問。她的語氣好像他應該知道那是什麼。

「躲在洞裡，等到適當時機再跳出來。他是個黃法師。或許他以爲可以成爲另一個艾拉德。」

「當妳用一種我不懂的東西去解釋另一個我不懂的東西時……」基普說。

「艾拉德是七、八十年前的黑衛士。他以最後一名進入訓練班，第四十九名，之後在每個月的測驗裡，他都是勉強留下來。四十九、三十五、二十八，然後第十四名。接著在最後一週，他擊敗了所有人。據說是發了個誓還是什麼的。」

「所以最後一週，他打了，幾場？十四到十一、十一到八、八到五、五到二、二到一？歐霍蘭的睪丸呀，還真不少。我沒辦法想像打完四場後還要面對班上最強對手。」這是訓練班測驗內建的控制機制。理論上而言，矮樹可以從最後一名一路打到第一名，不過由於他們必須立刻開始下一場比試，直到無法贏得格鬥代幣爲止，會越來越累——而且每一場的對手都體力充沛。

「基普，艾拉德沒有跳著打。他打敗了所有人。從第十四名挑戰十三名、然後從十三名挑戰十二名。」

「妳在開玩笑嗎？」

「故事是這樣說的。」提雅聳肩。「卡莉絲當年基本上就和你說的一樣，可惜最後敗在費斯克手上。她連打了四場，以第三名收尾。據說費斯克贏得很吃力。」

在花這麼多時間研究魔法、歷史，還有九王牌之後，發現有另一整塊知識完全沒接觸過，讓基普覺得有點絕望：偉大的黑衛士史。

提雅拿起基普的寫字板，開始在上面寫字。

「盧克萊提雅．維倫格提失去妳時有什麼反應？」基普問。「我沒聽說紅法王是怎麼逼她放棄妳的。」

「我不知道。」提雅說。「我後來就沒見過她了，也不想見。」她聳肩，然後迅速指向寫字板。

「我認爲黑衛士矮樹的眞實排名應該是這樣的。你覺得呢？」

她刻意不談奴隸的事，引起基普的注意，不過他接著就被寫字板上的排名吸引。提雅把關鍵者排在第一，阿朗排第二（第二？），她自己排在十二，而基普在……十八。他揚起一邊的眉毛。

「呃，抱歉。」她說。「或許你可以排得更前面一點。」

「妳錯了。」基普說。「我根本沒有十八名的實力，沒錯吧？」他覺得自己應該排名二十。

提雅清清喉嚨。「你是多色譜法師，基普。這能提升實力。大幅提升，只要你運用得宜。」

基普皺眉。多色譜法師。他們早就猜到這點了。全色譜多色譜法師？這會產生不同的結果。大不相同。儘管如此，在無法實際演練下，他根本沒有應該擁有的技巧。事實上，正如提雅所說，如果他眞的是全色譜多色譜法師，所有一切都會改變。除非加文插手，不然他們絕不會讓他擔任黑衛士——他太有價値了。而且他們會要他很年輕就結婚。人們至今依然不瞭解馭光法師何以生成，不過相信馭光法師的孩子也會是馭光法師的人，多到足以讓馭光法師承受強大的繁衍壓力。而天賦越強大的馭光法師，所承受的壓力就越大。除非強大到像加文·蓋爾那樣，就可以爲所欲爲，誰都不能拿你怎樣。

但他現在還不想思考那些事，回頭研究排名表。「妳是怎麼排出這份名單的？」

「觀察入微？用眼睛看？首先你必須考慮所有人都想要以最高的名次結業，至少也要在前十四名。大家也都有些不希望被排除在十四名以外的朋友，所以如果自己前面第三名是這種朋友，大多不會直接挑戰他們。因爲不論輸贏，他們或他們朋友都會失去格鬥代幣。這對身處前十名內，不必擔心太多的人而言比較無所謂，但有可能被踢出去的人就不會想摧毀朋友的機會。」她開始畫線。「排名最後面的人會先被踢出去，所以他們或許會先挑戰前方三名中最弱的人。比方說二十名的伊達斯明知可以挑戰十七名的希里，但卻還是挑戰十八名的阿斯姆，表示他認爲他可以擊敗阿斯姆，但不是希里的對手。如果他贏了，就可以前進兩名，然後挑戰文森。這下新的二十名就可能會去挑戰這變成十九名的阿斯姆，即使這樣只會上升一名。」

「爲什麼？」基普問。這些數字弄得他頭昏眼花。

「因爲阿斯姆已經輸了，他沒有格鬥代幣，本季已不可能勝出。所以他不會全力作戰，因爲贏了也沒好處。你看，每次有人打贏，就得再次確認排名，然後記下誰手上還有格鬥代幣，這樣就可以跳過比較困難的比試。但是當然，也得小心有些人會故意隱藏實力，直到最後一週才爆發出來。」

「就像妳。」這就是提雅要基普聲稱找信差送錢是他的主意的原因。

「對，就像我。」

「喔，見鬼了。」基普說，這些都是他完全不懂的知識。「不、不、不，我沒希望了。我不可能弄懂這些的！」他站起身來。「不，我累了。別管這——」

「基普，如果你不弄懂這些，就不可能加入黑衛士。你不擅長打鬥，所以要比擅長打鬥的那些人更聰明。這就是大家仰慕艾拉德的原因。」

「大家仰慕這個打敗所有黑衛士的男人，不是因爲他很擅長打鬥？這很難想像。」

「基普，他每個月都有辦法以最後一名留下來，就表示他精準地猜出誰會挑戰誰，還有誰會打贏每一場比試——每個月。只要錯估一次，就會提早出局。」

「所以，人們仰慕他是因爲他輸得很聰明？這太瘋狂了。」

「人們仰慕他是因爲他熟悉他的朋友，熟悉他的敵人，騙過了所有人。」

「他後來怎麼了？」基普問。

「他成爲黑衛士指揮官，在服役期間拯救過四任稜鏡法王——最後遭人毒害。」

「所以他也不算面面俱到。」基普沒好氣地說。

「他面面俱到了二十四年。這已經比大部分黑衛士都長得多了。」

「抱歉。」基普說。他看得出這個死去的指揮官在提雅心中占有重要地位。

「別板著臉，我們還有得忙。」

「等等，在我們開始忙之前，我要妳拿走妳的文件。妳一直在迴避這件事。聽著，只要簽了它，我們明天就可以拿去登記。」

「基普，不要傻了。」

基普疲憊到想哭，無助地揚起雙手。

「等你解放我之後，會怎樣，基普？」

「呃，妳就自由了？」

「我也沒錢了。」

「我們不是已經談過這件事了嗎？」基普問。

「奴隸加入黑衛士會怎樣，基普？」

「獲得自由，從某種角度而言。」

「黑衛士會花一大筆錢購買他們。一旦矮樹通過測試，合約就會被信託，直到宣誓效忠黑衛士為止。如果你現在就解放我，就什麼都拿不到。」

「我不想要擁有妳，提雅，這樣感覺很差。妳真的想加入黑衛士嗎？」

「我當然想！」

「我甚至不知道該不該相信妳。妳不能回答說妳不想，對不對？」

「什麼？我是奴隸，不是騙子，基普。」

他皺眉。「事情沒那麼單純，我們都很清楚。」

她以一副他瘋了的模樣看了他一陣子，接著神色頹靡。前一秒鐘她還活潑自信，下一秒她就變得脆弱恐懼。「基普……我一直在想這件事。打從你說要解放我開始，我最初的反應是生氣——生你的氣？因為從你擁有我的那一刻起，我的帕來課就被停掉了。雖然我還有機會再上，但那要等好幾年。我的生活裡除了那個，沒有任何改變，所以我好氣你。蠢，呃？基普，有一部分的我想要拿起那些文件，直奔登記處，趁自由擺在面前時趕快把握，因為奴隸主人都是非常善變的。抱歉。」

「沒關係。」基普喃喃說道。

「我家人有欠債，基普。我媽做過一些不好的事，我父親失去了一切，包括我和我妹妹。我說過他是商人，但是債主不讓他出海經商，因爲怕他跑路，所以只能留在家鄉做工。以他目前的進帳，絕不可能還清債務。他就連買貨在家鄉販售都負擔不起。如果我現在就拿走那些文件，他就註定要窮一輩子，而我兩個年紀輕輕的妹妹就得嫁給我父親要她們下嫁的第一個可憐人。」

「出了什麼事？」基普問。

「請不要問我那個。」

但我已經問了——喔，因爲她是我的奴隸，如果我堅持，她就得回答。基普說：「那就當我沒問。抱歉。妳有計畫？」

「繼續保有我的所有權幾個禮拜，等我宣示加入黑衛士後，你把黑衛士支付金額的五分之一給我，這樣我們都能得到一點錢——而你和我一樣急需用錢。反正我本來就想當黑衛士，基普。我這輩子沒有其他志願。這樣等於克朗梅利亞付錢完成我們的夢想。」

「那樣講……有點……聰明。」基普說。

「這樣做有什麼壞處嗎？」她問。

壞處就是我無從得知妳是喜歡我的人，還是我的錢——直到宣誓效忠爲止。但這完全是自私的理由，不是嗎？他要她爲了讓他好過一點而付出代價。

「看吧？」她說。「但是……我要你對我發誓，基普。」

「沒問題。」

「答應我你不會把我賣回……答應我你不會把我賣掉。賣給任何人。我會在休息時間服侍你，我不在乎。我已經當奴隸很多年了，可以多當幾個禮拜。答應我。」

「我向歐霍蘭發誓，」基普說，「不過有個條件。」

她疑惑地看著他。

「合約的錢，妳要拿一半。」

「基普，你眞的很不會談判。」她微笑，基普再度察覺到她和麗芙有多不同。麗芙總是對自己的身分自怨自艾，雖然她確實遭遇到不公平，但還不能和奴隸相提並論。或許是因爲麗芙曾經和美好人生擦肩而過，所以對自己的損失感觸良多。又或許是提雅天生樂觀知命。但如果得經歷不公平的慘事，他希望日後自己能變得比較像提雅，而不是像麗芙。這個想法讓基普鬆開了心裡的某個執念，他覺得自己比較不那麼生麗芙的氣，也對她不再那麼感興趣了。「我接受。」提雅說。「現在，別傻笑了……上工！」

第八十三章

達山路過通道中第一根沒有點燃的火把，但因爲可能是陷阱，而沒去碰它。他繼續擠過狹窄的通道，大口吸氣，努力保持冷靜。通道沒那麼窄，黑暗也沒那麼黑。他已經離開最糟糕的環境，只要能離開這裡，他很樂意經歷更糟糕的環境。

不要回去。永遠不回頭。

約莫又過了一百步，他看見另一根火把。他停下腳步。他的綠球光線黯淡，也會消耗他體內的盧克辛。他不知道這顆光球能撐多久，搞不好只有幾分鐘，爲防萬一……

他將火把當作毒蛇一樣打量。狹窄的走道不容許人以正常方式點燃火把通過。想要在不燒傷自己地拿火把通過，就得將火把拿在自己正前方。他兄弟在汲色方面向來毫無節制，所以這裡的火把都是有著普通木柄的盧克辛火把。末端附有不完美的黃盧克辛，整個包覆在一層薄盧克辛或玻璃，甚至可能是上蠟的皮革內。完全與空氣隔絕，黃盧克辛呈現休眠狀態。想要光線時，只要剝開彌封物，就能得到一個完美的單色譜黃光源。而視接觸到的空氣多寡，與黃盧克辛的品質優劣，盧克辛火把能維持一到四個小時。這種東西十分昂貴，想要自行製作又非常困難，但是他兄弟會爲了炫耀自己是超色譜人而樂意製作它們。

這根火把出自他兄弟之手，毫無疑問；當然，這座監牢就算不是完全由他親手打造，肯定也差不了多少。盧克辛火把架在簡單的鐵座上。達山瞇眼看著那一小塊金屬，彷彿其中包含了宇宙之謎。但那只是普通的鐵，火把也沒有插得特別緊，看起來不像舉起火把就會彈起來觸發陷阱的開關。

但是感覺不對勁。

達山咒罵了一聲，接著又多罵了幾句。他喜歡聽自己的聲音在走道上迴響，消失在遠方，而不是從數呎外的牆面上彈回。

「逃獄的時候大聲喧譁，有點蠢，你不覺得嗎？」一個聲音說道。

達山背上傳來一股寒意。一段很長的時間裡，他以爲一切都結束了。接著，他認出了那個聲音。

「死人。」他說。

「但是你再過一會兒就會死得比我還要徹底，我想。」死人說。

「我以爲你還待在那面牆上，我丟下你不管的地方。我不用你跟來。」

死人在黑暗中竊笑。「你以爲能夠這麼輕易就擺脫我？你是個很有趣的小人物，加文．蓋爾。」

「不，你才是加文。你才是死人。我已經不來那套了。我不會繼續落敗。現在給我滾開，我要弄點光出來。」

「但那根火把有陷阱。」

達山吼道：「我知道火把有陷阱！」

但他根本不知道火把有沒有陷阱。那是恐懼，是偏執妄想。可是他無法擺脫那種感覺。他低聲咒罵，一再咒罵。他打量著那根火把，不敢碰它。

「別碰它。」死人說。「你的綠盧克辛大概還能撐十五分鐘。只要不坐下來和自己聊天，或許有機會出去。」他再度嘲笑他。

達山跌跌撞撞大聲前進。他身體狀況不佳，如果不盡快睡覺，並且吃點眞正的食物……

不，那個晚點再來擔心。

走道慢慢轉向，達山覺得他正緩緩向上繞圈，感覺像是永遠走不到盡頭。他漸漸喪失耐心，但是這條路不可能走太久，是吧？加文可能挖多深呢？

「深到你沒辦法挖上去，當然。」死人說。「他向來都比你聰明那麼一點點。」

「閉嘴！」達山雙膝一屈，絆了一跤。他穩住身體，不過短暫失去了集中力，綠球差點就消失。

「你還記得自己深受父親寵幸？不知道加文現在是不是他的寵兒。你一直都很害怕父親會發現加文比你聰明，是不是？」

「閉嘴。」達山無力地說。歐霍蘭呀，他差點弄丟了唯一的光源。他無法想像和腦中聲音一起受困於絕對黑暗中。

「你何不回去拿那根盧克辛火把，」死人自黑暗中說道。「你的綠盧克辛球或許能撐到那裡。當然，那根盧克辛火把說不定已經失效了，因爲已經放在那裡很久了，而它們都撐不了多久，就算是你兄弟做的也一樣。」

四周越來越黑，黑暗自微弱綠光的四面八方逼近。綠色理應會讓他感到狂野、強壯，但就連野生動物也會有難以承受的狀況。強壯的感覺和眞正的力量還是有差別。

達山繼續蹣跚前進，他沒有其他事可做。他的身體在背叛，眼中冒出許多黑點。他又絆了一跤，這次摔倒在地。他勉強把逐漸黯淡的綠光球擋在胸前，搖搖晃晃起身，就連死人也一聲不吭。

接著，救贖降臨。

他看見另一根盧克辛火把。他慢慢迎向前去，小心謹愼。

「有陷阱，你知道，是吧？」死人說。「我敢說上一根沒有陷阱。搞不好他聰明到知道你會跳過上一根，然後就狗急跳牆。他完全把你看透——」

「閉嘴！閉嘴！閉嘴！」

綠球現在比達山的拳頭還小。他還剩下約莫五分鐘。

儘管如此，他依然不慌不忙，仔細檢查這根火把下方的鐵座。

「不會是簡單的拉柄陷阱。想想吧，達山不會那麼簡單，是不是？達山——」

「現在我才是達山！」達山斷聲吼道，但是他完全沒有轉身。他說得對，不可能是簡單的拉柄陷阱。鐵座很牢靠。他後退了一步，伸出一根手指，壓了壓鐵座，隨時準備在察覺異樣時向後彈開。

沒有異樣。

他瞇起雙眼，試圖透過超紫光譜視物，但他看不出是因爲自己失敗了，還是沒有任何超紫盧克辛可看。

他戳戳火把。它在鐵座裡晃動，然後又回復原位。他的腳再度背叛；他摔在地上，只能靠著牆壁減緩落地的速度。

不過，除了顏面盡失外，沒有任何狀況發生。

「顏面盡失？」死人得意洋洋地笑道。「你渾身是血、骯髒噁心、赤身裸體、屎味四溢、自言自語。你還有什麼顏面可失？」

「我要你知道，」達山說。「等我離開這裡，你就玩完了。我不再需要你了。」

「『需要』是非常有趣的用語，不是嗎？」

「到永恆之夜去吧。」達山睏倦地說。「我們來看看你設下了什麼難題，兄弟。」他說，抓起盧克辛火把。

結果。什麼都沒有……發生。

他吐出了一口氣。他都沒發現自己屏息以待。歐霍蘭詛咒你，加文，我真以為你聰明到那個地步。

達山拉開盧克辛火把上的一層外皮，空氣自許多小洞中灌入，盧克辛開始緩緩發光。火把裡的盧克辛還有一半。依加文汲色的品質，這些盧克辛可以撐很久。

當純粹的黃光綻放而出，希望衝出達山的內心，就像太陽衝出丘頂一樣。他拉近盧克辛火把，四周大放光明。他又剝下另一塊表皮，沐浴在黃光下。沒有陷阱。

他眞的能夠逃出去。他比那個渾蛋棋高一著。

透過盧克辛的光芒汲色，效率極差。眼前之所以會有這道光芒，都是因爲對方以不正確的方式製作盧克辛，所以唯一正確的黃色都是四下散落的散光，即使看得見那些光，汲色效果還是取決於本身的能力和汲色效率。但達山並不打算從中製作任何有用的東西，他只是想嚐嚐黃色的滋味。

黃盧克辛緩緩旋入他的體內；經歷十六年缺乏黃光的日子，這種感覺太棒了。他覺得反應敏銳、思緒清晰、有辦法繼續前進，小心翼翼。

加文沒有在這根火把上設陷阱，並不表示走道內沒有其他陷阱。就算他從未想過他兄弟會從這條路逃出去，也會擔心有人會從另一端發現這條走道。沒錯，要小心。

謝謝你，黃光。

達山抖擻精神，繼續前進。

不到三分鐘，他就看見盧克辛火把的光芒照亮一座石室入口。他放慢腳步。

「他會在這裡解決你。」死人說。

「閉嘴。」他斷聲道。

他仔細打量一切。延伸到石室前的走道、地板、天花板——所有看得見的東西，透過所有光譜打量。他心跳加劇，但是什麼都沒有，沒有隱藏的陷阱線、沒有鉸鏈，牆上也沒有會射出恐怖暗器的小洞。他緩緩前進。他可以慢慢來，火把還撐得住。

當然，他兄弟隨時都有可能下來。

這座石室左右各約十步寬，擺有一張小桌子、小椅子、小臥舖，不過沒有食物。這裡肯定是加文建造這座監獄時的休息室。

達山每跨出一步，都注意落腳處。

「我告訴你，他就是會在這裡解決你。」死人說。「去呀，去那張小床上躺躺。要不要打賭你醒不醒得過來？」

達山沒碰小床。反正他也不會睡，在盧克辛火把緩緩耗盡前不會。因爲根本沒想過要保留下來，他已丟掉火把蓋，可惡。愚蠢的錯誤。雖然他根本沒有口袋或空手能拿它們，但依然是愚蠢的錯誤。

對面牆上有東西在閃，就在通道口上方。

「喔，當然了，去看看那個閃亮的東西。沒錯。那絕不可能是陷阱。」死人說。

「你何不留在這裡，我自己走就好了？」達山說。「那樣就能皆大歡喜。」

「可以呀，在和自己說話的人又不是我。等你準備好了，隨時可以丟下我不管。」

「去死。」達山說。「那玩意兒就在走道上。反正我也會往那邊走。」

儘管如此，他還是走得小心翼翼。這種環境很容易讓人執著在某樣東西上，讓目光變得狹隘。

「哈！雙關語！」死人說。

什麼？喔。「滾開。」

達山眨眼，揉揉眼睛，打量地板，測試每一個落腳處。他不能一直維持這種速度，不然永遠別想出去。但這個地方就是要如此小心，不管死人如何嘲笑，他說得都很有道理。

不管那個閃亮的東西爲何，它都鑲在岩石裡。或許是某種礦物的天然礦脈？黃金？達山沒有任何採礦的知識，但他此刻身處地底。那玩意兒的紋路遠看似乎沒有規律，但是當他逐漸走近——

「陷阱。我告訴你。陷阱。」死人說。

「我不會碰，你這個渾蛋。不要讓我分心。」儘管可能是陷阱，但是達山也不打算跨出石室，進入外面的走道，讓陷阱毫無預警地落在他腦袋上方。

他保持距離，踮起腳尖，舉高盧克辛火把。不管那是什麼，它都深陷在凹槽中，只有在舉起火把時才能看清全貌。只聽見「嘶」的一聲，他僵在原地。

這就是陷阱。他必須立刻採取行動，但不知道該採取什麼行動。

轉眼之間，盧克辛——那就是盧克辛——凹槽裡的盧克辛遭火把點燃，發出一道地獄般的黯淡紅光。達山記得這種配方。出自加文之手，混合黃、紅盧克辛，製作出一種就算照射到光線也會點燃的物質。他感到怒不可抑——接著整個圖案大放光明，被他的盧克辛火把的光芒點燃。

那圖案粗略可以看出是一個字，約莫兩步寬，字跡輕快飛揚。那個字透過黃紅色的火焰呈現在他眼前，意思是：「差一點點。」

達山移動雙腳，向後跳開，衝向身後走道。

進入石室時舉在身前的盧克辛火把，現在照射在他身後牆壁上的隱密凹槽裡。那些凹槽綻放火光，火焰切斷繩索，腳下的地板突然墜落。

他頭下腳上地墜入黑暗，滾入一條管道中，接著突然掉到一個平坦表面上。他被幾根小刺扎中，不比第一節指節長的小刺。這些刺撞出了他體內的空氣——還有盧克辛。地獄石！

接著，地板突然開啓，他繼續墜落，繼續墜落。他撞上一扇突然敞開的門，跟著又在他身後關閉。

儘管頭昏眼花，背部和手臂上的刺傷鮮血直流，完全分不清東南西北，達山還是立刻從透過眼瞼，爲了嘲笑他而來的光線，得知此刻身處何處。

他翻過身，睜開雙眼。這個房間狀似受到擠壓的大球，上方有個供應食物和水的洞，地上有個裝排泄物的洞。而死人就坐在這間新黃色牢房的弧形牆面裡。

他用一種近乎瘋狂的假音說道：「早就告訴你了。」

第八十四章

加文靠著微光斗篷輕易溜回自己房間。房門外的黑衛士在一陣風吹過時，轉頭看了通往塔頂的門一眼，不過加文很快就把門關上。

年輕女子看看樓上，沒放在心上。加文路過她身邊，等到她終於決定過去檢查時，他立刻趁機溜回房裡。

他們顯然搜索過他房間，不過沒有搜得很仔細。他在想什麼，讓別人跑來搜他房間？他們可能會發現櫥櫃裡的暗門。

但那已經無關緊要了。加文走到藍色巨像畫前，拉開畫像。他差點笑出聲來。警報鑲板正發著黃光。

他兄弟昨晚逃出綠牢房了。加文為他感到非常驕傲。他是個鬥士。或許算得上是好吧，至少第二個警報沒壞。加文拉上畫像，走到衣櫥，開始推開裡面的衣服。

「閣下，我能效勞嗎？」

加文轉過身去，看見瑪莉希雅。她跪在床邊，低著頭，顯然是在等他。她神色悽然，形容憔悴，看得出來是想贖罪。

她讓他感到一陣溫暖。她向來不只是他的臥房奴隸，甚至在許多艱困的處境下全心全意服侍他。

「瑪莉希雅，我書桌抽屜裡有封信。我敢說妳有注意過。請拿來給我。」

她走去拿信，然後神色木然地把信拿過來給他。那是她的奴隸解放證明。加文沒有請人撰寫制式公文再簽名，而是親手寫下整份文件。他聽說有人會指控臥房奴隸假造奴隸解放證明，不讓他們獲得自由。基於十幾個不同理由，瑪莉希雅是既美麗又有價值的女人，加文絕不會讓她落入他們手中。

他看了那份證明一遍，雖然內容早已背下。他不光是要還她自由，還要給她一萬丹納，這筆財富足夠讓她自行創業、結婚生子，或是舒舒服服過完一生。他在上面簽名，接著又拿起另一張紙，寫下一連串字母和數字。「我父親或許會編造藉口扣住這筆錢。他們知道我關心妳，所以會懷疑我留下了些東西給妳。這個密碼可以幫妳打開一個帳號。去瓦力格與葛林銀行找個名叫普雷斯特・昂斯托的伊利塔銀行家。」

「閣下，你為什麼要交代這種事？」她聽起來快要哭了。

「請從那個帳戶裡提出五千丹納給卡莉絲，還有五千給基普，剩下的都是妳的。」他把那些文件交給她。「記下那個密碼，燒掉這張字條；昂斯托會把這筆錢交給任何說得出密碼的人。」

「稜鏡法王閣下……」她無力地接過文件，看起來好像快死了一樣。

「我解放妳了，妳應該高興。」加文偏開頭去。看到自己的奴隸獲釋時似乎不太開心，當然讓他心有所感，不過也可能只是她在他面前掩飾了心中喜悅。因此他決定偏開目光，不要多看。

「這是我的錯，是不是，閣下？」她說。「是我做錯事了，是不是？都是我沒注意到警報。」

他雙手搭上她的肩膀。「不是妳的錯。我的警報失靈了，是我自己的問題。另外還發生了一件事。不過不是妳的錯。」

「我應該要待在這裡的。那個叫安娜的……我不該離開的。我很抱歉，閣下。」她說得對。如果瑪莉希雅待在他床上，加文希望她在的地方，情況就會大不相同。但他是自己命運的主人，沒有人強迫他把那個女孩丟出陽台。

他到底在想什麼？他只是想把她趕出房間？只是想嚇嚇她？還是說他本來就氣得想殺人？或許意圖如何已無關緊要。她死了。一切都結束了。

「不是妳的錯，瑪莉希雅。是我的錯。妳一直都是好僕人，好伴侶，好朋友。我要妳現在離開，以免受牽連。」

她神色沮喪。「閣下，你是好人。請不要——」

他感到苦澀。「好人早在許久之前就會解放妳了。我怕妳會濫用自由，所以才抓著妳不放。我的靈魂卑鄙齷齪。因害怕僕人的選擇而剝奪他們選擇權利的主人，絕對不值得妳服侍。儘管我有諸多不是，但妳對我很好。謝謝妳，瑪莉希雅。請把這兩件斗篷拿到我的密室，然後離開。我或許不會一個人上來，也或許再也不會上來，但是另一個人會。他上來的時候，妳不該待在這裡。」

她舉起雙手，神情無助。「閣下。」她哀傷地說。

他打開衣櫃暗層，汲色製作站立的踏板——由於不能使用藍色，這回他用黃盧克辛。

「告訴基普，我很抱歉。告訴卡莉絲……不，我想妳不能告訴她。永別了，瑪莉希雅。」他踏入衣櫥，關上門。

門一關上，他立刻聽見她的哭聲，雖然她努力忍著不哭。

加文推開地板，找到繩索，把踏板放到上面。片刻後，他開始向下沉入黑暗。

抵達升降井底端時，他四下摸索，找到盧克辛火把，自牆壁上取下一根。他之前不使用它們，是因為他不想在兄弟的任何一間牢房裡灑落黃光。如今達山身處黃牢房，那就無關緊要了。

他找到控制器，拉動拉柄，升起黃牢房。牢房上升，轉入定位約莫需要五分鐘。他這樣設計是為了讓他兄弟以為窗戶所在的位置是最弱的一環，其實他特別強化過，讓這裡比其他位置更堅固。

等待讓他回想起建造這座監獄時腦力激盪的快感。他在第一個月裡建造出第一座藍牢房，然後花了將近一年的時間建造其他牢房。他不知道如果當初直接殺了他兄弟，然後把心思立刻轉移到對抗光譜議會，改變他們在世界各地所做的那些不公不義之事，現在的世界會是怎樣的局面。浪費了，只為了一個男人。

加文一直沒有膽量放他走，也一直沒有膽量殺掉他。

慢慢的、慢慢的，球狀牢房映入眼簾，然後緩緩到達定位。他要拉開一塊遮板才能露出窗口，但加文發現自己愣愣地看著遮板，竟然不敢拉開它。

太荒謬了。他是來這裡尋死的。他是來釋放他兄弟的。這應該很容易才對。一切都結束了。他的心臟在胸口大聲抗議，他以為它會不再跳動。他的喉嚨緊縮。他在流汗。

他拉開遮板。

一個男人從窗戶另一邊直衝而來，對準他的臉揮出一根棒子。

加文向後閃開。他兄弟的盧克辛火把打在黃盧克辛窗上，在閃光中化為碎片，釋放出黃色的明水。但是囚犯還沒打完。他沒有發出用來嚇唬加文的冷笑。他像瘋狼般抓狂地攻擊，不斷用盧克辛火把使勁敲打窗戶，直到手中的木柄化為碎片。

「你這渾蛋！」囚犯叫道。「我要殺了你，還有你愛過的所有人。我要拔下你的腦袋，拿去插你自己的老二。」

加文站起身來，拍拍身上的灰塵，把手中的盧克辛火把插入鐵座。

「聽到了沒有，加文？」囚犯叫道。「你以為你很聰明。很好！你知道嗎？你是很聰明，你向來都想聽我承認你比我聰明。知道嗎？確實是。你知道你還比我怎樣嗎？你比我懦弱。你想知道父親為什麼比較寵愛我嗎？看看這個。這座牢房。多精巧。多可悲。我以爲你建造這座監牢是爲了證明你比我聰明，兄弟。現在我知道了。你建造它是因爲你沒辦法動手殺我，因爲你害怕。」

「那就是父親寵愛我的原因。喔，我也令他失望。他希望兩個兒子都很聰明、堅定、勇敢，但是他得挑一個，而他挑了我。他挑對了，你這坨沒骨氣的爛屎。因爲我有仇必報。我可以懷恨在心、培養仇恨、讓它日漸壯大，而你卻只能坐在外面，擔心受怕。就像你小時候，呃？你還是會作惡夢，是不是？你還是會哭著醒來，是不是？你還會尿床嗎，加文？現在你有理由尿床了，我會回來的！」囚犯近在眼前，口水都噴花了窗戶。

「你可以殺我。」他說。「但下不了手。我敢說你每天早上丟麵包下來時都想殺我。我可以在麵包裡下毒，你這麼想。我只要不給他東西吃就好了，你這麼想。但是你辦不到。你沒種。你知道，加文，對，你沒種。但是我有。如果我們異地而處，你在裂石山倒地之後就已經被我殺了。我會割掉你的腦袋，在你的嘴裡塞你的屎，然後插在木樁上。因爲那才是打勝仗的做法，加文。那才能召告天下絕對不能惹你。用恐懼帶來和平，加文。你大概根本聽不懂這種說法，是不是？不，你向來比較像媽，只會運用手段操弄人心。她——」

「媽死了。」加文說。他不想讓達山在發飆時毀謗她。

「去她的。」達山說。「她那麼擅長說謊，偏偏從不費心掩飾她比較偏愛你。」

什麼？

「是你殺的？」達山問，在加文驚訝的表情中看見護甲的裂縫。「你先聽她懺悔？她和你說了什麼？你認爲她在最後時刻有沒有對你坦白？還是她即使到了那個時候，依然在慫恿你幫她辦事？她或許死了，但我敢說她還沒消失，是不是？那個蜘蛛婊子。」

「你是在說你媽，你這個噁心的渾蛋。」加文說。

「那你想怎樣，弟弟？阻止我嗎？你什麼都不會做，就像從前一樣。你會等著我，然後作你的惡夢。我逃離過其他牢房，這個也關不住我。你知道，一開始我還會擔心，接著我掉進綠牢房。我還以爲藍牢房是唯一的牢房，而綠牢房——那很殘忍，老弟，很聰明。當時我認爲總共有七座牢房，每種法色一座。但是沒有那麼多，對不對？」

加文沒有回應。

「你不可能用超紫盧克辛建造牢房，也不可能做出次紅牢房。我也不認爲你有辦法用橘色或紅色建造牢房。我認爲這就是最後一間了。我認爲我只差一點點就能摧毀你建造的一切。」

「你或許會很驚訝。」加文冷冷說道。

「你是家裡的敗類，小弟。家族之恥。你是個空殼。」

加文透過冷酷的黃光凝視他的兄弟。

「卡莉絲沒有提過我們共度的那晚，是不是？」囚犯說。

「你以前就和我吹噓過你的超強性能力。我對這個不感興趣。」加文說。囚犯神智不清，他掉入黃囚室還不到十二個小時，而他原先肯定以爲自己可以成功逃獄。那種失望、心碎的感覺，足以讓任何人大發雷霆。但加文不想聽他抱怨。

「那就是說她沒提過了。」達山大笑，加文從沒聽他發出過這尖銳刺耳的笑聲。「我以前覺得有點難爲情，眞的。但現在不會了。她沒有我想像中那麼飢渴。我們共進晚餐，我的手下、她，還有她父親，我講了些很淫穢的笑話，但是連她父親也跟著陪笑，當時我瞭解到，加文，瞭解到我有多麼與眾不同。我能爲所欲爲。我把我的大老二攤在世人面前，所有人就會立刻閉嘴，湊上來舔。我一整個晚上都在講要怎麼幹卡莉絲，確保她能達到我的要求，而那個懦夫就只會陪笑。你能想像嗎？至於卡莉絲，懦弱的小卡莉絲，她就只會灌醉自己。」

「我很不想這麼說，但是幹她並沒有什麼特別值得一提的。我騎上去後，她也沒讓我爽多久。你有在女人慘叫的時候射過嗎？而我還知道那不是因爲被我破處的關係。那個已經被你捷足先登了，是不是？」

「你這個變態——」

「我本來以爲我射不出來。我喝醉了，她又哭哭啼啼，沒有勾起我的慾火。但後來她叫了你的名字，我就知道我非射不可。爲了讓你知道你不能搶走我的東西。你知道什麼是我的東西嗎？任何我想要的東西，任何我想要的人。完事之後，她還是哭個不停，所以我把她踢昏。老實說，我覺得有點難爲情。」他聳肩。「不過我克服了這點。」他斜眼看向神色驚駭的加文。「她從來沒提過，呃？」

加文說不出話來。

「你根本沒娶她，是不是？」

加文心裡難受。他對他兄弟撒了上百個謊，說他的生活有多快樂，妻子有多開心。「沒有。」

囚犯神情扭曲。他的目光飄向側面，接著又看回他的獄卒。「十六年的謊言，分崩離析，呃？反正你沒和她在一起或許比較好。你想她這樣和蓋爾家的男人輪流上床，難保不會輪到父親？」

哀求或命令他兄弟不要再講卡莉絲的事，肯定會徒勞無功。「我以爲……我向來以爲你是我們之中比較善良的一個。」加文說。

「善良？」囚犯叫道。「就像雙胞胎裡總有一個善良、一個邪惡那樣？我們不是雙胞胎，加文，而且我們兩個都不善良。」

「你一直都是這個樣子，還是在這底下關到瘋了？」加文問。

「你把我變成這樣，小弟，就像我把你變成這樣。」達山丟掉手上的破爛盧克辛火把。「現在，我們何不結束這場鬧劇？開門。放我走。」他攤開雙手，靠上窗戶，凝視加文。

加文看見他兄弟胸口上有條大疤因爲墜落被扯開而滲出鮮血。爲了在墜入黃牢房前奪走達山的盧克辛而設下的地獄石尖刺刺出的傷口也在滲血。

達山身材削瘦、遍體鱗傷、狀況極差。他怒火中燒，也有權生氣。毫無疑問，卡莉絲是謊言，是爲了要傷害加文才說的。至少也是誇大其詞。但就算他從不把卡莉絲放在心上，也該把他們母親放在心上才是。

我是母親最寵愛的兒子？我當然是。或許她一開始比較關心我，是因爲看到父親的冷漠如何傷害我，看到我有多需要父母的關愛。但是我們氣味相投。她或許因爲偏心而感到罪惡。在發現加文其實是達山時，她肯定鬆了口氣。十六年前，他在她臉上看到那個表情，之後就一直試圖否認這一點。

我就像是寓言故事裡帶著骨頭過矮橋的狗。當看見另一條狗帶著骨頭從我下面走過時，立刻就張口去搶牠的骨頭——結果自己嘴裡的骨頭掉到水裡，掉到我的倒影裡。

他看著囚犯，發現他不停望向牢房中的一面牆壁，彷彿在和某人交談。他兄弟瘋成這樣或許都是加文的錯。畢竟，是他把他孤零零地關在牢裡十六年。但他沒辦法彌補這種罪孽。

加文靠上他自己這邊的窗戶，雙掌放上透明無瑕、堅不可摧的黃盧克辛窗戶，和兄弟的手掌對貼在一起。「我很抱歉，兄弟。我很抱歉我把你逼瘋，如果你以前就是這樣，而我卻一直沒有發現，我很抱歉。但我不認爲可以放你出來。以你現在的情況不行。我的世界正在分崩離析。這點我不打算騙你。我殺了一個女孩。我失去了我的法色。我失去了深愛的女人。我……我失去了一切。但還沒有喪失心智，光是這點，我就比你強。」

他突然感到一陣寧靜的浪潮如同海嘯來襲，沖走沿路一切，埋葬他的異議、摧毀他的反對。他兄弟罪有應得。或許他們不能就這麼異地而處——或許加文現在沒辦法成爲他心目中的那個善良兄弟，於是他決定把囚犯當作是邪惡的兄弟。但他兄弟眞的很邪惡。是壞人。很危險。

既然十九歲就已埋下妄自尊大的種子，如果當年加文就放他走，這種至高無上的權力會讓他變成什麼樣的人？

或許他做的眞的是對的，而不只是錯較少。或許囚禁他兄弟乃是伸張正義。

或許不是。無所謂。他深吸了口氣。

「你當年掀起戰爭只是要集合身邊的盟友，是不是？你剷除我藏身的村落，激起人們追隨我，只是爲了要他們反抗你。你本來可以逼我投降的。我會投降。在第一場交戰，我的人打贏之後，你殺了我們派去的使者。你爲什麼要這麼做？你只要饒了我的手下，就可以打敗我。那是父親的主意，還是你的？」

達山朝牆壁冷笑一聲。「聽著，兄弟，儘管盧西唐尼爾斯想出來的這場騙局很棒，但它還是無法應付某些威脅。就拿伊利塔來說。有多少總督會爲了收回伊利塔而決定開戰？一個都沒有。但普羅馬可斯就有權直接開戰。阿伯恩人已經欺騙他們的部落數十年。帕里亞人根本不把克朗梅利亞放在眼裡。魯斯加人公然用財富和謊言操弄人民、統治領土。提利亞人——好吧，我想我沒資格談論提利亞，因爲戰爭改變了一切。是不是？」

「沒錯。」加文說。他腹部翻滾，覺得每個關節都很痠軟。

「你以爲永恆黑暗之門會永遠關閉嗎？」

「啊，來自永恆黑暗之門後方的虛無威脅。」加文說。「你至少還算是學歷史的人。當初為了應付永恆黑暗之門後方的艦隊，而差點讓議會策封為普羅馬可斯的稜鏡法王是沙易・塔林吧？那已經是四十七年前的事了。那支艦隊在門後也等得夠久了。」

「瞪大眼睛看看吧，加文，你敢說我們的體制還能有效運作？」

即使提利亞淪陷，阿塔西遭人入侵，加文還是沒辦法讓光譜議會正式宣戰？他兄弟說得沒錯。他們的體制爛掉了，世界需要一個意志堅強的男人來創造新體制。

「想要成為普羅馬可斯，就只能憑戰爭。」達山說。「需要重大危機。你就是我們最完美的契機。我們可以裝出一副不願意追殺你的模樣。你是我兄弟。你是安德洛斯・蓋爾的兒子。沒人會認為這是在做戲。但你一直想要在正式開打前就結束我們的戰爭。」

加文感到噁心。「戴爾瑪塔將軍。他從頭到尾都是你的人？」當年這名將軍屠殺阿塔西皇室一事，不但導致各總督出兵對抗加文，同時還解決掉反對安德洛斯・蓋爾的一大家族。

「不過就五十七個人。你光在譚納溪一役中殺死的人，就遠遠超過這個數字。」

「冷血屠殺不一樣。」

「不一樣嗎？」囚犯問。「他們死得比較不徹底嗎？」他眨眼，看向牆壁，彷彿有人在和他說話。

加文沒有回應。

「告訴我，弟弟，」囚犯說。「誠心提問，因為我不可能知道答案：戰後阿塔西為你帶來多少麻煩？」

這一拳打得非常扎實。戰前，阿塔西皇室——最後一支早在盧西唐尼爾斯前就已存在的勢力——不斷製造麻煩和小型戰爭。如果現在阿塔西皇族依然保有財富和影響力、避風港和走私船，紅懸崖起義肯定會導致嚴重後果。但是在現況下，那次起義才剛開始就被平定了。那次屠殺成效卓然。

「放我出去，弟弟。」達山說。「你已經玩完了，你自己清楚。原諒我剛剛說那些話。那些威脅和惡毒言語。我不是眞心的。我幾個小時前才墜入這間牢房。我以為我可以逃出去，結果卻又敗在你手裡。你心思縝密，弟弟。但你的時代已經過去了。我可以從你眼中看出這一點，不光只是你失去的法色。你聰明絕頂，但我意志堅定，現在世界需要的是意志。世界面臨威脅，而威脅日益茁壯，只有我才能拯救七總督轄地。」

「你向來願意去做任何必要之事。」加文說。「這就是我們兩個不同的地方，是不是？」他長嘆了一聲。「一切都在分崩離析，我沒辦法挽救劣勢。加文。」他說，用哥哥的本名稱呼他，彷彿放下了一塊大石。「加文，我要你向我保證。對我發誓，在歐霍蘭面前發誓，你不會報復卡莉絲。我不知道她會怎麼反應，而我也知道你或許得放逐她，但是對我發誓你會讓她不愁吃穿。基普也是一樣。」

加文——眞正的加文——瞇起雙眼，彷彿在考慮他的條件，以及會對他的統治造成什麼影響，當他毫無窒礙地從瘋狂囚犯變成威嚴皇帝。「在歐霍蘭面前，我如此發誓。」

假加文伸手去壓黃窗戶上的彌封點。

「等等，」囚犯說。「在你放我出去前，我們還有事要解決，弟弟。我該怎麼處置你？」他又看了那面牆一眼，嘴角顯露出不耐煩，不過立刻消失。

加文遲疑片刻。他哥哥眞是人間極品。「我認為你會殺了我。只要我還活著，對你就是威脅，不是嗎？」

「你只剩下一年左右可活，我沒必要殺你。父親在梅洛斯附近有座小島，很適合用來放逐你。他從前在那裡養情婦。」

「你眞……好心。」加文說。「我，我很想你，大哥。」他伸手觸摸彌封點，解除兩人間的黃窗戶。接著拔出腰帶上的匕首槍，扣下兩支扳機。槍聲在狹窄空間裡迴盪，彈丸射穿囚犯的身體。其中一枚在他胸口打出一個大洞，另一枚射爛他的牙齒、打爆他的腦袋。囚犯屍體墜地。完全沒有抖動。接著他聞到一股刺鼻又舒暢的火藥味。

兩支槍管都擊發了。伊利塔的頂級手藝。加文很佩服這點，伊利塔人很會製作好槍。

他轉頭看向囚犯一直在看的那面牆，不過除了死人的倒影外，什麼都沒看到。

第八十五章

對黑衛士而言，等待是生活的一部分。那和跳到火槍或魔法攻擊之前同樣都是分內的職責。但和大多數黑衛士一樣，卡莉絲討厭等待。她上樓了，但卻沒聽說任何消息，接著又有人指示她等候已經出門好幾個小時的白法王。

最後，終於有個黑衛士前來告知白法王房間的守衛，光譜議會召開了一場緊急會議。

現在，天亮後，白法王終於坐著輪椅從升降梯抵達她自己的房間。卡莉絲不耐煩的情緒，很快就讓擔心這個老女人的身體狀況取代。她不該被迫徹夜不眠的，她的臉上疲態盡露。

白法王在被人推入房間時，對卡莉絲笑了笑，但很敷衍。今天守護白法王的黑衛士比平常多——兩個新上任的黑衛士，還有琴．霍瓦，和卡莉絲同年加入黑衛士的女人，不過比卡莉絲年輕幾歲。

卡莉絲和琴扶著白法王去上廁所，兩人幾乎撐起她所有體重。卡莉絲得幫她清理身體。

「很抱歉，孩子。我的身體不行了。」白法王難爲情地低聲說道。

兩名年輕的黑衛士，吉爾和加文．葛雷林，刻意不回頭看。這兩個年輕人遲早有一天得幫白法王做這些事。黑衛士裡沒有足夠的弓箭手，可以讓每次輪班都派兩個女人來守衛白法王。但是此時此刻，他們顯然得想辦法接受白法王也要上廁所的事實。這讓卡莉絲記起自己年輕識淺時的模樣。

現在感覺那已經是很久以前的事了。

「你們可以下去了。」卡莉絲對兩個年輕人說。「我晚點會去營房找你們談。琴和我會——」

「不，我要他們留下。」白法王疲倦地說。「琴，妳先離開。」

琴離開，卡莉絲幫白法王換上睡衣，然後幫白法王上床，再扶她坐起。嚴格說來，這並不算是黑衛士職責，但是白法王的臥房奴隸本身已經年老力衰。白法王不想在自己所剩時日不多時再買一個臥房奴隸，也不想打發原先的臥房奴隸離開——雖然那個老女人已經不能幫她做多少事了。

白法王深深嘆息。「現在，」她說。「上工。」

「妳已經很累了，女士。」卡莉絲說。「我還得和這兩個人談談。他們早先是在——」

「我知道他們在哪裡。妳以爲我爲什麼要他們跟來？」白法王問。

卡莉絲皺起眉頭。

「光譜議會，」白法王說。「宣戰了。今晚我們表決如何組織部隊。」

「妳說什麼？」卡莉絲問。

「血林和魯斯加已經調動軍隊，他們已經快要抵達克朗梅利亞了。阿塔西遭到入侵後，他們就知道遲早會宣戰。但恐怕其他總督的軍隊都沒辦法在盧城命運決定之前抵達前線。安德洛斯・蓋爾將會負責分配克朗梅利亞的物資，以及統領血林和盧斯加的將領。」

「所以沒有普羅馬可斯？」卡莉絲問。「蓋爾法王打算怎麼——」

「現況就是如此。」白法王說。「這一切都是在加文失聯時安排妥當的，爲了讓他和他的新總督無法投票。決議都是在安德洛斯典型的運作手法中通過。他很會玩弄議事規則。要嘛就是依照他的條件宣戰，不然就是坐視盧城淪陷。他想要我們策封他爲普羅馬可斯，而我們要把阻止他這麼做當成小小的勝利。我認爲他根本沒想過能過關，但現況就是如此。今天早上我們就會開始動員。」

卡莉絲張口欲言，卻說不出話。

「現在，」白法王說著，轉向葛雷林兄弟。「告訴我們昨晚在稜鏡法王房間裡究竟發生了什麼事。」

年長的吉爾清清喉嚨，看向卡莉絲一眼。

「別顧慮她。」白法王命令道。「她最好還是得知眞相。」

「是，高貴的女士。呃，加文和我昨晚獲選擔任守衛。人手不足，雖然我們是新手，不過還有其他經驗老到的黑衛士在走廊上守護妳的房間與升降梯，所以上面允許由我們擔任守衛。稜鏡法王在午夜過後一個小時回房。他和我們打招呼，還開了一些玩笑——」

「他的老招，」卡莉絲低聲說道。「和新人混熟。」

加文．葛雷林偏過頭去。「那個我就不知道了。總之，他提到了……呃，與一個他很渴望卻不可得的女人度過一場漫長的旅程。」他舔舔嘴唇，刻意不看卡莉絲。「然後他問他的臥房奴隸去哪裡了。吉爾和我早上討論過此事，但是我們記不起來他說了什麼。」

「對這幾句話，你們有何看法？」白法王問。

加文再度清清喉嚨，改變站姿。「就是說他，呃，不會反對，呃，有人陪伴。所以當那個叫安娜的女孩出現時，我們就以爲是他找她來的，而她表現得就是一副他找了她的樣子。看守升降梯的黑衛士說她告訴他們是妳派她去的，女士。」

「她說謊。這不是她第一次這麼做了。」白法王說。「繼續。」

「我們讓她進去。以爲這或許是很正常——」

「我對你們的想法不感興趣。」白法王說。「後來怎麼了？」

加文．葛雷林再度變換站姿，瞄向卡莉絲。「她進去不到五分鐘，懷特．歐克守衛隊長就上來了。她說有重要的事要找稜鏡法王。我們，呃，勸她不要進去，但她行色匆匆，好像不希望有人看到她出現在走廊上……」

「全部都說出來，你們兩個渾蛋。」卡莉絲說，神色木然，語氣平淡。

「她畫了妝，還擦香水。好像做了頭髮，我不知道，看起來很美。像是女人要去，要去，那怎麼說——」加文看向哥哥。

「幽會。」吉爾說。

加文．葛雷林改變站姿。

「回到你們放她進去那段。」白法王說。

「我們打開門時，稜鏡法王顯然已經……呃，被安娜弄到醒來了。守衛隊長沒想到會看到這種情況。之後，懷特．歐克守衛隊長離開房間，高貴的稜鏡法王閣下大聲叫她。他似乎也很震驚。他去追守衛隊長，在我們跟上去之前，他已經跳下升降梯井。我們不知道該怎麼辦，所以回到崗位上，而他在數分鐘之後回來。」

歐霍蘭呀。卡莉絲感到一陣噁心。

「他對那個女孩——安娜——大發雷霆。我們，呃，在他回房時看到她，而她就是一副認定他們還要繼續下去的模樣。但他不吃她那套。他對她大吼大叫——」

「他叫什麼？」白法王問。

加文．葛雷林沒有看卡莉絲。「他說安娜害他失去了心愛的女人。他以為她是卡莉絲——呃，守衛隊長——如果知道她的身分，他絕不會碰安娜。說她令他噁心。那個女孩說了些懷特．歐克守衛隊長，呃，很不堪入耳的話，然後稜鏡法王就把她拖到陽台上。」

喔，歐霍蘭慈悲為懷。加文殺害那個蠢女孩是因為她侮辱卡莉絲？卡莉絲覺得很想哭，為了安娜、爲了她自己、爲了加文、爲了整個愚蠢的世界和失敗的愛情。

「我們看到……」加文吞了口口水，望向吉爾，後者對他點頭。

「他氣得大罵，那個女孩怕得要命，自己跳下陽台。」

卡莉絲如遭電擊。「她自己跳下去?!」她問。

「是，守衛隊長。」年輕人說。「他……他看起來羞愧難當。我想我永遠忘不了他當時的表情。他說了句像是『歐霍蘭慈悲爲懷，我殺了她』之類的話。然後叫我們去回報，說他會待在那裡等我們回來。他看起來很震驚，我們都相信他。女士。我們不知道該怎麼做。應該留一個人下來的。我很抱歉。」

「等等。他沒有殺她？」卡莉絲問。

「沒，長官。她自己跳下去。」吉爾說。

「你們兩個都很肯定這點？」白法王問。

「肯定，高貴的女士。」他們同時說道。

「肯定到願意在光譜議會上作證？」

加文臉色發白，但吉爾滿臉困惑。如果他在說謊，那他比弟弟厲害。「願意，女士。我們有什麼理由說謊？」

白法王說：「你們不會是第一個認爲守護稜鏡法王的職責不僅止於守護他性命的黑衛士。」

吉爾眨眼。「我瞭解，女士。但我們幾乎不認識蓋爾法王。我們才剛到任。」

「那麼，搜索你們財物的人，不會在裡面發現什麼大禮？」

他神色一凜。「我們在工作方面是新手，但在榮譽方面不是。」

「非常好。」白法王說。「下去吧。去睡一會兒。你們很可能會被其他人粗魯地叫起來問問題，但你們有權盡量休息。」

他們神色感激地離開房間。

卡莉絲轉向白法王。「妳似乎料到他們會這麼說。」

「我當然料到了，我之前已經問過他們。我要看看他們會不會改變說詞。而且……我要妳知道妳愛的男人就某方面而言，在這兩件罪行上都是無辜的。」

卡莉絲眨眼。我愛的男人？兩件罪行？「什麼？什麼?!」

「他之前至少拒絕過那女孩兩次。而從妳的表現來看，顯然他有很好的理由相信妳昨天晚上會去找他。」

卡莉絲侷促不安，但是沒有說話。

「妳知道黑衛士不能和他們守護的人做愛，是吧，卡莉絲？」

「是的，女士。」她吞嚥口水。她昨晚的行爲比自己想像中更蠢。她通常都很理智！

「妳和鐵拳指揮官談過此事嗎？」白法王問。「扶我躺下，好嗎？」

卡莉絲扶著坐在床上的白法王躺下。「呃，沒有，女士。我——我昨晚恐怕有點衝動，在那之前，我一直沒想過我會，呃，受到誘惑。」她覺得有種沉入海底的感覺。

白法王躺下。「好了，親愛的，如果妳和鐵拳談，他就會告訴妳說他很久以前就和我討論過這個話題，最近也討論過一次。」

「有這種事？」卡莉絲問。

「別打岔，親愛的。我們認爲這是條好規定，畫清界線，不要弄濁清水。」

「是的，女士。」卡莉絲說。她抬頭挺胸，深吸了口氣。她依然頭昏腦脹，不過這是她自己選擇的生活。她是黑衛士，徹頭徹尾的黑衛士。當黑衛士並不容易，而這就是她選擇這種生活的原因，因爲她知道當黑衛士不容易。規定之所以存在都是有原因的。

白法王說：「我們也同意有時候例外能證明這條規定存在的必要，而妳就是例外。如果妳想要和這個不能得到的男人發展進一步的關係，妳可以。」

卡莉絲嘴裡發出一陣有點類似尖叫的聲音。她渾身僵硬，張口結舌。

白法王睜開雙眼，微笑道：「願歐霍蘭原諒我們所愛，孩子。現在去找那個冥頑不靈的傢伙，保住他的性命。我怕接下來的日子裡，我們會非常需要他。」

卡莉絲緊緊擁抱老女人，然後跑出房間，吩咐另一批黑衛士進去，隨即離開。

第八十六章

加文一步一步爬出自己一手打造的地獄。滑輪和配重塊可以加快速度，但是滑輪會發出聲音。在地底深處，他無從得知滑輪的聲響會不會引起注意，所以必須謹慎行事。

一段時間過後，他抵達頂端，爬出地板上的洞，盡可能安靜無聲地放回地板，瓦解黃盧克辛踏板，傾聽櫃門。沒有聲音。

聽了整整一分鐘之後，他打開一條門縫，然後開得更大。

房內只有瑪莉希雅，默默地跪在地板上。

「瑪莉希雅，」加文說，看到她讓他感到一陣溫暖。「我叫妳離開。」他輕聲說道。

她轉向他。他沒想到會看見她淚流滿面。「我就知道你會回來。拜託，閣下，不要趕我走。這裡是我的一切。我——請不要拋棄我。」

拋棄？「不、不、不，」他對她說。「我不是要趕妳走。但……瑪莉希雅，我是要還妳自由。如果我再收回妳的自由，就會變成毫無誠信的人。這是我的禮物——」

「我並非厭惡自由，閣下。一點也不。我珍惜自由。但不能同時接受自由並繼續擔任你的臥房奴隸。沒有我，你會迷失，閣下。」她低下頭。「我道歉。我這樣說太自以爲是了。」

「眞相往往自以爲是。妳說得對，我需要妳，但妳可以當我的祕書。看在歐霍蘭的份上，妳幫我做的事本來就包含了祕書的所有工作。」

「還不只。」她輕聲道。

「是呀，沒錯，當然。而且妳游刃有餘。」他微笑說道。接著笑容僵了。

他剛剛殺了自己哥哥，但生活中的一切都還要繼續，完全不會因此而有所不同。

「閣下……」她說，彷彿他的反應有點遲鈍。

「怎麼了？」他問。

「你愛懷特·歐克女士。」

「是，我愛她。」

「容忍深愛的男人享受臥房奴隸陪伴是一回事，和自由身的女人出軌又是另一回事了，特別是在你用解放我來表達對我的寵愛之後。」

啊。在自以為不用付出任何代價的時候解放奴隸，可比現實容易多了。可惡。

幸好現在沒有比我的性慾還要急迫的事要解決。

加文摸摸下巴，左右轉轉頭。「瑪莉希雅，我對妳做過承諾，如果不信守諾言的話——」

「我有辦法解決，閣下！」

「辦法？」

「不會讓你破壞承諾，也不會讓我離開。」

加文揚起一邊的眉毛。「妳想留下來？我是說，妳真的想要留下？還是妳只是害怕改變？如果妳需要更多錢……」

「閣下，我已經修改了合約。不是解放證明，而是承諾我可以隨時隨地用一丹納代價購買自由的解放證明。這樣等於你還是有送給我那份禮物，而我隨時可以在不讓你為難或是導致你與懷特·歐克女士關係惡化的情況下接受自由。」

意思是關係更加惡化。

「我還是不……妳是臥房奴隸，瑪莉希雅，妳甚至沒有權利支配自己的身體。如果不是奴隸，妳有資格成爲女總督、商業女王，過任何妳想過的生活。但是……」

「我這輩子還能做什麼比服侍你更有意義的事，高貴的稜鏡法王閣下？」她問。

「妳怎麼能說這種話？妳熟知我，妳知道我是什麼人。」

「是的，閣下，我知道。而我——」她突然住口，改說別的：「請不要趕我走。」

「我不會趕妳走的。」加文說。她很聰明，是很了不起的女人。他走到書桌前，簽署新的合約，然後拿過來給她。她已經把舊合約撕掉了。

奇怪的是，她在哭泣。他把新合約交給她，她接下合約，依然跪著地擁抱他的雙腳。

他昨晚約莫只睡了一個小時。和一個遭他殺害的陌生女子做愛被打斷。失去了一生摯愛。準備面對自己的死亡。發現過去二十年裡所相信的一切都是謊言。殺了自己的哥哥。他累斃了。

儘管如此，當這個美女緊貼他的胯下時，他的身體還是出現反應。有時候他眞討厭當男人。

在昨晚爲我帶來那麼多麻煩後，妳現在眞的還要這樣對我？

瑪莉希雅當然立刻就察覺了。但是話說回來，或許她是故意的。她通常是被動的一方，但他晚點再來質疑這種主動的意圖，現在不用。

加文後退一步，她順勢站在他面前抖落肩膀上的外衣，露出美麗的襯衣。他說：「或許我該——」她親吻他的嘴唇，將他推向後方，拉下他的褲子。她領著他走向一張椅子，而他在椅子碰到膝蓋時突然坐倒。接著她爬到他身上，四目相對，擁抱他，占有他。她做愛的方式宛如旋風，粗暴、激進、迅速、火熱、香汗淋漓、勢不可擋。她一直騎到他完事、眼中綻放光芒爲止，但沒有像平常一樣不再動作。她擺動得更加用力，令他不禁擔心椅子會壞掉，兩人會摔到地上。她手指滑過他的頭髮，固定他的腦袋，要求他直視她的雙眼。接著，那雙綠眼光芒閃爍，她的腰部難以控制地顫抖。她指頭陷入他的手臂，扯痛他的頭髮，接著她癱倒在他身上。

加文氣喘吁吁、內心驚訝。他站起身來，抱著她來到床前。她縮在他懷裡，在他放手時微微出聲抗議。他走到自己那一側，在黯淡的桌燈照明下坐上床緣。

儘管達到高潮，他的身體卻還不滿足。或許是因爲他和卡莉絲一起混了太久，或許是因爲瑪莉希雅令他喘不過氣的誘人性愛。他想再來一次，撫平心中不安。明天會很難過。他一心只想睡覺。睡幾個小時就好，他想要失去知覺。

然而不知爲何，他心裡有股虧待瑪莉希雅的感覺。儘管努力回想，他卻想不出做錯了什麼。或許是因爲達山讓他感到罪惡。

他躺下，看著天花板眨眼，想像次日清晨要怎麼閃避那些朝他射來的火箭。光譜議會可能已經開會討論過這件命案，也可能明天一早開會討論。此刻什麼也不能做。而既然衛士已經徹底搜查過房間，應該沒有人會想來這裡找他。

五分鐘後——至少感覺像是只有五分鐘——他醒過來。瑪莉希雅不在了，顯然是出門工作。他一聲不吭地躺著，慢慢思考問題，接著不慌不忙地將它們拋到腦後。有時候這樣能夠幫助他思考。他想起丹諾斯．喬維斯和他的妻子，也就是阿萊絲的姊姊艾拉，處不好。他回想剋星成長的速度。從前他們曾以人工方式均衡魔法，要求失控法色的馭光法師減少汲色。克朗梅利亞的影響深遠。他想到盧克大主教，有權定義七總督轄地傳教教義的人，肯定會在收到這麼多奇特報告時急著想要和他碰面。他們對他又愛又怕，但是他有辦法改變信仰本身嗎？他想到卡莉絲。他會贏回她。他現在有機會，他很肯定這點。

接著，他想到死去的哥哥。他坐起身來，看見瑪莉希雅帶著裝有他曾丟到輸送管中五千多次的方形特製麵包的盤子進來。他並不感到罪惡，那感覺像是看著鏡子裡的倒影，發現自己已經不再是個孩子一樣。但是今天，加文面無表情地面對自己。原來這就是我：加文．蓋爾，弒兄者。願意為了拯救七總督轄地手刃親兄弟的人。他現在變成了過去十六年來人們眼中的他。

只差一點。

瑪莉希雅步入房門。

「閣下，」她說。「很好，你醒了。你父親想要立刻見你。全小傑斯伯都在談論那個年輕女士身亡之事。黑衛士調查期間不會發表聲明——還在等待白法王命令，而白法王因為徹夜未眠，尚未起床。光譜議會昨晚召開緊急會議，表決通過組織部隊趕往盧城。他們讓你父親負責一切，不過否決了封他為普羅馬可斯的提案。葛林伍迪截住了我，閣下，命令我來找你。他不肯相信我不知道你在哪裡。」

統治、致勝，以及在最惡劣的情況下保持忠誠，都要一些手段。有時候加文會忘記這些手段用在熟人和陌生人身上同樣有效。卡莉絲說得沒錯：加文太容易讓自己身邊的人帶出最惡劣的一面。於是他在自己與擔心的事之間畫下一條黑線，將所有精神集中在眼前的女人身上。「瑪莉希雅，」他說。「那不是問題。妳做得很好。超棒。如果我撐過今天，沒有被關到牢裡或去見劊子手，妳就給自己買個非常、非常好的禮物。」

她微笑。「尊奉閣下指示。」

她的笑容讓他心情振奮。他是稜鏡法王。他是加文．蓋爾。怎麼可能沒辦法在一年內達成目標？

第八十七章

「有人謠傳你昨晚擊退了一名刺客。」安德洛斯・蓋爾說。

「刺客？」加文問。他很勉強地偷偷溜來這裡。他本來很想再把微光斗篷拿出來用，不過他不打算讓那玩意兒進入他父親一百步範圍以內。安德洛斯會有辦法發現的。

他父親坐在黑到像地獄一樣的暗房裡，但加文沒有坐下。他不想在這個地方多待一分一秒。

「也有傳言說你爲了那個女孩不肯滿足你的變態要求而把她丟下陽台。喔，等等，這個謠言是我散布的。」安德洛斯陰沉地笑道。

「你是散布給誰聽？老鼠嗎？你根本足不出戶。」

「你以爲我老了就沒牙齒了嗎？」安德洛斯・蓋爾問。

通常說到這句話，就表示有人的牙齒要被打掉了。「我認爲除了要表示有能力和我對立之外，你根本沒理由這麼做。這種做法讓我不爽，如果你與我異地而處，肯定也是同樣反應。」

「你是個很愚蠢、很愚蠢的孩子。我已經指導你多久了？我什麼時候在沒有理由的情況下做過任何事？」

加文一言不發。

「你會結婚的，加文。一週內。我已經決定——」

「那個女孩是你派來的嗎？」

「什麼？」

「昨晚是你派安娜・喬維斯到我房裡去的？」

「那個愚蠢的蕩婦，要不是為了拯救他們家族和你聯姻的機會而跑去誘惑你——這個我已經告訴他們不可能了——不然就是……」安德洛斯・蓋爾聳肩。「不然她就真的是刺客。我聽說過碎眼殺手會吸收小女生的傳言。或許她只是以為你終於願意臣服在她的少女魅力之下，而根據傳言，你確實臣服了，是不是？」

「我以為……」不，加文絕不讓他父親知道他和誰上床，或是想和誰上床。

「哈！所有貓在黑暗裡都是灰色的？」眼看加文不說下去，紅法王說，「提希絲・瑪拉苟斯，你會娶她。一週內。不完美，不過戰爭在即，所有重要人物都已經到位。娶她至少可以幫我節省一筆財富，而且我們迫切需要盟友。你到底有什麼必要把那個女孩丟下陽台？」

「意外。」加文嘶聲道。

紅法王靠上椅背，臉上帶著勝利之情。「所以真的是你把她丟下去的。」

他的語氣像是剛剛才確認這個消息。加文咒罵了一聲。咒罵是安全牌。

「你是怎麼說服黑衛士的？你是怎麼讓他們幫你撒謊的？我親自出馬想要買通那些小鬼——他們已經效忠於你了嗎？」安德洛斯・蓋爾問。

他們幫他撒謊。加文和吉爾・葛雷林幫他撒謊。

「他們的謊撒得很好——你，因為遭人愚弄而大發雷霆，對那個女孩大吼大叫。她慌了，自己跳下去。你責怪自己，所以跑了。這種說法不會消除喬維斯家族的敵意，卻能讓你逃過控訴，而且你也不可能讓那麼多證人幫你指證是她自己跳下去的。這又讓我們回到需要盟友的話題上。」

黑衛士的好意彷彿一拳打在他的臉上。完全出乎意料，他也完全沒資格受到這種待遇。安娜是個笨蛋，但罪不至死，偏偏加文害死了她。歐霍蘭慈悲爲懷。

加文深吸了口氣。他接受那些感覺，裝箱彌封，然後放到一邊。我晚點再來悼念妳，安娜，並且補償你們家族，妳這可惡的妓女。我很抱歉。

今天會是場試煉。如果他可以在父親面前多撐五分鐘，或許就能撐過今天。如果他能撐過今天，或許就能多活一個月。多活一個月，就有可能多活一年。

「不。」加文說。

「下一次，看在歐霍蘭的份上，克制一下自己，如何？」

「自我克制是給那些無法克制其他人的人用的。」加文說。接著他發現這是誰教他的：就是面前這個笑嘻嘻的傢伙。「我的答案是不。」

安德洛斯．蓋爾說。「你似乎誤以爲我讓你有得選擇。」

「沒有誤以爲：不。」加文語氣平淡、文明、堅定。

「如果你決定不遵循我的指示，就等於是要我和你斷絕關係。」

這個威脅令加文難以喘息。

「你以爲我不能這麼做？你以爲就因爲你是我唯一的孩子，我就不會這麼做？我還沒有老到不能再生孩子，你知道。生下塞瓦斯丁後不能再生的是你媽。如果你不娶提希絲．瑪拉苟斯，我就會娶。事情就是這麼簡單。我不知道她比較不想嫁給你還是我。無所謂。她是個忠心的女孩。忠於她的家族。很實際。該怎麼做就會怎麼做。你應該要效法她的典範。」

「所以你不需要我？」加文問。「我是稜鏡法王。你以爲弄錢對我來說很難？你以爲我會需要任何東西？你眞的要開始公然和我作對？」

「開始？如果你沒有忙著幹那個小女孩，我想你早該發現我們已經開始了。」

「你做了什麼？」加文問。

「我造就了你，孩子。就各方面而言。」安德洛斯．蓋爾沉回椅墊中。「你想要背叛我？先看看你愛的人吧。」

第八十八章

「我聽說狂法師有地獄犬。」弗庫帝說。「在阿塔西。」

「我聽說阿斯拉爾的永恆之火整整兩個月都變成藍火！」尤歌坦說。他是個身材高瘦的男孩，排名很後面。沒什麼人注意他。

「誰都有辦法弄出藍火。」弗庫帝說。「我說的是地獄犬！」

兩個矮樹走在一起，跟隨訓練班出門進行另一項現實世界訓練。他們還不知道任何細節，不過因爲睡過頭，基普一直到他們抵達非常危險的城區時才追上他們。

「會冒火的狗，用盧克辛做出來的？」提雅懷疑地問。

基普在他們穿越歐佛西爾區越來越窄的巷道時，留意有誰在注意他們。

「地獄犬只是傳說，佛克。」譚納說。

「告訴我這件事的人不會說謊。」佛庫帝說。

「用腦子想想，你這個白痴，你是馭光法師。」譚納說。「你有可能製作出這種東西來嗎？你可以用紅盧克辛做出狗雕像，但那玩意兒不會動，是不是？」

「這個，我不知道。我想不會。」弗庫帝說。

「牠們不是盧克辛做的。」有人輕聲插嘴道。「但是眞的有地獄犬。」

說話的是費斯克訓練官。

眾男孩當即閉嘴，互相對看。

「狂法師將紅盧克辛灌注進狗的皮膚。他們是爲了練習，熟練後才對自己施法。這樣做非常、非常殘酷，而最殘酷的部分在於放火點燃牠們。但是我親眼見過這種事。在僞稜鏡法王戰爭過後清理狂法師的行動中，我曾看鐵拳指揮官解決過一隻。」

他們對鐵拳指揮官的崇拜，立刻提升到神的等級。

「但是燒起來的狗難道不會攻擊放火燒牠的人嗎？」基普問。「我認爲那條狗會發瘋。」

費斯克訓練官啐道：「可惡，粉碎者。牠會和你一樣抓狂，是不是？」

「什麼？」基普問。他還不習慣粉碎者這個稱號。

但是訓練官沒再說話，帶領學生走入一個小廣場，路過一群充滿敵意的骯髒商人。這裡是提利亞區，但是這裡的人看著基普時並不把他當作提利亞人，只把他當作黑衛士矮樹。

穿越廣場，來到下一條街之後，費斯克訓練官說：「我們不會在年輕法師面前討論某些汲色方式，因爲你們的死亡率本來就很高，偏偏所有人都覺得自己特別到可以嘗試我們叫你們不要嘗試的事。但你們都將成爲戰士，或許比我們預期中還早，所以應該要知道外面的局勢。」

如果之前有人沒在聽他說話，現在也全都豎起耳朵。全班同學都圍了上來，專心聽講。

「粉碎者說得對。放火燒狗，狗會抓狂。但汲色重點在意志力。你們知道我們會運用意志力在所有法術上，意志可以彌補我們在分辨色彩時所犯的錯誤。關於眞正的運作方式，有很多不同的理論，不過基本上，你可以將本身的意志加諸在施法目標上。」

「魔像？」有人問。

費斯克訓練官皺眉。「幾乎不可能辦到。」他一副覺得自己不應該開啓這個話題的模樣，看向提出魔像的那個女孩。「妳是單色譜藍法師，塔梅拉。如果妳製作魔像，它只會在和諧的藍色影響下呆坐原地。綠魔像完全無法控制，這點已經多次證實。它們會抗拒規則和控制，殺害蠢到去製造它們的馭光法師。所以，想要製作魔像，至少要是雙色譜法師，但製作出來的魔像幾乎還是每次都會出錯。重點在於，就當前討論的話題而言，你可以將意志灌注入生物體內——而在這裡就是指狗。通常斑暈粉碎的馭光法師——或是即將粉碎的馭光法師——會先拿動物做實驗，看看他們要如何成功改變身體。地獄犬就是這種置換排列下的產物。」

「置換排列？」某人問。

「版本！」佛庫帝說。「閉嘴。」

費斯克訓練官不太情願地繼續解釋：「在狗身上灌注大量盧克辛，以足夠的意志力讓牠朝你的敵人跑過去，然後放火燒牠。那是一種很變態、很淒慘的死法。牠們會發出痛苦與憤怒的叫聲，即使在牠們已經被燒到難以相信還能動的情況下，依然被迫攻擊敵人。如果你們遇上地獄犬，先打斷牠們的腳，然後再攻擊頭部。通常這樣就可以了。」

「通常？」佛庫帝神色震驚地問道。

「這個話題就說到這裡。」費斯克訓練官說。「今天，我們要去惹麻煩。和之前一樣，今天你們有些人不會通過測驗。當然，即使通過測驗，也可能會斷手斷腳。你們或許會在加入黑衛士前被踢出去，矮樹，而且還不是因爲自己犯錯。」

那感覺像是被人壓到冰水裡，片刻前那些輕率和驚異的態度頓時蕩然無存。

「我敢說這裡的地方幫派都已經聽說過兩個禮拜前的那場測驗，而我敢說他們很期待能夠再度染指各位。今天的情況如下：前兩隊都是六人隊伍。其中五個是黑衛士，一個扮演法色法王。最後一隊是九人隊。和之前一樣，要當排名在前面的人就會面對比較困難的處境。扮演黑衛士的人不能汲色。

法色法王可以汲色，但是不能作戰。法色法王身上會有個裝了四十丹納的錢袋。這些錢足以引來嚴重麻煩，不過還不至於引發暴動。希望如此。高年級訓練班和幾名正職黑衛士會待在路線上。需要幫忙的話，只要大叫，他們就會趕來。如果要求幫忙，你們就失敗了，隊伍裡所有的人都後退三名，但黑衛士要知道什麼時候應該撤退。你們從這裡出發，通過百合莖就算測驗結束。聽懂了嗎？」

矮樹點頭。

「第一隊，提雅和基普、關鍵者和露希雅、阿朗和伊拉托。基普，你是法色法王。」

「爲什麼是基普當法色法王？」阿朗問。小渾蛋。

費斯克訓練官臉色一沉，說道：「因爲基普動作慢。不把我們現任的稜鏡法王算在內的話，一般你們要保護的男人或女人年紀都比較大、動作比較慢，也不像你們這麼擅長打鬥。我們的工作有一部分就是要因應這種情況，在他們的弱點之前保護他們。這樣解釋可以了嗎？阿朗，還是要我進一步向你解釋？」

阿朗眉頭一皺，偏開頭。

這個隊伍還不賴，基普心想。在僅存的二十一個矮樹裡，關鍵者是第一名、提雅排名第七，阿朗第十一——不過應該要排進前五名，伊拉托則是第九——不過應該落在十五名左右。基普排名十九——不過應該要是二十三名——但這個現在無關緊要。關鍵者的夥伴露希雅，排名二十一，她很聰明、很美麗、很受歡迎，有著一頭微鬈的短髮及令人窒息的笑容，卻不是高強的戰士。缺乏殺手本能。不管關鍵者幫她做多少額外訓練，她都很可能在下週的最終測驗中被踢出去。

「基普，」關鍵者說。「有什麼建議嗎？」

基普看著關鍵者，驚訝了片刻。關鍵者比基普強一千倍，而他竟然問基普有沒有建議？

「他當然沒有。是蓋爾家的種並不表示他有他父親一半聰明。」阿朗說。

「朝北走三條街，往上走五條街，接著再朝目的地前進。」基普臉紅地說道。

關鍵者說：「那可不是直線前進，基普。」

「不是直線？那根本已經拐彎抹角到了極點。」伊拉托插嘴道。「我不想在這種環境裡多待一分一秒。」

費斯克訓練官將錢袋交給基普。「準備好就出發。」他說。

所有通往這個位於房舍和城牆間的小空地的通道，都很陰暗狹窄。每條路上都有人，沒辦法看出哪些人對他們抱持敵意。基普沒看到小孩，女人倒是有幾個。他猜這表示這裡的人都知道有事即將發生。

「走吧。」阿朗說。「直接往南前進，過幾條街就能抵達大路。走吧！」

「問題不在距離。」基普說。

「基普，你得給我更好的理由。」關鍵者說。「我們要出發了。等越久，就給他們——」

「他們說得對，基普，」提雅說。「我們只要跑幾條街就行了。」

「我傾向於阿朗的想法。」關鍵者說。「走吧！楔形隊形，別讓任何人接近基普！」

他們拉起基普就跑，但是他突然停步。

「我是法色法王。」他說。

「沒錯。」阿朗說。「所以別讓自己變成容易下手的目標！」

他們全部緊急停步，目光自位於前方巷道中的男人飄回基普——舉止瘋狂的基普身上。

「你們要保護我。」基普說。

「那個我們已經知道了。兩條街，兩條！」關鍵者說。

「我們可以扛他走。」露希雅說。

「這樣起碼得要減少兩個戰士的戰力。」

基普是法色法王。他們是他的守衛。他們得保護他。事情就是這麼簡單。這和誰最會打架、誰最聰明無關，也和誰排名第一無關，問題在於誰在掌控一切。基普。他不光掌控一切，想法也是對的。

於是，他轉身朝反方向跑去。

身後傳來好幾句髒話——難聽到讓他耳朵痛的髒話——但他充耳不聞。片刻過後，他們又將他團團圍起。他們跑過神情困惑的費斯克訓練官，還有剩下的矮樹。

「問題在那些幫派。」基普在他們跟上之後說道。「我們首先得要擔心提利亞幫。我們往北走三條街，然後會進入伊利塔幫的勢力範圍。接著穿越市集，那裡的守衛不在乎你來自何處，而他們也不會希望武裝幫派份子跑到市集鬧事。我們不停進出不同幫派的地盤，他們就得擔心其他幫派，而不是我們。」他喘了喘氣。邊跑邊說話並不容易。「關鍵者，把你的眼鏡給我！」

年長的男孩把他的藍眼鏡給他。基普先拿出自己的綠眼鏡放到眼前，注視旁邊的白色建築。製出一半的綠盧克辛後，他將那些盧克辛轉移到身體右側，然後開始在左手臂凝聚藍盧克辛。

他沒料到這樣做對自己造成的影響。藍盧克辛那種寧靜冷酷的理性，以及綠盧克辛的煩躁野性，如同兩隊騎兵於戰線上衝撞。

「關鍵者，你領頭，帶路。」基普說。他迅速眨眼，搖頭晃腦。他的腦側糾結，頭痛欲裂，並逐漸往頭部蔓延。他利用意志力奮力隔絕體內的兩種盧克辛。

前方巷道一黑，憑空跳出五個男人擋住巷口。他們手裡拿著木棒和鎖鏈。眾矮樹擠在基普身前，遮蔽他的射程。

「讓開，不然後果自行負責！」關鍵者叫道。他沒有放慢速度。擋在巷口的惡棍也沒有讓開。

「一和二！」關鍵者大聲表明他的目標。

「四！」露希雅說。

「三！」阿朗說。

「五！」提雅說。

這樣當然讓基普無事可做。

一號的體型最大，是個毛髮濃密的莽漢，占據了巷道中央。他大剌剌地站在原地，滿心以爲這些小鬼會減緩衝勢。起碼比基普重上兩倍。他揚起手中的木棒。

關鍵者在最後關頭提升速度，轉向一記側踢，左腳轉到右後方，右腳則以難以想像的力道踢出。這種踢法即使站在原地不動，都很難快速施展，不過踢出去的力道無可比擬。基普從未見過有人在奔跑中施展這一招。

但是，這一腳踢得漂亮。正中胖子胸口，踢得他肥胖的身軀離地而起，好像被霰彈砲擊中一樣向後飛出。他的木棒甩向一旁，而關鍵者已經再度出擊。一下迴旋踢，輕易踢向高處，正中二號惡棍的頸部——對方立刻被自己手裡的鎖鏈擊中，倒地。

提雅在抵達瘦小敵人前放慢腳步，不過立刻展開攻擊，佯攻對手正面，然後踢中胯下。當他本能性向前彎腰時，她的膝蓋狠狠撞上他的臉。

露希雅試圖攻擊目標，但那傢伙比較擔心關鍵者。關鍵者雙手交叉擋下他的木棒，隨即伸手去抓對方。但那個惡棍縮手的速度太快，木棒差點脫手。

沒關係。關鍵者的小腿踢中對方的腳。對方在叫聲中倒地。關鍵者轉眼已經跳了過去，一腳踩在對方腳上，另一腳則踩上膝蓋。他只要轉移重心，就能讓對方殘廢。

但是關鍵者轉頭看向其他惡棍。基普根本沒看見阿朗怎麼應付他的目標，不過那傢伙已經倒地了。剩下的人看起來都不像還有任何鬥志。

關鍵者面露狂野、得意、迷人的笑容，像是不敢相信自己所受訓練竟然這麼有用的男孩，好像已經變成自己一直想要成爲的男人。基普知道那是很純眞的表情。他覺得自己和這個年紀較大的男孩之間裂開了一條鴻溝。關鍵者是個還在受訓的戰士，但還沒有成爲戰士。關鍵者可以成爲高強的戰士，但同時也是個好人。他不會失去高強戰技，但是當他看見頭顱爆炸、朋友努力阻止傷口失血、聽見敵人在緩慢死亡中呻吟顫抖時，將會失去此刻心中的喜悅之情。

「走吧！」關鍵者說。「露希雅，下次妳負責後方防禦。」

「下次給我清出射程界，」基普說。「我有盧克辛。」

他們繼續奔跑。基普開始累了，但他發現幾個月前他根本連這段距離都跑不到。現在他開始跟上其他人了。雖然他依然是第一個感到疲憊的人，第一個想要放棄的人，但還沒有放棄。

在下一條街口，他們看見約莫十二個人試圖阻止他們，接著在他們進入伊利塔幫的地盤時大聲咒罵、不再追逐。

難以想像的是，他們竟然沒有在伊利塔幫的地盤遇上任何麻煩。基普唯一想得到的原因，就是這裡的幫派份子還沒聽說他們的消息。

不過，他們沒有穿越市場。基普沒有發現他的隊伍看起來有多剽悍：原先他以爲不會樂見武裝幫派份子的守衛，肯定也不想看到基普和他朋友。於是關鍵者再度決定轉而向南。

「有人追來。」露希雅說。「五到六人。距離七十步。」

基普看了一眼，隨即覺得這樣做很蠢。這下對方知道他們發現了。愚蠢！

「基普？這附近你熟嗎？」關鍵者問。

「抱歉。」

「有人熟嗎？」關鍵者問。「有的話立刻出聲。我覺得我們處境不妙。」

「我來過。」阿朗說。「我想我可以——跟我來。」

他帶他們安安穩穩地跑過幾個街口，基普開始以爲他們或許在抵達目的地前都不會再起衝突。

接著，他們轉過一個轉角。本來看起來像是通往空曠街道的路，竟然讓柵門和鎖鏈封起來了。除了他們來時的小街外，唯一能離開這塊房舍間空地的路，就只有一條小巷子，而巷子裡起碼擠了二十個人。阿朗咒罵了一聲。

「有人想要後退三名嗎？」基普問。

沒有人回答。這是不要的意思。在如此接近最終測驗的時候不行。就算被人圍毆也無所謂，沒人想要放棄。

基普迎向前去，站穩腳步。

「半圓隊形，」關鍵者說。「我領頭，基普，你站在那塊石頭上。你應該可以趁我們作戰時持續汲色。剩下的人，別讓任何人進入防禦範圍。」

他們在基普集中精神時展開隊形。小巷裡的人開始朝他們奔來，不過因爲空間狹窄而綁手綁腳。直到手裡已經冒出大綠球前，基普本來不清楚自己要怎麼做。這實在很蠢。如果有上實習課，此刻他就能夠施展上百種效果更好的法術——但他沒上實習課。他知道該怎麼做。好吧。他是來自提利亞那個什麼都不懂的無知男孩。他會讓他們知道他有什麼能耐。

綠球脹到比他的頭還大，基普大叫一聲，雙手將其拋向前方。

綠盧克辛球以極高速度，從常人胸口高度激射而出。難得一次，基普沒有被後座力震倒在地。在窄巷中，那些人沒有空間閃躲。綠球擦過前排一個男人，然後在巷子裡彈來彈去，擊倒了五到十人。剩下的人擁入空地。

基普伸出另一隻手，將藍盧克辛凝聚成一根矛尖，準備射向人群。

*你不能殺死他們！*藍色的理性劃破綠色的野性，基普遲疑了片刻。他差點失去注意力，還有藍盧克辛，不過即時恢復。啪、啪、啪。他朝衝上來的人射出藍色彈丸，壓低高度，瞄準腳。其中一人試圖跳起來閃躲，結果空中中彈，顏面著地。其他人膝蓋中彈，彈丸破碎，化為薄薄碎片插入他們的衣服。

這種情況嚇壞了單純的街頭惡棍。即使已經闖入基普難以汲色攻擊的範圍，光靠人海戰術就能打贏這一架，他們還是停止進攻。眾惡棍拔腿就跑，甚至沒有停下來幫忙受傷的人。

基普立刻戴上綠眼鏡——*蠢！他忘了在開打前先戴眼鏡！*——然後吸收更多綠盧克辛。他又製作了一顆綠球，然後就這麼拿在手上，擺出極度危險的模樣。

受傷的惡棍爬起身，跟隨同伴逃命，但是在小巷兩側建築的陰影中，基普看見了一條高瘦的身影孤身而立，舉起某樣東西，透過跌跌撞撞的受傷惡棍打量他們。

「基普。」露希雅說著，拍拍他的肩膀，臉上帶著淘氣又愉快的笑容。「你太厲害了！那是我見過最——」

暗巷中傳來一道閃光，在露希雅步入基普視線的同時，冒出一陣白煙。

一道溫暖的液體濺在基普臉上，遮蔽了他的視線。他的綠盧克辛狂洩而出。露希雅重重撞在他身上，但即使在她撞上基普——就那麼短短一瞬間——他還是知道有非常可怕的事情發生了。

他們一同倒地。基普接住了她，而她躺在他懷裡，半邊脖子被火槍彈丸打爛，身體尚未意識到自己已經死亡，不斷地噴血、噴血、噴血。

他們沒有動。有人尖叫。第一次，就連關鍵者也手足無措。他不顧一切地從基普懷裡搶走露希雅，緊緊擁抱她。

兩分鐘內，黑衛士趕到。緊接而來的是命令、調查，以及許多讓基普呆呆回答的問題。黑衛士帶著幾乎毫無用處的描述試圖逮捕凶手。基普站起身來，神情茫然。有人給了他條毛巾，擦掉他臉上大部分的血。他手裡依然拿著那條血淋淋的毛巾，無力地站在原地，不知道該怎麼辦。

他看向關鍵者，依然摟著露希雅的屍體，輕聲哭泣，他知道這個男孩愛著那個女孩。

歐霍蘭慈悲為懷。

基普沒辦法阻止一個最愚蠢的想法：*我甚至沒有聽見槍聲。我甚至沒有聽見。*

第八十九章

卡莉絲以爲她很清楚加文會在哪裡。如果不在房間，就表示他汲色做出了一張風帆，跳下稜鏡法王塔。他很喜歡這麼做。愛現。而由於沒人知道他在逃亡，就不會有人回報他離開。他們不知道這很重要。

不過，她還是先去圖書館看看，以免弄錯了。她走過實習室，聽見有些男生在汲色失敗時大罵髒話。她去他位於塔底的私人訓練室找。接著回到一樓。她穿越百合莖，路過每天一大早就前來克朗梅利亞七座高塔工作的人潮，前往大傑斯伯。她知道黑衛士已經被分派到兩座島上找他。現在已正式宣戰了，他們絕不會想看到沒人保護的稜鏡法王在到處亂跑。那個大白痴。

儘管如此，卡莉絲覺得自己活力十足。多年來第一次，她覺得自己彷彿擁有未來。人生出現了轉機、出現希望。

她朝東港灣走去。儘管天才剛亮，但漁船都已經出港。人們將海草鋪平，放在陽光下曬。潮水剛漲，她看見數名水手跌跌撞撞地走回他們的船，顯然是爲了接下來幾週甚至幾個月艱困的海上生涯而肆意放縱。

一群划槳奴隸，手腕上的鎖鏈鎖在一根長木桿上，正朝著同方向走去。他們看起來髒兮兮，形容憔悴，肌肉結實，毫無脂肪。其中一名奴隸在路過時發出很不健康的咳嗽聲。

空氣中瀰漫著一股香氣，卡莉絲忍不住在一間多年沒來過的店前停下腳步。他們有賣溫火慢煮的咖啡，而在清晨的這個時刻，那股香味清新迷人，特別是當一整個晚上都沒睡覺時。

「啊，我最喜歡的黑衛士！」賈拉爾說，他是個帕里亞小胖子。卡莉絲覺得上次來這裡時，他的牙齒比較多。「守衛隊長……」他彈彈手指。

「懷特．歐克。」她笑道。

「啊，是了！請容我彌補我的健忘！」他抓起一個廉價陶杯，還有一塊新鮮洋蔥，舀了一瓢熱咖啡進去。他倒出些熱騰騰的咖啡到一個乾淨的盤子裡，搖晃片刻，再倒回杯裡，如此倒來倒去幾次，直到咖啡溫度適中。接著，他舀出洋蔥塊，然後添加進半匙伊利塔糖。

「了不起，」卡莉絲說。「你還記得。」

「咖啡人記性好。」他用食指敲了額頭三下，努力回想。「啊哈！」接著，他拿出卡莉絲喜歡的小甜捲。「是這種吧？」

她微笑。「你眞厲害。」太完美了，就和她幾年前會點的早餐一樣，而且咖啡很美味。

她付了錢。刺激性飲料和食物令她精力充沛，朝黑檀丘前進。那裡有座莊園非常適合欣賞海灣和日出景象。剛開始交往時，達山帶她去過。

他沒有敲門或是做出任何有禮貌的舉動，而是教她該怎麼爬上柵欄，然後翻上隔壁人家的圓屋頂。那裡很清淨、很祥和，也能讓青少女有種淘氣使壞的感覺。

他們在那裡牽手聊了一整晚天，然後初次接吻。

但是，她該如何開啓那個話題？「加文，你這個大白痴，我幾個月前就知道你是達山了。」不，她只會在他身旁坐下，欣賞日出，然後說：「我記得我們初吻就是在這裡。」

想到這話能讓加文手足無措到什麼地步，就讓她覺得好笑。

事實上，他們還有很多事要說清楚。之前他說的許多謊言，現在都合理多了，但並不是全部，而知道某人欺騙你的原因遠比瞭解這個原因來得困難，更別提原諒。

儘管如此，她還是迫切地想要展開新人生。雖然她也覺得很害怕。再說，他說他愛她，不是嗎？這可不是一廂情願。

她轉過最後一個轉角，發現自己坐倒在地。過了一會兒才瞭解自己是被人一拳打在臉上。接著，一群男人圍了上來，拳打腳踢、拳打腳踢、拳打腳踢。

她出腳，她揮拳，她大叫，但所受的訓練毫無用武之地。對方有十幾個人，全是壯漢，而且他們封住了所有逃亡路線。倒地時，她的速度就派不上用場。武器被拔走時，她的武器專長也沒有用處。

羞愧與恐懼取代了怒氣。她是黑衛士，怎麼會讓自己受突襲？她怎麼會害怕到這種地步？她嘗試出拳，想要踢人，但是四肢受制於人。她奮力掙扎。有人一腳踢中她的臀。白色的天空爆出許多黑點。她不該害怕；應該是其他人怕她。一張臉湊上前來，說了句話，她一頭頂了過去，撞爛他的鼻子，鼻血噴了她滿身。她手臂一抖，打斷一個人的手肘。接著，她的腦袋被沒看見的拳頭打得撞上地板。然後所有情緒都在她失去意識時消失殆盡——但是那些人還在打她、一直打她、不停打她。

第九十章

「黑衛士會死。死亡是我們的夥伴。」鐵拳指揮官在小訓練室裡對矮樹們說道。「昨天，我們有個夥伴慘遭殺害。露希雅。」

露希雅死後，剩下的二十名矮樹放了一晚假，但是上面要他們第二天清早前來集合，不然就會被刷掉。所有人都來了。

「露希雅加入黑衛士的機會本來就不大。」指揮官停頓片刻，讓所有人思考這句話。「沒有錯。在死亡的刺眼光芒之中躺了許多其他人。其他人會躺在那裡是因爲他們恐懼死亡，深怕他們死後，有人會說出他們的眞相。我們的挑戰在於不爲眞相所苦。露希雅不是高強的戰士，但她很勇敢，很正直，不應該死在拿火槍的懦夫手中。我們會找出凶手。我們此刻已經派人調查。當我們找到他時，我們會殺了他。在此同時，還有工作要做。我們是黑衛士。隨時都有工作要做。訓練官？」

費斯克訓練官來到學生面前，但是基普卻轉頭去看關鍵者。男孩臉色鐵青。

「戰爭將會擔任你們的老師。」費斯克訓練官說。「我們將前赴戰場。你們當中有些人或許已經聽說了，光譜議會決定派我們去防禦盧城。我們預料會開戰。現在戰爭已經到來。我們本來計畫繼續受訓兩週，然後從班上挑選出正式學員，特別是在露希雅身亡之後。但黑衛士不會裹足不前。我們最好不要裹足不前。今天就是最後一次測試。我知道有些人昨天被打得很慘。抱歉。那是你的問題。你們班上只剩下二十個同學，其中有十四人將成爲黑衛士學員。」

「被刷掉的人下一季可以回來繼續嘗試。我也希望你回來。雖然我們要從本班挑選的人數是平常的兩倍，但依然覺得本班表現超乎想像。你們通過下一季測驗的機會非常高。你們將會以種子的身分分配到班上前面的名次，比黑衛士的後人還要前面。」他皺起眉頭。「現在，所有人前往測驗場，動作快！」

當他們小跑步抵達測驗場時，基普看到現場有約莫兩千名觀眾前來觀戰。這些人裡大概有三分之一是黑衛士，或是高年級的黑衛士學員。基普發現這段跑步沒有讓他感到疲憊。雖然他的體能狀態還是遠遠不及班上最頂尖的學生，但是已經慢慢越變越強。

他很慶幸提雅有和他說今天可能就會舉行最終測驗。基普把匕首藏在稜鏡法王的訓練室裡，而不是綁在腳上。沒有人可以進入那間訓練室。

一如往常，他們列隊站好，費斯克訓練官站在他們面前說明規則。「你們挑選法色。沒有眼鏡。沒有武器。就像以前一樣，你們可以挑戰前面三名的人。贏得他們的代幣，就可以繼續挑戰。排名後面的人先下場。由我來評判落敗或喪失意識。我們知道各位想贏，對某些人而言，生命中的一切都取決於今天的測驗，但是任何打殘對手的人都會被踢出去。瞭解了嗎？」

「瞭解了，長官。」矮樹齊聲說道。空氣中瀰漫著一股氣氛，像是暴風雨前的寧靜。今天的測驗就是矮樹和黑衛士的分水嶺。就算在最終宣誓之前被刷掉或是受傷，只要能夠撐過今天，這輩子都會活在鮮少人能獲得的榮耀——黑衛士之中。能夠撐過今天的奴隸，契約就會由克朗梅利亞交付信託。沒有任何人能夠干涉他們受訓，直到他們被刷掉或是經歷最終宣誓，由克朗梅利亞支付他們的賠償金為止。這筆賠償金會讓他們的主人變得有錢，不過並非自願出售奴隸。他們立刻會晉升不同階級。當然，還是要聽命於黑衛士，一直服役到退役為止。但就連黑衛士奴隸也還是黑衛士。在黑衛士中，所有人不論是要擔負的職責，或是享受的特權，都毫無差別：像卡莉絲．懷特．歐克那種來自源遠流長的貴族世家之女，要輪的衛哨，和前十代祖先中有八代都是奴隸的潘·哈爾一模一樣。

今天將會決定一切。

當基普和其他人走向格鬥場時，每人都收到一枚代幣。

費斯克訓練官說：「如果能加入黑衛士，你們就可以保留本週得到的代幣。最終宣誓時還在你手上的代幣，則可以終身保留。」費斯克訓練官拿出自己佩戴的項鍊，讓大家看到一個刻著數字「四」的大金代幣。「數字最高的人一開始就會成為你的長官。現在，排好隊。」

基普下場排隊，一個年紀較大的學員檢查排名表裡的姓名，然後發金代幣給前十四名戰士，剩下的則是銅代幣。代幣正面上有個帕里亞古文數字，以及一段基普看不懂的韻文。反面則刻有一名戰士，每枚代幣上的戰士都不相同。基普的代幣是銅幣，一面是個揮動木杖的女人，一面則刻著帕里亞古文的數字「十八」。

基普提高音量：「長官，我是第十五名，不是十八。」

所有人都安靜下來。不光是矮樹，還包括其他黑衛士和黑衛士學員。你不能質疑訓練官。當然，費斯克訓練官臉色立刻沉了下來。

「你沒去看名單嗎？你們小隊昨天沒有完成測驗。所有人都後退三名。」

「狗屁！」基普說。他伸手摀住嘴巴。黑衛士不亂說話。

「你的行為讓你少挑一種法色，孩子。」費斯克訓練官說。「若還有話說，你就直接棄權。你要棄權嗎？」

基普吞嚥口水。搖了搖頭。

「你說我們昨天那樣算失敗？」這一次是關鍵者開口。他迎上前。「你有看到粉碎者出手嗎？我們都是因為他才能闖過一切關卡。我們贏了。在我們和那個殺害露希雅的渾蛋間就只剩下善良市民。我很抱歉，長官，但粉碎者說的沒錯。這根本是狗屁。你這樣會讓他沒辦法——」

「關鍵者！你還是矮樹，如果不弄清楚自己的身分，就看看我會不會當場把你踢出去。」費斯克訓練官說。「任務是要把錢帶回克朗梅利亞。你們沒有辦到。沒有藉口。你們失敗了。」

基普從未見過關鍵者生氣，更別說是發火，但那個男孩這下真的火大了。一時之間，基普以為關鍵者要毆打費斯克訓練官。群眾如同山崔亞演奏會裡的和聲般，發出一陣興奮的聲響。所有黑衛士都受過預見衝突跡象的訓練，而所有人都看見了同樣的跡象。但基普踏上前去，伸手握住關鍵者的手臂。「歐霍蘭不會坐視不公之事，對吧？」基普說。

關鍵者是虔誠的教徒。基普認為用盧克教士的陳腔爛調可以引導他的同學。

「所有人最好都記得這句話。」關鍵者說。他的語氣平淡，但目光沒有離開費斯克訓練官的雙眼。接著，關鍵者轉身。

「那麼，誰先來？」基普立刻問道。在水上灑油，基普，油可以撫平紛擾的水面。

費斯克訓練官狠狠瞪了他一眼，然後叫道：「文森！輪到你！你要挑戰誰？」

文森在矮樹中排名二十。高山帕里亞人，不過沒有那麼高、也沒那麼壯。他有點嬰兒肥，也是矮樹中年紀最小的。他很奇特——有時候很聰明，有時候又超愚蠢。提雅認為明年他會很難應付，但今年加入黑衛士的機會不大，沒必要怕他。基普突然皺眉，發現這根本是在形容自己。

「粉碎者。」男孩在他們一起走向地獄石時說道。「我打算站在原地汲色。我會輸。你就用你那種綠球用力丟我就好了，好嗎？把我打倒，接受投降。」

「什麼？」基普難以置信地問道。

「讓場面好看點，好嗎？」

費斯克訓練官走過來。「法色？」他問。

「什麼？」基普問。他覺得自己什麼都不懂。

費斯克訓練官說：「這是最終測驗。矮樹可以使用所有法色；好吧，你少用一種。在之前的測驗裡，矮樹得學會如何應付走運和倒楣的情況，但是我們要公平地讓你們發揮眞正的實力。我知道你曾經汲取過紅魔法，但你從來沒有宣稱你會過。」

「喔，對！」基普說。和提雅討論策略時，他們認爲基普應該盡量隱瞞自己是多色譜法師的祕密。當然，如果隱瞞太久，他也可能會輸掉本來可能會贏的比賽。這是在賭博。「嗯，藍色和綠色就好了。如果我要少一種法色……那就保留綠色。」有可能不是每個人都記得他幾週前曾以紅魔法擊敗弗庫帝，也可能認爲那是僥倖，如果基普繼續不使用其他法色作戰，別人或許會認定他是僥倖，讓他晚點取得優勢。

文森和基普在黑暗中就定位。他們伸手抵住地獄石柱，確保體內的盧克辛都被吸光，不過費斯克訓練官沒有很用力壓他們的手指。接著，他們後退，片刻過後，遮罩放下，上方的有色水晶在格鬥場上灑落藍綠色的光線。

儘管不確定文森有沒有在耍他，基普還是汲色製作他最擅長的末日綠球。他眞的得多學一點汲色技巧。他應該是高強的多色譜法師，儘管在與提雅和鐵拳的練習中沒有學到多少新技巧，還是比較熟練本來就已經會的東西，不過他無法肯定這樣是否足夠。不知道爲什麼，自從他成爲馭光法師以來，他最沒有時間去做的事似乎就是汲——

對面的文森手中開始浮現一把藍盧克辛杖，但卻在完成之前汲色失敗。盧克辛在一陣閃光中瓦解殆盡，文森目瞪口呆地站在原地。

綠球凝聚成形；基普對準文森的腹部拋出。

男孩試圖再度汲色，但基普的綠球穿過他的雙手，讓他失去手裡凝聚的盧克辛。他驚呼一聲，摔倒在地，大口喘息，彷彿肺裡的空氣都離體而去。

基普跑到男孩身前，一腳踏在他的脖子上。一聲哨音和禮貌性的掌聲宣告基普獲勝。

基普扶起文森。男孩摟著他的頭。「謝謝。」他說，不過語氣並不哀傷。

「到底——到底是怎麼回事？」基普問。

「別和訓練官說。」男孩迅速說道。「我是奴隸，粉碎者。我的主人需要我加入黑衛士的那筆錢。他迫切需要。」

「所以呢？」基普問。所以你故意輸掉？

「所以去他的。」

這個男孩或許再也沒機會加入黑衛士。

「幫我個忙，好嗎？」文森說。「打進去。如果我輸給一個成功加入黑衛士的人，那就不會看起來太糟。」

「竭盡所能。」基普承諾。「嘿，文森？你究竟有多強？」

文森微笑。「狀況好的話？前五名。算你走運，粉碎者。」

接著，文森走向一個目瞪口呆、輕聲啜泣的貴族。如果不是心知文森基於某種理由，願意放棄自己的未來去報復那個傢伙的話，基普或許會為他感到難過。文森看起來是個好人。

這是很好的教訓。基普本來以為自己是世界中心，所有一切都是圍著他轉——但他沒有發現眼前就有許多人生的悲劇和喜劇正不斷上演。

接下來是第十九名，由於她排名只比基普低一名，他以爲自己可以休息一下。十九名是個名叫茶法優的女孩，而根據基普和提雅猜測，她的排名名實相符。這表示她會先挑戰十六名，再挑戰十三名。走運兩次比走運三或四次的機會要高很多。

基普回到排名隊伍中自己該在的位置，開始計畫接下來的挑戰順序。他希望可以去站在提雅身旁，方便和她討論。她比他清楚整個局勢多了。但是茶法優走到他面前站定。「我挑戰基普。」她說。

什麼？基普難以置信地看著她，而她只是聳聳肩。他順著她的目光看向排名在他之前的人——拜羅和包德。突然感覺到整個測驗暗潮洶湧，但卻看不出個所以然。

他認爲對方挑戰他也是很合理的選擇。再一次。他自己也打算跳過拜羅和包德。他們兩個都不該排名這麼後面。他認爲他們兩個都該在十四名內。

但他得再度回到格鬥場中。只要輸一場，他就出局了。就是這樣。

觀眾根本不會爲了開頭的幾場打鬥而停止交談。基普不怪他們，看這些根本不會入選黑衛士的拙劣戰士打鬥，並不是什麼有趣的事。

他們前往地獄石，然後站好定位。聚光打落，藍色和綠色，但是茶法優並不打算汲色。她直撲而上，對準基普的腦側踢出一腳，而他看見一個空檔，於是壓低身形，出腳攻擊她另一條腿——但是這麼做可能會把對方踢成殘廢。他遲疑了片刻，承受她的攻擊。遲疑讓雙耳嗡嗡作響。

她利用這個機會捶了他的臉兩次，又輕又快，不過還是打得他難以招架。

基普跌向後方。她攻擊他的肚子，踢向他的下體——他勉強用膝蓋擋下了下體那一腳，不過大腿還是被踢中。她再度捶他的臉，他低下頭去，那一拳打中他的額頭。
她痛呼一聲，不過沒有停手。趁他彎腰的同時，她對他狂亂出拳。接著她扭過他的手臂，企圖逼他投降。
基普撲到她的身上，兩人如同交配的烏龜般，一起摔倒。
茶法優施展剪刀腳固定法，但是她的腳沒有長到足以繞過基普的腰、緊鎖住他。基普翻到她身上，將全身體重壓在她的上半身。他以雙手抓起她的一條手臂，然後就這麼躺在她臉上。
女孩挺身掙扎，不斷出腳，試圖把基普從身上推開，但力氣不足。她伸出沒有受制的手去抓基普的睪丸，但是他腰身下頂，而她沒有足夠力氣擠進去抓。她用力一抽，試圖抽出手，不過失敗了。
接著她慌了，沒辦法呼吸，甩動四肢——哨音再度響起。
基普在零零落落的掌聲和笑聲中站起身來，伸手去扶她，但她對他吼了一聲，然後轉身就走。
「幹得好，胖子！」一名年長的黑衛士學員叫道。
基普走回自己的位置，已經覺得有點累了，結果卻發現鐵拳指揮官站在欄杆旁等他。
喔，感謝歐霍蘭。既然加文回來了，那就表示指揮官會大搖大擺地走進來說：「粉碎者是特例，他不管輸贏，都會加入黑衛士。」然後基普就不必承受被那些根本不會加入黑衛士的戰士羞辱。
一如往常，矮樹朝指揮官圍過去，不過指揮官冷冷看了幾個人一眼，他們立刻退開。基普來到他面前。指揮官嘴唇緊閉，神色肅然，看得基普忍不住吞嚥口水。
「你以為他回來了就不一樣了嗎？」指揮官問，顯然是指加文，不過還沒有明顯到伸手去比稜鏡法王塔的地步。其他人在看。「沒有什麼不同，你還是得靠自己。」鐵拳說，然後走開。
基普嚥了嚥口水。「是，長官。」

接下來輪到基普挑選。他看向排隊的矮樹。這樣也還算是好運了，是不是？一點點好運。他可以跳過拜羅和包德，直接挑戰第十五名的尤歌坦。如果沒算錯，尤歌坦應該排在十九或二十才對。基普的贏面很大，是吧？當然。

基普帶著挑戰代幣，來到尤歌坦身邊，放在男孩面前的欄杆上。對方看來並不驚訝。

基普慢吞吞地走入場內，試圖趁機喘口氣。他看見提雅皺起眉頭沉思。

「我們今天還要打很多場，粉碎者。動作快點。」費斯克訓練官說。

尤歌坦身材高瘦，有點笨手笨腳，是單色譜藍法師。兩個男孩就定位，打量彼此。接著光線熄滅——然後再度灑落，藍光和綠光。

基普以最快的速度汲取綠魔法，尤歌坦則似乎打算就這麼站著汲色。但當基普投出綠球時，尤歌坦矮身閃避，隨即站直，手裡多了兩根T型棍。基普從來沒有用過這種武器，但尤歌坦顯然用過。他手握棍柄，持棍在空中畫了兩圈，然後把棍子架在前臂上。

接著，男孩急速衝向基普，不讓他有機會再度汲色。

基普踢向他的腳，但尤歌坦出棍抵擋，擊中基普小腿，讓他站不穩。他跨步上前，擊中基普腹部。棍子的另一端延伸到他拳頭後方，狠狠插中基普的肚子。

基普彎腰向前，格開接下來的攻擊，讓對方擦過他的下巴，沒有正中腦門。尤歌拿捏不穩棍子。他放開棍子，再度捶打基普。基普試著站穩腳步，但是失敗了，摔倒在地，尤歌坦立刻撲上前去，坐上他胸口，用剩下的那根棍子壓制他的喉嚨。

基普及時伸手擋在脖子前，但尤歌坦利用雙手和全身的體重下壓。基普一直期待藍盧克辛會碎裂，藍色並不適合這種用途，但是棍子沒碎。他用另一隻手出拳，打中對方肩膀。出拳，擦過尤歌坦的額頭。出拳，力道越來越弱。

世界開始變黑了，基普眼冒金星，難以呼吸。他凝視著上方灑落的聚光——

他用藍盧克辛包覆尤歌坦的整根T型棍。他找到棍子上的彌封點，然後解開它們。棍子突然間灰飛湮滅，留下白堊和樹脂的氣味。

在支撐全身體重的物品突然消失後，尤歌坦整個人向下一沉，直接撞上基普額頭，立刻昏了過去。

基普推開身上的男孩，站起身來。

尤歌坦醒來時，觀眾開始鼓掌。他被打昏了，不過沒有大礙。基普走過去拿男孩的挑戰代幣。還是銅幣，第十五名。這枚代幣上刻著一個男人背上交叉揹著兩把劍，正準備拔劍作戰。

阿朗第十四名，也是班上最強的男孩之一。第十三名是塔拉，以僞稜鏡法王戰爭英雄爲名的黃／綠雙色譜法師。她不是高強的戰士，卻是頂尖的馭光法師。基普希望她能加入黑衛士。

這表示基普必須挑戰第十二名伊拉托，阿朗的朋友之一。事實上，伊拉托是阿朗的朋友裡最弱的戰士，動作很快，但缺乏想像力，所以基普不懂她爲什麼會是阿朗的朋友中排名最前面的人。

基普臉色發白，再度思考排名。如果他和提雅在討論班上同學排名時都沒弄錯，那這一切就沒什麼道理可言。

「你要在那裡站一整天，還是想要提出挑戰？」阿朗問。「請挑我。」

即使基普眞的很想抹除那個男孩臉上的笑容，挑戰阿朗還是自殺行爲。不。基普搞不清楚狀況。他需要全新觀點。比賽間隔空檔時，場上都用全光譜照明——基普也是全色譜法師，不是嗎？他瞇起雙眼，汲取超紫。超紫能夠讓人疏離人群、與世隔絕、昂然獨立——還有傲慢自負。

喔，狗屎。基普忘記第一次汲取某種法色時，法色會對情緒產生很大的影響。他走到伊拉托面前，重重甩下自己的挑戰代幣。「用我的銅幣換妳的金幣。」他說。

伊拉托哈哈大笑。

「法色？」費斯克訓練官問。

「綠色和黃色。」伊拉托說。

「不用。」基普說。

「你說什麼？」訓練官問。

「我不用法色就能把這個垃圾丟出去。」

「喔呼！」伊拉托說，雙眼閃閃發光。

「如果能把我打倒，會有額外獎金嗎？」基普問。

她臉色發白，神色驚訝，隨即恢復正常。她說：「你在說什麼？」

「你知道我比妳聰明多少嗎？」基普問。

除了厭惡，所有情緒立刻從她臉上消失。「我會好好享受這場比賽的，粉碎者。」

他們在大格鬥場中央站好定位。這座格鬥場直徑二十步。出界超過五秒就會失格。他們兩個都沒戴眼鏡，要從龐大地底大廳頂上的彩色水晶汲取純粹的光線。

費斯克訓練官輪流檢查他們，確保沒人已經汲色製作盧克辛。從現在開始都是真正重要的比賽，所以檢查也比之前更加嚴格。「眼睛、手掌。」滿意之後，他後退幾步，揮手指示工作人員遮蔽上方水晶。他將他們的手指壓在地獄石上，但是沒有用力壓——就像之前一樣。

基普深吸了口氣，轉動肩膀，搖搖腦袋，放鬆肌肉。他走到她對面陰影中的位置站定。

「比賽……開始！」費斯克訓練官叫道。

水晶外的遮罩放下。

基普衝上前。他沒有透過上方的光芒汲取綠或黃，而是揮出一手，射出他已經製作好的超紫盧克辛，插中伊拉托雙眼。

她大叫一聲，向後跌開，摀住雙眼，原先的計畫化爲烏有。

接著，基普發足狂奔，一躍而起，以腦袋頂中她的肚子。她重重倒地，肺裡的空氣狂洩而出。

基普落在她身上，迅速起身，抓起癱在地上的女孩腰部的褲子和衣領，跑到格鬥場邊，把她丟出場外。

基普聽見觀眾席傳來許多驚呼聲，還有一些掌聲。費斯克訓練官在伊拉托掙扎起身失敗的同時數了五下，然後宣布比賽結果。「粉碎者獲勝！帶伊拉托去醫務所。粉碎者，你可以休息一分鐘再上場。」他走到近處，壓低音量。「你現在可以汲取超紫了？」

「一點點，長官。」

「你知道不該夾帶盧克辛入場。」

「有人告訴我要善用所有出其不意的優勢。」當然，告訴他這話的人此刻正看著他。

「你這次混過去了，但是下不爲例，粉碎者。不公布你是多色譜法師是聰明，但不會一直如此走運，遇上剛好使用你法色的對手。希望你還有其他把戲。」

「層出不窮，長官。」基普說。其實他心裡是想：*我也希望還有其他把戲*。他甩掉體內殘存的超紫盧克辛。超紫造成的傲慢還沒讓他嚐到苦果——不過應該要有才對。不用法色？他究竟有多蠢？

費斯克訓練官說：「另外，別再用頭去頂人家了。你會扭斷脖子的。」

「是，長官。」

「粉碎者，過來。」關鍵者叫道。他站在格鬥場邊緣。

基普走過去。

「你還不算穩贏，你知道，是吧？」

「我知道。我還得再贏一場。」

「有計畫嗎？」關鍵者問。

「或許不是好計畫，」基普說。「我……」他越說越小聲。他再度思考排名。現在他第十二名。要加入黑衛士，今天就得待在十四名之內，但是等他打完後，排名在他後面的人都還有機會往上爬。這表示如果再贏一場，他就安全了，但如果打輸這一場，接下來他就會面對包德。包德會從十八名挑戰十六名的尤歌坦，而不會挑戰十五名的阿朗。尤歌坦已註定出局，所以不會用心比試。然後包德會挑戰十四名的塔拉。她是很高明的馭光法師，但速度還不夠快。他能輕易擊敗她，清出勝利的道路。

接下來，他可以選擇挑戰基普，或是直接跳過他去挑戰第十一名。

或許他還能繼續往上爬，但那就無所謂了。唯一有辦法在包德之後往上爬的，只有排名過低的阿朗和拜羅。

拜羅每一場比試都會遇上已經輸過的人，而他也有可能會跳過基普。

然後輪到阿朗，而他在跳過基普前，都會對上已經打輸的人。

如果伊拉托沒有失誤敗給基普，他們四個朋友就會全部加入黑衛士訓練。

基普越想越覺得他們的計畫很聰明。阿朗、包德和拜羅，全都應該是十名內的人，就連伊拉托也沒差到哪裡去。其中一、兩個或許在最終測驗前會不小心落在應有排名以外，但是全部都這樣嗎？

「基普，你一副好像吞下了檸檬的樣子。」關鍵者說。

儘管最後排名不高，但他們四個終究還是會加入黑衛士——而且不會對上彼此，或是基普。如果他們爲了要排除基普而占據十三、十四、十五名，大幅提升基普擠進前十四名的門檻，陰謀就太明顯了。但是現在做法很低調。

見鬼了，他們甚至確保二十名和十九名都會挑戰基普，如此只要基普乖乖打輸，他們根本不用和他動手就能逼他退出，而就算他打贏了十九和二十名，也會因爲疲勞而變得容易對付。

「他們聯合起來對付我，」基普輕聲說。「甚至連碰都不用碰我一下。」

「什麼？」關鍵者問。

「關鍵者，我有可能打過第九，或是第十一名嗎？」第十名是提雅，他不打算和她打。

「什麼都有可能。」

「阿朗呢？」基普問。

「不可能。」

「不是『什麼都有可能』嗎？」

「不是什麼都有可能。」關鍵者說。

「基普，時間到。」訓練官說。「你要挑戰誰？」

有那麼瘋狂的一瞬間，基普體內的綠色特質要他挑戰阿朗——儘管阿朗排名在他後面兩位。那樣太蠢了。基普還是有可能想錯，其他人也有可能打輸，事情不一定會演變成他所想的那樣。

「基普，挑戰我。」提雅語氣平淡地說。

他立刻知道她的意思。她會讓他贏。他就能加入黑衛士。一切都和你認識誰有關，而不是你有多強。基普一心想加入黑衛士。他們會盡全力阻止他。但如果靠作弊進去，那等於是侮辱至今所成就的一切。他會把自己降到阿朗和他朋友的那種層次。

如果基普和提雅被抓到作弊——每當夥伴交手時，訓練官就會特別注意——他們兩個就都會被踢出去。對他而言，只是丟臉而已，但是對提雅而言，情況就很不樂觀。

但她還是提出這個建議。她是他的朋友，眞正的朋友，而他不夠格交她這種朋友。

基普上前挑戰第十一名，瑞格。

「基普！」提雅叫道。

他沒理她，就連在走進格鬥場時都沒轉頭去看她。他選定超紫和藍色當作法色。瑞格的是紅色和橘色，但基普知道他完蛋了。紅色和橘色無法搭配黑衛士訓練的方法作戰，因爲放火燒對手絕對不可能安然無恙。這裡的訓練本質上就對瑞格不利，這表示他排名這麼高的唯一理由就是他很能打。

基普踏入格鬥場後才發現一個比挑戰瑞格還要糟糕的錯誤。他應該要求所有法色的，他現在已經沒必要隱藏實力了。之所以不宣告所有法色，就是爲了在最後一戰中派上用場，結果在魯莽虛妄的愚勇中，搞砸這張最後王牌。提雅剛剛是要提醒他——而他以爲她是要讚美他的高貴行徑，還是什麼的。

哨音響起，情況就和基普想像得差不多。瑞格近身肉搏，打斷基普汲色，然後進一步接近到貼身扭打。瑞格繞到基普身後，壓低腦袋，隔開基普利用藍盧克辛展開的攻擊，直到盧克辛耗盡爲止。接著，基普採取他唯一能想到的行動：他趁著箝制對方雙手的機會，把超紫盧克辛灌入瑞格嘴巴和鼻孔。

但那個男孩不慌不忙，連動都沒動：他用舌頭和牙齒吐出超紫盧克辛，然後緊鎖基普的喉嚨。就這樣，基普的未來脫離掌握。他在十四名裡排名十二。瑞格扶他起身。「幹得好，粉碎者。希望你能留下來。」

但基普知道他已經輸了。

第九十一章

——主人——

叩。叩。

進入漆黑的石室中之後，基普還是知道什麼東西放在哪裡。

我已記下這個房間的擺設。就是這個原因。

叩。叩。叩。進入。轟。

基普？什麼基普？我爲什麼會想到基普？我側過頭去。奇怪。毫無疑問，那小子正躺在台上睡覺，恢復元氣。

我脫下手套，試著壓抑看到我的雙手時湧入體內的怒氣。

去他們的。一群可惡的傢伙。

細細的紅盧克辛絲在黑暗中閃閃發光，透過我的皮膚隱約可見焚燒的血管。我推下兜帽。

那小子把東西藏在哪裡？我已經搜過他的房間，雇用扒手去撞他肥胖的軀體。一無所獲。

我怒不可遏，握緊拳頭，咬牙切齒。我感覺得到房間越來越亮，越來越熱。我一定要活到太陽節。誰都不能阻止我。

我現在就要去把他找出來。雖然他已經傷成那樣，必要時我還會把他打死。或許我要發瘋了。

我的手已經碰到門了，這才想起手套和斗篷。我戴上手套，朝向鏡子裡那個身上冒著紅火的聲音低吼一聲。我拉上兜帽，步入走廊。

「隊長！」

第九十二章

基普走去站在提雅和關鍵者旁邊。在他們詢問下，他解釋了他想出來的陰謀論，接著他們一起看著陰謀遂行，和他料想的一模一樣。包德擊敗尤歌坦，然後又擊敗塔拉，一時間，基普以爲那個男孩要挑戰他——再給他一次機會——但結果，那傢伙神情不屑地挑戰第十一名，獲勝。

不過，十一名爭奪戰消耗了包德不少體力，於是他敗在第九名手下。他們再次排名，如今包德占據第十一名，基普下降到第十三名。

接著上場的是拜羅。他也依照基普預料的順序，跳過阿朗，挑戰已經出局的人，然後跳過對他腳邊吐口水的基普。拜羅打進十二名，敗給第九名。

基普落到第十四名。阿朗挑戰自己的前三名，第十五名，也就是伊拉托。她已經註定要出局了，所以直接認輸。

阿朗只要再贏一場就好，而一旦他贏了，基普就出局。他走到欄杆前，打量挑戰的對手，幾乎直接站在基普面前。

「懦夫。」基普說。「你沒有聰明到能想出這招。是誰想出來的？他們付你多少錢？」

阿朗臉上湧現一陣怒意，不過很快就消失了。

「你作弊。」基普說。「你在想什麼，你是現代艾拉德嗎？艾拉德可沒收錢做事。他沒有和人組隊。你和他比起來只是一堆狗屎。你要跳過我。我，對方雇用你阻止入選的人。你以爲自己是班上最強的人，你以爲自己比關鍵者還厲害，但你根本不敢和我打。」

「我今天還要贏很多場，基普。我不用把體力耗費在不必要的——」

「所以，和我打會耗盡你的體力？我還以爲你多厲害。艾拉德不是擊敗所有人嗎？而你連第十四名的胖子都不挑戰。你確實是傳奇，阿朗。不夠看的阿朗，我們會這樣叫你——被阿朗的阿朗。」基普根本不知道最後那句是什麼意思，他瞎掰的。「阿朗——」

阿朗把他的代幣重重壓在基普面前。「我要殺了你。」他說，步入格鬥場中。

關鍵者立刻來到基普身旁。「聰明，現在，基普，阿朗會在後踢後，向後大弧度揮拳，不是打肚子就是打臉。他那一招力道很強，但如果能夠側身避過然後立刻搶進，就會造成很大的空檔。」

「我有見過那一招。」基普說。「我動作不夠快，這個空檔派不上用場。」

「準備開始！」費斯克訓練官宣布。「上前。」

「還有其他建議嗎？」基普問關鍵者。「拜託。」

「他汲色也很快。」關鍵者無奈地說。「要注意……不過你可以靠運氣，對吧，粉碎者？」

「運氣影響很深。」

「粉碎者，上前！」訓練官叫道。

「那也算是優勢。」關鍵者說。

「我沒說是好運。」

基普轉身走向格鬥場中央。接著他看見全世界最糟的景象。觀戰的黑衛士和學員中出現一陣騷動，因爲有個人走到前排來看。加文。加文。加文來了。加文·蓋爾稜鏡法王來看他兒子測驗。

而基普即將失敗。

他當然會選在這個時候出現。他當然不會早點來看基普打贏之前那幾場。看基普做聰明的決定。

不，他就是要現在來，在基普束手無策、好運消失的時候。剛好來看基普令他蒙羞。
「你不舒服嗎，粉碎者？」費斯克訓練官問。
喔，當然了，稜鏡法王就是要坐在鐵拳指揮官旁邊。乾乾脆脆一次讓所有人失望吧。太棒了。
「我在幻想一場大勝利。」基普說。
「你這坨自大的小狗屎。」阿朗不屑地說。
「我又沒說是我的大勝利。」基普說。
「呃？」
「不是我的……勝利。聽著，要解釋就不是好笑話——別管了。」
「你是在說我笨嗎？」阿朗問。
呃，不是，不過也剛好。
「我要懲罰你，基普。」阿朗語氣顯然是把基普的本名當作一種羞辱。但基普並不這麼認爲。
「我認爲我們眞的一點也不瞭解彼此。」基普說。
「夠了！」費斯克訓練官說。「法色？」
「綠色和黃色。」阿朗說。
「全部。」基普說。現在沒理由隱藏實力了。
「你宣稱自己是全色譜法師，粉碎者？」費斯克訓練官說。
這個問題只有一個正確答案。「呃。對？」基普說。
「現在可不是宣布這種事的好時機。」費斯克訓練官說。
「什麼？」基普問。他以爲現在正是宣布這種事的絕佳時機。

「全色譜法師在面對正常法師時，占有極大優勢，所以很久以前就已經決定，要考驗出他們擔任黑衛士的眞正實力，就必須被限制，只能使用他們對手挑選的法色，然後外加一種。」

「什麼？」基普說。「我說我可以汲取更多法色的後果就是只能使用更少法色？」

「一點也沒錯。」

「那根本是狗——」基普及時住口。

費斯克訓練官揚起一邊的眉毛。

基普皺眉。「這實在很難接受。」他說，清了清喉嚨。「我認爲這樣不公平。」

「我認爲這樣不公平，稜鏡法王的私生子說。你這隻小母狗。」阿朗說。「你根本不該出現在這裡。」

「阿朗，我不知道是誰收買你的，不過我要打爛你的臉。」基普說。「你今天會擊敗我。這點毫無疑問。但是我會回來的。」

「我要折磨你，基普。我要讓你哭得像是一頭小肥豬。」

「幹。」基普說。

「粉碎者。」費斯克訓練官說。「你已經踩線了。再多說一個字，就連多出來那個法色都不能選。」

「字。」基普說。

「歐霍蘭詛咒你！」費斯克訓練官叫道。他抓起基普的衣領，基普聽見觀眾驚呼。「我受夠了！你沒有多一種法色了。你知道，小鬼，你是想要當賤嘴基普，每次都說最後一句話的輸家，還是要當粉碎者？我認爲你今天已經做出選擇。等六個月後回來，或許你會成長到做出不同的選擇。」費斯克訓練官簡直氣炸了。他轉向觀眾。他爲什麼這麼氣？他爲什麼突然之間充滿敵意？

賤嘴基普。他說賤嘴基普。他在哪裡——

安德洛斯．蓋爾，這就可以解釋費斯克訓練官這麼生氣的原因。他不是在生基普的氣，他是因爲基普而生氣。安德洛斯．蓋爾強迫費斯克訓練官盡量刁難基普——強迫費斯克訓練官違背誓言。那個無所謂，有所謂的部分在於基普讓安德洛斯．蓋爾要求費斯克訓練官做的事變得一點難度都沒有。訓練官現在甚至看都不看基普，朝觀眾宣布道：「基普．蓋爾宣稱自己是全色譜法師。已經七十年沒有全色譜法師加入黑衛士了。對於全色譜法師有些限制。我們已經討論過那些限制。基於天生優勢，全色譜法師只能比對手多挑選一種法色。由於罵髒話的緣故，粉碎者失去了多挑法色的權利。這場比試能使用的法色是綠色和黃色。」

鐵拳的目光宛如磨石。基普偏過頭去，看見他父親的眼神。加文．蓋爾看來十分失望。

可惡。可惡。賤嘴基普。我自己掉入他的陷阱。差一點基普。

這就是我。差一點。我差一點通過打穀機測驗，但是我放棄了。我差點成爲英雄，但卻選擇當懦夫。我差點拯救村子。我差點救了伊莎。我差點救了山桑。但我沒有差點拯救我母親。見鬼了，說差一點已經很客氣了。我甚至沒有差一點幫她報仇。我發誓我會。我只跨出幾小步，告訴自己得加入黑衛士才能查閱圖書館裡的紀錄，但是說眞的，我很樂意遺忘她。爛兒子。爛忠誠。

他們或許陰謀算計，不讓我進入前十四名，但我眞的有辦法憑實力進去嗎？可能不行。我有可能擠入前七名嗎？絕不可能。我生命中僅有的好事都是人家送給我的。難怪他們討厭我。我根本沒有靠自己爭取過任何東西。

「怎麼了，小賤嘴基普，你在哭嗎？」阿朗問。

「我要殺了你，你這狗娘養的。」基普說。

費斯克訓練官反手捶中基普下巴，打得他向後跌開。訓練官說：「基普，再說一個字，你就不用下場挨打，六個月後也不用來了。」

這一次，基普不再說話。他甚至沒有吐出嘴裡的鮮血，以免費斯克訓練官誤會他的意思。

「訓練官，」阿朗說。「我想撤回一種法色。只要用綠色就行了。」

訓練官點頭，吩咐下去。接著他說：「伸手。」

兩個男孩輪流讓他用力把手指壓上地獄石，然後走到僅有白光照明的定位。

接著，光線遮蔽。

「準備……」費斯克訓練官說。基普開始往前衝。他認爲時間拿捏得恰到好處——「開始！」法色的光線灑落時，基普已經撲到半空。側空踢。出乎意料的是，阿朗依然站在他的攻擊線上。男孩瞪大雙眼，基普一腳踢中他的肩膀和胸口。這一腳，踢得阿朗騰空而起。

基普落地，不過隨即跳起身來。阿朗整個人飛到界外。他翻身，咳嗽，基普一時以爲把對手體內的空氣踢光了。如果阿朗沒辦法在五秒內恢復呼吸，基普就有可能獲勝，就這樣。

「一！」費斯克訓練官開始讀秒。

阿朗跳起身來，衝回格鬥場。基普跑到場邊堵他，打定主意不讓他回來。

「二！」

後踢。動作很快，快到基普差點沒來得及向後跳開，這也表示他不用擔心接下來那一拳，同時也表示阿朗可以順利回到場中。

勝算消失了。

不過阿朗還在痛，基普看得出來。除非他在引誘基普闖入某種陷阱。從另一方面來看，他有必要引誘基普闖入陷阱嗎？他有法色、速度、力量等優勢，而且訓練比基普紮實多了。

阿朗在基普逼近時展開攻擊，以迅雷不及掩耳的速度擊中基普鼻子。快到沒辦法抵擋。這一拳並不重，但還是打得基普動彈不得。接著，阿朗撲到他身上。基普沒看見拐倒自己的那一腳，但身形一側，重重倒地。

基普才爬起一半，阿朗已經在拿綠盧克辛棍打他的背。

「起來，粉碎者！」有人叫道。

基普掙扎跪起。在背上又挨一記時悶哼了一聲，但沒有倒地。

他看出阿朗心裡在打什麼主意：他可以瞄準基普腦袋，把他打昏。但是打頭可能會把基普打成白痴，那樣阿朗就永遠不能加入黑衛士了。

第一次，規矩站在基普那一邊。

不確定還能怎麼做，阿朗繼續攻擊基普的背。這一下力道更猛。

基普抬頭看他，冷冷一笑。*你難道不知道我是誰嗎？*

我是天殺的龜熊。

基普大吼一聲，趁阿朗揮棍時站起身來。他抓住阿朗的手，推向他身體。阿朗一膝蓋頂中基普肚子，但基普卻趁他重心不穩的機會出腳絆倒他。

基普摔在男孩身上，不過幾乎立刻就被掙脫。阿朗翻向一側，擠到基普一條手臂下方，開始揮拳攻擊他的腎。基普試圖撐離地面，但找不到任何施力點。綠盧克辛困住他的雙手。

「你是我的了，基普。你感覺到那股自由嗎？」阿朗在他耳邊低聲道。「我這樣做戲就是不讓他們宣告比賽結束。看我怎麼折磨你。」

他渾身劇痛，難以思考，根本沒辦法擬定計畫。阿朗讓他掙脫一點點，然後又拉回來，滿臉獰笑。

基普翻向側面，雙手被盧克辛鎖在背後，把劇痛當作堅定意志的鐵鎚。他凝視上方令他們籠罩在綠光中的水晶——然後使勁朝水晶射出小綠圓球。

他下巴吃了一拳，整個人翻倒在地。接著喀啦一聲，上方的綠水晶化爲碎片，降下一陣水晶雨，場上陷入一片漆黑。基普不光只是打碎了綠色遮片，連遮片後方將光線指向練習場的鏡子也一併打破。觀眾中傳來一陣驚叫。

基普料到他們會陷入黑暗——但是阿朗沒有。他無法控制用來箝制基普雙手的開放式盧克辛。盧克辛手銬消失，基普掙脫阿朗的束縛，手肘頂向男孩腦袋，擦邊而過。

接著，基普爬起身來。他放鬆雙眼，進入次紅光譜看向對方。阿朗也已起身，正左顧右盼。

基普捶中他的肚子，然後迅速後退。阿朗轉身，站穩身形，悶哼了一聲。基普移動到左側，攻擊男孩的腎。

接著，在他還沒來得及充分利用黑暗優勢前，觀眾裡有人點燃一根鎂火炬。不！有人射出一顆黃色閃光彈。基普瞇起雙眼，恢復正常視覺，心想，黃色，如果我——

但是阿朗的第一個想法是近身肉搏，而非汲色。他擊中基普的睪丸，然後拐倒他。

基普的臉撞上地面，接著阿朗整個人跳到他身上。

阿朗用力捶打基普的雙腳，狠狠攻擊大腿中央最軟的地方，暫時癱瘓他的雙腳。

痛不算什麼，痛不算什麼，痛不算什麼。

不管基普怎麼告訴自己都無所謂，現在的情況與痛無關，而是身體拒絕聽從他的命令。

想想，基普，用力想！只要一擊就可以結束一場打鬥。

幸運的一擊。歐霍蘭呀，拜託！給我幸運的一擊！

他翻身正面朝下。雖然只上過幾堂摔角課，還是知道這舉動很蠢。你的手腳——你的武器——是往前，不會往後。至少不能太往後。他以手肘頂向希望是預定目標的位置，然後使勁把頭盡量往後挺，希望能撞爛阿朗的臉。

他的後腦擦過阿朗臉頰。這樣不夠。

其他鏡子調整了方向，自然白光再度照亮格鬥場，黃色照明彈燃燒殆盡。基普唯一的希望消失了。他甚至沒時間汲取黃色。綠遮片再度升起。

接著，基普雙手受困。八成是被盧克辛包住。一拳擊中他的右耳。另一拳擊中左耳。然後是他的臉頰。然後是他的嘴。

右、左、右、左、右。

基普逐漸失去意識。但阿朗打到發狂。他一心只想把基普打成肉醬，箝制他的雙腳不由自主地鬆開。

基普大叫了一聲，弓身挺腰，阿朗重心不穩，向前摔倒。基普半跪而起，但是阿朗再度壓下，一拳又一拳地捶打基普的臉。

基普淚流滿面、因爲生氣和痛楚而腦筋混亂、鮮血遮蔽雙眼，在嘶吼聲中站起身來——把年長的男孩扛在空中。他感覺到對方不再毆打他，雙手分開，抓向他的衣領。

「你可以的，粉碎者！」有人叫道。

基普心裡唯一的念頭就是把阿朗當蟲一樣踩扁。他的叫聲蓋過費斯克訓練官連續不斷的哨音，身體前傾，朝地面撲去，然後——

摔到一大片紅色枕頭裡。基普四肢被人用力扯開，阿朗的體重遠離身體。

濃稠的紅盧克辛霧消散，留下基普躺在地上，還在哭泣。費斯克訓練官迅速檢查他的傷勢，然後站起身來。

「阿朗獲勝。前十四名已經確認。從現在開始，我們爲排名而戰。但是阿朗，你失控了。你差點讓自己被踢出去。今天不用打了。」

「不！」基普叫道。

費斯克訓練官看向他，然後偏開目光，彷彿基普在羞辱自己。

基普繼續哭。不是因爲痛，雖然一切都讓他感到痛苦。他就差那麼一點點。他本來可以打倒阿朗的，只要他們讓他打完就行了。他差一點就——

差一點。就是差一點基普。失敗者基普。差一點就夠格。他渾身都是鮮血、眼淚和鼻涕。

他抬起頭來，以爲會看到加文離開。基普令他蒙羞。加文想要個與他形象符合的兒子，但他卻像個哭哭啼啼的小女孩。基普一點也不像他父親。橡實怎麼會掉到距離橡木這麼遠的地方？但是加文沒有離開，反而直視他的目光，指示基普過去。

基普站起身來，朝他父親和其他學員所坐的木椅走過去。他低著頭，神情羞愧，爲了臉上滴落的淚水羞愧，沒辦法停止哭泣，沒辦法掩藏眼淚。

有人開始鼓掌。接著其他人跟著鼓掌，然後所有人都在鼓掌。基普轉頭去看是不是阿朗在接受歡呼或什麼的。沒有。所有在鼓掌的人都看著他。他？

基普揉揉額頭，試圖弄清楚狀況。他？爲他鼓掌？

啊，幹。他越哭越激動。好想成爲黑衛士，他們是他唯一敬重的人，全世界他唯一想當的人。但是失敗了，可是他們卻爲此鼓掌。

他拿起一條毛巾，假裝在擦血。他遮住他的頭。有人伸手摟住他，基普看見他父親。

「父親，」基普說。「我……如果他們沒有吹哨的話……我差點……」

「那孩子慌了，基普。他最後抓你的那招是斷頸的鎖扣法。而我想他抓成了。如果他們沒有吹哨，你撞到地上時已經死了。」

阿朗鎖住了他，基普感覺到阿朗的雙手扣至定位。如果阿朗殺了自己，就會被踢出黑衛士。不過現在這種情況，對基普沒什麼好處。

「我失敗了。」基普說，不太敢透過頭上的毛巾看外面。

「對。」加文說。「他比你強，這種事在所難免。打碎水晶那招很聰明，差點就奏效了。現在來吧，我們來觀戰，向比你強的人學習對你有好處。看來你的鼻子斷了，最好盡快扭正。」

基普輕摸自己的鼻子。喔，那可不是鼻子應有的形狀。「這就是會發出那種聲音，然後讓我尖叫的原因嗎？」

「最好不要叫。」加文說。他不管基普汗濕的頭髮，伸手摸基普的頭，固定他的腦袋，然後抓起他的鼻子，用力一拉。

基普深吸口氣，再吸口氣，然後吐氣。歐霍蘭慈悲爲懷！

但他沒有叫。

當然，至少今天我有一件事沒搞砸。

他跟著加文走到看台椅，但是他父親剛剛說的話，如今在他心中只剩下「差一點」和「他比你強」。

觀賞接下來的比賽時，一名綠法師醫生拿著混合超紫盧克辛的繃帶來幫基普包紮傷口。他用小小的綠盧克辛針和線縫合基普的右臉和左眉上的傷痕，然後在那些和其他傷口上塗抹藥膏。

接著，他給基普喝了一杯他覺得藥效太過溫和的罌粟茶。基普很高興自己坐著，因爲他不認爲自己的腳還站得起來。

整體而言，因爲心不在焉，基普完全沒有從觀戰中學到任何東西。不過，觀戰至少能讓他有點事做。提雅在一次挑戰獲勝，然後打贏兩個沒想到她出手那麼快的男孩。她最後得到第七名。基普很爲她驕傲。他可以從她無聲的笑容中看出她也很爲他驕傲。

他們一直看到最後。欣賞關鍵者格鬥，就和欣賞藝術表演一樣。他因爲在眞實世界測驗中「失敗」而掉到第四名。他挑戰第三名、第二名，然後是第一名——全都贏了。基普看到他父親讚嘆地轉頭看向鐵拳指揮官。「他是後人？」加文問。

「第三代。因娜娜和鉗拳之子。」

「早該猜到了。他們還活著？」

「因娜娜還活著。她撐到現在，就是爲了看到這一天。」

「他很厲害。」加文說。「搞不好比你當年還強。」

鐵拳揚起一邊眉毛。

加文微笑。

鐵拳嘟噥了一聲，有可能是贊同。「如果他活得夠久。」

「我該去看看因娜娜。」加文說。「她很討人喜歡。」

矮樹開始排隊參加晉升學員的小儀式。基普腹部翻騰。「我們可以走了嗎？」他問。

加文說：「這是你朋友的光榮時刻。不要老想著自己。你現在背對他們，他們會一輩子記在心裡。」

基普眨眼。眨眼。我真是個自我中心的渾蛋。

「是，先生。」他說。

鐵拳指揮官起身上前。所有矮樹依照前十四名的名次站好。除了關鍵者，他跪在訓練場上，低著頭，一手比出三一手勢，放在雙眼和額頭上禱告。

「關鍵者！」費斯克訓練官吼道。他站在隊伍最後的阿朗身前，準備把黑衛士別針別在矮樹的翻領上。「晚點再來禱告。」

眾矮樹笑容滿面、喜不自勝，也早就習慣了關鍵者這些怪癖。他們全都驕傲地站在原地，雙手背在身後，抬頭挺胸。訓練場四周，年長的學員和正式黑衛士紛紛起身，立正站好。和他們的姿勢一模一樣。

「是，長官。」關鍵者跳起身來，走向隊伍。他面帶微笑，但基普覺得他笑容僵硬。眼看所有人都神情驕傲，基普卻覺得自己跟他們之間的鴻溝越來越深。他是局外人、孤狼、外來者。永遠不會成爲他們的一員。

「長官？」關鍵者來到訓練官面前說道。他冷冷瞪了阿朗一眼，阿朗不敢直視他的目光。

「什麼事，第一名？」費斯克訓練官問。

「黑衛士永遠不會停止訓練，但是今天的測驗已經結束了嗎？」關鍵者問。

費斯克訓練官說：「對，當然，現在回到隊伍裡——」

關鍵者不再多說，像蛇一樣展開攻擊，大喝一聲，身體迅速迴旋，以超乎尋常的速度踢出威力強大的一腳。就連瞪大眼睛看著他的基普，也只能勉強看見他出手。關鍵者多年踢擊木樁鍛鍊出來的堅硬小腿，正中阿朗的膝蓋，讓他整個膝蓋向後塌陷。

膝蓋碎裂的嘎吱聲響，劃破突如其來的死寂。

阿朗頹然倒地，張口結舌、氣喘吁吁、雙眼圓睜。

關鍵者立刻放低雙手，擺出完全不具威脅氣息的姿勢。既然四周有好幾百個看慣暴力場景、並擅長用最有效率的方式阻止暴力的男男女女，立刻收手算很明智。「訓練意外。」關鍵者語氣冷酷地大聲說道。

一時之間，就連費斯克訓練官也和基普一樣目瞪口呆。他終於回過神來。「你做了什麼?!」他向關鍵者吼道。

關鍵者語氣冰冷，不帶語氣。「在測驗時造成永久性的傷勢會被開除，訓練時造成的不會。」

「我的膝蓋！我的膝蓋！」阿朗啜泣道。從他的聲音聽來，他知道，就像基普也知道，就像所有人都知道——他永遠不能再和人動手了。如果還能走路，就已經很幸運了。那種程度的膝蓋傷勢沒有機會痊癒。阿朗殘廢了。

關鍵者毫無悔意，清楚而大聲地說：「我打從會走路開始，就想要成爲黑衛士。我太敬重這個組織，絕不願意接納會破壞和諧而非建立和諧的人，一個收錢摧毀自己同學的人。如果把這種人趕出黑衛士的代價就是我自己也被趕出去，那我就認了。」他一時之間難以壓抑激動的情緒，不過最後還是忍了下來。

「什麼?!」費斯克訓練官大聲問道。「你在說什麼?」

「阿朗是班上第二強的戰士。」關鍵者說。「有人付錢叫他以較低名次入選。他收錢阻止粉碎者入選。」

「他是提利亞人!」阿朗叫道。「他是私生子!就算免費我也會這麼做!他不是我們的人!」

「免費也做?所以你眞的收了錢。」費斯克訓練官說,忿忿不平、難以置信。他看了鐵拳指揮官一眼,承認自己失職。阿朗怎麼會蠢到這個地步?

「他不是我們的人!」阿朗叫道。

「你是說,不是你們的人,」鐵拳指揮官說,語氣低沉又危險,踏步上前。「因爲你永遠不會是我們的人,阿朗。不像粉碎者。」

最後一句話讓基普如遭電擊。

「粉碎者!」費斯克訓練官叫道。「你聽見了。我們有十四個空缺,這裡只有十三個人。過來排隊!動作快!誰把這個垃圾趕出去。」

「不!不!!」阿朗大叫。但是幾名醫生隨即出現,把哭哭啼啼的他抬離現場。

基普一拐一拐地走去排隊,動作一點都不快,但他覺得自己彷彿是一路飄過去的。那個醫生給他喝了多少罌粟茶?

不,不是罌粟的關係。

鐵拳指揮官站在基普面前。他拿起基普的格鬥金幣,塞進一個墜飾。墜飾正面刻有一團黑火。

「這是伊瑞伯斯之燄。代表職責與犧牲。就像蠟燭燃燒之後會釋放光和熱,肩負職責的人也是一樣。我們日復一日將生命獻給歐霍蘭和祂的稜鏡法王。你願意發此神聖誓言嗎,基普.蓋爾,粉碎者?」

「我願意。」基普興奮顫抖。

「你願意放棄效忠其他組織，優先效忠黑衛士、效忠歐霍蘭、效忠祂的稜鏡法王嗎？」

「我願意。」

「我在此宣布，你——粉碎者——正式成為黑衛士學員。」

「粉碎者！粉碎者！」觀眾齊聲歡呼。

鐵拳讓他們繼續歡呼了幾秒，然後請觀眾肅靜，繼續幫其他人舉行宣誓儀式。

之後的儀式彷彿一場夢。所有矮樹都宣誓效忠，然後年長的學員和正職黑衛士圍上來恭喜他們。

最後，他們決定去黑衛士常去的酒館——所有酒錢都由新進學員支付，當然。和大家一起出門狂歡前，基普回頭看他父親。

加文．蓋爾站在剛剛的位置，沒理會身旁那個趕來報信的信差。他的眼中只有基普。稜鏡法王臉上帶著一絲得意洋洋的笑容，不過或許不光只是得意而已。或許還有點驕傲。

第九十三章

卡莉絲隱約察覺那些人離開。她臉貼在石板地上，祈禱他們不要回來，希望自己能失去意識。她沒有失去意識。她抬起頭來，看見剛剛嘴巴所在處積了一灘鮮血。她的左眼腫到睜不開，右眼也越腫越大，只是沒有腫得那麼快。

頭部受到的重擊讓她噁心。她的嘴裡除了血腥味外，還有一股噁心的味道。她想起他們把她翻到側面是爲了不要她被自己嘔吐物噎死。

她又吐了一大堆東西出來。吐得滿身都是，但是腹部抽搐導致她身體縮成球狀。她盡量放輕呼吸動作，不過光是這點動作，就讓她內臟翻滾不休。

抽搐慢慢緩和了，但她覺得腦袋還是只有勉強地和身體連在一起，以自己的步調拖泥帶水地移動。她再度翻身腹部著地，開始往前爬。

她還爬得動。很好。她注意到自己的手腳都沒被打斷。很好，很好。她的手因爲染滿鮮血而滑膩，石板地不斷擦破她的膝蓋。她每吸一口氣都會引發肋骨劇痛，不過如果肋骨受了傷的話，也只是裂開一點。她的肋骨以前斷過，比現在痛得多了。

除非，當然，她的身體壓抑痛覺。身體有時候會這樣。可惡的東西。她喉嚨突然嗆到，吐出一灘血。

牙齒還在，不過她咬傷了舌頭。脖子上有灼燒感。她不太敢伸手去碰。不能碰，她還在爬。五到十分鐘後，也可能過了一整年，她終於爬到街口。

這是哪條街？她才剛從這裡來，但她想不起來。不記得自己在城裡哪個區域。不過這裡往來行人不多。

但她沒辦法繼續爬下去了。她的右眼腫到完全睜不開，發現自己的屁股在痛。他們狠狠踢了她的屁股一頓，而且雙腳也開始抽筋。

她又吐了。乾嘔。

睜開還能睜開的眼睛時，她看見街道另一端有人走過來。

那個人轉了個方向，遠遠繞過她。

其他人也紛紛繞道。男人，還有女人。推推車的人。沒有人停下來。歐霍蘭呀，爲什麼他們都不停下來？

她全然無助。這樣趴在這裡，就和赤身裸體一樣。她什麼都不能做。任何路過的人都能對她爲所欲爲。任何人都能占她便宜。

她開始哭，討厭自己竟然會哭。她全身都痛到難以忍受。

「來吧，親愛的，」一個男人在她上方說道。「一切都會沒事的。妳眞是勇敢的女孩。」聽口音是伊利塔人。卡莉絲很少遇到友善的伊利塔人。她有點瞧不起他們。「黑衛士打扮，但是和船帆一樣潔白。妳是卡莉絲·懷特·歐克。」

她無力回答。她唯一能做的就是不再哭泣。能夠點頭就算一種勝利。

「我現在要扛妳起來。我要妳想想身上所有在痛的地方，等我們抵達克朗梅利亞，妳就可以和醫生說。可以嗎？」

「可——可以。」他給她一種熟悉的感覺。但是，不，她很肯定——

他打起她，她立刻失去意識。

醒來時，她在床上。她知道自己喝過罌粟茶，因為太舒服了。她轉頭向左，世界天旋地轉，接著又轉向右方。

加文房間！哈！她以前來過。喔哈！加文本人就在房裡，塔之光、眾星之星、月亮的右手。他英俊瀟灑，站在那裡，一綹頭髮垂在眼前。

「卡莉絲？」加文問。他看起來十分憂心。「聽得見我說話嗎？」

「嗯。」她說。她向他微笑。她想起之前在先知島看見他沒穿上衣的模樣。「我想要看你脫光。」她說。

喔，天呀！她真的這麼說了？她笑。

加文轉向卡莉絲之前沒注意到的小個子，一位身穿奴隸袍的醫生。「我想我們可以減少罌粟用量。」他說。

「你老是想告訴我怎……」卡莉絲說到一半，又昏了過去。

第九十四章

告訴她。你得告訴她。

加文在指間轉動小小的棕色罌粟球。卡莉絲還在睡，外面的走廊上人來人往，忙著準備開戰。

信差跑去基普的測驗找他時，加文起先拒絕搭理，接著差點驚慌失措。卡莉絲被人打傷對他的衝擊，遠超乎想像。

「先看看你愛的人吧。」他父親如此說。

他們明天漲潮時出發。動員行動迅速到難以置信，因爲所有人都知道只要通過決定，就得盡快行動。現在大家都在執行確定下達的命令。儘管如此，還是有上千決定需要下達。雖然加文基本上不是部隊一員，但還是比這裡任何人都清楚要怎麼組織艦隊和部隊。

不過此時此刻，他坐在卡莉絲床邊。剛看到她渾身是血時，他還以爲她會終身殘廢。接著，在醫生診療回報後，慶幸她奇蹟地沒受重傷。現在他明白毆打她的都是專家，就是要讓她傷到這個地步。他們故意讓她看起來很慘——卻不會永久殘廢。對方這麼做是要警告加文，而不是向他宣戰。

他父親不知道他多火大。

他沒有證據證明是他父親所爲。很多人都有嫌疑，但在這個時刻，下手如此謹慎，算計如此精準？根本不用證據。

看著她躺在床上，全身裹滿繃帶，陷入昏迷，加文終於發現她有多嬌小，這是在她清醒說話時不會看到的一面。但是此時此刻，她看起來很脆弱，像朵嬌貴的花，遍體鱗傷。

「我要折斷他們的手臂。我發誓。」加文輕聲說道。

「你在自言自語，還是我眞的很不會裝睡？」卡莉絲睜開一隻眼睛問道。另一隻眼睛在腫大的黑眼圈下睜開一條縫。

「妳醒了。」加文說，彷彿放下心中大石。

「我有……說什麼……」她越說越小聲。

「妳是問在罌粟藥效影響下有沒有說什麼尷尬的話？像是想看我脫光之類的？沒有。」

她閉起雙眼。「你運氣好，我現在一動就會痛，不然我會把你打得滿地找牙，加文．蓋爾。」

「達山。」加文輕聲說道。這名字就是他來這裡等待卡莉絲醒轉過來的原因。但是儘管已經醞釀很久，說出這個名字還是讓他有點驚訝。

要從瘀青腫脹的臉和兩個黑眼圈、一張裂開的嘴中判斷對方表情，並不容易，加文什麼也看不出來。卡莉絲閉上雙眼，彷彿沒聽見這句話。或許她沒聽見，或許她又昏了過去。

她的眼角冒出一滴眼淚，順著臉頰流下。

門已經打開，現在除了穿門而過，沒有其他選擇。加文說：「科凡．達納維斯和我在裂石山之役前一個月想出了這個計畫。我們和太多惡魔談定太多交易，我認爲就算師出有名，打勝那場仗也只會爲七總督轄地帶來災難。科凡在我身上刻下與加文相同的傷疤，間諜讓我們得知他在戰場上做何打扮。」加文深吸了口氣。「我母親當然一眼就看出是我，但她不想失去最後一個兒子，於是教我該怎麼假扮加文。我本來打算只要假扮幾個月就能阻止七總督轄地面對大部分傷害。但我沒想到要在妳面前假扮加文會這麼困難。我甚至不知道該怎麼和妳說話。我以爲妳愛加文。和妳結婚——以他的身分？——我沒辦法這樣背叛妳，卡莉絲。我辦不到。我就是辦不到。但或許我所做的決定更糟糕。」

解除婚約把場面弄得很難看。她消失了，身受屈辱，家族破產，他以爲自己永遠不會再見到她。他心裡有一部分，想要活下去的那一部分感到高興。卡莉絲肯定會看穿他的僞裝，而她銷聲匿跡一年，讓他有機會強化他的面具，變成加文．蓋爾。

「告訴我，」她說，沒有直視他的雙眼，也沒有伸手擦拭淚水。「把一切都告訴我。」

她的語氣沒有透露任何情緒。她很冷酷、平淡、陰鬱。

她此刻得知的事已足以讓他送命，所以他也不知道繼續說下去爲什麼這麼困難。說一半是死，全盤托出也是死，對吧？但是他肚子裡那股不舒服的感覺並不是在考慮生死。就某種程度而言，生死根本微不足道。他說不出口是因爲不想讓這個對他而言比全世界還要重要的女人厭惡自己。

他深吸了口氣。靠回椅背上，然後又湊上前。七年，七大不可能完成的目標。過去十六年裡，他每年都沒有達成目標。如果她爲此事殺了他，他至少做了一件正確的事。

於是他說出眞相。他說了她們家的那場大火，當晚他是怎麼發現自己有能力分光，如何氣到發瘋，認定是她背叛了自己。他提起羞愧逃亡的事。遭人追殺的情況。身邊集結了一支連他自己也不確定是否想要率領的大軍。接著加文拒絕了他投降的提議。他告訴她自己是怎麼決定全心全意投入戰場。讓科凡．達納維斯統領他的部隊。在阿塔西全境內作戰，對好幾個帕里亞部落許下承諾。他說起他們迫切需要帕里亞援助，於是一路逃往提利亞去和他們會合——然後他們才發現遭到背叛。帕里亞部族根本沒來。

他沒有多提最終戰役。那天他殺了很多人，其中有些是他敬佩之人的兄弟、姊妹和子女。

然後，他談起後來這些年裡所發生的事。他如何應付假扮加文的挑戰，如何努力修正光譜議會其他成員都不太在乎的問題。

他講了超過一個小時，過程中，他察覺她的態度逐漸軟化，同情他的處境，臉上開始浮現情緒。最後，他說到加利斯頓之役及其後的安置工作、她甩他的那巴掌，宣稱知道他的祕密，還有他有多害怕被她得知所有眞相。他小聲說出有考慮過是該告訴她眞相，還是殺了她。

剛剛凝聚的暖意立刻如同冬天打開窗戶般狂洩而出。他看見她下巴肌肉抽動。你本來打算殺我？你這個渾蛋。那個表情說道。

「妳要聽眞相。」加文說。「告訴妳眞相就表示妳可以殺了我。」

「這種想法很合理，你這個渾蛋，但是別指望我會有什麼好的反應。」

他無言以對。他發現手裡的小罌粟球已經被自己捏碎。

「我就是我，卡莉絲。」他說。接著，他發現說這句話現在聽起來有多可笑。「我是說，我是稜鏡法王，所以……」

「我知道你是什麼意思。所以。講完了？」

他遲疑。「不。還沒，卡莉絲。我昨晚殺了加文。」

「你是指他在你心裡終於死了？」她問。

於是他告訴她，接著又跳回去講安娜的事，把眞相告訴她。

「但是黑衛士……他們說她自己跳樓。」

「他們爲了救我而說謊，卡莉絲。我沒叫他們這麼做。我發誓。安娜講了妳一些很難聽的話，而我以爲已永遠失去妳。我把她丟出陽台——我，我並不是眞的想要殺她，但她撞到欄杆，然後就翻了下去。我跑到塔頂，想要均衡魔法，但是辦不到。所以我下樓去釋放加文，想讓他殺了我。」他不敢看她。即使她的臉被打得那麼慘，他還是可以輕易看出恐懼。

最後，說完加文的事，他說：「我不知道當年他對妳做了什麼。他是怎麼……馴服妳的。我本來應該深入調查，但是我一直都在擔心自己，根本沒察覺身邊的人的問題。我很抱歉，卡莉絲，我知道我的表現看起來不像，但是我愛妳，我想要一輩子和妳在一起，如果妳能原諒我。」

死寂深沉到可以淹死人。

「讓人生氣。無可救藥。冥頑不靈。拖拖拉拉。不敢相信你說得出這種話。但是說到底，你還是不失誠懇，是不是，達山·蓋爾？」

「呃？」

「吻我。」卡莉絲說。

「不好意思？」

「我不是在要求你。」

他離開椅子，坐到她的床緣。她在被他的動作晃到時痛得呻吟了一聲。

「抱歉，」他說。「或許——」

「不是要求。」

「但是妳的嘴唇破了——」

「不是要求。」

「啊。」

他像是親吻病患般輕輕吻她。

她身體往後傾，透過腫脹的雙眼看他，一副不認同的神色。「太糟糕了，達山·蓋爾。我期待十六年的吻可不是這個樣子。」

「第二次機會？」他問。

她不容易說服。「哼。你不夠格。」

「我是不夠格。」他語氣嚴肅。

「你不夠格。」她神情認真。「不過話說回來，如果我們不能有第二次機會，我不知道誰有。」

她面露微笑。

他又吻了她一下，很溫柔，慢慢拉近。不過本來只是想要讓她好過一點的舉動，卻變成了一股強烈的誘惑。他將她嬌小的身軀擁入懷中，雙手輕輕摟著她。他們接吻，他感覺到心裡逐漸放鬆，在他心中長久到已經成爲生命一部分的痛苦終於消失了。

她身體再度往後傾，隨即面露警覺，深怕被拒絕。加文也退開。

但卡莉絲輕聲說道：「恐怕你讓我喘不過氣了，蓋爾法王——」

「那可多謝妳了。」他的笑容中隱約可見鬆了口氣的感覺。

「——因爲我現在沒辦法用鼻子呼吸。」

她哈哈大笑，他也跟著陪笑。「妳眞美。」他說。他覺得自己的心臟脹大到胸口都包不住。

她懷疑。「我現在或許看不清楚，但你的眼睛可沒事。我是被人圍毆，你又是什麼藉口？」

他輕笑。「我不是說妳此時此刻很美——知道嗎？我認爲我的嘴唇不說話比較有說服力。過來。」

他們接吻，接吻，然後在卡莉絲得停下來呼吸，還有加文誤把她的哀號當作是情慾嬌喘時一起大笑。世界停止了運轉，無憂無慮。加文之前都沒發現過的心結鬆脫、解開、消失，突然間覺得自己一輩子都沒這麼強壯、自由過。祕密的力量破解了，枷鎖粉碎了。

「歐霍蘭慈悲爲懷，我眞的好想和你做愛。」她說。

「我很容易說服。」加文立刻說。

她發出沮喪的聲音。「如果我的身體承受得起就好了。」

「我可以……溫柔一點。」他帶著淘氣的笑容說道。

她把他拉到身前，在他耳邊低語。「我想了你十六年，達山・蓋爾，我可不想要你對我溫柔。」

他呑嚥口水，無言以對。「妳願意嫁給我嗎？卡莉絲・懷特・歐克。」可惡，他應該可以講得更好，這種問題要有點說服力。

不過，根據他和卡莉絲的過去，或許簡單的事實會比巧妙的安排來得好。

「卡莉絲，妳怎麼哭了？」

「因爲過了我吃止痛藥的時間了，你這個大白痴。」

門上傳來敲門聲。「喔，別開玩笑了。」加文說著，看向門口，一副想用目光把門幹掉的模樣。

他轉回去看她。「這表示願意嗎？」

「你讓我筋疲力竭，然後趁我動彈不得的時候占便宜，所以……」

「所以妳願意？」

又是一陣敲門聲。

「你這個超蠢超蠢的男人，我當然願意。」

「我愛妳，卡莉絲・懷特・歐克。」

她頑皮地笑道：「你最好是。」

門開了，一名黑衛士推著白法王進來。加文沒辦法收起臉上的笑容。

「喔，天啊，我打斷了什麼？」白法王問。

「不，」加文說。卡莉絲同時說：「對。」
「我懂了。」
「我剛好要找妳。」加文說。「高貴的白法王女士，能請妳好心幫我們證婚嗎？」
白法王側頭，透過臉上的校正眼鏡看他們。「好哇，加文．蓋爾，你也撐夠久了。還有卡莉絲．懷特．歐克！史上最慢的勾引男人紀錄！憑妳的魅力。」白法王語帶不屑。
「這是說好嗎？」加文問。
「當然好。」卡莉絲代替她答。她笑得闔不攏嘴。
「既然加文要直接趕赴戰場，我想你們希望他一回來就結婚？」白法王問。
「不，」加文說。「現在。」
「現在？」卡莉絲問。「你不用多想想嗎？我們不知道接下來會是什麼情況。」
「我們什麼時候知道過了？有些事不涉身其中，永遠不會瞭解。我會和妳一同面對，而那對我來說就足夠了。」加文轉向白法王。「現在。」
白法王嘟噥道：「早就猜到了。」但她微笑：「加文，你不惜被父親逐出家門也要和她結婚？」
「我現在覺得什麼都阻擋不了我。」加文說。「妳怎麼知道那件事，奧莉雅？」
「逐出家門？」卡莉絲問。
「我會解釋。晚點再說。」加文說。
「我也晚點再解釋。」白法王說。「卡莉絲，妳知道這表示妳不能繼續擔任黑衛士？」
「知道。」卡莉絲說。
「規則就是要讓對的人拿來打破的。」加文說。

「答應我回來之後要舉辦盛大的婚禮。」卡莉絲說。

「超盛大。」

於是他們結婚了。婚誓很簡單。加文身爲稜鏡法王，正常職責之一就是透過婚誓幫新郎新娘證婚，但今天他忘記了那些婚誓。他才剛說出口，婚誓就變模糊了。他甚至只有隱約察覺白法王的存在，眼裡只有卡莉絲。他心裡充滿對這個狂野、沮喪、美麗、固執、了不起女人的溫柔愛意。

他再度親吻卡莉絲。她一邊微笑一邊皺眉。

「該吃藥了？」他問。

她抱歉地點頭。

他找出藥水，倒了適當藥量。她感激地接過藥水，然後躺上枕頭。「回到我身邊，閣下。盡快回來，聽見了嗎？」

「是的，女士。」他說，無法止住笑容。

她不到一分鐘就睡著了。

加文終於轉向白法王。「幹得好，稜鏡法王閣下。」她說。「或許我眞的沒看錯你。」

「我盡力而爲。」

「希望你盡力而爲就足以拯救我們。」

就在那寧靜的片刻裡，他想起自己爲什麼竭盡所能不和白法王分享寧靜的片刻。她會要求他前往塔頂，均衡魔法。她有各式各樣這麼做的理由。她一定聽說過瑪莉希雅告訴他的那些傳言。她知道那代表什麼意思。

「你知道，」她問。「前兩天我在塔頂上看到了什麼？鶴。上千隻鶴群，在遷徙。你有見過嗎？」

「沒有印象。」

「牠們通常呈V字隊形，似乎這種隊形有助飛行。」

提這個有點奇怪，好像她在跟小孩解釋一樣。加文當然見過鳥類遷徙的景象。

「但是今年，牠們不是V字隊形，而是直線飛行。數千隻都這樣。好奇怪。鶴群遷徙時絕不會在海面上飛行太久。沒有正常隊形的輔助，我看得出來牠們很吃力，有些鳥脫隊、墜落、死亡。牠們朝我筆直飛來。接著，突然間，當牠們抵達小傑斯伯時，奇怪的隊伍打散了。那天，鶴群在傑斯伯休息，牠們已經很多年沒這麼做了。離開時，牠們又恢復正常隊形。」她沒有當眞把故事說完，就這麼停了下來。「無論如何，牠們都得救了。」

他除掉剋星——救了一群鶴。歐霍蘭的奶頭呀。「那眞是太奇妙了。」加文說。

「你回來後去過塔頂了嗎？」她問。

「有，我去過了。」面無表情。

她打量他。她相信嗎？當然，她說這話就是在告訴他她已經知道了。除非——除非那只是老太婆在胡言亂語。或許像奧莉雅這麼聰明的女人，就是這樣開始衰老的。或許她察覺許多不對勁的地方，而她試圖透過把問題大聲說出口來拼湊眞相。

或許她是在警告他，因爲他們是朋友。他們是朋友？他們眞的是朋友嗎？但她把一生奉獻給克朗梅利亞，給她的職責，給七總督轄地。她接下來要說的——他知道她接下來肯定會說：「加文，我們必須談談退休的事。」

「加文，」她說。「將軍們都在我房裡擬定入侵策略，我想他們會需要你的專長。」

加文深吸了口氣，這表示他父親也在那裡。油炸鍋，大火。他站起身來，彎腰親吻卡莉絲的額頭，然後左右扭響脖子。「很好，奧莉雅，我們去拯救世界吧。」

第九十五章

加文走進奧莉雅房間，發現眾將軍和他們的助理圍在放滿各種比例地圖的桌旁。「所以你們在法色之王的部隊裡安插了間諜。」

「超過一打。」大鬍子的禿頭帕里亞將軍說。高爾·阿茲密斯是帕里亞總督的小兒子。他彬彬有禮，不太聰明。

「是推測，還是確實？」加文問。他要知道自己眼前的是法色之王部隊八天或十天前的兵力部署，還是當前的估計位置。

「根據詳細資料推測而來。」血林將軍說。他也禿頭，不過年紀很輕，有雀斑，也很蠢。他是政客，沒有能力帶頭狩獵，更別說行軍打仗。

「這些情報是多久前的？」加文問。

阿茲密斯將軍說：「十天。我的手下花了兩天才從帶來消息的走私船那裡取得這些情報。走私船順風航行，趕在七天內送達情報，獲得了一筆賞金。這些都是昨晚才到的。」

「你的命令也讓同一艘走私船帶回去？」

阿茲密斯將軍搖頭。

在加文聽來，這表示那艘走私船可能謊稱航行的天數，藉以獲得賞金。阿塔西沿岸的走私船，大多仍採用單層甲板大帆船，避免無風時陷入動彈不得的處境，而且吃水量低，讓船身可以穿越海盜船無法穿越的海灣。每年這個時節，風向幾乎不可能讓單層甲板大帆船於七天內從阿塔西抵達克朗梅利亞。多半要九天。或許十天。

如果加文一直在這裡，情況或許就不是這樣。如果加文是普羅馬可斯，他還是有辦法扭轉情勢。但現在不可能了，他父親取得領導權，而且他父親絕不會無緣無故交出領導權。加文對父親的叛逆、娶卡莉絲爲妻的喜悅，將會導致許多人犧牲性命。

但那不是他的錯，加文並不打算把這筆帳算在自己頭上。不久之前，他會這麼想。不，這些將軍根本都不是當將軍的料，而讓他們擔任將軍的人都知道不該讓他們當。有很多上一次戰爭留下來的老兵可以擔此重任。加文已經爲加利斯頓的人民鞠躬盡瘁，他不可能幫所有人做出正確決定。

「你的返航船艦速度有多快？」他問。

那個白痴血林將軍說：「我們打算等你的盧克法王父親到來後再開始擬定策略。他應該就快到了，稜鏡法王閣下。」

「無所謂。」加文說。

「稜鏡法王閣下？」

「當你們抵達盧城時，我想你們會發現敵軍位於此地。」加文指向距盧城兩天路程的小鎮沃利爾。「你會發現行政官手中的槍枝數量只有他告訴你的一半，火藥更少，因爲他向來把自尊放在防禦城市前。所以他寧願先當笨蛋欺騙趕去救援的你，也不要在你抵達前表現得像個笨蛋，而等你發現眞相時已經太遲了。我曾經行軍穿越這個國家。如果部隊沒有被騷擾，不必付錢就能讓馬車上路的話，走這段路還算容易。我當年這段路走了三個禮拜，不過我弟弟的破壞和掠劫部隊讓我們步步爲營。如果可以直接行軍通過，他們就會在你們察覺前抵達盧城。」

「你們的間諜都弄錯重點了。重點不在騎兵的正確數量或誰是被解放的奴隸，誰又是自願參戰。

知道那些很好，但你眞正要知道的是他們有多少鐵砧、多少厲害的鐵匠、多少廢鐵？身居領導要職的是僞稜鏡法王戰爭時的老兵，還是法色之王的寵信、什麼都不知道的廢物？他們的補給線有多長、每次可以運送多少食物？現在要回答這類問題已經太遲了。派遣掠奪部隊攔截補給車輛，或是摧毀鐵砧、殺害鐵匠，並在車隊抵達小妹隘口前破壞車輪都太遲了，而這樣做可以爭取到幾週時間，且只需要十幾個人就能成事。法色之王之前沒統率過部隊，而你們也沒有並不是你們的錯——但不去請教曾和我或我弟弟一起作戰的老兵，就是你們的錯了。你們會派那些人去赴死，而赴死的理由並不充足。事實在於，不管你們怎麼做，都救不了盧城，盧城戰役已經結束。夠聰明的話，你們就該派遣信差去叫他們撤城，到盧易克岬再次集結，把城裡所有法色之王會需要的補給品通通帶走。但你們不會這麼做，因爲你們一心只想打贏一場戰役，而不是打贏整場戰爭。我有自己的仗要打，各位，我還有機會打贏的仗，而那會透過你們無從得知的方式幫助你們。所以祝各位有美好的一天，我們戰場上見。」

第九十六章

加文朝自己房間走去。進入房間時，他剛好看見他父親從升降梯上來。幸好那個老渾蛋是瞎子。葛林伍迪和他在一起，但那個老奴隸背對加文，扶老傢伙走出升降梯。

卡莉絲躺在他床上睡覺。鐵拳指揮官坐在床旁的椅子上。他在加文進來時揉揉腦側，然後又摸摸光頭。

「指揮官。」加文說。

「稜鏡法王閣下。」壯漢的聲音中有股奇怪的疏離感。

「有事嗎？」加文問。

鐵拳指揮官語氣平淡地說：「我在一場看起來像是預謀襲擊的行動中差點失去了一名守衛隊長、一個朋友。昨天還有人殺害了我一個學生。兩個矮樹發誓刺客瞄準的是基普，而那個女孩剛好踏入火線。你有什麼想說的嗎？稜鏡法王閣下。」

「我能信任你到把脖子伸給你割嗎？鐵拳。」

鐵拳遲疑，他應該遲疑。

「那就是了。」加文說。

鐵拳長嘆一聲，低頭看手。「我們完蛋了，是不是？」

加文沒有回應。就因爲互不信任，所以他們完蛋了？

「克朗梅利亞是棵被閃電劈過的大樹，屹立不倒，但樹心已腐爛。這就是我們會輸的原因，我認爲。」鐵拳說。「我們掌握全世界最高的權力，卻毫無信仰。如果不相信自己正在做的是正確的事，那所作所爲就只是在維護權力。而我認爲我們有些人非常擅長把人丟到飼料槽去餵野獸。」

「這是我們現在在做的事嗎？」加文輕聲問道。

「盧城淪陷後，情勢才會演變成眞正的戰爭。等它變成眞正的戰爭，而不光只是不滿現狀的狂人崛起事件後，人們就會開始提出問題。到了某個時間點，我們每個人都得自問立場是否正確。如果已經認定立場錯誤——歐霍蘭不存在，克朗梅利亞只是權宜之計——到時追求眞理的人會轉向何方？」

「或許人不該追求眞理。」加文說。

「應該。不應該。無所謂。他們會追求。」

他說得對。他說得當然對。

加文揚起一邊眉毛。「鐵拳，你是在要求我回歸信仰嗎？」

鐵拳以冷酷的目光回應這個輕浮的問題。「我自己的信仰已死，稜鏡法王閣下，那和你有很大的關係。我不會要你相信一場騙局，但我希望手下有個送死的理由。我也不會說謊，沒辦法告訴他們說我們做的事舉足輕重。但那不是重點，如果你要我們爲了職責所在而付出生命，我可以接受。對我來說，這個理由就夠了。對黑衛士而言都夠，但是對其他人而言並不夠。」

「黑衛士眞的如此愛戴我嗎？」加文嚴肅問道。

鐵拳難以相信加文竟然這麼問。「我們不是爲你而死。我們爲了彼此，爲了兄弟姊妹而死。我們爲黑衛士而死。」接著他微笑。「不過在你看來沒有任何差別，我想。」鐵拳站起身來，看著卡莉絲，吞了口口水，然後轉向加文。「你該送她戒指，你知道。特別在你打算前去赴死的情況下。」

當然。他應該要確保若自己戰死，她能衣食無缺。可惡。

鐵拳離開，加文和他一起進升降梯。加文來到他父母住所的那一層，向在升降梯裡與他擦身而過、趕著要去做雜務的學生親切微笑。他走進他母親住所。

他以爲自己已經接受母親死亡的事實，但是進入她房間，聞到那股熟悉、舒適的氣味，還是令他一進門口就停下腳步。他聞到木材磨光劑、薰衣草，還有他向來討厭的葵百合味道，加上一點橘子，和一點他從來都搞不清楚、不知是哪種香料的氣味。唯一缺席的就是她的香水。他喉嚨裡冒出一顆硬塊，令他哽咽，難以呼吸。

「喔，母親。我終於動手了。卡莉絲的事，我終於做了正確的決定。我眞希望妳能親眼看到。」

「閣下？」有人語氣膽怯地插嘴問道。「不好意思，閣下。我該先離開嗎？」

他母親的臥房奴隸。加文甚至不知道那個女孩叫什麼名字。和上次不是同一個人。難怪房裡乾淨無瑕，連壁爐台上都一塵不染。

「卡林。」加文說。「妳做得很好。這裡很美，很容易讓我想起她。」

「我很遺憾，閣下。」她低頭說道。

加文搖頭。這女孩很年輕。他母親向來都很用心訓練幫手，也只會挑選聰明的奴隸，不把美貌當作優先考量，這點和其他領導家族不一樣。但你就是沒辦法訓練十四歲小女孩面對某些狀況。

「我母親有留下任何關於妳的指示嗎？」加文問。通常他母親和他一樣，至少會保有一打奴隸處理家務。近年來她減少奴隸人數，解放了長年爲她服務的老奴隸。加文瞭解原因。

「她對我說……」女孩臉色發白，然後鼓起勇氣。「她說她命令葛林伍迪遞交我的解放證明，因爲奴隸不能遞交自己的解放證明。那之後——對不起，閣下——那之後我就再也沒聽說任何消息了。」

「你這個老渾蛋。」加文喃喃自語道。他父親還在否認妻子已死的事實，所以決定無視那個女孩。女孩已經被困在這裡四個月，整天除了打掃房間、換鮮花、暗自期待外，完全無事可做。「她有留信給妳嗎？」加文問。

「有，閣下。」女孩說，聲音幾乎細不可聞，顯然是發現加文在生氣。「我相信葛林伍迪把信放在紅法王的房間裡。」

「他當然放在那裡。」他們不會樂見加文闖入他房間。

但是知道嗎？去他們的。加文深信是他父親找人毆打卡莉絲。暗殺基普似乎有點過分，但此時此刻他並不打算排除任何他父親涉案的可能。

看看你愛的人。

加文穿越走廊，在門鎖中灌注紅盧克辛，一直弄到轉輪鬆動爲止，接著他注入黃盧克辛，強化意志，然後轉動。門鎖應聲而開。

他或許已經一腳踏入棺材，但還沒被人閹掉，感謝老天。他點燃一盞燈，在紅法王的房間裡灑落一道黯淡黃光。他走向書桌，翻閱其中文件。安德洛斯．蓋爾在樓上，而戰爭會議肯定會開上好幾個小時，就算是像他父親那樣對戰爭一無所知的人也一樣。安德洛斯似乎認爲聰明的人無所不能，而那些將軍會慢慢提出意見，以免激怒這個老頭。既然他們對戰爭也一無所知，這場會應該會開很久。

他父親有很多重要情報都隨便亂放，加文眞希望自己只是跑進來收集情報。安德洛斯太常待在這裡，顯然沒想過會有人趁他不在時偷溜進來。他一直都在房裡。

加文很快就找到那個女奴隸的證明。證明外側有他母親的親筆字跡，儘管年紀大了，依然不失優美圓滑。

歲月會在奪走馭光法師的技能之前，先奪走我們的性命。加文不知道這算是最殘酷的事實，還是渺小的慈悲。他迅速閱讀那份文件。正如女孩所說，那是一份簡單、直接的解放證明，另外再多付她四百丹納。那個女孩可以帶著超過兩年的工資離開奴隸生涯。對這個年紀的女孩而言，這算是一筆大錢，足夠在某些還維持舊習俗的總督轄地中支付嫁妝。文件中唯一不尋常的內容是要雇用分盾傭兵團的武裝守衛護送她回家——菲莉雅．蓋爾顯然考慮到送一個年輕貌美又身懷巨款的女孩回家，是很危險的事。當然，雇用分盾傭兵團的花費多半會超過兩百丹納，但是他們聲望絕佳。

如同許多擅長社交的女人，菲莉雅．蓋爾對奴隸制度抱持保留態度。我們在陽光下難道不都是兄弟姊妹嗎？她會問。他幾乎可以聽見她在討論這件事：在歐霍蘭眼中，一個人穿什麼衣服會有什麼不同？但是就像許多其他貴婦一樣，她還是有養奴隸，她們無法想像沒有奴隸的世界。不會有人自願去船上划槳，或是去銀礦工作，或是下水道，是吧？征服一個國家時，寡婦和孤兒要如何處置？就讓他們在面對第一個寒冬時死去？讓他們成爲比有教養的總督更無良的奴隸販子的獵物？

儘管如此，她會說，這樣還是很沒人性。毆打奴隸、搞出私生子，奴隸主人的嫉妒和不安全感。菲莉雅從來不喜歡這些事，她解放奴隸時給的福利不錯。不過，對那些害怕心愛奴隸會讓殘酷女主人或卑鄙壞主人接手，或是流落到敵人手中，強迫他們吐露前任主人不可告人的祕密，或甚至轉手到善良人家，卻因爲時運不濟而得出租奴隸到礦坑或妓院裡工作的人而言，這種做法也不算不常見。

加文收起文件，環顧四周，想看看還有沒有東西可偷。錢？珠寶？他要不要偷看父親的往來書信？他打開書桌，找到一個盒子，檢視片刻後決定不打開。安德洛斯．蓋爾的一切都是依靠書信往來。這個盒子不用鑿子和鐵鎚是絕對打不開的，而且就算用了也未必能打開。

加文嘆了口氣，把盒子放回原位。盒子感覺很重。事實上，有些之前裝在盒裡的東西爲了騰出空間而被清出來。幾顆鳥蛋大小的寶石和羽毛筆及他父親偏愛的伊利塔墨水筆，凌亂地散放在抽屜裡。

加文有股衝動想要偷點東西。反正已經要被逐出家門，乾脆幹點該被人逐出家門的事也好。

他的目光落在旁邊那張桌子上的九王牌。顯然他父親最近有在玩牌。這是少數能讓老頭高興的事。加文以前和他玩過很多次，幾乎每次都是老頭贏。他比加文高明，而且只要能不被發現，他也不在乎作弊，不過被加文抓到作弊的那次讓他很沒面子。據加文所知，他後來再也不作弊了。

但是加文沒有拿走桌上的那副紙牌，而是走向一個櫃子。有一次加文連贏三場後，他父親從那個櫃子裡拿出了一副超厲害的牌。那個櫃子上了鎖，但不難開。加文推開一些老文件和他父親最喜歡的書，找出一個有鑲珠寶的老舊牌盒。裡面的牌很精美，不過沒有盲人標記，肯定是他父親獨居前最喜愛的牌。

加文把牌盒放進口袋，然後走回母親房間。女奴隸站在房裡，搓揉雙手。他把解放證明交給她，然後走向他母親的保險箱，來自帕里亞的堅固保險箱，幾乎看不出來是用數字鎖。他嘗試用自己的生日解鎖。沒開。

啊。他用的是加文的生日。很好——他沒有跳脫自己假扮的身分。

密碼是達山的生日。謝謝妳，母親。他拿起幾個錢袋還有她的婚戒，以及幾捆硬幣條。他給了女奴隸一捆硬幣條，然後又給一條。她瞪大雙眼。

「帶這張字條前往西碼頭，麵包師街，妳知道？藍色圓頂建築，分盾傭兵團就在那裡。妳說要找獨眼或塔亞．文。我建議找獨眼，他對年輕女孩比較友善。告訴他們是菲莉雅．蓋爾派妳來的。包括所有開銷在內，妳最多可以支付三百丹納，請他們護送妳回家——妳如果有辦法殺價，省下的錢就自己留著。然後訂船票回家——妳打哪兒來？」

「威爾，閣下。」

「帕里亞？妳看起來不像帕里亞人。」

「第一代移民，閣下。我父母是在血戰爭時逃往帕里亞定居的。生活不算太糟。我們有很多人住在威爾。」

「很好，旅途遙遠，妳該支付四十丹納購買包廂票，雖然票價比較便宜，但不要買下層船艙。叫妳的守衛與妳同住，不管是男人或女人都無所謂，分盾傭兵團很安全，但如果想雇用女傭兵，也可以要求。另外，帶這張字條去找裁縫。今天晚上前，妳就該換下奴隸袍。聽懂了嗎？」加文寫下一張字條。「不過妳今天晚上就得上船。我母親想要解放妳，但我父親現在有點不可理喻。他發脾氣時，妳最好不要待在附近，而我快要讓他大發雷霆了。他一個禮拜內就會把妳拋到腦後，但是暫時……」

他又寫了一張字條，簽上自己姓名，在上面滴下紅盧克辛，利用自己的意志力讓盧克辛呈現他的印鑑形狀，然後看也不看就用盧克辛彌封起來。「這封信能讓所有對妳意圖不軌的人知道稜鏡法王會來看妳，如果妳出了什麼事，我一定會讓對方付出代價。但這或許只是說說，我不知道我這輩子會不會跑去威爾，但如果活得夠久，我就會去。妳瞭解嗎？」

女孩瞪大的眼睛一直沒眨，不過現在看起來有點快要哭了。「閣下……我不知道該怎麼謝你……」她說著，吞了口口水。

「走吧。」他說。「妳留在這裡很危險。」我也一樣。

她離開，他也跟著出去。然後他下樓把他父親和基普的牌都藏在他父親肯定不會去找的地方。他回到自己房間。

卡莉絲還在睡。加文把他母親的大紅寶石戒指套在卡莉絲的手指上。她還是沒有醒來。奇怪的是，戒指大小適中。加文很肯定他母親的手指比卡莉絲纖細的小手還寬。他看著那枚戒指。

他母親把戒指修改成卡莉絲的尺寸。加文微笑。謝謝妳，媽。他可以想像她那惡作劇式的笑容，因爲她知道他會想到這點。她說過他的聰明才智並非完全遺傳自父親。他眼眶濕潤，面帶微笑，親吻卡莉絲的額頭。他握著妻子的手，坐在她身旁。他妻子的手。他妻子。

在他們一起經歷過這麼多風浪之後。相互爭執，一起對抗狂法師。黑暗與絕望。他將她的一綹頭髮塞到耳後。輕輕撫摸她的臉。記下她的模樣。他吸了一口氣，感覺很純潔。

在所有危機日漸滋長，而他本身力量卻逐漸衰弱的世界裡，卡莉絲會在背後守護他。她一直都在守護他。就某方面而言，儘管自己行將就木、力量衰退、末日將至，他還是覺得比從前完整。

職責的重擔就掛在床柱上。加文親吻沉睡中的妻子的額頭，扭扭脖子、轉動肩膀，然後拿起那副重擔，扛回自己肩上。感覺很好，就像爲他量身打造的一樣。

瑪莉希雅等在門口。她面無表情，雙手交疊，準備服侍主人。加文把母親釋放奴隸的文件交給她。瑪麗希雅一言不發地接下，不過動作有點遲疑。

「瑪麗希雅，」加文輕聲說道。「我……如果我回來時，妳已經離開了，我可以瞭解，但是這裡隨時歡迎妳回來。」

她突然鞠躬，他看得出來這是爲了掩飾突如其來的淚水。她幾乎等於是奪門而出。加文捏捏鼻梁，步入走廊，盡量讓自己不去看她。鐵拳指揮官一言不發地等在門外。

「指揮官，」加文說。「有興趣出去划划船嗎？和死神調情的那種。」

鐵拳沒有說話，不過嘴角微微上揚。

第九十七章

儘管失去了很多，卻也依然保有很多，吉維森曾經說過。

加文討厭詩人。他和鐵拳弄了點食物和武器，然後乘坐一艘小船出海。

「你要穿護甲嗎？」加文邊穿護甲邊問。

「我以前和你一起划過船。」鐵拳說。

「所以？」

「可能要游泳的時候，我不喜歡穿太重。」

啊，是呀，不是每個人都有辦法全副武裝游泳。這是當我的好處。

「今天天氣不好。」鐵拳說。

他只有說到這裡，不過加文看得出來他並不期待以極高速度乘風破浪。難怪不想穿護甲。

不到一分鐘，他們已經開始乘風破浪。一如往常，鐵拳是一同駕駛飛掠艇的好夥伴，在兩人攜手合作下，速度快到加文可以利用船翼讓船幾乎不接觸海面地前進。這樣很好，因爲今天波濤洶湧，浪頭約莫兩步高。只要調整好飛掠艇的船翼，加文就可以保持船身平衡。如果一直在海面上航行，這趟旅程就會非常顛簸，幾乎難以成行。

幾個小時後，他們駛離風暴範圍。

他們找到阿塔西海岸，向西而行，直到看見一座認得的海灣。由於速度太快，驚濤駭浪中又難以辨識航向，他們偏離航道三十里格。對正常船隻而言，修正這麼大的誤差可能要整整一天，但是他們不用。

他們已經超過法色之王的大軍，偏向南方太多。鐵拳汲色製作望遠鏡，看見幾艘伊利塔船艦。是補給部隊的商人或平民——不過是可能攜帶足以殘殺盧城無辜百姓軍火的那種平民。

加文看向鐵拳。鐵拳搖頭。

他是對的。先偵查，後開打。

他們穿越伊度斯外海的寶石綠海面，保持安全距離。拿鏡片良好的望遠鏡站在高塔上放哨的人，可以在他們有機會收集任何情報前發現他們。他們路過更多船隻，幾乎每一艘都是向西行，顯然也是爲了補給軍隊。

情況不妙，若只有幾艘伊利塔船，還有可能是想趁機撈一票的商人。但是數十艘從伊度斯來的單層甲板帆船、魯斯加的大帆船（這個意義比較不大，因爲很多商人都有這種船）、加利斯頓的輕快帆船，則顯示入侵部隊在占領區留下的政權都竭盡所能地支持入侵部隊。這表示他們管理得還不錯。據加文所知，征服城市出問題的第一個徵兆，就是停止運送補給品。如果加利斯頓能在短短幾個月內變成可以輸出補給品的城市，就表示法色之王即使不在城裡，都比貪婪成性的魯斯加城主時管理得更好。這可不是好消息。

他們把當天接下來的時間通通用來偵查敵情，不敢太接近盧易克岬，那裡的堡壘肯定有很好的觀察兵，記錄路過多少船隻，以及可能會錯過船隻的地方。透過這些船隻位置得到的最重要情報，就是如加文所猜測的，入侵部隊距盧城約莫六天路程。這表示從克朗梅利亞趕來援助的船艦，只會比法色之王的部隊早一天到達。前提是氣候配合。

時間不夠。在被圍城的城市裡，士兵需要時間將火藥桶運達定位。他們需要時間弄清楚最佳射擊位置，並接受射擊訓練。士兵要時間在最合適的位置架設醫務所和軍營，決定哪些單位會和哪些單位合作，並讓長官弄清楚哪些合作對象是白痴。單位協調、後勤運送、備用計畫、防禦據點，哪些地方得不惜一切固守，哪些地方又可以被對方攻陷，然後在奪回時讓敵軍付出慘痛代價——這一切都要時間。光是送幾千名士兵進城並不夠，而加文就怕父親會這麼做。

儘管安德洛斯．蓋爾十分聰明，但依然是政客兼馭光法師，而非軍事將領。加文不能為了這點恨他。他自己也是如此看待自己。像科凡．達納維斯那種擁有截然不同力量的人，加文早就學會要信賴對方。在艾佛脊之役裡，加文看到有一排士兵打到只剩下半數戰力，在部隊左翼孤立無援，受到猛烈攻擊。如果他們失守，戰線將會崩潰，到時候他們就會面對至少一對三的劣勢。

達山下令停止原先計畫的衝鋒行動，轉而支援他們。

達納維斯將軍阻止他。「我認識那些人，」他說。「他們守得住。衝鋒吧。」

達山照做，打贏了那場戰役。如果他沒有衝入中央，中央就會失守。直到帶著兩百匹戰馬和五十名馭光法師抵達現場，他甚至沒察覺到中央戰況有多吃緊。科凡察覺到了，而且他也沒看錯堅守側翼的那一排士兵。如果達山堅持己見，他們就輸了。他或許能在那場戰役後倖存下來，但部隊將會慘遭殲滅。

話說回來，安德洛斯．蓋爾絕對不會信任任何人。

加文和鐵拳在黃昏後返航，並划槳航行完最後數里格，以避免洩露飛掠艇的祕密。不過，他們沒有返回克朗梅利亞，而是去找入侵部隊的第一批船艦。

鐵拳去查看黑衛士艙房，加文則去找那些將軍。他把剛剛調查到的一切情報告訴他們，沒有回答他們是怎麼得知大海另一側敵艦位置等問題。

更糟的是，他看得出來那些蠢蛋根本不相信他。

加文確保書記把所有情報都寫了下來。「總之，擬定兩套策略。」加文說。「一套就依照你們之前的情報下去計畫。」加文這麼說有兩種含意，當然。「另一套就照我剛剛的情報去做，你們很快就會知道應該執行哪一套計畫。」

接著，他離開他們，前往船上人們一看見加文上艦就把住在裡面的貴族趕出去的船艙。明天，他會回到海上，盡可能擊沉敵軍船隻。戰爭是可惡的東西。他不喜歡殺害商人，更不喜歡殺害被迫幫他們划船的奴隸，但得剷除所有能強化敵軍戰力的東西。

歐霍蘭呀，如果祢存在，如果祢化身人形行走世間，祢會怎麼做？

有人敲門。歐霍蘭在某些時候動作特別快。

是基普。「基普？」加文有點驚訝。

「是，先生。」

「我這麼問並不是忘記你是誰。」加文說。

「是，先生。我是說，不，先生。當然不是。」

加文微笑，雖然他累壞了，依然指示孩子入艙。

「很抱歉打擾你，先生。」基普說。「矮子——我是說黑衛士新進學員——」

「我知道他們怎麼叫新進學員的，基普。」加文說，微笑。要在黑衛士中贏得尊重，要很長一段時間。矮樹、矮子、哇布、囊克——在最終宣誓前，他們會經歷很多貶抑的稱呼。即使宣誓完畢，擔任正職黑衛士的第一年，還是水深火熱。

「是，先生，當然。」基普臉紅。「指揮官說要開戰了，而準備面對戰爭最好的方法，就是直接前往能夠聞到戰爭氣息的地方，先生。我們要幫忙運送補給和平民。不會衝鋒陷陣，但也不算安全，他說。」

他講這話時，語氣既成熟又自信，讓加文以全新的眼光打量他哥哥的兒子。這個男孩在四個月內改變很大。他還是胖子——或許永遠都會是——不過至少已經瘦了一色文，只有年輕人才有可能瘦得這麼快。那感覺就像是親眼看著一個男人從身體裡走出來。讓他的五官豐滿圓潤的脂肪變少，下巴和額頭上浮現蓋爾家族特有的明顯線條。他肩膀很寬，雖然兩條胳臂還看不出肌肉，不過很粗。他今天自信滿滿，當然，因為他入選為黑衛士。他將會喪失信心——十幾次。男孩，特別是運動型男孩，可以在一天之內就擁有男人的外表——不過要真正發展出自我性格，還要很多時間。但是眼前這個基普，大概就是基普之後的樣子。

加文喜歡那個基普。

有些人要發展出自我性格需要更多時間，是不是？看著自己哥哥的兒子，加文感到一陣哀傷。他永遠不會有親生兒子，就算達成不可能達成的目標也不會有，而達成目標的可能性似乎越來越低。

加文發現自己停頓太久了，於是說：「很好的計畫。告訴其他矮子，盧城肯定會淪陷，所以不要妄想當英雄。英雄主義很好，但是為了當英雄而白白犧牲，就表示沒辦法在真正可以扭轉局勢的時刻幫上任何忙。」

「是的，先生。費斯克訓練官和我們說過同樣的話，除了盧城肯定會淪陷那一部分。」基普皺眉。「但是謝謝你，謝謝你告訴我真話。」

謝謝你告訴我真話。好了，如果這句話裡面沒有任何諷刺意味，加文就是裝沼澤水的杯子。

「我明天想和你一起去。」基普說。

「你怎麼會以爲我明天要去任何地方——除了我們全都會乘船出海，所以你等於已經要和我同行了？」

「你是普羅馬可斯，先生。不管他們有沒有這樣叫你。我想與你並肩作戰。」

準備大鬧一場了。但我難道不是嗎？我是在殺了多少人之後才眞正瞭解殺人的意義？加文摸摸鼻梁。

「我明天要去殺人，基普。並非眞正該死的人。殺狂法師、殺人犯、海盜，或是入侵你們城市、家園準備強姦、謀殺、偷盜的人是一回事，殺害販售的商品會帶來死亡、本身卻只是爲了謀生的商人又是另一回事。像那種人家裡有小孩，還有因爲你而變成寡婦的妻子，還是窮苦的寡婦。」

「我們都會選擇立場。」基普說。

「就那麼簡單嗎？」加文問。

基普改變站姿，不過點了點頭。

「有四個間諜回報麗芙．達納維斯已經成爲法色之王的手下，是他部隊的一份子。告訴我，基普，如果我們在那些船的甲板上看到麗芙．達納維斯準備朝我們投擲爆破彈，你會殺了她嗎？毫不遲疑，搶在她殺掉我們之前？」

基普吞嚥口水。「歐霍蘭的……鬍子啊，先生。我……我希望祂不會讓我面對這種抉擇。」

「如果歐霍蘭不會讓我們面對這種抉擇，我們現在根本不會在這裡，基普。」

「她怎麼能跟他們走，先生？他們是怪物。貨眞價實，由血肉和盧克辛組成的怪物。」

「完美主義者往往會在追求完美的過程中走上歪路。如果無法超脫他們的完美主義，就會淪爲僞君子或變得盲目。麗芙選擇了盲目，太專注於克朗梅利亞的缺點，於是相信反對我們的必定都是完美典範。我們不完美並不表示敵人很完美，基普。沒這回事。事實上，他們很糟糕，糟糕到他們的統治將會帶來災難，但那也不表示他們對我們的看法都是錯的，不表示所有追隨他們的笨蛋都很邪惡。只表示要阻止他們。必要時，殺了他們。你所踏入的就是這種生活，基普。我天一亮就會出發。我會請你的指揮官允許你跟我去，但如果你沒辦法在必要時殺死麗芙，那我也不想要由你在背後掩護我。」

基普沒有立刻答覆，這讓加文更看重他。

「謝謝你，先生。」基普終於說道。「你的話很不中聽，但我感謝你如此坦白。」

坦白？因爲我和你說了這個事實，卻隱瞞了其他一切？爲其他的事感謝我吧，孩子，我是個徹頭徹尾的大騙子。

第九十八章

拂曉時分，基普在甲板上等待他父親。氣溫很低，海浪很大，但是黑衛士矮子的服裝夠暖和。至少和他的脂肪加在一起很夠。他拉緊身上的灰斗篷，不停跺腳。他昨晚沒睡好，殺死麗芙的想法——或是被她殺掉——讓他輾轉難眠。

但麗芙已經做出了選擇。她相信她願意相信的謊言，已經投身狂人陣營。她怎麼會那麼笨？或許基普一點也不瞭解她。

這個想法讓他很不舒服。他想起她的笑容、她讓他以爲高塔間通道會斷掉時的笑聲、走在自己前面時那優美的曲線。

當他看到父親走出艙房，來到甲板上和鐵拳指揮官交頭接耳時，不舒服的感覺立刻緩解。指揮官走在前面，轉頭說道：「你知道如果你出了什麼事，你夫人會怎麼對付我嗎？」他問。

「夫人？」基普問。

鐵拳指揮官皺起眉頭。「很抱歉，閣下，我不是——」

「那不是祕密，指揮官。」加文立刻說道。「我在出發前和卡莉絲結婚了。」

「你，什麼——喔，喔。」基普說。顯然他們之間的關係和基普之前目睹的情況不太一樣，也就是怒罵、甩巴掌、寧願跳船也不要與加文同行之類的。基普閉上嘴巴，接著發現一言不發有點像是在暗自批判加文。他忍不住有種被蒙在鼓裡的感覺。好像他不該立刻得知此事，父親沒有對他推心置腹。

「呃，恭喜，先生？」

「謝謝你，基普。我很高興看到你來。我要求你以男人，而不是男孩的身分作戰，而你答應了。我看得出來你一晚沒睡，這表示你有仔細考慮。做得好，兒子。」

做得好，兒子。基普想聽這句話想了一輩子，而在得知加文・蓋爾是自己父親之後，又變得更想聽。但是加文說得有點敷衍，好像在確認清單一樣，缺乏感情，心不在焉。

「好了，今天早上的旅程中，」加文說，「我要你談談之前的暗殺事件。」

基普並沒有把巷子裡的事當成暗殺事件，但加文順口提起的語氣，讓基普知道這個假設肯定沒錯。露希雅會死，都是因為基普。她踏入了火線。奇怪的是，這正是黑衛士的職責，只是她無意間達成了任務。基普不確定這樣算好事，還是壞事。

他們走向船尾，基普發現他們並非單獨出擊。船尾有兩道繩梯，一打黑衛士站在一艘基普從未見過的飛掠艇上。這艘飛掠艇既然能搭十七個人，當然比之前那艘大多了，不過造型不大一樣，好像有雙大翅膀，還有八個推進杓。每個黑衛士都攜帶了長弓、箭筒，和一條爆破彈帶。有些人還多帶了眼鏡。此外，他們還依照個別專長攜帶各式裝備。其中兩個人帶了圓盾，有個人拿了把鋸齒狀的斷劍刀，大多佩帶手槍。有人帶了卡莉絲慣用的碧奇瓦，其他人則佩著前端彎曲的阿塔干劍，或適合揮砍的彎刀。飛掠艇本身就備有大量抓鉤和繩索。

另外，所有黑衛士本身便是非常可怕的武器。

基普臉上必定露出了敬畏和遲疑的表情，因為加文說：「基普，如果我不願意讓你冒險，你就無法成為必須成為的那種人。你還是想跟嗎？」

關鍵者也在下面。關鍵者也要來！他看見基普，揚起下巴打招呼。可以跟來出這項任務，顯然讓他十分興奮。

這麼說有點難受，但基普還是說道：「我覺得我幫不上忙，先生。」

「暫時是這樣，但你可以向最好的戰士學習。」

他們爬下繩梯，踏上大型飛掠艇。加文開始對黑衛士下令。「最需要注意的是不要把胳臂折斷。你們不能立刻從靜止不動變成全速前進。辦得到的人可以一開始就先把推進管弄細一點。製作盧克辛不用太專注，這是你們唯一能偷懶的地方，只要方便汲色就好。」他在基普就定位時繼續說。

他們解開把飛掠艇固定在船艦上的繩索，加文和鐵拳操控飛掠艇主船身上的兩根推進管。沒多久，基普就開始聽見熟悉的咻、咻、咻聲。片刻之後，半數黑衛士加入他們，加文和鐵拳說明操縱方式，之後其他人就開始交換心得。

加文教他們轉彎的方式，示範能用多大的角度轉彎。基普在黑衛士臉上看見和自己初次體驗到這種風浪和那難以置信的高速時，所流露出的歡愉神情。

接著，當一切都步入軌道，基普在他們乘風破浪的同時將暗殺事件完整地告訴父親。飛掠艇做過修改，船頭有遮風罩，所以狂風不會蓋過他們的交談聲。

「這……和之前的飛掠艇不同。」基普說。「你是不是才剛設計出這一艘？」

加文聳肩。「戰爭的技術突飛猛進，如果不能掌握最領先的技術，你或許不會有機會後悔自己沒這麼做。」

他們遇上很多船隻，不過直到午後才開始逼近。加文停止推進，指示鐵拳也這麼做，然後看向海平面。他拿出大型玻璃望遠鏡，這倒奇怪。上一次要觀察遠方時，他直接製作出完美的藍盧克辛鏡片。或許這種玻璃看得更清楚。

「掛著他們的旗幟。」加文說。「黑底加上斷鎖鏈。」他把望遠鏡遞給鐵拳。

鐵拳靜靜地觀察。「那可不光是艘大船。」他說。

「那是艘超級大船。」加文說。

「我甚至數不清船上有多少挺砲，而且不只一層甲板上有砲。」鐵拳指揮官說。

加文說：「四十三門重砲，一百四十一門輕砲，五十二步長，最多可搭乘七百個人。」

「你是在說笑？」鐵拳指揮官問。「你不可能數得出來……」

「那是帕許．維奇歐的旗艦。」加文說。「如果他把旗艦航行到這裡來，就表示他已經加入法色之王陣營。他不會把這艘船租給別人的。」

基普聽得出來這不是好事。「帕許．維奇歐？」他問。

「海盜王。」鐵拳指揮官說。

「四個海盜王之一。」加文說，好像這樣說聽起來比較不威風。

「四個海盜王當中，勢力最龐大的海盜王。」鐵拳指揮官冷冷說道。

「我本來以為上次已經擊沉那艘船了。」加文說。

「你對付過帕許．維奇歐？」基普問。

「沒。我殺了那艘船的前任船長，還放火燒船。他也是海盜王。」加文強調道。「好消息是：我們要殺的不是無辜者。」

「太棒了。」基普說，試著讓語氣興奮一點。「你剛剛說有一百八十四門砲？」

「放心，船尾只有十八門。」加文說。

眞令人放心。

「你認為他們船上有什麼貨？」鐵拳問。

「槍枝、人手，也可能只是來阻擋我們開往盧易克灣。無論如何，大障礙，得要排除。」

「你向來喜歡不可能成功的單純小挑戰，是不是？」鐵拳說，聽起來不像是有自信說服加文不要動手。

基普也知道他沒辦法。

「你以為我為什麼同意讓你帶這麼多黑衛士來？」加文問。

「我就知道太簡單了。」鐵拳埋怨道。

加文轉向黑衛士。「準備好測試自己的實力了嗎？」他問。

所有人都以笑容回應。黑衛士就像一群拿到新玩具的小孩。

「我應該給你更多時間去練習那個……你是怎麼叫它們的，指揮官？」加文問。

「海戰車。」

加文默默點頭。「很多門火砲，我猜船上也有馭光法師，或許為數眾多。或許還有狂法師，他們會施展你們從未見過的把戲。那些砲多半已經裝填完畢，不過以我們的速度，或許可以取得一點優勢。迂迴前進，盡早割斷他們的繩索、燒掉他們的帆。我們順時針方向繞圈，這樣就不會互撞。主要任務是擊沉那艘旗艦。如果有其他船艦加入戰團，有機會再去解決它們，不要為了它們送命。速度是你們最佳的防禦，不過一開始的幾次攻擊可能會失手，在這種速度下瞄準目標並不容易。你們會調適過來的。如果減速太多，就等於是放棄了本身的優勢，變成一名馭光法師對抗裝滿火槍手的大船。每層甲板上都有掩護，在燒掉或排除那些掩護前，別期待丟上去的爆破彈能有多大效果。船上有四座能夠容納數名弓箭手和馭光法師的瞭望台。八門砲指向船尾，其中有兩門能朝下射擊近距離目標。十扇小型砲門只有在準備發射時才會開啓。喔，那艘船叫『加剛吐瓦』。有問題嗎？」

「我們什麼時候，在哪裡集合？」一個身材削瘦、目光堅定、綁了細髮辮的女人問。

「約莫一個小時後在這裡集合。如果還有更多船艦趕來，就在最東邊的船以東一里格處會合。鐵拳和我有望遠鏡，可以找到你們。如果我們死了，鈍器守衛隊長那裡也有一副望遠鏡。如果你們完全走散，想辦法找到阿塔西海岸，自己找安全的路線回克朗梅利亞。阿席福？」

一個光頭年輕人說：「長官，我是否該假設所有馭光法師都是一有機會就幹掉的目標，以避免海戰車的祕密落入他們手中？」

加文一時之間沒有回答，而基普瞭解那個年輕人在問什麼。他們要不要刻意獵殺所有馭光法師，因為沒有機會活捉他們——你沒辦法讓馭光法師繳械。

「海戰車不是光看一眼就能輕易模仿的，不要隨便冒險。馭光法師並非優先目標，不過有機會就幹掉他們。對我而言，一個活著的黑衛士比五十個死掉的敵人更有價值。瞭解嗎？」

他們瞭解。他們不光只是菁英戰士，還是在加利斯頓之役中損失慘重的菁英護衛。黑衛士也需要他們活下去。

「那我們就去打海盜吧。」

黑衛士齊聲歡呼，只有關鍵者忘了一起歡呼，瞪大雙眼，神色緊張。

加文拔出那兩把價值連城的匕首槍，轉向基普。「可以幫我保管一下嗎？」

基普皺眉，想起上次差點把槍掉進海裡的事。

「開玩笑的，基普。開玩笑。」

基普微笑。

「這是給你的。」加文交給基普一個包裹。

打開包裹後，基普發現裡面有條掛著個袋子的腰帶，能像槍套一樣綁在腰際。袋子裡有七副眼鏡，依照色譜順序排列，每副都放在獨立的絨布套裡。每個絨布套旁都有銀製符文，讓你分辨要拔出來的是哪一副眼鏡。

基普瞪大雙眼，抬頭看他父親。光是那些眼鏡就很值錢了，而這整套東西看來年代久遠。

「盡量不要弄丟次紅和超紫眼鏡，製造這種眼鏡的技術已經失傳了。」加文說。

基普拔出次紅眼鏡戴上，隨即在驚呼聲中瞭解了加文的意思。通常要放鬆眼睛、失去焦點，然後才能看見事物的溫度。有了這些眼鏡，基普可以同時看見次紅光譜和可見光譜。

「想要汲取次紅，還是必須放鬆眼睛，但是這副眼鏡讓你更容易找出次紅光源。」加文把皮帶扣在基普腰上，教他怎麼迅速拔出眼鏡，抖動手腕，甩開耳架，然後戴上。接著，他把眼鏡抖向一旁，闔上一邊的耳架，卡入眼鏡套，讓套子闔上並固定另一側的耳架。

加文把望遠鏡交給基普，說道：「開戰後，你可以汲色，但我要你眼觀四方。人的視野很容易變窄，我也一樣。我待會兒要開船、汲色、下達命令、躲避砲火和魔法，你自己小心。如果有其他船以舷側砲火攻擊我們，我或許不會察覺。眼睛放亮點，懂嗎？」

「是的，先生。」基普不知道還能說些什麼，該怎麼感謝父親送他這些眼鏡，但加文似乎不用他道謝。他走向推進杓，開始前進。在所有人都操縱推進杓的情況下，大飛掠艇瞬間加速。

沒過多久，他們就以難以想像的高速乘風破浪，加剛吐瓦號越來越大。

基普看見對方的船尾砲門開啓，一座一座大型火砲推出砲口。

「聽我指令，」加文說。「等一下。再等一下！」

第九十九章

和往常一樣，麗芙在辛穆身旁醒來。天色尚早，年輕男子的呼吸很規律、很均勻。他睡得很沉。他們的營帳不大，剛好能讓正常人站直，而他們就睡在鋪在地上的毛皮和毯子上。麗芙翻過身去，小心不吵醒辛穆。他堅持要她裸睡，有時候他喜歡以結束一天的方式開始他的一天。這種被如此渴望的感覺很棒，但有時候她會覺得自己只是讓他洩慾的便利方式。

她眨眼，感應到氣流有點變化，一陣不該出現在密閉帳篷中的清風。

法色之王就著帳簾外的晨光站在門口。他揚起一根手指，要她別出聲吵醒辛穆，示意她跟來。

她感到一陣羞恥，覺得自己好像妓女，被父親抓到和一個根本不愛的男生廝混。這種感覺強烈到讓她迅速汲取超紫，而那就像是清晨的第一口鼠草菸，只不過盧克辛讓她思緒更加清晰。羞恥是小鎮信仰遺留下來的感覺。再說，法色之王相信自由、相信選擇。她很年輕，可以爲所欲爲，沒必要羞恥。

她站起身來，在超紫魔法的影響下一時忘了自己沒穿衣服。克伊歐斯．懷特．歐克大剌剌地看著她，而她則將他的目光當成光線般自然。她一直等到在他眼中看見歉意，才開始動作，拿起她的連身裙，開始著裝，讓他以爲她沒看出來。世界上除了魔法和長劍，還有其他力量，不過有些力量無聲勝有聲。

在寂靜中，她換上最實穿的衣服，將漆黑的秀髮撩到腦後。法色之王幫她扣上最後幾枚鈕釦，然後她跟著他走到營地。

隨著血袍軍持續移動，穿越一座又一座小鎮，人數逐漸增加。麗芙從不確定有多少後來加入的人相信他們的使命，還是單純相信勝利和掠奪。她很想唾棄那些爲了好處而加入的傢伙，但她太常汲取超紫，大多處於冷眼旁觀狀態。再說，人們相信力量，而勝利不就是最好的力量展示？

她依然爲家鄉哀悼，但不管往哪個方面看，她都覺得法色之王說得沒錯。力量，人類所有互動都是在爭奪力量。

法色之王每天都會布道，他現在有很多門徒，馭光法師和普通人都有。他們會記錄下他說的每句話，盡量解析出一套條理分明的系統。他談起達山回歸人間，帶他們迎向勝利。他談論自由。談論支付給克朗梅利亞的貢金。儘管他談論的議題包括政治、宗教、歷史、市政和科學，但麗芙認爲她並沒有從他的煽動言語中聽出鉅細靡遺的宗教系統，比較像是因爲他的信徒認定他的話一定是眞理，不然偉大的領袖不會公開布道所塑造出的信仰。她看不出全色譜之王究竟有多相信自己講的話，但她知道如果他要達成他的偉大使命，需要忠實信徒，而那些信徒得相信某樣能把他們團結起來的東西。

他沒有和暴民談論力量，就像他不允許他們叫他克伊歐斯。熟人的用語和知識都是特權者才能享用。有時候，麗芙認爲法色之王可能根本不在乎其他人相信什麼，他之所以宣傳異教信仰，完全是因爲這樣可以挑起所有人對克朗梅利亞的憎恨。

「妳弄清楚妳的使命了沒，阿麗維安娜？」法色之王問，朝一群對他的出現不爲所動的綠狂法師點頭。綠法師並非擅長表達敬意的一群人。

「除了當我父親的誘餌之外？」

「我打從一開始就說過妳是誘餌……喔，不，我還沒有放棄招降科凡。但我不用讓人質享受妳這種特權或自由。妳當然已經不再自認是人質了。」

「因爲我是你手下最強的超紫法師。」麗芙說。

「很敢猜。」法色之王說。「但是不久前妳還會說妳是『最強的超紫法師之一』。」他似乎覺得很有趣。

「我變了。」她說。她現在更有自信；拋開了克朗梅利亞的虛假謙卑。「而我說得沒錯。」

「嗯。」

紅懸崖聳立在整座營地之前，有許多蛛網般的小徑通往懸崖上，但是法色之王選擇讓大部分部隊順著沿岸大道前進。只有騎兵走上面的山道，一方面搜刮糧草，一方面剷除任何武裝抵抗。

現在部隊規模龐大，有時麗芙要到天黑後才會得知當天與敵軍有小規模交戰。阿塔西部隊試圖刺探血袍軍的弱點，但是因爲法色之王手下法師爲數眾多，他們沒有查出多少情報。不過辛穆倒是推測他們很快就能查出阿塔西人手中握有多少鋼鐵。部隊明天將會路過大海和懸崖間最狹窄的隘口。

「他們會在沙之門重創我們嗎？」麗芙問。

「不會。」法色之王說。

「真的？辛穆認爲那是對方在我們抵達盧城附近的綠地前，最有機會阻止我們的地點。」

「是沒錯，但要防禦沙之門，就要海軍支援，而我們的伊利塔聯軍五天前已經擊潰阿塔西海軍。」

麗芙完全沒聽說過那件事。「伊利塔聯軍？但是伊利塔人沒有任何信仰。」

「他們信仰黃金。」法色之王露出冷酷的笑容。他們一起爬上一塊隆起的巨岩。在那裡站崗的士兵立正行禮。法色之王來到頂端，透過眼睛進行某種感應。他失望地嘆了口氣。「還沒。或許等明天吧。」

「閣下？」

「閉上雙眼，麗芙。感覺得到嗎？」

她閉上雙眼，用心感覺。她感到晨間的寒意，聞到公廁、營火、烤肉，還有她自己的體香。她感應到日出的陽光好似微風般一陣一陣吹拂肌膚。聽見士官對士兵大聲下令、棍棒打在護甲上的撞擊聲、馬匹嘶鳴、女人輕笑，還有腳步聲。她隱約聽見法色之王呼吸時那種不自然的嘶嘶聲。

她睜開雙眼，看著這個撼動世界基礎的男人。搖了搖頭，對自己感到失望。

「明天。或許明天妳就會看到了。去吧，叫德凡尼·瑪拉苟斯和傑洛許過來。」

他們是血袍軍中最高強的綠法師，所有尚未粉碎斑暈綠法師的老師。麗芙下去叫他們。他們似乎正在等待傳喚，隨即爬上巨岩。

麗芙看著法色之王和他們講話，好奇他們會不會看到或感應到自己無法感應到的東西，好奇自己有沒有忽略掉什麼。

「早安，美女。他老是喜歡測試和故作神祕，呃？」辛穆來到她身旁道，像是在宣示所有權般地伸手摟起她。有時候她不喜歡這樣，但昨天她還在擔心辛穆已經對她失去興趣，所以沒說什麼。

「我想是。」她說。「不過今天不算誇張。」

「那是妳以爲。」辛穆說。他是麗芙所知唯一膽敢嘲弄法色之王所作所爲的人。一開始她不懂他爲什麼這樣，但透過黃色和超紫色的冥想，事情就變得非常明顯：辛穆嫉妒。他覺得遭受威脅，在全世界最強大的男人身邊，讓他覺得自己不夠男人。

這種想法對她而言是一團謎。

「今天又怎麼了？」辛穆問。

「問我有沒有看見什麼。我沒有。」

「看來他們也沒有。」辛穆說著，朝德凡尼和傑洛許點頭。「那兩個傢伙厭惡彼此，又都想領導綠法師。好像綠法師願意接受領導一樣。白痴和笨蛋。」

那兩個人在吵架，爭得面紅耳赤。麗芙從這個位置隱約可以看出他們在吵什麼，但她一直把目光放在法色之王身上。透過他過大的肩膀，她看出他本身也很火大，不過倒是沒有其他肢體動作顯示這一點。他揚起一隻手，周圍營地裡的人全都想看熱鬧，又不想被發現他們在看熱鬧。

兩名綠法師立刻住口。法色之王又說了句話，他們立刻下跪道歉。很少有機會看到綠狂法師屈起它的膝蓋下跪。

它的，她用「它的膝蓋」，不是「他的膝蓋」。這不是很有趣嗎？又是我童年信仰的遺毒，認定粉碎斑暈後就已不再算是人。我們連語言都爲了合理化謀殺馭光法師的行爲而腐化。

法色之王拔出一把手槍，對準傑洛許的眉心開槍。

一陣血霧伴隨著被鉛彈解放的紅灰色腦漿，緩慢飄落地面。傑洛許的屍體向後倒下，滾落裸露的巨岩。營地剎那間陷入死寂。手槍還在冒煙，法色之王在德凡尼的頸部綁上一條鑲有黑寶石的項圈，指示德凡尼站起來。

馭光法師一言不發地起身離開。

「有趣的是，」辛穆說。「我還是分辨不出那兩個裡面誰比較無腦。」

她透過層層超紫的影響打量辛穆——她甚至沒注意到自己又汲取超紫了，但現在它就像是她的朋友——結果發現男孩並非冷酷無情，至少不光只是冷酷無情。他嚇壞了，想像自己腦漿染紅岩石的模樣。

他看著她，她從他眼中看出他也怕她。他已經厭倦她了，但不是因爲無聊或是在床上不夠熱情。

第一〇〇章

加剛吐瓦號上層甲板的大砲噴出火焰和硝煙，地獄般的景象遠比砲聲更早傳來。飛掠艇前方五十步外的兩道水柱，在火砲發射的砲聲傳入耳中前一瞬間，宣告砲彈沒有擊中。

接下來發射第二層甲板上的一門砲，加文叫道：「出擊！」

飛掠艇四周，基普看見黑衛士兩兩一組，一人負責操控推進桿，一人負責射箭。每一組的弓箭手都拿著一條繩索，從外圍小組開始拉扯繩索。

在基普弄清楚發生什麼前，飛掠艇分裂了，所有小組都突然離開主船，海戰車帶著一名駕駛和一名弓箭手，迅速駛離大飛掠艇，瞬間強化了己方戰力。兩艘、四艘、六艘、八艘，最後只剩加文、鐵拳和基普待在中央的小飛掠艇上。

基普再度聽見砲聲的同時，他們身後的海面冒出大洞，濺出水花。接著，世界彷彿陷入火砲大戰裡。加剛吐瓦號越來越大，八艘飛掠艇以完美的弧線劃破海浪，拉開彼此距離，讓一枚砲彈無法同時擊中兩艘船。

今天海面波濤洶湧，基普很高興他父親製作了船沿，後方和兩旁都有，讓基普不致於從船尾落海，兩手也有地方可抓。基普發現加剛吐瓦號的甲板沒有掩護，和加文預測的剛好相反，不過在基普打量甲板的短短幾秒內，手忙腳亂的水手已經將充當掩護的大木板搬至定位。在基普能看穿次紅光譜的眼鏡前，那些水手彷彿身體起火，即使透過木板還是清晰可見。

飛掠艇急轉左舷，基普差點摔倒。他沒看出任何危險，但打定主意即使只是觀察大船、留意來自遠方的威脅，他還是該採取與父親和鐵拳同樣的站姿。所有人都張開雙腳，彎曲膝蓋，放低重心。

加剛吐瓦號的大方向舵突然轉動，體型龐大的巨艦在滿帆下開始轉向。基普看見至少有三層甲板的舷側砲門打開。不是同時，而是等每組砲手裝塡完畢後分別開啓。

好多砲。

最接近他們的瞭望台上拋出了一枚和貓差不多大的藍盧克辛球。

「馭光法師！第一座瞭望台！」基普叫道。

盧克辛球在半空中分裂起火，落在右舷外側十幾呎的海面上，化成一團火海——漂在海面上，火頭足足有兩呎高。

第一艘海戰車急轉左舷，差點撞上加剛吐瓦的船身。另一艘八成沒看見隨著海浪起伏的火焰，不過也讓同一波海浪所救，因爲海面起伏加上加剛吐瓦號的尾波造成海面傾斜，將海戰車拋入空中，剛好越過火海。

加文和鐵拳繞過燃燒的海面，然後逼近戰艦。

「火槍手！第三——第四座瞭望台！」基普叫道。他甚至連警告都叫不好。

船樓旁有半打人在操控旋轉砲。他們得透過掩護的欄杆瞄準，不過似乎沒遇上困難。基普朝他們拋出次紅盧克辛，也不知道有沒有丟中任何東西，接著在飛掠艇與戰艦平行時，被一門距他頭頂僅僅幾呎處發射的大砲震得摔倒在船板上。世界就在火砲巨響、黑煙瀰漫、火藥噴出砲管的同時消失了。

透過次紅眼鏡，世界變成了大片火砲開砲的閃光、火槍口的火舌、爆破彈的無聲爆炸，還有水手如同鬼魅般的身影。

接著，他們衝出濃煙，立刻急轉左舷，穿越船頭撞角陰影。加文和鐵拳朝上方的甲板投擲爆破彈。加文的爆破彈包覆在紅盧克辛內，黏住船身；鐵拳的爆破彈上有刺，也插入船身。兩聲爆炸巨響和一堆木頭碎片宣告攻擊成功。加剛吐瓦號左舷沒有任何火砲發射，所以基普終於又能看清楚了。

大火沿著主帆向上延燒——立刻被橘盧克辛澆熄。有些帆索被炸斷，不過其他只是起火燃燒的都熄滅了。

「抓穩！」加文叫道。

飛掠艇轉向右舷，拉開一點距離，就在他們衝出一道海浪時，加文對第一座瞭望台拋出一大顆燃燒的紅盧克辛球。馭光法師看見紅盧克辛球來襲，試圖把它轟開，但盧克辛當場粉碎，讓他和整座瞭望台陷入火海。

不過，基普只隱約看到那一幕，因為加文在他們剛好躍起海面時拋出這麼大顆盧克辛球，後座力讓整艘飛掠艇衝向側面，要不是剛好撞上另一道海浪浪峰，他們八成已經翻船了。

結果，他們只有在鐵拳和加文短暫放開推進桿時降低速度，飛掠艇轉錯方向，在波浪間起起伏伏。基普在有人渾身著火地翻出瞭望台、尖叫墜落時看見兩人將砲轉向對準他們。

接著，眾砲手在四輛海戰車圍住稜鏡法王時，被一陣黃光炸得無影無蹤。

左舷火砲開始發射，基普看見一輛海戰車後方的弓箭手就這麼消失了。掩體著火，基普看到士兵和位於掩體上方的士兵，努力想把那塊大木板丟下船。一名黑衛士將紅盧克辛順著加剛吐瓦號的船身灑了一圈，火砲一發射就起火燃燒。

數秒內，加文和鐵拳讓飛掠艇恢復了速度。火槍彈丸呼嘯而過，擊中海面，數名弓箭手開始高速射擊。基普看得出來船上的士兵才剛趕到甲板。

「有鳥！」基普在加剛吐瓦號的甲板上飛出一群鴿子時叫道。鴿子？

「鐵喙！」一名黑衛士大叫。

基普在飛掠艇來回閃避時，失去了那些鳥和戰艦的蹤影。船身突然躍起，他覺得自己快要吐了。

我會暈船？在激戰正酣的時候？

他望向地平線，試圖緩和噁心的感覺。兩艘失去弓箭手的海戰車駛離火砲攻擊範圍，接著放棄其中一艘，拉動另一條繩索，讓盧克辛從接縫瓦解。加文不希望製作海戰車的祕密落入敵人手中，但是基普看見後方多了一艘大帆船，三層划槳甲板帆船迅速逼近小船。

「大帆船接近。」基普大叫。他拿起望遠鏡，結果在視線放大、風浪也一起放大的效果下差點吐了出來。「沒有旗幟。」

加文抬頭看了一眼。「可能是海盜在找尋容易得手的獵物，不是維奇歐的人。繼續留意。」

接著，他們再度交火。他們繞過船尾，來到右舷，看見一陣爆炸炸開了最低層火砲甲板，讓一門火砲在木屑、火焰和濃煙中墜入海面。一名黑衛士——基普猜是關鍵者——高聲歡呼。

片刻過後，基普看見一隻鴿子朝關鍵者俯衝而下，射中他的胸口，突然黏住。

關鍵者拍開胸口的鳥。它落海之後，不到一秒就爆炸了。

接著基普懂了。就像費斯克訓練官提過的地獄犬一樣，這些鳥都是正常鳥，不過被灌注了馭光法師的意志，強迫執行命令——攻擊黑衛士。而眼前這群鳥身上還綁了爆破彈。

這表示有好幾打小型飛行炸彈繞著戰艦盤旋——體型小，又聰明的炸彈。

至少和鴿子一樣聰明。

如果這樣還不夠恐怖，眼睜睜看著半打鴿子炸彈擊中一艘放慢速度朝砲門投擲手榴彈的黑衛士小隊肯定夠恐怖。一秒之後，駕駛和弓箭手都被炸成碎片。女人投擲的爆破彈撞上掩體彈開——船身這一側的掩體還沒解決——落水後爆炸，只有刮花了一點船身。

加剛吐瓦號是一座漂浮城堡。火勢沒有延燒。根本無法擊沉。

「推進桿。」加文對鐵拳說。

壯漢似乎立刻聽懂他在說什麼，因爲他接過加文的推進桿，開始獨自駕船。

「基普，固定住我的腳，用你全身的重量。」

加文已經開始在雙手中製作某樣東西。基普立刻奉命行事，幾乎是整個人撲到他腳上。接著順著加文目光看去。

剩下的鐵喙全部朝他們飛來。只有鐵拳操控推進桿時，那些鳥逐漸逼近。

加文直到第一隻鳥飛到觸手可及的距離時，才完成汲色。接著，他揮出雙手，撒出一道黃盧克辛網，將所有鴿子網羅其中。加文向下揮手，力道強到基普差點抓不住他。不過這股壓力只持續了一秒。

對盧克辛而言，沒有遠距離汲色這種事。想要拋擲盧克辛，就得眞的拋出去；要把某樣東西甩到甲板上，就要使勁甩。加文把盧克辛當作槓桿，將整網鴿子全丟到加剛吐瓦號的甲板上。

它們爆炸了。基普看見半個人身和一個頭盔一飛沖天。

頭盔可不是空的。

加文後退站好，基普看見甲板上有名橘法師探頭出來，朝燃燒的船身噴灑橘盧克辛、澆熄火焰。

鐵拳也看見他了，於是在他頭上插了根藍矛。馭光法師摔落海面。

「他們在組織火槍隊。」鐵拳說。甲板上的人必定把最準的神射手排在前線，後排的人負責裝塡彈藥，因爲開火的效率和準頭都提升了。

他們後面的海戰車駕駛突然癱倒，推進桿側向一邊，翻倒的海戰車把弓箭手甩入海裡。

「衛士落水！」基普喊道。

鐵拳和加文立刻反應，衝向右舷。飛掠艇在撞上下一波海浪時翻向後方。所有人都在突然改變方向時差點落海，但是加文和鐵拳都沒有放慢動作。基普以爲他會把後面的杜子扯下來，不過杜子撐住了。兩個男人從彈帶上拔出爆破彈，以極高的角度投出，然後又投一枚。

「往所有火槍上灑次紅盧克辛，基普！」加文叫道。

他們朝在海中游泳的年輕人加速而去。

「推進桿在我這裡。」加文說。他抓起兩根推進桿，然後直接衝向黑衛士。基普以爲他太過接近了，但在越過最後一道浪頭時，加文微微轉向，落在距離黑衛士不到一個手掌外的海面。鐵拳伸手去抓黑衛士，兩人一起用力，不到一秒就把人救起。

基普沒看到那些爆破彈對甲板造成什麼傷害，但是火槍的攻勢減緩了。接著，他看見下層甲板有座轉向砲朝他們轉來。

其他駕駛海戰車的黑衛士，在他們附近集結，到處噴灑紅盧克辛，黃法師投擲閃光彈擾人心神，但這麼多敵人集中在同一區，就足以鼓勵砲手調整大砲方向。

發狂的尖叫、憤怒的吼叫、傷者的呻吟、緊急下令的呼喊、火球嘶嘶作響、遠方火槍擊發、砲聲隆隆、砲彈呼嘯、帆桅折斷、海浪沖刷、風聲霍霍、垂死哀號；狂法師的尖叫逐漸消失、逐漸遠去，聽不見了。基普只能聽見自己心臟低沉、緩慢的跳動聲，慢到荒誕無稽，而在那之後，則是一聲嘆息。一時間，他強烈感覺到自己聽見了陽光照在海浪上的聲音。

他看見一名黑衛士弓箭手拉弓搭箭，弓弦接觸她的嘴唇，箭在一顆火槍彈丸打中她下巴的同時離弦而出。

咻。世界變得毫不真實。基普發現自己同時看見所有光譜。他可以看見幾十把槍。整個飛掠艇位於加剛吐瓦號的舷側。他看見士兵的光芒、火繩和導火線的光芒。他可以透過開啓的砲門看見火藥桶上的金屬光澤，可以直接看穿濃煙。

他揮出一隻手，向所有看得到的砲管和槍管射出超紫絲。超紫盧克辛又輕又快，幾乎在他選定目標的同時就擊中目標。他收回手掌，釋放一顆顆即使以難以想像的速度發射出去，還是十分燙手的火水晶。

在下一次心跳聲竄入耳中前，滿足感已經襲體而來。

在火水晶攻擊下，加剛吐瓦號右舷所有裝填好的火槍和火砲同時爆炸。裝填到一半的火砲爆炸，有人手持通槍條站在旁邊的火槍爆炸。正在傳給射手的火槍爆炸。就連有些還沒裝填火藥的火砲都爆炸了。這讓基普有點迷惑。不過，其他已經裝填好彈藥，但是還沒推至定位的火砲，則在火砲甲板上炸出許多大洞。

強大的衝擊力道導致整艘船都傾向一側。

還不賴。

接著，三層不同的火砲甲板上的火藥桶爆炸。火焰、濃煙、木屑、砲彈、士兵，還有士兵的殘骸在每層甲板上炸出大洞。

爆炸聲衝擊著黑衛士，基普眨了眨眼。時間回來了。他回來了。

人們放聲慘叫，悽厲恐怖的慘叫。他看見人身上著火、皮膚焦黑、脫落，奔向船沿跳海。三層火砲甲板噴出火舌。

飛掠艇劇烈晃動，加文和鐵拳再度開始提升船速。

「四艘船逼近，距離半里格。」基普說。他覺得空虛、內心震撼。

「去船頭撞角下。」加文說。

「我覺得那不是好——」鐵拳說。

「去船頭撞角下。狂法師很快就會跑上甲板，我們只有一次機會。」

鐵拳立刻會意，兩人加速趕往戰艦前方，這時幾乎已經沒人開槍了。他們來到還在移動的戰艦之前，鐵拳接過推進桿，謹慎移動，不讓自己撞上戰艦。木製撞角聳立在他們頭頂，當他們被海浪捲起時，基普差點一頭就撞上去。加文舉起冒火的拳頭，一拳打穿上方的船身。

海浪消退時，加文吊在空中，拳頭依然卡在木船板內。基普跳起來抓他，不過沒抓到。

「別管他！」鐵拳叫道。「看到有人來就放火燒了！」

基普看得出來加文毫不在乎身體以一隻手掛在空中，仍在汲色。

我想我連用一隻手掛在空中都辦不到。

加文不但能掛，還能邊掛邊汲色——既然到現在還沒完成，肯定是非常複雜的法術。接著他汲色完畢。飛掠艇趁著下一波海浪升起，加文如同舞者般優雅地落回船上。

「兩分鐘。」他說。「我們要牽制那些馭光法師。」

於是，他們又繞回去，鐵拳指揮官以手勢指揮剩下的三艘海戰車。他們不停拋出盧克辛，努力丟光爆破彈，有些人成功把爆破彈丟進基普炸出的大洞。戰鬥過程中，有一隊黑衛士成功切斷前桅上的所有索具，另一組人則放火燒了三角帆，不過主帆和主桅都完好無缺。

這艘戰艦似乎怎麼樣也打不沉。

加文衝過去摧毀翻覆的海戰車，接著大弧度繞行了約莫三十秒鐘，拉開大概一百步距離。由於許多門大砲暫時無法擊發，這個距離可以不必擔心火槍攻擊對戰艦造成威脅。

只剩下稜鏡法王和一名強壯的女黑衛士還有體力和耐力繼續以魔法轟炸加剛吐瓦號。所有人都把爆破彈用光了。弓箭手的箭也消耗得差不多，基普之前看到的四艘船——兩艘加利安艦、兩艘卡拉維艦——都準備展開攻擊了。

加文低聲起誓。「如果還不——」

一陣低沉的爆炸淹沒了他的聲音，彷彿撼動了大海海床。

基普看向加文。他父親看起來似乎很難受。「他們的火藥庫位於水線下。外來的火力要擊中它很難，但是……可憐的渾蛋。」

濃煙開始消散時，基普看到兩側船身都被從中炸開。木頭碎裂、折斷、主桅像是跳水的人般從一側傾倒，把兩個瞭望台上的人都拋入海中，撞穿船腰附近強度削弱的甲板。

少數人從甲板上跳海，到處都在冒火。小型爆炸聽起來像是爆米花。接著，船腰崩塌，船頭和船尾折向中間。戰艦前半截幾乎立刻沉沒，速度遠比基普想像中的速度更快。船尾翻向一側，開放式甲板如同開放式傷口般，越裂越大，大口大口吞入海水。

戰艦燃燒的甲板，一層接著一層沉入海中，不停劈啪作響，吐出殘骸和屍塊。

在戰艦完全沉沒之前，鐵拳問：「抹除水裡的人？」

加文望向趕來支援的船隻。

抹除？鐵拳指揮官的意思是：*我們要殺掉倖存者嗎？*

「你看到有狂法師逃出來嗎？」加文問。

「沒有看到。不過並不表示沒有。」鐵拳說。

「我也沒看到。」剛剛從海裡被救上來的黑衛士說。

基普看著加剛吐瓦號完全沉入海中。海面上漂著許多殘骸，不過人不多。加文說船上有七百人。

歐霍蘭慈悲爲懷。

因爲祢的稜鏡法王毫不慈悲。

「不。」加文說。「我寧願當神祕人物、海上傳說。我們現在沒有能力對付四艘敵艦。我們回家吧。」

他們駛出兩里格外會合，海戰車跟在旁邊，在起伏不定的海面上稍嫌吃力地重新組合成大飛掠艇。他們折損了七名黑衛士，一個手肘上中了一彈，她肯定殘廢了，剩下的都只受了點輕傷：燒傷、小割傷，還有駕駛海戰車轉向過急造成的肌肉拉傷。有人脖子上有條火槍彈丸掠過的傷痕，會留下傷疤，但他似乎對此十分滿意，因爲若稍微再往左一點，就會射斷他的頸動脈。關鍵者瞪大雙眼，不停眨眼，但是毫髮無傷。

「粉碎者，」關鍵者說。「你剛剛在那裡做了我認爲你做了的事嗎？」他看向其他黑衛士。「只有我看到他把半艘船炸了嗎？」

「我看到了。」一名黑衛士說。其他人點頭，不過不是所有人。

「我們看到了，」鐵拳說。「幹得好，粉碎者。」

「幹得好？簡直他媽的太厲害了！」關鍵者說。

黑衛士哈哈大笑，就連鐵拳也張嘴微笑，沒有責備關鍵者說髒話。

「後來整艘船爆炸，也是你幹的嗎？」關鍵者問。

「不，那是他。」基普說。他已經在看他父親。加文以不算完全認同的表情凝視著他。基普以爲他會覺得驕傲，但是再一次，他又察覺到那種檯面下的感覺，加文有事瞞著基普，不願完全接納他。

「你是怎麼辦到的？」一名黑衛士問加文。基普記得他叫諾爾。

加文看起來不太高興。一時間，基普以爲他不打算回答。但接著加文的目光掃過剩下的黑衛士。他們今天折損了近乎半數人手。

「我把一隻老鼠做成魔像，命令牠去火藥桶附近爆炸。」加文輕聲說道。「這是狂法師會想到的點子，所以大廳裡肯定有個狂法師負責阻止這種事。我猜那場爆炸能幫我創造空檔。我猜得沒錯。」

「但是我們禁止製作魔像。」基普說。他話一出口，就知道這樣講很蠢。這招很可能救了他們的命，而且肯定幫他們打贏這場戰役。

「禁不禁止由我決定。」加文說，但語氣並不堅決，聽起來很疲憊。「我們先在這裡吃飯，簡單包紮傷口，然後回家。」

他們悶著頭吃飯，所有人都受到船上比來時空曠的事實影響。他們贏了，殺了起碼七百個人，只犧牲了七條人命。就任何方面來看，這都不光只是一場勝利，而是一場大勝利。但是黑衛士還是一言不發，面無表情地吃著東西，雖然不餓，不過很清楚他們的身體在一場惡鬥過後需要補充營養。

「你常這麼做，」鐵拳說，「是不是？」他們坐在甲板上，吃著硬麵餅和香腸。

「擊沉敵艦？」加文問。他聽起來像在努力找回那種輕鬆自在的形象。他是稜鏡法王，他得樹立榜樣。鐵拳拒絕上當。「那艘船能在我們抵達阿塔西前擊沉我們半數海軍，但我們甚至不知道它在這裡。威脅解除了，所以對那些白痴將軍而言，這件事就像從來沒發生過。我們會告訴世人今天發生的事，但是有人會不相信。大多數人會認爲我們誇大其詞，吹噓功績，而就連相信的人也不可能知道我們經歷了什麼處境。不會瞭解我們在這裡面對的危險。」

加文微微聳肩。

「你常常這麼做，打從戰爭結束後就一直這麼做，在人們不知情之下拯救他們。你阻止戰爭、擊沉海盜、除掉狂法師、單槍匹馬剷除強盜集團。你從不吹噓功績，也不要人感謝。你就是身先士卒的英雄。」鐵拳說。「普羅馬可斯。」

加文一時沒有說話。「今天我們全都是普羅馬可斯。」

「許久之前，光譜議會策封你爲普羅馬可斯，後來卻又奪走它。他們可以奪走你的頭銜，閣下，但搶不走你的身分。我們黑衛士很清楚誰是什麼人。我們懂得名副其實的意義。你，稜鏡法王閣下，就是普羅馬可斯。」

「普羅馬可斯。」其他黑衛士低聲唸道。

「普羅馬可斯，」鐵拳說，強調這個名字。「謝謝你，普羅馬可斯。爲了你所有不爲人知的努力。爲了所有外人無從理解的代價。爲了你做過那些別人辦不到或是不願做的事。謝謝你。請記住，黑衛士的存在有兩大目的：守護和監視稜鏡法王。你一直因爲後者而不肯信任我們，而你也該如此。但我今天在這裡告訴你，只要我還有一口氣在，黑衛士絕對不會背叛你。很榮幸爲你服務，普羅馬可斯，我們會用血與骨守護你。」

「血與骨。」黑衛士說。

「血與骨。」鐵拳說，強調這個誓言。

加文難以面對他們。「我不是你們想像中的那個人。」他很小聲地說。

「你是我過去十年裡守護的那個人嗎？」鐵拳問。

「我是。」

「那麼或許，閣下，你不是自己想像中的那個人。」

加文微微一笑，彷彿突然間又變回了自己。「你眞是固執到極點，是不是？」

「不只。」鐵拳指揮官說。「你可別忘了。」他站起身來，轉向黑衛士。「好了，你們這些懶蟲，準備好！我們回家。明天繼續。」

第一〇一章

「你們的情報爛透了。」加文對船艙裡的將軍說道。「他們的計畫——至少是最初的計畫——很簡單，就是在抵達前阻止我們的船艦。少了我們的士兵和補給，盧城會在幾天內淪陷。你們沒有任何應付海戰的準備。我們有一打戰艦，他們有五十艘。」

「你發明了新的交通方式。」安德洛斯・蓋爾說。因爲他，這間艙房瀰漫在藍光中。「你就是那樣偵查敵情的。告訴我們你是怎麼辦到的。」

加文不去管他，回房養精蓄銳。他在黎明前醒來，然後開始輕笑。他在黑暗中著裝，綁頭髮。敲門聲讓鉸鏈鬆動的艙門晃了晃。

「指揮官。」加文說。他們一起走出甲板，黑衛士已經在上面檢查裝備，有些輕聲說笑，有些則在晨間練拳，盡量放鬆開戰前緊繃的情緒。他們昨天擊沉了法色之王艦隊中最大的船艦，但他們都是專家，知道他們絕非無敵。火槍彈丸可不在乎自己是從戰艦上的士兵，還是漁船上的笨蛋手中發射出去的。任何人都有可能隨時死亡。

基普和他們站在一起，看來情緒十分緊繃。

「今天我不與你們同去。」加文對鐵拳說，沒有刻意壓低音量，讓黑衛士聽到。他可是在要求他們以身犯險。「我還要去做其他有可能增加勝算的事。或許不能，不過試試無妨。」

「我可以派人和你一起去嗎？」鐵拳問。

「這件事不行。不過我不會有危險，至少不會有生命危險。」

「基普呢？」鐵拳問。

加文轉身看向男孩，只見他正在假裝自己沒在偷聽。「基普，你不能和我去。這件事不能。你可以自己決定要不要隨黑衛士出去對付敵艦。」

「我會戰鬥，先生。」

對，你會。

「高貴的稜鏡法王閣下？」一個身材魁梧的黑衛士問。他是黃橘雙色譜法師，名叫風笛手。加文點頭要他繼續。「可以請你看看我們研發的設計嗎？」

加文跟他們走到一堆軍火前。有人設計了一個大圓盤，比盾牌還大，附有爆破彈的觸發裝置。加文看不懂。

風笛手推出一名嬌小女子。「是奈拉設計的。」風笛手說。

她昨天甚至沒有和他們一起出任務。她得先清喉嚨兩次才能開口說話。「聽過昨天情況之後，我認爲我們最大的優勢就是能迅速接近敵艦。」她展示圓盤底部的利齒和紅盧克辛。「駕駛把海戰車開到敵艦旁，弓箭手把這玩意兒貼到船身上。」

加文吸了口氣。這設計既簡單又實用，但不大對。圓盤背面應該強化，將爆炸的力道導向船身。而且這種爆破威力的武器不能用這麼短的引信。它還得產生碎片。底部的紅盧克辛上需要一層可以在使用前撕掉的黃盧克辛，這樣才能確保紅盧克辛的黏性，讓圓盤能夠貼在船身上。還有海戰車也要——他越想越多了。

他開始提出需要的東西，黑衛士很快就拿過來。接著加文做了兩種不同設計，一種比較輕，一種比較重。他拿起兩個圓盤。重的那個火藥比較多，但是如果沒辦法放到正確位置，火藥再多也無用武之地。他把兩個圓盤傳下去。

「重的。」黑衛士達成共識。

加文指導做法，黑衛士排成一排，仿製底板，然後在裝塡區裡塞滿一半釘子和火槍彈丸，並弄出倒鉤。加文製作出引信和紅、黃盧克辛，塡滿裝塡區。兩名紅法師在背面提供適當的紅黏液，另一名馭光法師在上面添加一層潤滑用的橘盧克辛，然後加文又覆蓋薄薄一層黃盧克辛。

「船身破壞盤。」加文一邊說，一邊檢查所有圓盤上的引信有沒有製作正確。接著，他爬下通往海戰車的繩梯，增加了一塊用來放置船身破壞盤的空間，還有防止黑衛士固定破壞盤時摔落海戰車的支架。他已經製作新的海戰車以彌補昨天毀掉的海戰車，甚至還多做了幾艘。今天，五十名黑衛士可以一起出海。

「幹得好，奈拉。」加文說。她有點難爲情。「妳今天拯救了不少人命。」

「但是閣下，你的設計比我的好上百倍。」

「那我也拯救了不少人命。」加文說。「我們是同隊，是吧？」他朝她微笑。她的臉立刻漲紅。

加文走向他的海戰車。這輛海戰車比前一版稍加改進。新實驗。他一直都在實驗。加文推船出發時，有名年輕黑衛士站在旁邊拉穩小船。是加文．葛雷林。

加文好像胸口被大鐵鎚搥了一下，看著這個爲了救他而說謊的年輕人。「我不會讓你爲我做的事白費的。」加文輕聲說道。

年輕黑衛士沒有說話，臉上沒有透露任何表情。

加文踏上他的海戰車。他想向鐵拳指揮官下達更多命令和建議，但指揮官很清楚自己在做什麼。他會在犧牲最少的情況下造成最大的傷害。不用加文告訴他該怎麼做。於是加文離開。

他在海面上迅速移動，今天的風浪比昨天小多了。光是這個事實拯救的人命，或許就比奈拉和加文的新發明還多。

對加文而言，平靜的海面意義不大，只代表旅程比較順暢，也比較早到而已。

加文在太陽越過天頂時將飛掠艇轉入先知島海灣。他看得出來海牆狀況良好，海灣裡有幾十艘漁船在捕魚。人們朝他揮手，當作返鄉英雄般歡迎。現在岸邊已經有座小鎭，林線後撤，除了臨時小屋，人們已經開始建造永久性建築，甚至還有幾座農場。

這裡改變很大。加文不確定他爲什麼會驚訝，但他確實有點驚訝。他根本沒離開多久，不過這一切的基礎都是他協助建立的。他們收藏了他製作出來的數萬塊黃磚，而且顯然有充分利用那些磚塊。五萬個擁有使命、優秀領導和一切所需工具的人，可以在短時間內做好許多工作。至於第三眼在海灘上等他，倒是在意料之中。

當先知還眞方便。

而這也就是他來此的原因。他不敢相信自己竟然沒有早點想到。他即將前赴戰場，卻花了——或許用浪費比較貼切——好幾天調查敵軍位置，而他還認識一名先知，貨眞價實、不用繁瑣的詞彙和隱晦的寓意修飾預知景象的先知。

加文把飛掠艇駛上沙灘，然後輕輕跳到沙上。第三眼身穿樸素白衫，綁著一條金腰帶。她曾說過她通常都打扮得很端莊，看來這話是眞的。她伸出一隻手，加文吻了一下。她笑容燦爛，加文覺得她這次感覺比較溫柔。

「我爲上次見面的事道歉。」她說。

「女士？」

「如果我在你上次靠岸時搞砸你的婚事的話。我努力不去摧毀別人的未來，但我當時壓力很大。我會犯錯。」

加文看著她艷光四射的容顏，很高興她提醒自己已經結婚了。他深愛著卡莉絲，但這個女人能夠撩動他理性之下的慾望。「我也是。」他說。他敲敲自己的額頭。「妳到底做了多少——」

「等等，科凡就在碼頭上，我想他可能忙到沒發現你回來。」

她揚起手臂，他勾起她的手，伴隨她走過群眾。人們注意到他們，注視著他們，其中不少人朝他們兩人點頭招呼，但加文熟悉這種致敬的心情，那是戰場的士兵會對將軍表達的敬意，禮節都被剝光到最必須、最赤裸的層面。這些人都努力工作，而且已經和第三眼攜手合作了好幾個月。他們崇拜她、尊敬她，或許愛戴她，但他們還有工作要做。

而她現在沒有保鏢隨身保護，這表示雙方的和平已經進入全新層面，或是她預知自己不會有危險。要殺先知很難，這不用猜也知道。

他們一起來到碼頭上，只見科凡．達納維斯正在和三個對著看起來像是船塢藍圖的東西比手畫腳的人說話。

他轉過身來，大吃一驚。他飛奔——真的飛奔——來到加文面前擁抱他。加文就喜歡他這麼熱情。他像真正的朋友般擁抱他，然後放手。「科凡，你這條老狗，氣色不錯呀。」

科凡又開始蓄鬍了，不過還沒長到可以綁鬍珠。他看起來彷彿年輕了十歲。「你知道要和有能力預知未來的人談判有多難嗎？稜鏡法王閣下。我不敢相信你會這樣對我。但是沒錯，我想我就是適合一天工作二十小時的生活。又或許是與我共度剩下四個小時的人的功勞。」他微笑。

加文不知道他在說什麼。接著，他在科凡迎上前來親吻第三眼、抱起她轉一圈之前看見他手指上的戒指。

加文大笑。「這樣不會釀成巨大災難？」他問第三眼。

她神色淘氣地笑道：「這是……政治需求。」她故作嚴肅地說，顯然是在逗科凡。

「職責。負擔。」科凡也很嚴肅地說。

加文不敢相信自己竟沒想到這點。這場婚姻當然可能是政治需求。科凡是入侵者的領袖，第三眼雖然稱不上是島民的領袖，但也是最受尊敬的先知。他們兩個都單身，都迫切需要讓雙方人民和平相處。這確實是項職責。但有時候命運很仁慈，會讓你的職責完全符合本性。

要是當初加文決定和他最好的朋友後來要娶的女人上床，場面就會變得很尷尬了。一場災難。

「你要告訴他嗎？」第三眼問。

「告訴他？」

「男人！」她說。「你跑去光譜議會，然後……」

「妳知道？」加文問。「喔，當然。歐霍蘭呀，這可尷尬了。妳還沒告訴他？」

「我討厭洩露天機。再說，要爲此付出代價的人是你，所以該由你來告訴他。」

「告訴我什麼？」科凡問。

「你是正式總督了，高貴的達納維斯閣下。」加文說。

「我是——什麼？什麼？」科凡問。

「正式總督，肩負所有責任，享有所有特權。你可以任命自己的法色法王。一支運送補給和外交使節的小艦隊已經在路上了。」

「還差三週，」第三眼說，「除了救命用的物資和藥材外，還帶來很多問題。」

「妳知道這件事？」科凡問。

「你不會以爲我想嫁給流落荒島的潦倒將軍，是不是？」第三眼問。

加文聽得出來這是他們兩人間的笑話。科凡含情脈脈地微笑，搖了搖頭。「總督？你說過最好的情況也只是名譽頭銜，要幾個世代後才能在光譜議會取得投票權。」

「沒。」加文聳肩。「他們從背後捅我一刀。我以德報怨。對了，你已經投票贊成開戰了。」

「我投這票理由充足嗎？」

「嗯。」

「法色之王？」

「就是這個理由。」

「你丟下我，你知道。棄我不顧。你明白和一個無所不知的女人結婚有多可怕嗎？」

「大概就和與喜歡誇大其詞的男人結婚差不多可怕。」第三眼說。

他們深陷愛河，一見鍾情。但是在他們這種年紀，有點悲哀。

「我聽說你終於想通了。」科凡對加文說。

「她把卡莉絲的事告訴你了？」加文問。

「歐霍蘭慈悲爲懷。」科凡說。

歐霍蘭？我以爲你根本不信祂。「科凡，我很想接下來的半年都待在這裡，但我得和你妻子談談。戰事還在持續擴大，而我要在兩個小時內離開，不然就不能在日落前趕回艦隊。」

他們走向附近的一間酒館，在外面坐下——「文明的必需品。」科凡在加文開口嘲弄時說道——然後在後面找張椅子坐下。加文把最近發生的一切全部告訴他們。一切，從摧毀藍島到把那個女孩丟下陽台。他很高興發現第三眼並非無所不知。

接著，他問她：「我們救得了盧城嗎？」

「眞正的問題在於我們能不能拯救七總督轄地。」

「我們救得了盧城嗎？」他堅持。

「機會只有千分之一。」她說。「你父親必定以爲他聰明到可以想出半打你想不出來的策略。」她觸摸加文的手掌，額頭上的黃盧克辛眼開始發光。她深吸了口氣，繼續握住他的手，黃光越來越亮、越來越亮，亮到難以逼視。

她甩開加文的手，突然起身跑開。加文跟著站起，神色困惑，但科凡動作更快。「待著，」他說。「我來處理。」

他一去就是五分鐘。加文嚐了嚐由一個緊張兮兮女人送上來的麥酒。沒想到這麼好喝。要不是很肯定第三眼貨眞價實，他一定開始懷疑她是不是在騙人，但他還是有點動搖，因爲這種情況完全像是精心安排來恐嚇他的戲碼。

第三眼步履蹣跚地回來，在他對面坐下，避免與加文目光接觸。

「你想知道盧城敵軍的兵力配置。我可以告訴你。」

「妳是想嚇得我屁滾尿流嗎？」加文問。

「加文，聽從你母親的話。」

「好了，這完全是騙錢的算命婆會講的話。」加文說。「我以爲妳不喜歡搞這種把戲。」

「你記得克伊歐斯．懷特．歐克？」

「我記得十六年前目睹一面牆坍在他身上。」

「他就是法色之王。」

「我看見一面牆坍在他身上。冒火的牆。」

「他就是法色之王。」

「我看見一面牆——」

「現在在講蠢話的人可不是我，蓋爾。請不要把我當成蠢蛋。你自己曾經多少次在必死無疑的情況下逃出生天？你以爲你的敵人永遠不會和你一樣幸運？」

加文突然口乾舌燥。「什麼——但我——卡莉絲知道嗎？」克伊歐斯。那天晚上卡莉絲爲她死去的哥哥落淚時曾提起他的名字。她想要鼓起勇氣告訴他，但即使是告訴他也像是在背叛她哥。

「你有把所有祕密都告訴卡莉絲嗎？」

好問題。他大多說了，但是不，沒有全部。

「你在浪費時間。」第三眼說，突然變得堅決冷酷，好像這樣才能完成此事。「你得回克朗梅利亞，帶卡莉絲一起去。」

「她受傷了。」

「別再插嘴。她的傷勢沒有大礙。你父親派去打她的人非常謹愼，非常專業。他們奉命讓她受苦，不過不能打成重傷。」

「眞是我父親幹的？那個渾——」

「那個現在不重要。如果你不去找她……反正去找她就對了。」

「說出來。」加文大聲要求。

「說出來會改變未來。」她正色道，金眼閃閃發光。

「告訴我！」

「不帶她一起去，你就會死。可能是明天死在一顆火槍彈下，也可能是後天死在綠狂法師手中。但是帶她一起去，古老諸神就會甦醒，加文。」

「古老諸神會甦醒?!妳就是要告訴我這個?」

「你已經失去綠色，你知道是什麼情況。這場拯救盧城的戰役是高貴的行動，卻不是該打的仗。你已經知道了。」

「有綠剋星嗎?就像藍剋星一樣。」

「你沒辦法阻止所有剋星，加文。那是不可能的。」

「它在哪裡?」他堅持。

「我如果告訴你，你就會出現在不該出現的地方。」

「告訴我。」

「告訴你的話，你就會死，你這個可惡的笨蛋。」她突然大發雷霆。「問點該問的問題！」

「我會不會──」他捏緊拳頭。「我要做什麼?」

「慈悲並非軟弱，愛要付出沉重代價。」

「我認爲我比較像是──」

「如果你不弄清楚自己究竟是什麼樣的人，就一點希望也沒有。」

「如果妳想營造不祥的氣氛，妳做得非常好。」

「我是靠這個吃飯的。想要更好的氣氛嗎?現在就去和你老婆上床。雖然遍體鱗傷，不過再不做可能就沒機會了。」

「好了，那可眞夠不祥了。」加文故作英勇地站起。他得知了一些情報，不過和原先想的不一樣。

「加文，」第三眼說。「你爲了得知他們的兵力部署而來。他們已經攻下了盧易克岬的堡壘，不過還沒有升起旗幟。他們打算在海峽擊沉你們的艦隊。盧城已經混入了好幾個叛徒，包括阿塔西人雇來保護他們的傭兵。法色之王的手下非常用心。」

加文遲疑。「我還有多久會失去所有法色？」

「那取決於你是什麼樣的人。」

「妳猜猜看？」加文有點不耐煩地問。

「如果你是我想像中的那種好人，那時間就沒有想像中那麼多。」她眼中充滿同情——除了那隻冷酷無情的第三眼，只看見眞相。

加文走出酒館，看見科凡。科凡剛剛在哭，不過已經擦乾淚水，假裝沒哭。

歐霍蘭的毛啊，情況不可能那麼糟，是不是？

兩人互相擁抱，一言不發。他們一起走向海灘，第三眼跟在後面。人們在發現加文是誰之後開始聚集，待在一定的距離外觀看，屈膝下跪，好像不知道該如何對加文表達感激之情。這樣也好，因爲他也不知道該如何接受他們的謝意。他對他們揮手，點頭。

「妳之前說過妳有時候也會犯錯，是吧？」他問科凡的美麗妻子。

「有時候。」她感傷地說。

千分之一的機會，他得應付更糟糕的局面。

「達山。」科凡輕聲說道，吞了口口水，看著大海，目光沒有焦點。「閣下，她說如果我跟你走，只會把情況弄得更糟。但是不跟的話，我可以……閣下，很榮幸認識你。」

接著，當加文踏上飛掠艇，科凡把船推入微浪上時，第三眼說：「願歐霍蘭指引你回歸，稜鏡法王閣下。」

他很肯定她不是指回到先知島。

第一〇二章

「我遲早有一天要殺了他，但是他很擅長自己的工作。這點無庸置疑。」辛穆在黎明前的黑暗中起床時說道。麗芙已經起床穿衣，還差一點就把頭髮疏理完畢。「我會先讓他統一七總督轄地，再從他手中奪走它。除非他統一不了，當然。」

「你打算怎麼做？我是說，等你成爲國王後。」她把髮夾插到定位，調整從前面落下來的頭髮。

「皇帝。」辛穆糾正她道。「還有妳這麼問是什麼意思？我打算怎麼做？妳不算很聰明，是不是？」

顯然我沒有聰明到一開始就對你敬而遠之。她僵在原地。最近他的魅力逐漸衰退。他骨子裡其實是條蜥蜴。這個人有點不對勁。很膚淺，沒有深度。她之前爲什麼沒發現這點？現在當他碰她時，她的皮膚會變冷；就連她的身體都察覺了。她告訴自己正在慢慢擺脫他，但其實並沒有；她害怕，害怕自己淪落爲武裝營區中的孤身女子。這種恐懼不適合馭光法師，這種恐懼不適合女人。他想用對待廢物的態度對待她？她胸口浮現一股恨意。

她用所有自制力壓下那股恨意，轉身以一種屈尊俯就的神情看著他說：「辛穆、辛穆、辛穆。皇帝？拜託，你根本一點大人物的特質都沒有。」

她步伐輕快地走出帳篷。她在發抖。那個讓他厭倦妳的大計畫怎麼了？逃出他的掌握，讓他以爲是自己的主意？

全部化爲烏有。狗屎。

知道應該怎麼做和真的有辦法做到是兩回事。去他媽的。

麗芙直接前往法色之王的營帳。他不在。後來她在營區外圍找到他，他正招呼著背棄盧城或是其他阿塔西城鎮的新馭光法師。起碼有半數新馭光法師都只剩下一、兩年就會粉碎光暈。懦夫，麗芙心想。

但是，部隊就是由爲了各種好理由和爛理由而加入的人組成的，而法色之王並不鄙視任何幫助他的人。麗芙迎上前去，深深鞠躬，說道：「偉大的國王陛下，我可以和你私下談談嗎？」

法色之王打量她片刻，然後向眾法師告退。

「辛穆計畫背叛你。」她劈頭就說。

「謝謝妳。可以請妳幫我指導這些新人嗎？」

「什麼？」她問。「『謝謝妳』？就這樣？」

他冷冷瞪她。

「對不起，我的法色之王，我不是有意大聲說話的。」

他寬宏大量地笑了笑。「妳是什麼時候發現的？」

「我一直懷疑他……太看得起自己，不過他直到今天早上才親口透露背叛意圖。」

「而妳就直接來找我了。」

「是的，閣下。」

人群中擠出一名侍從，朝法色之王走去。他揚起一隻手，叫對方等等。

「你早就知道了。」麗芙說。

「我早就知道了。」

「所以……你是派我去監視他？」

「妳告訴我呀。」他說。又有一名僕人似乎打算上前，他又指示對方不要插嘴。領導一支部隊就表示從早到晚都有決定要下。

「你不是在測試他。你是在測試我。」麗芙說。

「喔？」

「你知道他會背叛你，而你不知道我會不會。所以我過關了。辛穆是和你合謀嗎？」如果他參與了，表示他依然深受法色之王寵幸，而麗芙剛剛離開時的態度就不光是宣告她對法色之王效忠。她有可能樹立了一個強敵，卻沒有同時找到強大的朋友。

「妳知道讓蛋保持溫暖的話，蛋會怎麼樣嗎？」法色之王問。

「孵化？」麗芙問。

「一直加溫呢？」

「我不確定我——」

「就會煮熟。」他微笑，寬宏大量的模樣。「所有事都會在適當時機發生。有些事情太趕是會壞事的。這就是為什麼有這麼多克朗梅利亞的狂法師發瘋抓狂的原因，並不是因為狂法師本性如此，而是因為他們為了身為人類的壽命結束而驚慌失措。人一慌起來就會方寸大亂。如果他們能刻意進行變化的程序，用幾年慢慢來，好好準備面對轉變，成功的機會就能大幅提升。如果有人能夠教導他們的話，想想我們能夠達到的成就。」

「這眞——眞是睿智。這就是你在對辛穆做的事？」

「辛穆天賦異稟，非常、非常危險。他的體內沒有任何人性。只有笨蛋才會信任他那種人，不過要利用他。我已經知道我可以信任妳了。現在，他知道妳來這裡嗎？」

「我——恐怕他知道。我樹立了可怕的敵人，閣下。」

「原諒我這麼做，現在大聲發誓辛穆是叛徒，妳不願意欺騙我，還有那之類的東西。」法色之王臉色一沉。「立刻照做。」

「閣下！我對你發誓！辛穆是叛徒——我絕對不會欺騙你！你一定要相信我！」麗芙馬上跪倒在法色之王腳邊。

他反手重重地甩了她一巴掌，打得她牙齒晃痛，摔倒在地，泣不成聲。

兩名守衛抬起麗芙，拉到旁邊，繞過一個營帳，離開現場，不過依然足以聽見一些交談聲。她聽見辛穆說話，還是那樣油嘴滑舌，絲毫不懼。他肯定是背對她，因爲她聽不清楚他在說什麼。

「辛穆，」法色之王說。「我要你帶領一隊人馬，馭光法師和士兵，隨便你挑選，不過只能二十個人，記得要帶砲手。我要你在午夜時分渡過海峽，爬上懸崖，奪下盧易克岬。可能有，也可能沒有繩子在等你們。我們有間諜，不過都是情緒不穩定的罪犯，不值得信任。無論如何，奪下盧易克岬，但繼續懸掛阿塔西旗幟。克朗梅利亞的艦隊會在兩天後抵達。讓偵查艦通過，等到艦隊主力進入海峽之後再開火。我期望你至少擊沉一打船艦。至少。喔，不要帶綠法師，帶藍法師。在阿提瑞特降世前，剋星會讓綠法師感知失調。」

辛穆說了句話。

「不。沒得商量。我需要她。」

他又說了句話。麗芙咒罵自己竟然聽不見他說什麼，但是除非洩露蹤跡，不然就是聽不到。

「辛穆，」法色之王提高音量，彷彿這個年輕人離他很遠。「我之前把一個重要的任務交給你，但是你失敗了。你弄丟了一個比你貴重十倍的法器。把那麼重要的東西交給你是我的錯，所以我沒有懲罰你。我本來期待可以在戰爭開始前就結束它的。我以爲値得冒這個險。你是我最得力的手下之一，辛穆。你知道我對你很寬大，也知道原因。身爲少數享有特權的人，我可以容忍一次失敗。一次。瞭解嗎？」

第一〇三章

鐵拳指揮官讓基普和關鍵者到中央飛掠艇上。他沒有依照加文指示直接前往盧易克灣，而是要求手下沿著血林沿岸航行。

儘管才航行了兩個小時，基普已經開始坐立難安。他不喜歡受困在小船上。他試著享受鹹鹹的水花、高速，還有沿途路過的小鎮。今天大海平靜許多，天空也一片蔚藍。海面在經過不同的海灣和淺灘時都會改變色彩。

他們突然遇上了一艘偵查艦，完全沒時間分離海戰車。他們轉過一處海岬，隨即看見那艘偵查艦從另一側接近海岬，船上掛著斷了鎖鏈的旗幟。鐵拳指揮官大聲下令，兩艘海戰車移動到他們前方。

那艘科卡艦是小船。二十五步長，船員約莫二十人，有一面大三角帆，船身兩側各有六艇中型砲，以傳統方式架設在舷緣，沒有加裝砲門。對方一砲都沒機會發射。在一名水手操縱船前的轉向砲試圖裝塡彈藥時，兩艘海戰車從船身兩側通過。一艘在船首裝置船身破壞盤，另一艘則裝在靠近船尾的位置。然後撤離。

基普聽見水手大叫，在一段近乎永恆的等待中，他幾乎以爲破壞盤失效了。

接著，兩枚破壞盤同時爆炸。在悶響聲中炸穿船身，把另一側的船板炸開大洞。有幾處地方著火，不過火勢很快就隨著船身沉沒而熄滅。

因爲船身破了四個大洞，所以船沒過多久就沉了。在鐵拳指揮官尖銳的哨音中，海戰車回到原位，和主船身彌封。重組完畢時，科卡艦已經沉了。十幾名男女在水裡掙扎，或是抓著船骸漂蕩。

「指揮官，我們要收押俘虜，進行審問嗎？」綠柱石守衛隊長問。

鐵拳看著落水的船員，判斷他們跟海岸的距離。不算遠。丟著他們不管算不上是宣判死刑，但基普知道他們沒有空間能繼續攻船而收押俘虜。「這不是我們的任務。」指揮官說。「我想在他們能把消息傳到他們長官耳中前，作戰已經結束了。」

他們離開，沿著海岸尚未駛出半小時就開始聞到一股腐臭。死亡的氣息。

「一、兩里格外有座村莊。」一名黑衛士說。「威斗林。我的家鄉離這裡只有幾個海灣。」

飛掠艇緩緩駛入威斗林灣，看到村莊沒有淪爲焦土時基普鬆了一大口氣。但海灘上堆滿了灰色的形體，幾乎看不見任何沙。約莫十來名當地人在那些灰色形體後方行走，身上帶著大砍刀和水桶。

「那些是擱淺的鯨魚嗎？」關鍵者問。

「歐霍蘭慈悲爲懷。」有人說。

海風帶來一陣腐屍和血腥味，基普差點吐了出來。他感覺很奇怪。不光只是噁心想吐，而是感到受困。他想要跳進海裡游泳，但他甚至不確定要游到哪裡。那是發狂野獸受困籠中的感覺。

「指揮官。」一名黑衛士說。「我不太舒服。」

「只是死魚。」鐵拳說。「卡里夫和壓榨者，幫我們做些槳。」

他們製作船槳和槳扣，黑衛士把船划到岸邊。來到四十步的範圍內時，村民終於注意到他們。有人拔腿就跑，其他人則透過兜帽打量他們。

一名高個子老頭手持某種用來割開厚鯨魚皮的長刃矛，站在一頭處理到一半的鯨魚身上，一手扠腰。「好了，大海會把各種瘋狂的東西帶來，是不是？」他問。

「你是這裡的村長嗎？」鐵拳指揮官問。

「如果我們有村長的話。」對方說。

「我是克朗梅利亞黑衛士的鐵拳指揮官。」

「鐵拳？是囉，我們聽過這個名字。你們的船還真奇怪。我是苔蘚鬚村長。」

在基普看來，他的鬍鬚上並沒有苔蘚，不過把鬍鬚染成了淡淡的苔蘚綠。

「這裡出了什麼事？」鐵拳問。

「某種怪現象已經醞釀了兩個禮拜，不過沒有今天這麼強烈。」村長說。「牲口表現得好像圍欄裡有土狼，但是並沒有，你懂我的意思嗎？犛馬和犛牛不肯佩戴挽具。馬匹受驚。豬群好像突然覺得自己變成豪豬似地開始攻擊人。我們有很多人都受傷了，被養了一輩子的家畜所傷。我們都是農夫和漁民，知道情況很不對勁，不過還不清楚是怎麼回事。他們說強大勢力衝突時，我們這些小人物就會受苦，我不知道。」他啐道。

鐵拳沒有插嘴，指示焦躁的黑衛士也不要開口。要不是鯨魚的腐味如此難以忍受，基普早就已經跳船了。

我究竟是怎麼了？

「這些鯨魚是昨天擱淺的。我曾聽說過這種事，不過從未見過，也沒聽過這麼多鯨魚一起擱淺。我的第一個想法是擱淺到這裡來倒也方便，這樣我們就有足夠的肉和油可以過冬了，但是……」他拉開上衣，基普看見他身側綁了繃帶，還在滲血。「我像往常般開始下達命令。這裡的人都知道要幹這種大活兒得齊心合力。結果他們卻攻擊我。我認識一輩子的人攻擊我，然後逃走。那些家畜也跑了。好像有種瘋病來襲，只不過沒有感染所有人。最穩定的人都還待在這裡。那邊的科羅，他本來是個白痴，要是黎明時吃不到一片麵餅、午餐時沒有兩片培根，就會發作。現在他和你、我一樣正常。不過大部分本來正常的人都跑了。不知道跑到哪兒去。我們不知道該怎麼辦，只能先處理鯨魚，希望一切能像風暴一樣雨過天晴。」

「那些人有……嗯，離開前有奇特的舉動嗎？」名叫鍋具的黑衛士問，然後轉向鐵拳指揮官。

「不好意思，指揮官。」

「我們都是好人。」村長說。「善良。虔誠。」

「人會在失去理智的時做出奇怪的事。那不算是他們的錯。」鍋具說。

村長臉色一沉，又吐了口口水。「他們好像失去了所有……羞恥心，如果你懂我的意思。我看見……我看見。」他再吐口水，避開目光接觸。「他們像動物一樣發情。一絲不掛地走來走去。他們會豬啼、狼嚎、狗吠。像狗一樣叫。你聽說過瘋狗亂叫這種形容嗎？我還以為他們只是說說而已。我看到認識四十年的人彼此對叫，把我嚇得半死，好像他們除了身體之外完全變成動物了。」

「不管是什麼病，總之連動物也受到影響。」鐵拳指揮官說。

「你們有感覺到？」鍋具問。

大部分黑衛士都出聲應和。

「我認為我們最好離開。」鐵拳指揮官說。

「基普，你感覺到了嗎？」鍋具問。

「很有感覺。」基普說。

「奈拉，妳呢？」鍋具問。

「沒有。」

「指揮官？」鍋具問。

「或許有一點。」

「威爾，你呢？」鍋具問。

威爾吞嚥口水。「說真的，我覺得我快瘋了。」

「是綠色，」鍋具對鐵拳指揮官說。「綠色出問題了。淫慾、失去自制、反叛權威。法色之王荼毒了綠色。」

「阿提瑞特。」有人語氣不祥地說。

「不管是什麼，總之不是只有影響馭光法師，就連一般人和動物都深受影響。」鍋具說。

「苔蘚鬚！」鐵拳指揮官叫道。「我們會盡力阻止此事。你的村民還有機會回來。一切都有可能恢復正常。」

苔蘚鬚目光冰冷地看著他們。「恢復正常？我抓到我老婆和別的男人搞，而她看到我時，只是哈哈大笑，然後繼續。我看著她的眼睛，看不出來究竟她做這些事是出於瘋狂，還是瘋狂讓她做出她早就想要做的事。」

鐵拳無言以對。

「去打你們的仗吧，去對其他人施放你們的瘟疫。反正付出代價的總是我們這些小人物。我殺了我妻子，先生，那個和我在一起二十四年，一同經歷過饑荒、疾病、大火，還有四個女兒之死的女人。一切都不可能恢復正常了。」

他們搖槳離開，苔蘚鬚立刻頭也不回地開始處理他腳下的鯨魚屍體。

「所有綠法師，」鐵拳指揮官沒有看向他們任何一人。「你們要在情況惡化時提醒我。如果覺得想要背叛，告訴我們。今天我不打算損失任何手下，不管是發瘋，還是死亡。聽懂了嗎？」

「是，長官。」基普和其他人一起回應。

那天他們一路航向阿塔西海岸，幾乎抵達盧易克岬，擊沉了一打船艦。許多船上的水手都神智不清，不願或無法執行命令，無法團隊合作。這讓他們變成很容易得手的目標，於是黑衛士輕易就擊沉對手。

老實說，輕鬆到令人害怕。以他們的速度和船身破壞盤的威力，加上他們攻擊的水手都心不在焉，也從未見過像海戰車這種東西——更別說考慮過因應之道——他們見船就擊沉。但是那股所向披靡的感覺，在鍋具肩膀中了一槍之後就消失了。他們幫他包紮，然後一路趕往盧易克岬，那裡的紅懸崖上聳立著一座碉堡，其中配置了射程可及狹窄盧易克灣海峽的大砲。他們接近到足以看見碉堡旗幟的距離——依然飄揚著阿塔西圖樣。

鐵拳指揮官掉頭返航，在日落前一個小時抵達艦隊原先的位置，這是好事，因爲他們花了一個小時測量六分儀和羅盤、駕船、猜測方位，然後再度測量六分儀和羅盤，最後才找出又朝盧易克岬前進不少的艦隊。現在只剩三天了。遠離阿塔西沿岸讓基普和其他綠法師鬆了口氣，而他感覺得到瘋狂的現象隨著距離逐漸消退了。

他們討論過這個現象，不過沒有結論，因爲測量逐漸加劇的恐懼不像算盤那麼精準，不過他們認爲瘋狂的源頭必定來自法色之王營區，或是營區附近的船艦。似乎沒人想談論在士兵寧願跳船也不想執行命令的情況下該如何作戰，而這似乎會導致混亂與屠殺。

那天晚上，加文沒有回來。基普深怕他孤身一人死在某個遙遠的地方。

第二天早上，鐵拳指揮官再度出航，不過這回他不讓任何能夠汲取綠色的人跟。基普被留在船上。他向關鍵者揮手道別，暗罵自己運氣太差。轉身回艙時，他發現葛林伍迪站在自己面前。

「小少爺，」奴隸說。「蓋爾盧克法王有一個小時空閒時間，他想和你玩九王牌。跟我走，請。」

當然，這不是請求。

「如果我不去呢？」基普問。

葛林伍迪露出令人不快的笑容：「那就游泳回家。」

第一〇四章

加文勉強在入夜前抵達克朗梅利亞，隨著天色逐漸變暗，飛掠艇也越開越慢。至少海面平靜到讓他可以直接從小傑斯伯背面的小碼頭登陸，而不需要透過星光製作一整艘小船，先划到大傑斯伯靠岸後再走回去。

踏上嘎嘎作響的木板後，他瓦解黃色飛掠艇。揉揉手臂和肩膀，希望不會抽筋。儘管最後兩小時船速很慢，他還是駕船駕到肌肉無力、微微顫抖。他已經開始有股黃色即將難以汲取的預感。希望只是因爲天黑，而不是明天早上醒來就突然無法汲取黃色。如果這樣，他很難在戰役結束前趕回去和艦隊會合。

他試圖用微笑克服逐漸加深的恐懼。至少今晚他打算在卡莉絲懷裡度過，其他一切都不關他的事。第三眼是怎麼說的？「雖然遍體鱗傷，不過再不做可能就沒機會了。」加文疲憊不堪，卻稱不上遍體鱗傷，所以她可能是單指卡莉絲，也可能是說錯了。無論如何，他都沒辦法解開預言之謎，也不想解，只想見見妻子。他的妻子。這種說法還眞是奇怪。但他眞的非常想她。現在對她的思念異常強烈，因爲就快要見到她了，而他的心裡沒有被戰鬥、計畫、執行、執行、執行盤據，而是有一部分覺得如果不快點趕去，她就會被人奪走。他打開小橡木門上的門鎖。鉸鏈都生鏽了。拉開這扇門讓他清楚感到自己的手臂有多疲憊。他試著把手舉到頭上，但是辦不到。

這扇門通往一條能引發幽閉恐懼症的狹窄通道，僅容一人側身通過。加文伸手觸碰一個設計巧妙的次紅開關，透過掌心溫度開啓橫貫整條通道的黃光鑲板。有時候最簡單直接的魔法遠比蠻力更了不起。

沿著通道走了五分鐘，他來到一扇上鎖的鐵閘門前。打開門後，他走上狹窄的階梯，來到克朗梅利亞前庭。抵達升降梯時，身後已多了兩名黑衛士。他朝他們微笑：「兩位好。」

「稜鏡法王閣下。」他們說。

他搭乘升降梯上樓，然後轉搭通往自己樓層的升降梯，走過看到他時一點也不驚訝的黑衛士——他們究竟是怎麼辦到的？——走到自己門口，接著以爲聽見一些動靜而轉頭打量走廊。白法王的的房門正緩緩關上。

她必定已經睡了。守衛爲了避免吵醒她而關門。

不過，加文依然遲疑了片刻，似乎該去看看是怎麼回事。一時間，他難以決定是要開門去見自己美麗的妻子，還是開門去找個老太婆。哪種白痴會認爲這需要選擇？

他暗罵自己笨蛋，離開房門，大步走過走廊。渾身充滿盧克辛地進入任何人的房間，都很無禮；那就像是拿手槍指著主人的腦袋一樣，儘管人們可以容忍加文做很多事，但這卻不包括在內。至少不能這樣對待白法王。於是他凝聚超紫盧克辛——只要別人看不見就不算無禮，是吧？

他開門的力道就和剛剛門被關上時一樣輕。先開一條縫，然後繼續推。地上躺著身穿黑衛士制服的人，另外有個黑衣人朝白法王的床邊緩緩移動。

走廊上的照明洩露了加文行蹤。對方轉身，順勢自腰帶上拔出手槍。

加文以肩膀頂開房門，矮身閃入白法王房間，大叫：「有刺客！」

槍聲巨響。子彈擊碎木板，在門後的石牆上彈開。

刺客揮手抛出一顆直徑約莫兩吋的灰球，擊中緊跟著加文拔槍撲入房內的黑衛士。黑衛士騰空而起，撞上第二名黑衛士。

刺客丟下第一把手槍，拔出第二把，轉身要殺白法王。白法王已經驚醒，正在掙扎下床。

加文從地板上射出一道超紫光，趁刺客轉身時沾上對方手掌。接著，加文射出剩下的所有超紫盧克辛。

超紫盧克辛很輕，加文身上所有超紫盧克辛加起來大概只有一根髮夾的重量，而且也不硬。但即使是髮夾，只要速度夠快，也能造成一定效果。超紫盧克辛以足以焚燒空氣的速度插入刺客手背，擊碎骨頭，讓對方放脫手槍。

灰白色光芒自十幾個光源處充滿整個房間。加文跳起，本能性地吸收光線，朝刺客拋出藍矛。直到他完全站起，身體前傾，準備應付投擲盧克辛的後座力時，才發現自己沒有汲取到任何色。刺客反擊的第二枚灰光球正中加文胸口。他向後飛出，撞上一面牆，體內所有空氣都被撞出。綠色，他恍然大悟。他不是在汲取灰魔法，那是綠色，只是他看不見。

刺客拔出另一把手槍，指向加文。在這個距離面對還喘不過氣的加文，對方不可能失手。

一陣強烈的白灰色光芒照亮了刺客，加文看見身穿睡袍的白法王昂然而立，身前飄著一片發光的小顆粒，像是灰塵的微粒。她雙手向前一抖，整片光塵隨之而動。那些小光塵擊中刺客的聲音，有點像是黑衛士進行射箭訓練時整排箭同時擊中目標的聲響。

刺客僵立不動，片刻後，全身皮膚開始滲出小小的血滴。他背對著白法王，光塵完全穿體而過。刺客眨眨血紅雙眼，神色困惑，只知道事情很不對勁，接著摔倒在地，開始抽搐。

世界並未停止轉動。刺客倒地的同時，更多黑衛士衝入房內，哨音大作。一把劍砍穿刺客抽搐的手腕，斬斷依然握著上膛手槍的手掌。

房內突然擠滿人讓加文鬆了一大口氣。黑衛士辦事有先後順序。先解除危機、確保安全、檢查保護目標的身體狀況、檢查受創衛士的情況、通知長官、處理善後。加文眼睜睜地看著這一切程序。他這下挨得很重，肋骨如果沒裂開就算他走運，但他還活著，白法王也是。

奇怪的是，守護奧莉雅·普拉爾的兩名黑衛士似乎也都活著。一個還昏迷不醒，另一個只記得有人從後面在他臉上摀了一塊味道很噁心的布。顯然，刺客主人想藉由盡可能乾淨俐落地解決目標，凸顯整個克朗梅利亞有多脆弱的事實。刺客一直到暗殺行動有可能失敗時才開始使用手槍和魔法。

他們發現白法王的陽台門是開的，陽台上有條從塔頂垂下的繩索。刺客必定是把繩索綁在塔頂，發現白法王的陽台鎖死，於是又從正門進入。這個計畫很大膽，不過刺客可以在得手後從房內打開陽台門，不驚動任何人地利用繩子滑下去。這樣可以幫刺客爭取寶貴的時間逃命。這並不是自殺任務。黑衛士立刻下樓檢查所有北面有窗戶的房間，找尋共犯。

加文很震驚。幾個月前，他單槍匹馬就能幹掉那個刺客，這次卻因色盲差點害死他和白法王。他看向屋內的灰光，而那些都不是灰光，是藍光和綠光。白法王是藍/綠雙色譜法師，她在房裡間安排盧克辛火把，顯然就是爲了在發生這種情況時，可以立刻取得汲色用的光線。如果刺客稍微遜一點，光是突如其來的強光就能幫她爭取好幾秒。但是這傢伙毫不動搖。不過無論如何，由於加文和黑衛士攪局，這些火把發揮了應有的效用。

他想知道白法王的情況。她已經很多年沒有汲色，而她的身體狀況也不適合汲色。

卡莉絲在黑衛士扶起加文時闖進房裡，和他撞了個正著。她使勁抓住他，差點把他推倒。接著，他腦袋清楚了點，隨即回應她的擁抱。

「我聽說有刺客，而且和你有關——你差點把我嚇死，加文·蓋爾！」

「妳換了髮色。」他呆呆地說。她把原先提利亞人的黑髮染成金髮。他喜歡金髮。

「你喜歡金髮。」她說。

「他救了我。」白法王說。她走過來。用走的，而不是坐在輪椅上被推過來。加文看不見她灰眼睛的斑暈，但看得出她雙眼不再清澈、色澤不再飽和。它們現在看起來又像是法師的眼睛了。而且她臉色紅潤，看起來更健壯、年輕，但是光暈依然完整。幸好。「他們說他死前說了話。他說：『光是鎖不住的。』你知道那是什麼意思嗎？加文。」

「意思就是我們有麻煩了。」加文輕聲說道。

「意思是碎眼殺手會確實存在，而且決定要公開行動。那表示我們有麻煩了。殺手會日漸壯大。他們打算宣戰。現在走吧，我知道你今晚有其他事要做，而我會一直醒著，講述我的遭遇、下達命令、回答問題。這些交給我來處理。你……」她揮手比向卡莉絲。「你去處理那個。」接著，她眨了眨眼。

「謝謝妳。」加文說。他可能有點臉紅。

「不，加文，謝謝你。」白法王說。「謝謝你。」

當然，事情沒有單純到可以讓他直接回房。房間得先搜查一遍——加文有點緊張地看著他們搜衣櫃——然後還要安排衛士站崗。瑪莉希雅坐在門邊的小奴隸椅上，一副想在卡莉絲面前隱形的模樣，但又不想在沒有吩咐的狀況下離開，以免加文需要她。加文完全拒絕讓黑衛士待在房裡。「有卡莉絲在，她是黑衛士。」他一邊爭論，一邊看了瑪利希雅一眼，輕輕揮手。她感激地無聲無息溜出門外。

「嗯，我們認爲她會……很忙，稜鏡法王閣下。」劍客守衛隊長冷冷地說。是怎樣，鐵拳有把那種態度開班授課嗎？「有人爬上陽台攻擊白法王，我們絕對不能讓你也陷入這種危險。」

最後，他們派了兩個黑衛士在陽台外站崗，然後拉上門簾。這兩個衛士都穿上厚重的羊毛斗篷和帽子，而且奉命在加文敲玻璃前都不准進屋──如果他敲了玻璃的話。其他守衛都守在那扇肯定不隔音的門外。

身為有暗殺價值的人，眞的很煩。

「你還好嗎？」卡莉絲關門時問他。

他幾乎沒有聽見。他趁這個機會好好欣賞她，第一次眞的仔細欣賞她。他覺得自己已經離開好久了。他剛剛沒有注意到，不過她的動作還是很輕。瘀青都變淡了，但還沒完全消失。卡莉絲恢復得很快。「妳的眼睛好得很快，身體其他部分呢？」他問。

「我的眼睛？看起來像浣熊！」她學老鼠揪緊五官，發出一陣加文認為她是在學浣熊叫的啾啾聲。

「再叫一次。」他說。

她笑，有點難為情。他跟著她一起笑。

「妳是我見過最漂亮的浣熊。」

「喔，加文．金舌頭，」她逗他。「以這種口才，你光靠魅力就能把我──喔，你看看。」透過某種女性魔法，她沒有動手就讓襯衣滑落腳下。她哼了一聲，踢開襯衣，然後朝他露出自滿的笑容。她看起來火辣煽情。

加文口乾舌燥。她敞開睡袍，任其滑落肩膀，攤在地板上，然後走向他。她的襯衣是絲質的，襯托出玲瓏的曲線，長度剛好遮到腰際。

「你的身體狀況能夠讓我為所欲為嗎？閣下。」她問。

「小傷小痛。」他說，然後突然笑了出來。可惡的先知。「不過肌肉很痠。我一整天都在海上航行。而且我發現——」不，不要提到瑪莉希雅。「我看到有放洗澡水。我可以——」

「回來看到我衣不蔽體，你居然還想去洗澡？」她問，不過是在挑逗他。

加文不想跟她鬥智，於是直接看著她的眼睛說：「我想讓妳覺得完美。」

「我不要完美。我要你，達山．蓋爾。」

這話只有一種正確回應。加文一手捧起她的臉頰，將她的嘴唇拉到自己嘴前。她是全世界最溫暖、柔軟、安全的地方。他將她拉到身前，她也把他拉到身前，享受著他的肌肉、肩膀和手臂，感受他相對而言壯大的身軀。他將她整個人擁入懷中。然後她開始叫痛。

「噢，肋骨、肋骨」她說著，打斷兩人的吻。瘀傷。是呀。

她利用這個機會抓起他的上衣，拉到頭頂上。他倒抽了一口涼氣。「肩膀、肩膀。」他嘟噥。她放輕動作，脫下他的上衣，兩人相對一笑。

「嗯，」她說。「你好臭。」

「嘿，我——」

「逗你的！」她說。

「閉嘴，給我回來。」他說。

她抓起他的腰帶扯鬆，但是他抓起她來，又吻了上去。他雙手輕輕滑過絲質衣，從腰一路摸到臀，然後往上隔著睡衣捧起她的屁股。他喉嚨裡發出低沉聲響，突然把她一把抱起，走向他們的床。

做愛時，卡莉絲一直抱著他，用她強壯的雙腳糾纏他，拉他，進入她。用她的性愛抱住他，在他身上扭動。用她的雙手抱他，沉浸在他的肌肉和心靈裡，手指陷入他的背，巧妙地引導他來刺激最讓她興奮的地方。她用她的雙眼擄獲他，她的飢渴令他震驚，對他的渴望讓他慾火中燒，肉體與心靈的交流強烈到幾乎難以承受。但當他偏開頭時，她又抓起他的下巴，轉回來，親吻他，然後咬他的嘴唇作爲懲罰。她抱他，在他高潮時抱緊他，完事後依然不放開他，手指滑過他的頭髮，玩弄他的耳朵。

他覺得這輩子都沒人這麼瞭解他、這麼接納他。

當理性慢慢回到腦海後，他以一邊手肘撐起自己，輕輕撫摸她的身體。她的皮膚在金黃色燈火下閃閃發光，而她毫不打算遮蔽，反而享受他的目光。他想出一百萬個句子讚美她的美貌，但似乎沒有一句能達到這個目的。言語怎麼足以表達他有多爲她著迷、多渴望她、多敬重她？他記得一段古老的血林婚誓。「我用我的身體崇拜妳。」他說，湊上前去親吻她的頸、她的胸、她的唇。

他們一言不發地又做了一次，他竭盡所能地取悅她，解析她透過伸展身軀、縮腳趾等方式來引導他的每個反應。而他贏得了他該有的獎勵。一贏再贏。她一直到他臉上露出特有的那種自滿笑容時才搖頭大笑。他們在兩人世界中度過了好幾個小時，聊天、擁抱、哭泣、聊天、做愛，最後在確定已經無力再戰之後一起洗澡，然後就這麼抱著彼此，肌膚相對，她的背貼著他的腹，看著黎明慢慢東升。

「我愛你愛到好恨你，達山．蓋爾。」她說。

「我也愛妳，卡莉絲．蓋爾。」

她幽幽嘆道：「我們可以私奔嗎？」她問。

「妳想去哪裡？」他問。

她哼了一聲。「你這個笨蛋，你違反了私奔的第一規則，而我們連衣服都還沒穿呢。」

「還要穿衣服？那算了。」加文說。

她手肘頂他肋骨的動作本來只能算是輕輕一推——如果他昨晚沒在床上撞那一下的話。

「噢！」他叫。

「你活該。」她說。

「那私奔的第一規則是什麼？」加文問。黎明的天際一片鮮紅，很壯觀，而他懷裡還抱著美女。

這裡似乎就是全世界最棒的地方。

「不能把邏輯和實際問題考慮進來。大家都知道這點。」

「啊。那我們可以裸體私奔嗎？」

「我眞服了你。」

「我知道，但是話說回來，妳不會不知道妳讓自己陷入什麼處境。」

「不會。沒錯。」她一時之間沒有說話，加文以爲她已經沉沉睡去。紅色的黎明代表什麼？暴風將至？謝謝喔，自然，我喜歡用凶兆搭配早餐。

「我……」她語氣有點猶豫。「我知道你在努力，我是說基普的事。我聽說你去看了他測驗。」

「我當時應該在妳身邊。保護妳。」

「保護我？別逼我打你。」她翻過身去，以手肘撐頭。「你當時就在你該在的地方。」

他沒有說話。

「所以……基普怎麼樣？」她問。

「他是好孩子。聰明。目前爲止都按照我的計畫進行。他不知道自己有多天賦異稟。我讓他和全世界最棒的年輕戰士一起受訓，而他撐下來了。很勉強，不過還是撐住了。」

「他沒那麼厲害，是吧？」卡莉絲問。「他之前都沒受過訓練。」

「不，他沒有，但是他交了正確的朋友，也讓正確的人尊重他。他們讓他有機會留在裡面──在我眼中，這比他成爲訓練班裡最強的戰士還要成功。讓他加入黑衛士並不是要他學習戰鬥，那只是在誤導他；重點是要讓他和最頂尖的人比較，而不光是最頂尖的謀略家和馭光法師。」

「你很聰明，你的計畫向來都能實現，我的丈夫閣下，但我問得不是這個，你也清楚。眞是會誤導。」

他很高興她能抓到自己在誤導她，很高興這個了不起的女人能這麼瞭解自己——不過並不高興被她抓到。他臉色一沉。基普怎麼樣？「他是個好孩子……」

她等著他說「但是」。他看得出來她知道會有「但是」。

「但他不是我兒子。」他不該說出口的。「他每次露出那種古怪笑容時，我就看見他父親的影子。」

「蓋爾家的男人都會那樣笑，就連你父親也用那種笑容迷惑——」

「我殺了基普的父親，卡莉絲。那個孩子深怕會成爲孤兒，所以纏著我不放。他一心一意想要取悅我，不管我說什麼都會照做。萬一讓他發現眞相，會怎麼做？如果他來找我，想要殺我，誰能說他是叛徒呢？我撫養他，幫他日漸壯大，他對我的愛越深，日後發現我一開始就在騙他時，對我的恨也會越深。儘管一切都不是他的錯，他依然是條毒蛇，卡莉絲。我把他抱得越緊，他就越有可能反咬我一口。」

卡莉絲默默凝視著他。「你說得都沒錯，不過卻錯過了重點。你能對我保守一個祕密十六年，那要對一個從來不認識你，也沒機會認識你哥哥的孩子保守這個祕密，根本沒有難度。眞正的問題究竟在哪？」

「聽著，這段找尋靈魂的旅程眞的很有意義，但我還是會做之前做過的選擇。卡莉絲，如果妳掉下懸崖，而我只能在救妳和自己之間選擇一個，我會救妳。毫無疑問。因爲即使知道我能爲世界辦到妳辦不到的事，我還是不在乎。知道妳是世界上最有可能摧毀我的人，我知道自己該殺了妳。我知道妳……不太可能這麼做。但我愛妳，所以我不在乎。當我看著基普？我會做出理性的抉擇。我會覺得難過，就像我派士兵上戰場也會難過一樣。我喜歡基普；我不想失去他。我想要更瞭解他。但是我不愛基普，這一點我無法改變。」

有人敲門。「稜鏡法王閣下。」

「等一等！」加文叫。

卡莉絲眼中帶著一種奇特的目光。「閣下，我從來沒有愛你愛到無法自拔過——好吧，或許當我們還是孩子時曾有過，但是後來那些年，我對你的感覺時有時無。不過我對你的仰慕之情從未變過。你讓我內心糾結，因爲我在你心中感覺到的那個好人——我的達山——和我自以爲所熟知的你——加文——實在太不一樣了。但我知道你是値得我愛的那種男人。我知道我要嫁的男人要夠善良、強壯、溫柔、榮譽、聰明、固執，才能應付得了我……等等，我知道一定還有其他美德。」她逗他。

「迷人？不要忘了迷人。」

「有時候不夠迷人也沒關係。」她說，接著神情變得嚴肅。「我選擇了你。」

「啊，妳無法拒絕我。」

「不，不，我可以。」她冷冷地說。「是我選擇你。」

「眞是夠……不浪漫的。」他說。他想起她雖然是紅綠雙色譜法師，卻有偏向藍色的美德，擅長思前想後、通盤考慮。

「我愛你的身體、靈魂和呼吸。這樣算不浪漫嗎？愛不是一時動念。愛不是短短幾年就會凋謝的花朵。愛是選擇和行動的結合，我的丈夫，而我選擇了你，餘生中的每一天我都選擇你。」

門外的人再度敲門。「稜鏡法王閣下！光譜議會正在進行，他們想要和你談談。稜鏡法王閣下？」

「達山，」卡莉絲突然說。「不管日後怎麼樣，我愛你。」她的聲音有點緊繃，似乎處於崩潰邊緣。

加文突然覺得不大對勁。「卡莉絲，妳在說什麼？出了什麼事？」

「我只是——」

「第三眼和妳說了什麼？」

沉默。他猜對了；他看得出來。

卡莉絲翻身坐起，但是加文抓住她的手。「卡莉絲，拜託……」

她回頭看他，然後偏開頭。「我會告訴你，但是不管你說什麼，我都不會告訴你其他事，懂嗎？」

「懂。」加文說。他皺起眉頭，不過很清楚卡莉絲固執起來是什麼樣子。

「她的話模稜兩可，當然，說她無法清楚預見一切……」

「第三眼，提供毫無幫助的建言？是呀，這我很熟——」

「她告訴我你什麼時候會死。」卡莉絲很快地說完，接著站起身披起一件袍子。「現在起來，懶骨頭，今天會很漫長。」她微笑，不過笑意沒有觸及雙眼。

第一〇五章

「玩九王牌只是找你過來的藉口。」安德洛斯．蓋爾在基普步入他的黑暗船艙時說道。紅法王當然霸占了船長艙房，雖然在窗戶上加裝了窗簾，這裡還是沒黑到克朗梅利亞住所那種程度。基普進來前忘記吸收超紫光源，只能透過昏暗的光線和耳力找位置坐下。但是蓋爾盧克法王似乎心情很好，這讓基普提高了警覺。「我不是要和你玩牌。我想道歉。」安德洛斯說。

基普想起隨身攜帶的眼鏡，於是戴上次紅眼鏡。幫助不大。「道什麼歉？」他問。他可以想出一打那個老怪物應該向他道歉的理由，但不覺得他會爲了那些事道歉。

「爲了找人殺你的事。」

「不好意思，什麼？」基普問。

「相信我，我認爲你該爲了拒絕死亡和我道歉，但現在是我在向你道歉。」

「道歉可得要更誠懇一點才行。」基普說。

一片窗簾下方透進來一絲微光，在次紅色譜前亮到足以讓基普看見安德洛斯．蓋爾渾身緊繃，雙手握拳。「記住自己的身分，小鬼！」他努力讓自己放鬆。「你才剛到克朗梅利亞，我兒子對你認識不深。如果你在壓力下崩潰，自己找死，就會是非常短暫的醜聞，沒有掀起多少風波，而半年後我就會『找到』那個自稱是你母親的女人，承認收了敵對家族的錢說謊抹黑蓋爾家族。然後一切就會被人遺忘。你會變成這個承受過上千次攻擊的家族遭受的另一次攻擊，試圖抹黑一個偉大家族的趣聞。」

「赫雷女士？你派那個胖女人來把我丟下法王塔？」基普問。安德洛斯一直在說話，但是基普還沒從他第一句話所帶來的震撼中恢復。

「那是她的名字？喔，既然提起這件事了……我付錢讓那些白痴在黑衛士訓練中阻止你。沒有造成什麼傷害，是吧？無論如何，我很抱歉。」

「你很抱歉？」基普難以置信。好像這樣就夠了？

基普看到那副大黑鏡片上方揚起一邊眉毛，彷彿老頭不瞭解這胖子有多蠢。安德洛斯．蓋爾揚起食指。「我要你知道，基普，我已經二十年沒向任何人道歉了。」

「我很榮幸。」基普說。

老頭選擇不理會他的諷刺語氣。「好了，既然之前的恩怨過了，或許你想玩場九王牌？」

「什麼？什麼？不！你派人來殺我！你不能——你不能因爲有人礙到你，就把人殺了。」

安德洛斯．蓋爾像狗一樣側頭，試圖瞭解這個超級奇怪的小鬼。「現實裡可不是這樣。」

但基普覺得世界都變灰了。「這些是煙霧。是在轉移注意。你殺了露希雅。」他說。基普再度看見她踏入火線。他看見她的臉染滿鮮血，脖子被火槍彈丸打爛，噴血、噴血、噴血。基普渾身顫抖。

「誰？」安德洛斯問。

「黑衛士訓練班裡的女孩，幫我擋下你那顆瞄準我的子彈！」

「你在說什麼？」安德洛斯問。

基普緩和了些怒意。「有人在訓練時對我開槍，結果打死了她。」

老人搖頭，彷彿把基普當作笨蛋。「如果要在你加入黑衛士前殺你，我爲什麼還要耗費心思和金錢阻止你加入？我要你淪爲家族之恥，不是屍體。」

「或許你要加倍確保能阻止我。」

「你這麼看得起自己是好事，但是用你那顆小腦袋想想。這些指控。又指控我！如果你死了，他們就會展開調查。同意阻止你加入黑衛士的那些小鬼就會出面告發。畢竟，讓某人測驗失敗，下一季再來是一回事，直接殺了他又是截然不同的另一回事。當你開始殺人時，良心就會作祟。你以爲我會在這麼容易穿幫的地方留下線索？你以爲同一件事我會失敗兩次？不，小鬼，相信我，如果我要你死，你就死定了。」

儘管很侮辱人，但基普認爲這可能是實話，因爲安德洛斯·蓋爾是用侮辱的語氣說這些話的。

「你爲什麼要阻止我加入黑衛士？」

「爲了教訓我兒子。他打算栽培你，而且他忤逆我。我得懲罰他，提醒他某些……眞理。」

「那現在爲什麼要告訴我？你想怎樣？」基普絕不懷疑這個討厭的老頭有陰謀。他想要利用基普。「我可以去告訴……」

「告訴誰？請去。」安德洛斯·蓋爾揮手說道，基普終於瞭解這傢伙就算認罪也不會有事。他想得沒錯，沒人會相信基普，特別是沒有證據。「基普，我要告訴你一件事，而我不期待你會相信我，但或許有一天你會。我欠你一條命，孩子。喔，沒有那麼戲劇性，當然。我妻子——你祖母——離開我去自殺。雖然是透過解放儀式自殺。我愛她。我爲她而活。但她拒絕我，寧死也不要和我多過一天。你有感受過如此強烈的拒絕嗎？」

基普想到自己母親，選擇抽海斯菸或其他毒品，一直抽到忘記他的存在，一天一天以緩慢、不那麼崇高的方式自殺。但安德洛斯·蓋爾並不是要他同情。

「我想死。我考慮隨她而去，在洗澡時割腕自殺。你知道是什麼救了我嗎？」

「我？」基普懷疑問道。

「哈！少臭美了。九王牌，它轉移了我的注意力，也因此救了我。就算是這顆老心臟，也需要時間才能走出悲傷，而那些讓我分心的東西，幫我爭取到足夠的時間。折磨你讓我有事可做，爲我帶來期待——基普會在這裡失敗嗎？他明天輸了之後，我可以奪走什麼？我還能怎樣測試那個小鬼，一方面逼緊你，一方面又讓你有機會贏牌？」

「你沒有讓我贏。不要假裝你——」

「哈！你以爲你可以和我鬥智？好吧，我就讓你保留一點幻想。現在給我閉嘴，我在向你道謝。」

基普一言不發地繃著臉，突然覺得自己又變成小孩。既然不能生氣，他覺得自己完全無力應付安德洛斯的氣勢。

安德洛斯嘆了口氣。「好了，我要說了。謝謝你。就這樣。」

「就這樣？」基普問。

老頭沉入他的椅子，皺起眉頭。「你贏得了我的敬意，基普。你克服了足以擊垮許多人的困境。你出乎我的意料。不只一次，好幾次。當我想到你時，我就會對我兒子生得出……你這種人感到噁心和失望。然而，雖然你既胖又大嘴巴、缺乏自制力、身染那些提利亞人的惡習，而且……」他揮了揮手，好像基普還有很多其他缺點，而扯到那些就離題太遠了一樣。「儘管諸多缺點，基普，你還是一路取勝。」他聲音逐漸嘶啞。「無論如何，我現在都失去了妻子，還有所有兒子。或許其中有一部分算是我的錯。但是你，基普，你已經證明自己夠資格成爲蓋爾家的一份子。我不會再扯你後腿了。」他轉過頭去，指示基普離開。

基普滿臉困惑地緩緩走向艙門。

第一〇六章

加文敲敲通往陽台的門，讓兩個超冷的黑衛士進來。他們沒有和他目光接觸，不過在看到室內地板時，確實面露微笑。「幹得好，閣下。」其中之一低聲說道。「女人的肺活量眞大。」另一個和第一個說，顯然故意要讓他們聽到。

第一個黑衛士朝卡莉絲眨了眨眼，一點也沒掩飾，卡莉絲掩面而笑。他們和她就像兄弟一樣。加文不會在意他們之間的關係，雖然她現在是他的妻子，但加文可不想扼殺她的喜悅。就讓一切自然改變。他搖搖奴隸鈴。

瑪莉希雅和另一個奴隸——身材瘦小，皮膚曬到看起來像阿塔西人的魯斯加老女人走了進來，開始朝卡莉絲的方向擺出他們的衣服。

「我不知道妳已經把東西都搬進來了。」加文說。

「我想等你回來再搬，沒有得到允許就搬進來似乎有點放肆，但是我那些黑衛士好友把我踢出來了。」

加文大笑。他注意到瑪莉希雅幫他穿衣服時，卡莉絲仔細盯著他，觀察他是用什麼眼光看瑪莉希雅。掩飾得很好，不過還是嫉妒。對她而言，瑪莉希雅是個密碼。專業、冷靜，但今天早上的衣服比平常縐一點，可能是因爲她昨晚睡在走廊上，而不是在加文房間隔壁那間衣櫃大小的小房間裡，之前沒和加文同床時，她就睡在那裡。

擔任稜鏡法王期間，加文已經習慣缺乏個人隱私的生活，至少在黑衛士和瑪莉希雅面前沒有多少隱私，不過儘管當黑衛士拿聽見他和卡莉絲通宵做愛——有時很大聲——來取笑他時感覺很有趣，但看見瑪莉希雅面無表情的模樣和大大的黑眼圈時，就沒那麼有趣了。

有些國家正在打仗，而我竟然在擔心奴隸的心情。加文暗罵自己。

著裝——他的衣服是卡莉絲挑的，而這多年來都是瑪莉希雅的工作——完畢後，加文下樓。他停步說道：「二十分鐘，和我在後門會合，攜帶戰鬥裝備。」

卡莉絲嚴肅點頭。天已經快亮了，他們不能錯過太多日光。

出席光譜議會比待在樓上輕鬆多了。加文認爲開會肯定比卡在兩個都有很好理由生他氣的嫉妒女人間要好多了。那是瑪莉希雅不能吵的架，當然，因爲她毫無贏面，但那不表示她沒有感覺，或她不該有感覺。歐霍蘭慈悲爲懷。四名黑衛士貼身保護他。由於昨晚的暗殺事件，加文可以理解這種做法，不過他還是覺得自己像個囚犯。

「我可以待十分鐘。」加文說。

「不好意思？」戴萊拉問。

「兩天內盧城就會開戰，我要趕過去。」

「你要怎麼趕過去？我們以爲你和艦隊在一起。」藍法王說。

於是加文簡單解釋。他可以一天之內橫渡大海。桌上已經擺了一張他們推測的敵軍兵力布署圖。加文上前加加減減，一直修改到資料正確爲止。

「你怎麼知道這些情報的？」戴萊拉問。

「我是稜鏡法王。」加文說。「五分鐘。」

「你不能這樣對待我們。我們不是聽你命令辦事的奴隸。要是我們不讓你走，你要怎樣？」克萊托斯問。

加文冷眼看他，說道：「我會殺了你，然後在你屍體上尿尿。」他是認眞的。

克萊托斯目瞪口呆，而他不是唯一出現這種反應的人。

「我是出於禮貌而來的。」加文說。「但如果我不盡快離開，就會死好幾千人，所以告訴我，把數千名戰士的性命看得比一個毫無骨氣的懦夫重要，錯在哪裡——錯在哪裡？」

克萊托斯氣急敗壞：「你……你叫我懦夫？」

「那已經是我此刻所能想到的最溫和說法。」

克萊托斯張口欲言，加文伸出一隻手指著他，掌心冒火。「試試看，」他說。「我眞的很想尿尿。」

白法王插嘴。「加文，稜鏡法王閣下，你打算怎麼做？」

於是他告訴他們。戴萊拉得知他已經認定盧城將失守時，顯得心煩意亂，但他告訴她只要順利，或許還有機會拯救盧城。雖然他自己也不相信這種說法，但這樣說可以安撫她。然後他就離開了。

沒人嘗試阻止他。

卡莉絲在後碼頭等他。他們兩個，加上四名黑衛士，乘船出海。艦隊在盧易克灣外不到五里格的位置下錨。

戰事將於明天展開。

第一〇七章

黑衛士天還沒亮就開始集合。基普迅速著裝，換上學員制服。他把匕首刀鞘綁在小腿上，然後檢查爲了方便拔刀而在褲管上劃開的那條縫。比他想像中更明顯，不過今天大概不會有人注意他的腿。他把眼鏡袋掛在右腰，伸手理理凌亂的頭髮，然後連忙爬上甲板。

漫遊者號已經開船，不過只升起了前後兩張帆。水手一聲不吭地工作，顯然打算在拂曉前將船開到其他位置。黑衛士在甲板上圍著鐵拳指揮官集合。

「你對那些黑牌有多少研究，基普？」鐵拳指揮官問。

「長官？」鐵拳指揮官見過那些新九王牌，但他怎麼會知道黑牌的事？

「小傑斯伯上沒有多少祕密，基普。」

「呃，研究滿深的，長官。」

「你有見過任何諸神牌嗎？」

「我不知道你指的是什麼，長官。」

「那麼或許只是傳說。我也沒見過那種牌。」

指揮官轉身要和大家講話，但是基普插嘴：「長官？呃，我知道我們入選後一直沒有時間提交正式文書。我想要——我嚴格說來，或說之前嚴格說來，我猜？總之，我是提雅的主人。」

「你在擔心補償金嗎？這個時候？」

「不，長官！我是說，如果我死了，長官，我要提雅獲得全額補償金。我一直到加剛吐瓦一役時才想到如果我死了，她就什麼都沒了。她比蓋爾家族更需要那筆錢，長官。」基普突然覺得有點難爲情，但他也不確定爲什麼。

指揮官看了基普很長一段時間，然後點頭。他會處理這件事。他轉向黑衛士。「好了，列隊。」他只有稍微提高音量，但所有人還是立刻排好隊。他們把基普這些學員排在前排。鐵拳指揮官拿起一個裝著閃亮黑莓醬的碗。「各位學員，」他說。「我希望你們能夠完全控制你們的瞳孔，萬一做不到，沾點這個，塗在雙眼眼角上。沾一點就夠兩眼用了。這是莨菪。能夠幫助瞳孔放大。天完全亮後效果就會消失，不過在那之前，你們都會對光極度敏感。多並不就是好。這玩意兒會弄瞎你們。」他把碗傳下去，除了基普，幾乎所有人都沾了一點。基普拿出次紅眼鏡。

關鍵者瞪大眼睛看他。「你有夜眼？」他問。「可以借我看看嗎？」

基普把次紅眼鏡給他。夜眼？關鍵者戴上眼鏡。他大聲咒罵。這是基普第二次聽見他罵髒話。

「歐霍蘭的鬍子呀，基普，全世界大概只有十副這種眼鏡。有人說它們都是盧西唐尼爾斯親手打造的。這實在太厲害了，我看得一清二楚！」

「什麼？」基普問。

其他學員全都脫隊過來，甚至還有幾個正職黑衛士拉長了脖子。鐵拳指揮官彈了一下手指，然後瞪向基普跟關鍵者。關鍵者立刻脫下眼鏡，交還給基普，回到立正姿勢。「抱歉，指揮官。」他輕聲說道。

基普戴上眼鏡。

「恐怕你們今天會看到的寶物還不只那個。」鐵拳指揮官說。「我不能把綠法師丟在船上不管，雖然我很樂意這麼做。事實上，你們留在船上可能會對你們的弟兄造成更大的威脅。」

基普不喜歡這種說法，他身旁的綠法師也一樣，至於其他不是綠法師的黑衛士，看來也不太樂見這種情況。

「你們都感應到了。此刻就連我也能感應到，而我還不是綠法師。斥候告訴我附近有個剋星，或許就在海岸另一側。不知道我在講什麼的人或許曾聽說過光之剋星。那是崇拜僞神，所謂洛希·丹納塔的神廟，而現在所要面對的就是阿提瑞特。剋星會腐化光線，對馭光法師影響尤其強烈。好消息是如果力量像現在這麼狂野，就表示僞神還未降世。有問題嗎？我知道你們有問題，快點問。」

一名肩膀寬厚、身材高瘦、頭髮凌亂、皮膚黝黑、目光炯炯、名叫光陰的正職黑衛士問：「盧克教士說盧西唐尼爾斯確保了世界上不會再有剋星，所以這應該是不可能的。」

鐵拳對他點頭。「我們不知道異教徒做了什麼。或許今天我們就會弄清楚，願歐霍蘭幫助我們。」

「對汲色有什麼影響？」一個身高只到基普肩膀的伊利塔黑衛士問。

「綠法師應該可以輕易製作大量綠盧克辛，但可能會更不容易控制。更接近源頭或許又有所不同。另外，我們都不曾面對像今天這種規模的狂法師。傳說剋星會讓狂法師完美。不知道這是不是眞的，但既然我聽過這種說法，很多綠狂法師也一定聽過。你們將會見識到從未見過的景象，從前認定不可能的景象。這些狂法師已經合作了一段時間，相互交流。已經好幾百年沒有狂法師這麼做了。記住，不管他們變成什麼形體，內在還是人類，而殺死他們就是在幫助他們。願歐霍蘭對他們慈悲，因爲我們不能慈悲。綠法師如果發現自己開始失控，或是相信你們不用遵從我的號令，我不會責怪你們。你們要出於自己的意志和意願，現在就決定要不要結束這場危機。如果你們想出什麼作戰新招，歡迎盡情嘗試。擊沉敵艦、殺死他們的狂法師、拯救我們的士兵。黑衛士把你們個個打造成菁英戰士，大家都要全力作戰。聽從我的命令，只要你能忍受。我不質疑你們的忠誠，但我知道你們不會一直聽命行事。我把你們編入第二隊，由光陰守衛隊長率領。第一隊，中央主攻。第二隊，和他們一起。第三隊，稜鏡法王說盧易克岬的堡壘已經落入叛軍手中，而我們的將軍都不相信他。堡壘的火砲射程可達海峽一半。如果落入叛軍掌握，就得在他們剷除我們的艦隊前解決他們。如果他弄錯了，我們要確保叛軍不會攻下堡壘，然後再回來協助艦隊。如果剋星位於大砲射程範圍內，我們就竭盡所能地殺了它、擊沉它。大家都聽清楚了嗎？出發。」

提雅和鐵拳指揮官隨第三隊出發。基普在她走時朝她點頭，也不知道還有沒有機會看到他們兩個。他們出發的同時，稜鏡法王跟卡莉絲駕駛一艘海戰車回來。他們向出發的小隊敬禮。稜鏡法王看起來很憔悴，臉上多了兩道黑眼圈。他讓海戰車停在飛掠艇旁，交給一名黑衛士去跟大船彌封在一起。

加文立刻開始下令：「第一隊、第二隊，我們的任務是摧毀剋星。成功的話，大家就能恢復理智。摧毀剋星會讓我們的綠法師變弱，但對他們的狂法師影響更大。失去剋星會讓所有綠狂法師暫時失去行動能力。那座神廟外會有大量綠狂法師。神廟中央可能會有十二個綠法師站在盧克辛柱裡。最好可以不吵醒他們地通過。不過可能性不大。儘管從這裡看不見，但是神廟裡可能有座中央塔。爬上那座塔，殺死阿提瑞特的化身——希望是在他或她甦醒前——一切就會消失。所以如果你不會游泳，就盡快找個能浮在水面上的東西。」

黑衛士神色古怪地看著他。

「幹嘛？」加文問。

「稜鏡法王閣下，你怎麼知道這些？」光陰問。

「因爲兩個月前我獨自殺了藍剋星。」

光陰揉揉腦側。其他黑衛士改變了站姿。基普聽到有些人以詛咒的語氣默唸「普羅馬可斯」。一開始，基普以爲那是因爲他們不相信加文，後來他發現那是因爲他們相信。

我父親是偉人，是凡人間的神。

「普羅馬可斯，」光陰說，遲疑片刻。「如果我們趕不及，化身甦醒了的話……」

加文噘起嘴唇。「不管醒來的是什麼玩意兒，總之對方對它的瞭解不比我們多。它肯定會是個威力強大的馭光法師，能用少量光線大量汲色。它或許有能力控制附近的綠法師。至少能控制你們的身體。它能控制經由長年汲色而累積在你們體內的綠盧克辛。或許最後連心智也不放過。但如果今天就找出它，它應該沒時間完全發揮實力。我們最好能在它甦醒前除掉它，讓這一切維持在理論階段，呃？」加文微微一笑。「天要亮了。」他說。「開戰吧。我們要先突破戰線，然後找出神廟。綠法師要到天色全亮後才能發揮實力。」

他們上了三艘飛掠艇。加文坐鎮的飛掠艇上有卡莉絲和基普，光陰守衛隊長的則載滿綠法師，劍客守衛隊長負責最後一艘。鐵拳沒讓綠法師擔任駕駛，就連光陰那艘也一樣；分開後，他們會在海戰車上擔任弓箭手。

東方出現魚肚白，飛掠艇以間隔甚遠的隊形出發。天色太暗，不是所有馭光法師都有能力幫忙推動飛掠艇，即使瞳孔放大也一樣，所以他們的速度沒有往常那麼快。儘管坐了十五個人，加文的飛掠艇還是三艘裡最快的，而他可不會等其他兩艘船。

他們劃過寧靜的海面，幾乎沒有發出任何聲響。前方，基普看見他們的船艦越來越大。此刻尚未拂曉，但在基普眼中，那些船艦部署似乎有點奇怪。他們知道法色之王的部隊控制了盧易克岬的砲台，當然。在那些砲台和盧易克岬堡壘的大砲之間，阿塔西人的射程幾乎涵蓋了整個盧易克灣入口。當然，盧易克岬現在已經落入法色之王手中——他不知道加文知道這點。但如果他控制了堡壘，那在海峽中央增派船隻，迫使克朗梅利亞船艦沿著海岸前進，增加命中的機率，似乎才是更好的策略。

但他們沒有這麼做。法色之王防線的中央看起來很脆弱。那裡有一些船，不過是卡拉維艦、科卡艦、納歐艦，都是小船艦。速度快、轉向靈活，當然，但是火砲不多。難道法色之王想要引誘他們上當，所以絲毫不透露北方堡壘已經落入他掌握中的事實？

肯定是這樣。等他們看見克朗梅利亞艦隊開始沿北岸前進，法色之王就會加強戰線，逼他們迎向堡壘大砲。

不管綠法師擁有多少腐化的力量，目前似乎都還沒有發揮效果。基普認爲這一定與光線不足有關。黎明過後，綠色的影響肯定會逐漸加劇。

他們直到通過第一批船艦後才聽見船上響起警鐘。一道盧克辛照明彈竄入天際照亮他們。他們聽見一陣火槍響和兩下旋轉砲開火的聲音，但是以他們前進的速度，子彈和砲彈都落在很遠的地方。基普看見飛掠艇上有個超紫法師追蹤照明彈。由於船身顛簸，她花了好幾秒才讓射出去的超紫光線追上照明彈，將其包覆，然後熄滅，讓他們再度回到黑暗。另兩艘飛掠艇一直在黑暗中，沒被敵人發現。

隨著東方逐漸明亮，他們前進的速度越來越快，經過更多船艦，但是快得讓對方沒機會瞄準。當太陽探出地平線，基普首度在紅綠色晨光中看見盧城的大金字塔。

但沒有任何綠塔的蹤跡。飛掠艇在深入海灣時逐漸散開。後方數里格外開始傳來交戰聲響。但還是沒有神廟，沒有綠塔，基普也才剛開始感應到綠色能量引發的躁動。

盧城完全映入眼簾。基普看到城外小鎮還在冒煙，它們是昨天被人放火燒掉的。從海上看去，大金字塔底座只是巨大的石塊。雖然是由當地紅岩建成，但大金字塔除了四邊的曲折紅漆線條外，外觀顏色已經風化轉淡，而且爬滿藤蔓。塔頂有面巨大的凸面鏡。顯然，克朗梅利亞千星鏡製造者的點子是從大金字塔剽竊來的。盧城後方聳立著高達千呎的紅懸崖。懸崖上某座慘遭摧毀的小鎮還在冒煙，基普看見有一台投石器正從高處轟炸盧城。

把投石器弄到懸崖頂部肯定不容易，要在上面找到材料製造投石器也很難，但是當投石器出現在那裡後，守軍就完全束手無策了。而且既然血袍軍弄了一台上去，此刻肯定正在運送更多，他們沒能力抵抗那種攻擊。

投石器再度發射石塊。在基普看來，似乎是隨機發射，而且射程遠到可能要射個好幾天才能擊破城牆——但朝城內連續投擲巨石，卻是讓城內居民活在恐懼之中。

城牆看起來完整無缺，不過臨海這一面都在燃燒，到處都有燒光的船艦擱淺在海面上。法色之王雇用的海盜顯然幹得很好。

但加文此刻並不關心盧城。由於部隊圍繞整個盧城，攻下了所有外圍城鎮，他們繞了很大一圈。

「綠法師，有感覺了嗎？」加文問。太陽已經完全升到地平面線上。海灘上傳來瞄準他們的火槍聲，不過在距離三百步外。

「如果有什麼不同的話，就是這裡的感應比外海弱——」其中一人開口道。

「可惡！」加文在他說完之前罵道。「當然！『大部分時候』，她和我說大部分時候。」他調轉船頭，朝外海前進。卡莉絲以手勢朝其他飛掠艇下達指令。

「怎麼了？怎麼了？」基普問，他看得出來自己在幫其他人問。

「剋星很大。如果它在附近，但又不在這裡，那它在哪？」卡莉絲問。

基普還是不懂。他看見前方的盧易克岬堡壘開始開砲，每一砲都掀起一陣黑煙。那些肯定是基普這輩子見過最大的火砲。海面上，克朗梅利亞艦隊尚未決定航向，沒貼近堡壘下方的海岸，也遠離海峽中央。

現在，由於大砲開火，在艦隊四周的海面上炸出許多水花，克朗梅利亞的船艦迅速應變，朝海峽中央駛去。然而，法色之王不但沒讓海峽中央的船艦逼迫克朗梅利亞艦隊待在大砲射程範圍內，反而命令艦隊後撤。一艘克朗梅利亞船艦船身起火，失去主桅，而其他船則都在逃命。

克朗梅利亞艦隊眼見機不可失，立刻衝往敵軍缺口，難以相信竟然有可能逃出生天。

不過，堡壘的大砲讓半打小型船艦起火燃燒，船上的人高聲慘叫。基普看見海面上有東西以極高的速度移動，帶著盧克辛躍入空中。鳥——肯定是鐵喙——天上滿滿都是。

但是當基普不去注意在他眼中一一上演的個別故事——士兵死亡、火頭四起、神準的砲擊、盧克辛彎成他從未見過的形狀——之後，發現法色之王根本不打算固守海峽中央。沒有任何船艦趕來加強防守。

而基普坐立難安。怎麼回事？

他越來越難思考策略。基普想要殺人、想要逃跑、想要移動——儘管他已經以大部分人一輩子都沒體驗過的高速前進，但還是不夠。他想要單憑一己的意志這樣移動，只有他自己在控制。

卡莉絲是怎麼說的？「如果剋星不在這裡？」

它就在這裡。

「剋星漂在海上，」加文說。「大部分時候！」

基普瞭解這話的意義之後，隨即發現所有人都已經聽懂了。加文將飛掠艇轉向海峽中央。就在那裡，在兩邊海岸的砲火中央有一打划槳小船——船上滿滿都是法色之王的馭光法師和狂法師。

「解體！」加文說。「在他們完成前殺光他們！」

完成什麼？

飛掠艇立刻解體——分成六艘海戰車和中央飛掠艇，基普、加文和卡莉絲待在飛掠艇上，一人控制一根推進桿。基普一手摘下次紅眼鏡，塞回眼鏡套，但因爲船身顛簸，他一時無法拿出另一副眼鏡來戴，必須用雙手抓船緣。

火槍聲和一大堆發自海戰車和敵方小船間的盧克辛汲色聲，傳入基普耳中。船上有半數馭光法師似乎都只能負責防禦其他人，基普看見他們每一個人身前都彈出一個大盧克辛盾，防禦力遠遠超過這些馭光法師原先的實力。這些盾牌輕易吸收了火焰、盧克辛，甚至火槍彈丸。其他馭光法師拉著沉入海中的大綠盧克辛鎖鏈，而基普發現海面下的東西似乎開始鬆動。剛開始是有個馭光法師突然摔倒，緊綳的鎖鏈變鬆，然後他們就一個接一個鬆手。

海戰車和飛掠艇持續逼近。

某樣龐然大物在海面下移動，基普看見某樣纏成一團的東西以極高速度朝海面浮起。

接著，整片海面被炸入空中。

第一〇八章

提雅的飛掠艇在黑暗中穿越海面。隨著小船乘浪頭高速躍起，她的右手緊緊抓住船緣。剛開始有好幾分鐘，她覺得自己像是瞎了，緊張到無法將雙眼放鬆到次紅或帕來色譜。恐懼足以讓她放大瞳孔，但顯然單靠焦慮還不夠。她環顧四周，發現有不少人也緊抓船緣到指節發白，儘管神情嚴肅，還是有不少黑衛士臉上帶著興奮笑容，有些是因爲難以想像的高速和耳邊的強風，其他人顯然是因爲有機會測驗訓練成果。大多數黑衛士矮子都待在船上，就像費斯克訓練官承諾的，但是在最後關頭，鐵拳指揮官決定讓提雅發揮她的天賦。

現在她必須證明自己，而她還沒有準備好。她知道自己還沒準備好。

她慢慢開始放鬆。她發現自己另一隻手抓著上衣底下佩戴的那瓶潤滑油。她還沒把它丟掉。她打算等合約簽署，錢到手後再丟。不知爲何，感覺像是會有人奪走她的機會。今天她會做出很丟臉的事，而黑衛士就會改變心意，趕她離開。她鬆開掌心，放掉油瓶。

除了霧氣繚繞的海面和前方高聳的巨岩，四周沒有什麼好看的。今天會有人死在這裡，提雅忍不住認定自己會是其中之一。

他們直接航向盧易克岬。盧易克岬足足有五百呎高，這一側崖壁上只有狹窄的山羊小徑通往頂端。對方肯定會派人看守，只要有人吹響警報，任務就會失敗。

但是鐵拳指揮官似乎十分清楚該怎麼做。他轉向北方，接近海岸，然後轉回南方，距岩石只有幾呎之遙。接著，他將船停在一塊岩石旁。他蹲下，其他人圍過去。「從前面轉過去兩百步外有座碼頭。有人看守。我會把船開到四十步外的位置。特拉蒂、圖澤坦、厚底靴，你們三個箭術最好。搭弦。」兩名弓箭手和另一人都照做了，指揮官繼續說：「你們爬上岩石，從那裡射擊。提雅，妳有辦法在四十步外看出守衛斗篷下有沒有穿鎖甲嗎？」

她點頭。「可以，但是現在沒有足夠的帕來……」

「來這邊。」他指示。

趁他繼續對其他人下達指令時，一名黑衛士拿了根小白鎂火炬給提雅。女黑衛士指示提雅盤膝坐在搖晃的飛掠艇船板上，然後拿幾襲斗篷蓋在她頭上。

「火炬會燃燒十秒鐘。如果需要第二根才能補滿盧克辛，和我說。」女黑衛士說。

戴著黑眼鏡點鎂火炬感覺很奇怪，不過儘管向馬太安斯老師學習的日子不多，她還是知道直視鎂火炬會讓眼睛瞎掉，於是她彎下腰去折斷小火炬。白熱的光芒耀眼奪目。她在短短數秒內就吸滿了帕來盧克辛，等待小火炬繼續燒完。她知道這種東西肯定很貴，放著不用非常浪費。只要能放鬆，就算是晚上，她也能在幾分鐘內吸滿帕來盧克辛。

然後，她想到十五條人命都掌握在那根小火炬裡，而此刻時間就是關鍵。或許這並不算浪費。

小火炬燒光後，提雅掀開斗篷。由於直視白熱鎂燄，即使透過眼鏡，她現在還是處於完全夜盲狀態。她考慮強迫雙眼放鬆，但或許克服身體的防禦機制並非總是明智之舉。黑衛士拿出包覆羊毛的船槳，緩緩划動飛掠艇。他們來到肯定是用來保護後方碼頭的岩角旁。即使在這種寧靜早晨，海浪依然令黑衛士難以固定小船。由於海面起伏不定、岩石好抓的地方又很高，提雅需要別人幫忙才能爬上岩頂。三名弓箭手都比她高，就連厚底靴也一樣。他這個綽號的由來，就是因爲他喜歡穿跟很高的鞋子來彌補身高的不足。他們全都身手矯健地爬了上去。

提雅往前爬到岩頂——隨即聽見皮革磨擦的聲響，發現自己面前不到一個手掌外有一隻靴子，而靴子的主人正好從岩石後面走出來。他看見她了。

在這種地方看到一個小女孩，讓對方驚訝到忘了提高音量。他說：「嘿，女孩，妳是——」

他腦袋突然後仰，一支箭貫穿他的眼睛，擊落頭盔。

對方倒地的同時，特拉蒂已經矮身搶上，在頭盔撞擊岩石前接了下來。她用身體墊在中箭者底下，減緩倒地時發出的聲響。

厚底靴輕輕把對方推離特拉蒂身上，讓不停抽搐的男人顏面朝下。他拔出匕首，從頭顱下方插入守衛頭部。抽搐立刻停止。厚底靴面無表情地轉向提雅，指示她開始工作。她驚魂未定，不過還是回到之前的位置觀察南方。碼頭上有三個士兵，正一邊聊天一邊欣賞黎明景象。三個都帶了弓，不過都沒有上弦，似乎以爲敵人來襲之前會收到警告。

他們已經死了，只是自己還不知道。

碼頭約莫十五步長，旁邊綁了兩艘小船，隨著波浪起伏，不時與碼頭碰撞，發出聲響。

提雅發射一道帕來光，看出他們三個都身穿全套鎖甲和頭盔。她幫不上什麼忙。「三個人都全副——」

頭上傳來弓弦彈動聲響。她翻身向上，看見特拉蒂順勢自箭筒中拔出另一支箭。她一直在注意遠處。提雅把心思集中在碼頭上，沒發現旁邊有間守衛小屋。屋外躺了兩個男人——碼頭上的人只要轉頭就能發現他們。

特拉蒂已經轉向碼頭。

「三。」圖澤坦說。這不是數守衛數量，而是在倒數計時。片刻後，三支箭就在提雅眼前破空而去。

最靠左邊的守衛頭側中箭。這一箭必定刺開了他的脊椎，因爲他立即倒下，四肢軟癱直接墜海。第二名守衛抓住脖子旁邊，傷口血如泉湧。第三名守衛轉身時發出一聲哀鳴，頭盔擋下了瞄準頭部的一箭。這一箭把他頭盔撞歪，遮住雙眼，他出手調整頭盔，拔腿就跑。弓箭手全都再發出一箭。提雅看不出有沒有射中對方，不過當他跳入海中時，看起來像是朝什麼地方游去的模樣。

「走！」厚底靴斷聲道。三名弓箭手跳下岩石，拉弓搭箭。

提雅不知道該怎麼辦，只有拔出七首跟上去。她將帕來光線轉向小屋。帕來光穿透窗戶上的皮簾，她看見有個身穿鎖甲的男人走向門口。

「小屋！」她低聲叫道。「前門！」

特拉蒂已經開始奔向小屋，前門打開時，提雅看見她自五步外發箭，射入門後的黑暗。透過帕來光——皮窗簾對她視線的影響就像薄紗一樣——她看見對方摔倒在地。

厚底靴和圖澤坦站在碼頭上，搜尋跳水士兵的蹤跡。當時天色昏暗，晨曦完全幫不上忙。提雅跑到他們身邊。弓箭手在碼頭上四下奔走，盡可能凝望海面陰暗處。

提雅的帕來光透過海水會散射，不過還是比可見光譜強。

「那裡！」她指。「在游泳！」對方在游泳——水面下——二十步外。朝向北面海岸。

「有種。」圖澤坦說。「穿全套鎖甲游泳。我以爲根本辦不到。」她拔出一支箭。「交給我。」提雅站在圖澤坦身旁，隱約看見箭羽處微微發光。

游泳的士兵游到七十步外的岸邊，慢慢探出頭。圖澤坦的箭正中他腦袋，他立刻沉入海中。提雅發誓那支箭有在半空中稍微轉向。怎麼回事？

「勇敢。」圖澤坦說。「而且異常強壯。」她讚嘆地咒罵一聲。

「確認他死透了。」鐵拳指揮官說。

圖澤坦發現提雅在看她，顯然有話想問。她伸出一指，抵在嘴前。安靜。提雅拋開疑問，現在有更重要的事要做。

特拉蒂從提雅以爲已經清空的小屋裡比了個手勢，厚底靴也以手勢回應，然後跑了回來。

「妳可以看穿牆壁和海水？」他問。他在黑衛士裡年紀算大，是通常來自貴族世家的那種黑皮膚、藍眼睛的帕里亞人，不過和高大的鐵拳指揮官不同，他瘦得有點不像話。他的斑暈是紅色的，還有許多線條分布在虹膜上。

「只有在夠近又夠薄的情況下可以。」提雅說。「我剛剛是看穿窗戶上的皮簾。」

鐵拳指揮官說：「提雅，從現在開始，妳走隊伍前面。注意敵人和陷阱。圖澤坦三十秒後就會趕上妳。換班守衛隨時都會過來，我要在他們下來前上去。」

黑衛士已經抬起碼頭上的屍體要丟入海中。

提雅請他們暫停，找出最矮小的士兵，脫下他的劍帶、軟帽、外套。她把外套穿在自己的衣服外面，綁上長劍，然後戴上帽子。外套上有血，但是她未理會。

黑衛士神怪地打量她，但她不管他們。她在手中凝聚比例不均的帕來盧克辛充當火把。她口乾舌燥、難以吞嚥，但她的任務就是慢跑和觀察，這她辦得到。她走向山道，當圖澤坦來到她身邊時，她很感激有她相伴。

「讓我先繞過轉角。」她說。

剩下的黑衛士跟在她們身後。她在前頭領路，三名弓箭手跟在三十步外，剩下的人又跟在後方十步。山道很快就從在樹叢間繞來繞去的山羊小徑，變成在岩石上開鑿而出的道路。這條路約莫三呎寬，提雅發現後面有些男人必須貼著岩壁側身通過。由於過去數十年甚至數百年都有士兵這麼做，讓岩壁已經變得十分光滑。他們沿著岩壁上蜿蜒曲折的山道向上前進。

提雅左右移動帕來光線，擴大瞳孔，尋找陷阱和警報線，然後又緊縮回可見光譜。馬太安斯老師說她主人的老師有辦法單靠帕來光行走？那個光譜裡有太多雜訊，提雅很難相信有人做得到。不過她沒發現任何陷阱。

她領先黑衛士們半層山道，當所有人都來到半路上時，提雅聽見上方傳來交談聲。

「——說：『如果我在搖她的船，她就會！』」

包括說話的人，至少有四個男人大笑。

提雅回頭看了一眼。身後的黑衛士不但沒有驚慌，反而看起來十分冷靜。不過那些士兵全都在轉角上層的山道上往下走，彷彿在和他們比賽誰先走到山道轉角。弓箭手從這裡無法射中對方，如果等士兵轉過轉角，他們肯定就有時間吹響警報。

提雅自轉角處退回，遠離敵人視線，回頭等候命令。

「計算人數。」厚底靴無聲說道。

雙方人馬都迎向同一個轉角，距離一百步遠，而兩邊山道越接近轉角就距離越近。再過四十步，如果往下的士兵低頭看，就會看見往上的黑衛士。

提雅伸出四根手指，換成五根，然後聳肩。鐵拳指揮官已經來到前面，強壯高大的身軀迅速自山道上其他的黑衛士旁走過，好像這裡不是一步踏錯就會摔個死無全屍的地方。他來到隊伍中央，手裡拿著一條很長的綠盧克辛繩。他身後跟著因身高較矮而更不容易擠過其他黑衛士、同行黑衛士中最矮小的女人——擊倒。

眞是不祥的名字，提雅心想。鐵拳幫擊倒把繩索纏在腰上，然後將剩下繩索丟到後面的人手裡。除了鐵拳身旁的兩名黑衛士抓住他的腰帶，所有人都抓住繩索。這些人彷彿不用講話就可以溝通。

鐵拳指揮官看著提雅。「確定人數。等他們到我們正上方時通知我們。」

提雅挺起胸膛，壓低帽沿，努力回想她假扮的這名士兵走路的模樣。她轉過轉角迅速前進，不過時時注意拉大步伐，掩飾臀部擺動。她腦袋低垂，肩膀緊繃，盡量裝作比實際上更寬、肌肉更結實，然後一直看著海面，讓對方以爲她沒看見他們。

「阿維德！」一名士兵叫道。「你提早上來做什麼？」

提雅轉頭面對他們。假裝男聲的關鍵不在壓低聲音——用比較容易模仿的男中音，然後說話盡量簡短。「瘋狗浪！摔落甲板！他受傷了！」她伸手指向甲板，刻意站在山道邊緣，好讓下方的黑衛士看見她的手。手指全部伸開：五個人。接著她又縮回其他手指，只留下食指。加一。六個。

她在士兵開口提問前指示他們跟她走，然後掉頭就走。她來到轉角，再度指向甲板，手臂完全伸直。然後在士兵來到黑衛士正上方時，提雅向下揮手。

往下走的士兵距離黑衛士不到十五步。鐵拳背貼山壁，腳掌向前，擊倒站在他面前、彷彿擁抱般地面對他的胸口。他的大手摟著她的腰。

迅速倒數之後，鐵拳把擊倒向上一抛，讓她的雙腳落在自己掌心上，與肩齊高，接著他雙手高舉過頭。藍盧克辛自她掌心噴出，將她向後震開，繃緊腰際的綠繩，不過她持續汲色。綠繩的張力讓她可以持續向後，鐵拳爲了抓住她的腳，身體不斷向外，和山道呈斜角，僅靠綠繩的張力和抓住他腰帶的兩個人維持平衡。

擊倒不是用盧克辛矛或盧克辛彈逐一擊斃士兵，而是朝他們身後射出藍盧克辛框，厚得讓山道上毫無立足之地，把他們全擠下去。沒有東西可抓，他們完全無法反抗。

六個人一起從黑衛士上方的山道摔落，只有一個人在墜落途中發出一聲驚呼。不過最接近他們的傢伙撞到綠盧克辛繩，翻了個身，然後繼續墜落，而擊倒也因此被扯向一邊。當時她剛好停止拋擲盧克辛，於是她又朝山壁撞了過去。鐵拳奮力傾身，但沒辦法往右跑，因爲右邊擠滿黑衛士。於是他原地轉身，以一手撐起她兩隻腳掌，然後在左右兩個黑衛士爲了避免三人一起摔下山崖而放開他的腰帶時，將整條手臂懸空伸出山道外。

鐵拳輕輕放下擊倒，這個動作讓他失去平衡——摔落山道。

他的大手指抓住山道邊緣，滑開，然後又抓緊。黑衛士把擊倒拉回來，接著又在提雅眨眼之前拋出許多盧克辛繩索，纏住指揮官。在他們的幫助下，鐵拳爬回山道，站起身來。他看起來一點也不驚慌。「他們全死了。」他說。「但我們必須趕快。」

他竟然能趁掛在山壁上時觀察行動成果？太厲害了！

太陽在他們順著山道慢跑前進時完全升起。抵達最後轉角時，提雅先上前偵查，看見一扇堅固的木門，十呎高，頂端有鋼刺。在帕來光譜下，透過小縫隙，她看出木門有用鐵強化過，門後有四個人。大門旁的深溝沒有剛剛沿路經過的山壁那麼深，不過還是陡到不可能在上方有武裝人員的情況下爬出來。她隱約看見守衛攜帶的長矛和火槍。

她才剛回報，上方大砲就開始朝海面開火。在整個上崖的過程中，提雅都專心看路和找尋陷阱、大坑或士兵，根本沒機會觀察海上情況。這裡的景觀十分壯觀，十分美麗——太陽才剛升起，海灣呈現藍色和較深的藍綠色，船帆展開，由於克朗梅利亞的艦隊正試圖進入海灣，舷側的火砲都冒出濃濃的硝煙。法色之王戰線中央只有幾艘小船。他們反擊了一輪砲火。

「蘭姆，」鐵拳指揮官說。「上前。」

一名身材矮小、不停動來動去的男人迎上前去。「哈囉，」他對提雅說，看了一眼她還沒發育的胸部，然後轉向她的雙眼，接著偏開目光。「我叫蘭姆。本名是威爾。妳知道，威爾被叫成威魯、然後是魯姆、然後變蘭姆。」

「當然。」提雅說。我猜。

「蘭姆的特點並不在於他很瘋狂，」蘭姆說。「我們都有些瘋狂特質。但是蘭姆瘋得很有價值。」

「而你會告訴我價值何在。」提雅在他又偷瞄她胸部時說道。她看不出來他只是裝成變態，還是從不與他人目光相對。

「蘭姆相信他可以為黑衛士付出一切。蘭姆相信在他面前，岩石就是奶油。他動作有點慢，不過這是好事，否則他可能會危險到極點。訓練官都是這麼說的。看吧，蘭姆可以幫我們在岩石上打出支撐點，沒問題。他的意志能讓安德洛斯．蓋爾像小男孩般哭泣。本名叫威爾【註】，妳知道。」

「懂了。」提雅說。

蘭姆在體內灌滿藍盧克辛，然後神色陰森地湊到提雅身前。「海裡有東西。」他說。

這怪胎是怎麼加入黑衛士的？

他是個很有價值的怪胎。就和我一樣。

蘭姆伸出一隻手，靜靜等待。他嘴裡默唸著一些數字。「四十一、五十三、四十七、五十九，不，五十三、五十九、六十一、七十一，不……」

他手中噴出一把藍盧克辛鎚插入岩石。一塊帶刺的盧克辛條深深插在岩石上。那個盧克辛條很適合讓人手握或腳踩。他檢查片刻，拉看看會不會鬆動，然後深吸了口氣。他一揮手，八根盧克辛刺躍入他的掌心。他能搭出一條很棒的梯子。

藍盧克辛——插入岩石內。老天。剛剛提雅還以為黑衛士不可能讓她更訝異了。

蘭姆向提雅微笑；接著，彷彿察覺到自己和她目光接觸了般，偏開頭去。「本名是威爾，妳看。」

提雅看到了。

在鐵拳指揮官的指示下，提雅爬上臨時梯子。快到最上面時，她聽見鐵器和金屬的磨擦聲，堡壘裡面有人大聲下令。她頭上有條充當窗戶的窄縫，一門火砲推出窗口。她在火砲發射前一刻及時塞住耳朵。

火砲發射的氣壓差點把她震下臨時梯。然後堡壘半圓形的牆面上又有半打火砲跟著開火。火砲都被後座力震得退出窗戶，不過當提雅抬起頭來，試圖透過濃煙——帕來光譜可以輕易看穿濃煙——計算有多少人在塡充彈藥時，發現窗戶裡都有欄杆。欄杆的空隙可供砲口推出來發砲，但是卻不夠黑衛士爬進去。或許，或許在開砲之後，有人可以從砲口伸出來的空間爬進去。

所以，在砲口前方爬進去，希望有足夠的空間，然後攻擊裡面所有朝這裡看過來的武裝人員。

提雅感覺到身旁傳來另一枚盧克辛塊釘入岩石的震動，繞過火砲窗口，直達堡壘頂。她低頭看去，朝鐵拳指揮官比劃手勢，告訴他們沒辦法從火砲窗口進去。蘭姆已經在製作通往另一側火砲窗口

譯註：威爾（Will）也有意志的意思。

的梯子了。

堡壘石造部分上方還有好幾層木塔。提雅很高興自己不怕高，因爲她已經開始頭暈目眩。石造堡壘和木塔之間有塊約莫可供三人站立的平台。堡壘沉重的木牆深入紅岩上挖出的大洞內。提雅利用帕來光譜看穿木牆。她沒辦法看穿木頭本身，但是從木板交會處可以隱約看出後方景象。雖然煙霧瀰漫——她還是看不見木牆對面有任何人。

一名黑衛士來到她身旁，她看見其他人都爬上了另一側的梯子。提雅低頭，發現士兵依然站在下方小門旁，觀察海面上的情況。如果那些人轉頭去看他們的火砲發射——那景象也很壯觀，所以他們很可能這麼做——就能把黑衛士盡收眼底。

趁著火砲暫歇的空檔，提雅看向那些士兵在看的景象。船艦起火燃燒——大多是太接近堡壘的克朗梅利亞船艦。

艦隊剩下的船艦都開往海峽中央的一個缺口。法色之王的小船——提雅對船不熟，認不出它們是什麼艦——正從那附近撤離。但大部分克朗梅利亞的船艦都不太可能趕到那裡。提雅見識過堡壘的大砲射程有多遠，此刻只有部分船艦轉向，然而接下來的十到十五分鐘內，它們依然處在大砲射程中。這段時間足夠堡壘發射上百枚砲彈。歐霍蘭慈悲爲懷。提雅轉過頭去，在遙遠西方看見兩艘飛掠艇橫越大海，回頭加入戰局。他們沒找到綠剋星嗎？

「有多少士兵？」黑衛士問提雅。他是指堡壘內部。她搖頭。除了幫忙解決這邊的大砲之外，她對海面上的危機和愚行束手無策。

「我一個都沒看見。」她低聲道。

「那麼或許我們還有機會。」男人向另一隊人馬比劃手勢，提雅看見那條梯子上爬了八個人，自己下面還有六個。身旁的黑衛士——提雅不知道他叫什麼——在離他最遠的位置汲色製作盧克辛炸藥。另一隊人馬在製作另外一道梯子，這道梯子像傳統梯子一樣靠在木牆上。他們迅速爬上去，鐵拳指揮官下令動手。

黑衛士推開提雅，點燃炸藥。盧克辛爆炸，一時間，提雅不敢相信堡壘裡竟然沒人大叫示警。當然。他們都在發射各種規格的火砲，一聲爆炸對他們來講不算什麼。

黑衛士用盧克辛撬開剩下木塊，闖入堡壘中。到處都是死屍。主要是阿塔西人，不過也有一些沒穿制服的人、馭光法師，甚至有幾個狂法師。昨天這裡發生了一場惡鬥。

堡壘很大，彷彿盧易克岬上一頂不規則形狀的木皇冠，深深陷入岩石中。但是他們幾乎找不到任何人。堡壘門口有兩個人站崗，監視堡壘對面的景象。黑衛士弓箭手除掉了他們，箭射穿他們身披鎖甲的背。從另一側爬上去的黑衛士，在木牆頂發現了一組火砲手，也在數秒內殺個精光。

提雅跟著黑衛士跑，下樓來到堡壘主體，沿著一條寬敞的走道抵達一扇木門。門內光線昏暗、煙霧瀰漫，但是提雅透過次紅光譜看得一清二楚。

「左邊四個、右邊五個。看起來中間的狂法師在發號施令。」她低聲說。接著她在震耳欲聾的火砲聲中踮起腳尖，跑過走廊，來到另一間砲台室門口。「右邊三個、左邊六個。」

鐵拳指示她待在原地。他輕輕拔出一支她從未見過的美麗長彎刀。刀柄鑲有綠松石和鮑魚貝，刀脊上鑲有某樣看起來像是燃木的東西。鐵拳沒看刀刃，彷彿他無法忍受刀刃的模樣，但他把刀伸向厚底靴。厚底靴從隊伍中伸出手來，觸碰彎刀上木質部位兩側。

當阿塔西夫斯塔木起火燃燒時，兩隊人馬立刻展開行動。黑衛士同時擁入砲台室，透過濃濃的硝煙，鐵拳看起來像是手執火條的巨人。提雅聽見叫聲、憤怒、恐懼——還有手槍開火的聲音。她自己的手槍握在汗濕的掌心裡，扣下擊鎚，準備開槍。

走廊對面有一扇門打開，一名馭光法師探頭到走廊上，神色困惑。他看見提雅。

手槍自動瞄準，火石擊落，火光閃動，強大的後座力和火熱的硝煙。提雅眨了眨眼，看見馭光法師躺在自己腳下，左眼和部分頭顱不翼而飛。

他還沒死。

「裝填彈藥。」鐵拳指揮官在她耳邊說道。他不知何時已經回到門外。她神色緊張，發現自己的手已經開始依照指示行動——擦拭藥室、打開火藥角、壓實填充物。指揮官檢視馭光法師走出的房間，確定裡面沒人，接著把火焰彎刀插入馭光法師背部，刺穿他的心臟，拔出，然後順著走廊跑開。

她立刻跟了上去，儘管彈藥裝得非常匆忙，但她突然不想獨自被丟在走廊。他們迎頭遇上了十名敵方法師。提雅連忙停步，但鐵拳指揮官已經行雲流水般地踏出像是夜森卡的步伐，一手舞動彎刀，一手施展盧克辛，左右開弓殺敵。其他黑衛士在片刻後加入戰局，牆上不斷閃過魔光。

提雅與炸開木牆的黑衛士一同前進。零。他叫作零，她想起來了。他們面對兩個已經在聚光汲色的馭光法師。「綠的給妳，紅的我來！」零叫道，然後在提雅出聲前展開行動。

提雅攻擊身旁的馭光法師——和零攻擊同一個人。另一側的馭光法師射出盧克辛刃，正中零的身軀。他雙腳一絆，摔倒在地，瞪著提雅，彷彿不敢相信她竟如此愚蠢。

我是色盲，可惡！

零倒下了，但是兩個敵方法師也倒下，被其他黑衛士所殺。

一名大吼大叫的紅狂法師點火自焚，接著鐵拳指揮官大聲命令提雅去追——某人——她在大火和吼叫聲中聽不清楚指揮官的命令。

然後，她看見一個年輕人逃離現場，於是追了上去。他身穿白衣和斗篷，兩件衣服上都有彩色緊帶：他是法色之王的多色譜法師。他跑過走廊，消失不見。提雅以最快的速度追上去。

轉過一個轉角時，她直接絆住他伸出的腳，撞上他的肩膀，然後飛身而起。伏擊！她順著平坦的石板地滑開，看見他手中拿著她的手槍。她覺得他在搶槍的時候折斷了她的手指。那個男孩約莫十七歲，眼鏡被打爛，玻璃劃破他的臉頰和鷹勾鼻，滿臉鮮血。他用槍口指著她，她僵住了。

她跪在地上，看著一打手持火槍的士兵跑到年輕人身邊。這些人原先肯定是在其他砲台或是待在軍營裡。他收起她的手槍，微笑說道：「殺了她，然後支援裡面的人。」

提雅不想死，但她束手無策。歐霍蘭呀，她什麼都不能做。接著，正當三名士兵舉起火槍時，她感覺到某樣難以形容的力量如同強風般掠過她、越過她、穿透她。那股力量低語道：就像這樣。

她突然聽見了馬太安斯老師的話：「妳會焚燒至死。」但是提雅內心十分寧靜，沒有恐懼。她揚起雙手，攤開手指。數道光線竄出體外——某種超越帕來色的光線，或是她從未想過能如此施展的帕來盧克辛。

她覺得像是把手放到火裡烤一樣。士兵放聲尖叫，矮身閃躲，丟下武器。兩個逃走。好幾個摔倒在地，捲成一團。

提雅聽見身後傳來幾個人奔跑的腳步聲，她揮出一手，準備殺敵。

來的是黑衛士。她不再汲色，雙眼立刻縮回可見光譜。她看著她的手。毫髮無傷、沒有燒痕，不過還在刺痛。她轉頭看向被他打倒的士兵，滿心以為會看到幾具焦屍。然而他們也毫髮無傷、神色迷惘，接著在黑衛士展開攻擊時撲向他們的武器。

提雅跳起身來。領頭的男孩是跑掉的兩個人之一，用他面前的人擋住她的攻擊。她繼續追。

跑到天井時，她剛好看見他溜出大門的一道縫隙。

可惡。她可不要追出去。

就這樣，戰鬥似乎結束了。提雅搓揉刺痛的雙掌，回到砲台室。黑衛士沒有花時間慶祝勝利，他們已經在曾經操作過大型火砲的人指導下開始裝填砲彈。

提雅說：「指揮官，零會不會──」

「他死了。」鐵拳指揮官說。他熄滅了彎刀上的火焰，不過刀刃上還在冒煙，沾著煤灰、鮮血和血淋淋的毛髮。「那個男孩呢？多色譜法師？」

「我沒──他逃出──」

鐵拳指揮官揚起一根手指，走向窗口。「我是不是看到了什麼？」他問。

一排黑衛士跟到窗前。凡賽，一名綠法師，說：「喔，不。我感覺到了。」

海上激戰方酣。克朗梅利亞的艦隊似乎沒注意到來自堡壘的砲火停了，所有船都還在朝向海峽中央前進。而法色之王的艦隊則完全撤離海峽中央。

但是黑衛士在看的是海面本身。海峽中央下方有一大圈直徑至少一里格的海域顏色不同。

「他們把我們引誘到海峽正中央。」鐵拳說。引誘到那個深色圓圈的正中央。

一根直徑和一座塔差不多的巨柱竄出水面，形成巨浪，撼動附近船隻。接著百步之外冒出比較小的柱子，沿著巨柱圍成一圈。其中一根柱子直接貫穿一艘加利安艦，將它抬離水面，直到船身斷成兩截，船員和軍備如下雨般落海。

接著，一片直徑整整一里格的海域噴上空中，剋星終於浮出水面。空中的海水整片落下，淹沒眾多船艦，又撞爛其他船──接著，海水迅速朝四面八方離開浮出水面的島嶼。

看起來有些方向剛好正確的幸運船艦，可以順著水流離開小島，但是隨著小島持續浮升，地面上冒出和樹幹一樣粗的藤蔓。一座藤蔓森林，活生生的藤蔓，像是海怪的觸角般甩動而出——不光只是一處，而是有數百個地方在甩。剋星是一片扭動不休的活地毯。

儘管提雅的眼睛無法辨識，但她十分肯定那是什麼顏色。綠色的狂野，絲毫沒有被海水減弱，如同狠狠一巴掌般打在馭光法師臉上。

沒有撞爛的船隻現在都擱淺在綠島上，傾倒成瘋狂的角度，完全動彈不得。

短短一分鐘內，克朗梅利亞的艦隊就消失了。盧城防禦行動終止。數千人死亡。這場戰役輸了。

在那座島上，提雅看見幾百個人——從這個角度看下去，就像挖地洞的昆蟲——冒了出來。他們伸手指天，數百名綠狂法師射出強光。這支迅速壯大的部隊中央，有一小隊人馬在對抗他們，汲取各式各樣其他法色的魔法。

「是黑衛士。」有人說。「稜鏡法王在下面。對抗那些怪物。」

歐霍蘭慈悲爲懷。他們完全沒有勝算。

第一〇九章

「再過五分鐘日出。」橘法師宣布。他很緊張，透過壓在嘴唇下的茶葉吸吐口水。

一打橘法師和黃法師聚集在盧城南牆下等待黎明，緊張兮兮地命令麗芙和她的隊伍安靜。麗芙的隊伍是由四個馭光法師和四個士兵組成，加上她就湊成神聖數字「九」。她希望能帶領會汲色的戰士，或是擅長格鬥的馭光法師，但血袍軍的戰力無法與黑衛士那種菁英相提並論。

血袍軍已經起床，全副武裝，但最接近他們的血袍軍都在距城牆五百步外的地方。阿塔西人有射程那麼遠的火砲，但決定節省火藥，麗芙只能猜想他們的情況就和血袍軍差不多艱困。法色之王海峽南邊火砲陣地的火藥存量只夠讓每門火砲發射一發，所以他的策略就是讓克朗梅利亞艦隊完全避開南岸，沿著他們認定還在阿塔西盟軍掌握下的對岸航行。

麗芙要等一切結束後才會知道策略是否奏效，如果她有機會知道的話，因爲她的任務只比自殺任務好一點點。她的士兵身穿破爛的皮甲和藍惡棍傭兵團的褪色藍斗篷。這支盧城雇用的傭兵團鮮少會自願接受守城任務，盧城想必付給他們很多錢。

不過，這個傭兵團很符合一般人對只效忠自己錢包之人的期待，願意與法色之王達成協議——他們拒絕爲他作戰，因爲擔心陣前倒戈會影響日後交易，但願意幫助麗芙的隊伍，條件是血袍軍攻下盧城後饒他們一命。

就像所有領袖一樣，法色之王討厭傭兵，但卻非用他們不可。他認定海盜王帕許．維奇歐背叛了他。那個不中用的海盜宣稱他的巨型戰艦可以守住南岸，把克朗梅利亞的艦隊趕往陷阱。他們聽說有人在附近見過他的船，所以，或許他打算等到最後關頭才露面。更有可能的是，他和其他海盜一樣在外圍等待，想等到戰鬥結束後再攻擊殘破的戰船，搶奪奴隸和財物。

拂曉前，遙遠的海面上開始傳來砲火聲。麗芙不知道有沒有她認識的人死在那裡。她轉身面對城牆，看著陽光緩緩照亮它。

「我以為這種事是辦不到的。」她對嚼茶葉的橘眼法師說。

「妳是在克朗梅利亞受訓的吧？克朗梅利亞騙妳，公主。」

法色之王手下的馭光法師裡，只有橘法師比克朗梅利亞的馭光法師厲害。雖然他們把幻術鑲入其他盧克辛裡的能力只到克朗梅利亞學生程度，但他們卻能辦到克朗梅利亞宣稱不可能辦到的事——操弄感覺。你要親眼看到用來影響受術者的標記物品，也得對情緒夠敏感才行——施術者本身越情緒化，對受術者的影響就越大。不過，這面城牆之所以是他們的傑作，可以分成兩方面來看。首先，法色之王混在城裡的奸細對這附近的城牆、建築和街道布置了施術標記。這些標記薄弱到肉眼無法察覺，特別是當背景顏色雜亂時，但效果還存在——直透人心，深入五臟六腑、肝臟變得蒼白、在胃裡灌水。這座城牆對面的一小塊區域內，所有人都恐懼異常。

對被圍城的人而言，恐懼並非不尋常，不過這道法術卻能幫助他們達到預期效果——人們避開這個區域，那表示會注意這座城牆的人比之前少，而這也表示幻象會持續見效。

麗芙問他們是怎麼辦到的。他們說把意志灌注到作品裡，就像製作魔像一樣。這種做法就某方面而言能給魔法灌注生命。當然，克朗梅利亞禁止這類法術。盧克教士認為撕裂意志以施展法術，將會撕裂靈魂，而失去的靈魂永遠都無法彌補。

血袍軍的看法才是對的。至少他們這麼說。

紅懸崖上的投石器每十五分鐘會投擲一枚巨石，落點都很接近這個區域。橘法師來到牆邊安裝火藥，並算準時間在巨石落地時引爆。

他們暗殺了一個阿塔西隊長，買通另一個，承諾城市淪陷後不會傷害他和他的家人。他們在城牆上炸出一個大洞，然後用幻象掩飾。藍盧克辛覆蓋紅、黃、橘盧克辛，形成看起來和城牆差不多的幻象。從二、三十步外匆匆一瞥不會察覺有異，但仔細檢查就會穿幫。

馭光法師和工兵每天都用厚羊毛毯蓋在身上遮蔽鎂火炬的光，通宵工作，早上再疲憊不堪、汗流浹背地回來。不過，短短幾天內，他們已經打造出一扇隱形城門，以盧克辛支架撐起上方城牆，寬度足以讓五個人並排通過。

這扇門沒有足夠空間讓大軍擁入，高度也不容騎兵通過，不過他們本來就不是這樣計畫的。麗芙的隊伍入城後一個小時，法色之王會派遣五百名最頂尖的馭光法師和戰士通過這條通道，任務是打開南城門，讓大軍入城。

整體而言，麗芙看不出這個計畫有任何失敗的可能，但法色之王倒是沒這麼肯定。他想要先花一天時間對付克朗梅利亞的艦隊，隔天再對付盧城，以免艦隊靠岸後從後方夾擊，而不是直接把補給送入盧城。但他還是賭了一把──想布置陷阱，就得一天內同時應付雙方人馬。

如果計畫失敗，麗芙就會在敵軍的城市中孤立無援。

「是時候了！」橘法師叫道。當陽光灑落在他們身上時，他和一個藍法師、一個黃法師同時從不同位置觸摸牆面，抓起留在幻象表層的控制點，有如揭開簾幕般地扯下幻象。

「記住法色之王的話，」麗芙說。「我們今日的所作所爲都是出於慈悲。自由的代價向來都是鮮血。如果一定要付出代價，最好是讓少數人來付。動手要乾淨俐落，不留情面。」

這算不上是什麼好演說，不過麗芙從來沒做過這種事。她的手下點頭，然後領頭穿越城牆。她走倒數第二個。如果她死了，他們的任務就會失敗，所以首要任務就是保護她，這是身爲超紫法師的代價和特權。

她矮身跟著他們。城牆底部厚達十八步，彷彿走不到盡頭，而這也是他們不用投石器直接轟炸城牆的原因——得花好幾個月才能炸穿城牆。用大砲轟得穿，不過他們沒有足夠火藥，也沒有控制硝石礦產。不過，告訴法色之王說這條通道足以容納五個人並肩而行的人根本是說謊，因爲這裡的空間矮到麗芙得彎腰才能通過，兩手平舉就能摸到兩邊牆壁，如何五個人並肩而行？不過至少能讓他們達到目的。麗芙有點慶幸自己能夠先行進城，而不是在敵火和法術攻擊下和五百個人一起擠進這個小洞。

慶幸自己能夠隻身潛入敵城。我瘋了。

然後，他們走出通道。有些人弄得滿身灰塵，其中一個名叫法羅斯的七呎壯漢摀著腦袋，因爲撞上通道頂端而血流滿面。他們拍開褪色藍上衣上的灰塵——這服裝算是藍惡棍傭兵團的制服——然後迅速幫法羅斯包紮傷口。

「跟我來。」菲普斯．納維德說，他是培楊．納維德——麗芙和克朗梅利亞所有女學生都暗戀的那個英俊老師——的表弟。菲普斯是在盧城長大的，不過稜鏡法王戰爭後，他父親、哥哥和叔叔全被吊死。他當年十二歲，勉強逃過一劫。

他們跑過街道。由於恐懼魔法，城牆附近的街道上完全沒人，但沒多久他們就路過一些士兵，對方朝他們點了點頭。他們繞過一條街，避開藍惡棍傭兵團的人——傭兵團中只有少數幾個高層清楚他們的計畫，任何看到他們的低階傭兵，都會質疑他們的行爲。

此時城內大部分地區都還沒受到戰爭侵襲。法色之王想要爲他的戰爭建立一座新基地，而不是另一座消耗資源的城市，所以命令紅懸崖上的投石器專攻幾個區域與火砲陣地。許多市集和宮殿都毫髮無傷。城內大多是白磚平頂建築，屋頂可以當作額外房間，特別是在炎熱的夜晚，就和提利亞一樣。但是中央花園四周建有很多宮殿。盧城在稜鏡法王戰爭期間受到的破壞，早就用他們的財富修補完畢。

但是街上的人看起來都不像是運氣好的模樣，彷彿恐懼標記已經標滿城內所有牆壁。通過三層和四層樓高的宮殿下方時，麗芙看見許多宮殿裡都有人拿著長筒望遠鏡觀察海上情況。不過砲火聲響只隱約傳入這座街道迷宮裡。

他們沒遇上任何阻礙，一路抵達神廟區。盧城大金字塔突然聳立在他們面前。麗芙立刻看出金字塔和伊度斯寶塔建築的異同之處。伊度斯人著重高度，大寶塔比大金字塔還高還陡，但是單就宏偉壯麗而論，完全比不過金字塔：刷白的石灰岩完全依照羅盤的方位排列，每個角落都有日夜不停燃燒的大火盆，東面大台階上覆蓋了一層明亮的銅殼，在黎明陽光下如同紅金般耀眼，尖塔本身鍍以琥珀金，大明鏡宛如天際明星。金字塔四面會隨著季節交替改變裝飾——不過今年因爲敵軍逼近，還沒布置秋季景觀。每年夏季，金字塔都會由不同名師設計、布置成一座花園，成爲名副其實的花山，由貴族家族輪流出資。

每年這個時刻，花朵理應凋零，百花爭艷的盛況不再，但是今年每一朵花都依然盛開，法色之王說這是因爲受到綠剋星影響。今年，花園的設計是營造太陽依在大金字塔頂端的形象，古阿塔西結合彎曲古文的藝術風格。百合、梔子、白鳶尾、白繡球屈服在雛菊、金鳳、金盞花之下。曲折的台階上，橘玫瑰、百合和鬱金香形成太陽的光芒，灑入由風信子和藍色風鈴草組成的天空。中間是各式各樣的綠草，底層則是由杜鵑、山茶，以及各色玫瑰組成的迷宮。四面都有水流，順著奇特溝渠流下大台階。噴泉噴向高處，然後落在十幾步下方的水池中。而這一切都只是短期景觀，過季後就會改成其他同等華麗的設計。然而，這些都只是盧城貴族競爭下的產物。

對於能夠創造這種景觀的龐大財富，麗芙同時感到讚嘆與噁心。這座城市很有錢，但他們還是路過了很多乞丐、妓女、殘障者、孤兒，而他們才入城短短不過半個小時。

「看呆了。」菲普斯．納維德輕聲說道。

麗芙偏開目光。似乎沒人發現她瞠目結舌的模樣。白痴。瞠目結舌肯定會洩露身分。

但是其他人似乎都很忙，擔心自己的任務，低頭前進。又過了兩分鐘，麗芙和她的手下已經來到大台階底下。藍惡棍指揮官等在那裡，一個歪鼻藍眼、沒有門牙，名叫帕斯．卡維爾的老傢伙，正和帶著六名士兵守衛金字塔底的城市隊長交談。

「麗芙！」帕斯叫道。「我就想說會在這裡遇上妳。過來。」

麗芙皺起眉頭，和手下一起跑過去。「長官，」她說。「我正要去檢查還有多少火藥——」

「別管那個。我要妳幫我傳個訊給塔頂的阿拉文德領主。」

麗芙露出為難之色，故意裝傻：「我可以派手下去嗎？」

「不，這很重要，只能和他本人說。再說，如果不運動運動，妳的小屁股要怎麼保持緊實？」

守衛隊長和帕斯一起大笑，麗芙的手下也好像在努力壓抑地低聲竊笑。

麗芙看向她的手下。「我不知道你們在笑什麼。如果我要上去，你們也得跟來。」

他們立刻閉嘴。

守衛隊長繼續笑，不過看起來有點不自在。「恐怕我只能放兩個人上去。如果你們願意，我們可以幫忙傳訊，但不能讓武裝部隊登上大金字塔。」

「我們在打仗。你是在開玩笑嗎？」帕斯・卡維爾說。

「我也不想當不知變通的傢伙，但是命令就是命令。」守衛隊長說。他很年輕，黑頭髮、藍眼睛、綁辮鬚。「你知道是怎麼回事。」

「我知道。」帕斯・卡維爾說。「跳。」

「呃？」隊長感到疑惑。

那是訊號。帕斯・卡維爾的護衛和麗芙的所有手下同時攻擊阿塔西士兵，拔出七首刺穿鎖甲、折斷脖子，凶殘地殺害守衛隊長與他的手下。一切轉眼就結束，守衛盡數死亡，完全沒人出聲喊叫。

殺光守衛後，帕斯・卡維爾把斗篷翻過來穿，這面斗篷上繡著盧城的老鷹標記，然後充當士兵開始站崗。麗芙和她的手下也都翻過斗篷。帕斯・卡維爾的護衛脫下其他守衛身上的斗篷，然後把守衛疊在一起，盡可能藏好。「用跑的話，五分鐘就能抵達塔頂。妳必須在守衛換班前趕到。」

「這些應該是剛換班的守衛。」麗芙說。

「換班人員遲到了。那個我們也沒辦法。走！」

於是他們開始奔跑，直上台階。阿拉文德領主的手下遲早都會發現他們。若夠幸運，斗篷能讓他們在抵達塔頂前不會遭受阻礙——城內士兵大多沒有佩戴官方徽記，但只有菁英戰士才可以一起晉見阿拉文德領主。不過現在是戰時，總是會打破成規。

麗芙發足狂奔。

南方傳來砲擊聲，她看見部分法色之王的部隊朝向城門衝鋒。這景象差點分散了注意力——她的注意力。

「麗芙，」法色之王昨晚說道。「我一直在測驗妳。看我能不能信任妳。」

「我知道。我會說，你當然可以信任我，但我想我不管怎樣都會這麼說。」

他笑了笑。那張傷痕滿布的臉笑起來有點恐怖，但她早就習以爲常。「不是測驗妳的忠誠，現在不是。」黃昏來得有點早，照亮紅懸崖，把投石器的影子拉長到彷彿沒有盡頭。「是在測驗妳的能力。我不得不把這個任務交給妳，因爲我手下的超紫法師實在太少，而我又需要高強的超紫法師才能執行這個任務。最厲害的超紫法師。我不希望讓妳犯險，但爲了勝利，我得這麼做。如果妳成功了，我會給妳超乎想像的獎賞。」

「我要做什麼？」麗芙問。

於是她跑來這裡，汗流浹背、氣喘吁吁、噁心想吐。她停步片刻，望向大海，若有所感，似乎聽見了什麼聲音。

一座巨大的綠島浮出水面，漂浮在海峽中央。如同污點般的船艦紛紛粉碎翻覆。巨浪湧出綠島，島嶼中央有根巨柱。她覺得心臟振奮鼓動，體內突然充滿野性與力量。綠剋星。

她聽見南方傳來戰鬥的聲響。城牆守軍發射火砲和火槍，撼動整座城市。金字塔頂端的士兵還沒發現剋星或麗芙的隊伍，他們的注意力都集中在城牆外的戰況。

不過，儘管渾身是勁，衝上台階還是很累。麗芙速度變慢，兩邊的男人分別抓住她的兩隻手臂，幫她跑完全程。他們沒有抱怨。他們是戰士，受過這種訓練，而她沒有，這讓她感到軟弱無助——也有點受困，想要掙脫。但她壓抑住這種衝動。

快到金字塔頂時，他們放慢速度。金字塔倒數第二層有一塊從下面幾乎看不見的方形平台，專供貴族集會和舉行宗教儀式。當年盧城皇室就是在這裡慘遭屠殺、被推下金字塔的。這裡有種滿吊鐘花的花盆、讓貴族保持涼爽的水池和噴泉，還有奴隸從金字塔內部端出水果和美酒。

麗芙隊伍中的馭光法師全都戴上他們的眼鏡，她也一樣。她製作出一個超紫殼，在裡面灌注液態黃盧克辛，正如加文．蓋爾指導過她的那樣。那感覺已經是很久以前的事了。

「你們是什麼人？」上方有人問道。是個士兵在質問他們。

一把藍矛刺穿對方鼻子，插入他的臉，雙眼噴出鮮血。麗芙的隊伍展開進攻。

金字塔頂的人比麗芙預期中多，不過沒有馭光法師。她把光彈抛入人群。光彈爆炸，讓半數看向他們的人看不見東西。麗芙的手下——全都稱得上是麗芙見過最強的馭光法師和戰士，攻勢猛烈。法羅斯揮舞兩把看起來像短柄戟的斧頭，所到之處不論男女、奴隸通通死光。藍法師左右開弓，發射盧克辛釘刺穿人臉和脖子。菲普斯．納維德衝向阿拉文德領主，高喊復仇，然後被貴族的貼身侍衛砍倒。

麗芙待在後方投擲閃光彈，心裡自覺有點懦弱，不過也很清楚自己的角色無可取代，她的閃光彈舉足輕重。她只有一次因爲有個發狂的奴隸拿著花盆撲向她而被迫拔槍。結果那個女人摔倒在麗芙腳邊，胸口血淋淋的大洞冒著煙。

接著，突然間，任務完成了。四處都有人呻吟，不過戰鬥已經結束。麗芙的隊員剩下五個人，所有人都在檢視屍體，解決試圖躲藏或爬向武器的敵人。

「有十名士兵從外部台階上來，」法羅斯說。「內部台階交給我。」

菲普斯．納維德在王座旁啜泣。麗芙走到他身邊。他的左眼血肉模糊，一支矛貫穿他的肚子，膝蓋彎曲的角度也不對勁。

「殺死他了嗎？」菲普斯問。「阿拉文德那頭豬？他死了嗎？」

「死了。」麗芙說。「看起來胯下中了一釘。法羅斯剛剛劃開他的喉嚨。」

菲普斯哈哈大笑，不過以啜泣收尾。「很好，很好。我追殺這傢伙已經十四年了，眞希望是我親手殺死他的。希望……希望我沒有理由殺他。妳相信天堂嗎？」

「我相信地獄。」麗芙說。

他看起來像是想笑，但臉龐痛苦地扭成一團。「幫我個忙，好嗎？我會幫我們兩個一起找出答案。」他奮力擠出笑容，以笑容掩飾他的痛苦和恐懼。她告訴自己這是慈悲的做法，但得汲取超紫才能再度移動。她必須這麼做。

她動手，乾淨俐落地割斷頸動脈和靜脈。她提起顫抖的雙腳退開。在看清狀況前轉過身去。

「梯子在這裡。」法羅斯叫道。

麗芙快步趕向他，爬上梯子。大明鏡下有個小平台。但是當麗芙來到大明鏡前時，她立刻知道這不是普通的鏡子。這面鏡子不光是大——直徑至少十五步——還一塵不染。鏡面上沒有塵土、沒有刮痕。鐵鏡框上刻有古老符文，在歲月的侵蝕下顏色變深。

站在金字塔頂，麗芙可以看見城牆附近的戰鬥。法色之王的五百部隊儘管死傷慘重，還是穿越了那條地獄般的血腥通道，開始擊退附近士兵。火槍掀起陣陣黑煙，士兵的慘叫聲就連這裡都能聽見。但是血袍軍正在推進，逐漸占領據點。再過半條街，他們就會抵達一座市集，讓他們的優勢戰技有更寬敞的戰線可以發揮。接下來不用多久，他們就會抵達城門。但是戰役尚未結束，而城牆上的阿塔西人似乎擁有射不完的火槍，不斷拿槍出來，發射，然後接過裝填好的新槍繼續發射，不停減少攻城部隊的人數。

麗芙偏開頭去。她的任務在這裡。她瞇起雙眼。明鏡在她眼中彷彿嗡嗡作響。奇怪。她低頭看向鏡座，發現一個黑面板。她用超紫盧克辛試探，感覺明鏡微微震動。黑面板中似乎有隱形的小拉柄。

我在幹什麼？她看著奔向金字塔頂的士兵。這就是她的最終試煉。這就是她生下來要做的事。成功達成任務，法色之王就會給她夢寐以求的東西。她將不再是個無關緊要的小人物。人們永遠不能忽視她、鄙視她、小看她。

他們將會打贏盧城裡的戰役，而城外海戰的勝負也取決於她在這裡的作爲。這就是她讓克朗梅利亞爲輕視她、利用她威脅她父親、逼她破除誓言、玷污一切而付出代價的機會。

超紫盧克辛絲深入黑盒子，找出其中的拉柄，拉——鏡子轉向，差點打斷她的腦袋。她釋放盧克辛，鏡子立刻停止。她再度汲色，拉動另一根拉柄，鏡子開始傾斜。她拉另一根，鏡子閃了一閃，轉爲藍色。

「快點，女士，他們已經殺過來了！」下面有人叫道。

「快了！」她大叫。

麗芙利用超紫盧克辛拉動另一根拉柄，綠濾鏡浮出鏡面。接下來就只要拉動前兩根拉柄調整方向就好了。她用大明鏡捕捉太陽光芒，反射到海灣上。她上下左右調整方位，不知道是否調到正確位置，還是已經過頭了。她在光線瞄準遠方海面、越過盧易克岬時心生感應，但那肯定是因爲自己過度感應。那裡與正確方向相去甚遠。她把光線轉向海灣，上下調整，慢慢尋找。

接著，她感覺到一股震動——隨即消失。她調轉光線，往回調一點點。感覺到，開始共鳴了。片刻間，明鏡從鏡子變成了某種截然不同的東西。

明鏡聚集所有陽光，朝剋星輸送一道生氣勃勃的綠光。光線清晰可見，強烈耀眼。這樣不對勁；甚至不可能。鏡子絕不可能於光天化日下反射出肉眼可見的光線。或許在霧裡、濃煙中或是晚上，肉眼可以看見鏡子的反光，但是破曉之後不可能。

然而事實擺在眼前。

但當它透過完美的頻率振動、如同音樂般共鳴時，麗芙的感知力便穿越大明鏡本身——她看見了在海上顫抖的高塔，彷彿距離不到百步，而非數千步之遙。

一看到這個景象，她立刻知道克伊歐斯·懷特·歐克弄錯了。能力試煉對她而言輕而易舉，但這是忠誠度的試煉，因爲她看見了剋星上的基普、卡莉絲，還有加文·蓋爾，而她知道如果遵守法色之王的命令，她會害死他們。

如果她要掌握改變世界的力量、如果想在鯊魚和海惡魔口下拯救數萬名無辜女子，她就得眼睜睜看著朋友死去。她之前曾哀求法色之王拯救基普和卡莉絲——在加利斯頓用血袍軍的性命換取他們活命的機會。不到半年前，她的朋友還値得她放棄誓言和幾個陌生人的性命，現在値得爲了拯救他們而放棄一場打造全新、純淨、不同世界的美夢嗎？

「妳知道阿提瑞特需要什麼嗎？阿麗維安娜。」法色之王昨晚問過她。

「犧牲？」她問道。

「光。所有神都在光中降世。」

於是，她在淚水中帶來了光。

第一一〇章

第一道巨浪來自飛掠艇後方。

加文大叫了一句話，不過在大浪來襲下根本聽不清楚。然而他的肢體語言倒是非常清楚。他衝到推進桿前，以最強的力道射出盧克辛。黑衛士有樣學樣，飛掠艇急馳而出。

但是，他們沒能快到趕在海面隆起前脫離巨浪，讓基普被震倒在地。他雙手抓緊船緣，在整個人翻轉一圈時看見巨柱從他們後方浮現，高達數百呎，激起巨浪和海水從天灑落。

接著，基普落回船板。他聽見盧克辛折斷鬆脫的聲音，看見加文在飛掠艇前騰空而起。他噴射盧克辛的力道過猛，把推進桿折斷了。他們突然竄入空中。基普放脫船緣，也可能是船緣自行瓦解。他眼中除了海水外，什麼都看不到。從海中浮起的東西已經不再上升，海水如同瀑布般瘋狂下墜。基普不停下墜、不停下墜，努力想要大口吸氣。接著他落入水裡，讓水流帶向一旁。他撞上某樣東西，又被別的東西擦過。抵抗毫無用處，他整個人頭下腳上，完全搞不清楚方向。

他感覺到身體下方有東西，於是伸手去抓，沒抓到，滑開了。大水形成湍急的河流，他知道自己得避開更深的水流。他再度伸手亂抓，抓到感覺像是樹枝的東西，然後一手一手將自己扯向水流較弱的地方。他肺部灼燙，海水混濁得只能看見綠色。他壓抑驚慌、壓抑野性，一手接著一手抓著樹根、下一枝樹根，一直前進、前進。

一段時間過後，他感覺背後氣溫改變。空氣。他將雙腳卡在樹根裡，然後抬頭呼吸。

水流差點把他拉入海底，他身體搖晃，不過還是站穩腳步。他現在站在一座新冒出的島上，四面八方都是還在流回海中的大河。島上的土地——如果算是土地的話——十分崎嶇。有些地方海水流不到更低處，便變成池塘和湖泊。

綠。各式各樣的綠，從地衣的石板綠到紅葉呈現出的紅綠色。發自內部耀眼奪目的寶石綠和樹根的土綠；雲杉、鼠尾草、海草、橄欖樹、海泡沫和薄荷綠。整座島嶼都是由活生生的植物和綠盧克辛組成。基普站在生氣勃勃的樹根上。他看見整艘加利安艦毫髮無傷地卡在離地五十呎高、看起來像是枯樹的樹枝上。但是在他讚嘆的目光下，樹枝如同藤蔓般爬上加利安艦船身。它們包覆加利安艦的船腰，越變越粗，最後擠爛甲板，朝四面八方拋落船員。

整座島就是活生生的植物，而它還在持續甦醒。

基普四處找尋黑衛士蹤跡，結果看到許多穿黑袍的身影在五百步範圍內浮出水面。他只看見八個——但是水裡還有更多——奮力游泳、掙扎上岸。加文站在一百步外，一邊揮手一邊指向巨柱。他看起來很急。

基普朝他奔去。

基普來到一道無法跳過的急流前，依照之前鐵拳指揮官的手法朝腳下拋出綠盧克辛，搭乘一條板橋通過。這次汲色比他之前汲過的色都來得輕鬆。綠光彷彿直接擠入雙眼；他甚至不用打開閥門，綠盧克辛就輕鬆出現。他感覺到綠色代表的狂野與自由，毫不恐懼的歡愉、無邊無際的歡愉——

基普覺得自己感覺到的並非發自本身的歡愉。

加文沒等基普，已經衝向巨柱。一開始讓基普有點難過，然後又讓他感到恐懼，因爲如果可以，加文一定會等他。如果不是情況危急、如果不是分秒必爭，加文一定會先聚集戰力。不光和基普會合，還要和所有人會合。不管是基於人道或是策略因素，加文都會等所有人到齊再行動。如果他認爲沒時間這麼做——

一個像是千聲嘆息的聲響橫掃剋星而來——空氣釋放而出，氣泡開啓的空盪回音。基普筆直地跑過一顆一邊浮起、一邊開啓的大繭，只見一隻翠綠色的手掌撕開繭外薄膜。鐵拳指揮官說得沒錯，數以百計或千計的綠狂法師爲了讓剋星把自己變得更加完美而聚集於此，現在他們即將甦醒。基普跳過從黏黏繭中爬出來的狂法師，然後以這輩子最快的速度狂奔而去。

□

「裝塡火砲。」鐵拳指揮官說。他透過火砲室砲手用來觀察目標的長筒望遠鏡，看著海灣下的那座新島。提雅從未見他神情這麼嚴肅過。「哈席克！你有經驗？」

一個肩膀寬如水牛的黑衛士迎上前去。他只有一隻耳朵，左臉上有道長劍留下來的大疤。「是，長官，我母親在娜若斯指揮過獵殺海盜船的船艦。」

「建議。沒時間。」

「不要裝塡所有火砲。只有這兩門可以擊中那個可惡的東西，而只有這一門可以瞄準。」他指向一門大銅重砲。「距離六千步，但是從這個高度、這種火藥量、上好的火藥，第一彈先裝麻袋，讓我確認距離……」

「你來指揮，哈席克。炸掉最大的那座塔。」

哈席克一言不發，沉思片刻，接著開始指揮其他人。「先確認存量，我要知道我們有多少這種火藥，可以搭配什麼砲彈。我們有任何長型砲彈嗎？你，量量那邊那顆砲彈的重量，然後乘以五分之四。你，這裡一定有砲手的筆記。找出來。」

□

加文點燃手上的黃色巨劍，左手噴火、右手揮劍，一邊殺狂法師，一邊奔向巨塔。卡莉絲緊跟在後，趁狂法師把注意力集中在前面的加文身上時，用阿塔干劍砍向敵人脖子和腹部。一如往常，基普殿後，氣喘吁吁，不過渾身充斥著綠魔法，幾乎無所不能。

在他們抵達巨杜前，幾十個狂法師突然冒了出來。他們本來都跪在地上膜拜巨杜，看到入侵者後，立刻跑來攔截。巨杜還在成長，持續拔向天際。狂法師也在成長。綠剋星讓他們實力大增。每一個狂法師都以不同方式使用力量。有些變成綠魔像，用綠盔甲覆蓋自己，體型變成正常的三倍。有些人看起來像小樹，樹皮剝光，一層薄薄的綠皮膚取代原先的皮膚，覆蓋在血肉和骨骼之外，由於依然保有人類外型，看起來反而更加詭異。有些人讓自己變高大。有些汲色製作巨爪或彈性絕佳的青蛙腳。剩下一些想像力不夠豐富的則做出厚盾、巨棒和頭盔。

基普隱約透過地面感覺到一陣晃動，片刻後聽見一聲砲響。百步之外一個砲坑上的煙跡顯示這枚砲彈來自盧易克岬，堡壘外有大片黑煙在逐漸消散。

「來我這裡集合，集合！」加文叫道。

基普直覺抗拒接受命令，體內的綠色引發叛逆之心，不過片刻後，他發現自己本來就想過去集合。數秒後，他和五名黑衛士來到加文身邊。

「他們在造神。我們要殺神。」加文說，又製作了一把黃劍，交給一個弄丟武器的黑衛士。「不管怎麼樣，不管怎麼做。懂了嗎？」他又做了一把黃劍，然後再一把，一把丟給黑衛士，一把給基普。接著，他開始朝狂法師衝去，雙手綻放黃光和紅光。

當第一把綠矛射向加文時，他矮身閃避，著地滾開，半跪而起，揮出雙手。一排黃魔法彈急竄而出，每一枚魔法彈後都拖曳著火焰鏈條。魔法彈刺穿數十名狂法師，火焰鏈條纏繞身軀，讓一些狂法師起火燃燒，連帶傷害他們後方的狂法師。

但加文沒有放慢腳步。他跳起身，繼續狂奔。

一個基普沒注意到的青蛙狂法師從天而降，巨爪猛揮而下。卡莉絲閃向一旁，阿塔干劍插入對方腋窩。

接著，在距離巨柱底端還有五十步的地方，他們遇上了一面名副其實的綠狂法師牆。加文撞翻幾個，殺人、轉身、殺人——差點和黑衛士走散。一個名叫牛奶的黑衛士，整條手臂和肩膀都被巨爪扯落。一個叫提莎的女人，在汲色噴火時被敵人撞倒，不小心噴了一堆紅黏液在自己的肚子和腳上。黏液起火燃燒，她放聲慘叫。

但她臨危不亂。當一頭八呎高的綠魔像擋在加文和其他黑衛士中間時，提莎撲到魔像背上，釋放猛烈的大火，與對方同歸於盡。

基普前砍後砍，努力跟上其他人。黃盧克辛劍上突然傳來扭轉的力道，迫使他撒手放劍。剩下的三名黑衛士再次和加文會合。加文一手揮動火焰劍，一手以不同顏色的盧克辛和敵人作戰。他們受困，被數十名狂法師團團圍住，去勢受阻。

一枚砲彈撼動大地，炸出震耳欲聾的巨響。基普差點被衝擊波震倒。三十步外多了個冒煙的大彈坑。彈坑四周的狂法師隨即蒸發，稍遠的則被炸成碎片。

黑衛士和加文率先恢復。在綠狂法師戰線中的彈坑，並不在黑衛士和高塔間的直線位置上，不過還是提供了空檔。他們又能移動了。

即使在這種情況下，只要綠法師能夠忍受命令——如果他們能夠攜手合作，他們就絕不可能通過。但是在混亂中，反而讓加文和手下殺出一條血路，衝入砲彈打出的缺口，踏著屍體和氣化的綠盧克辛前進。基普差點被一個袒胸露背的女人絆倒——她的下半身已經不翼而飛。紅色和綠色的汁液並排流動，在彈坑中匯流成一池血湯。

跟著卡莉絲、加文，還有僅存的三名黑衛士，一起闖入還沒從爆炸震撼中調適過來的狂法師戰線時，基普想起了綁在小腿上的匕首，於是跌跌撞撞地把它拔了出來。他朝一個摀著血淋淋眼睛哭泣的高大狂法師揮刀。基普的匕首輕易刺穿了狂法師的外殼和臂。

他心裡立刻湧出一陣愚蠢的罪惡感。對方根本沒能力防禦自己，而基普竟然把他當作——

「砲彈來襲！」加文大叫，把基普撲倒。

他們聽見砲彈落地爆炸的聲響，不過這回距離足足有七十步——幫不了他們，不過也沒造成危險。

他們站起身來時，一個肩膀上頂著綠牛頭的傢伙衝了過來。加文向旁跳開，劃破對方的背。狂法師摔倒在地，不過牛角撞上沒來得及跳開的卡莉絲。她反身迴旋，重重落地。

基普跳到狂牛身上，自頭頂一刀插入，扭轉刀刃，攪爛腦漿。他抓起卡莉絲，扶她起身。她手臂和胸口都有血，不過牛角沒有刺穿她，只是擦過腋窩。她喘得上氣不接下氣，不過沒有受傷。幸運。

加文拋出長劍，插入轉化爲鳥身女妖的女子胸口，然後拔出他的匕首槍。兩把槍一邊旋轉，一邊指向基普。兩把槍都擊發了，而基普繼續奔跑，十分肯定他和卡莉絲身後有兩個狂法師中槍倒地。

一名黑衛士在階梯底部切斷兩頭巨人的腳筋時，被其中之一的戰錘擊中肩膀。他身形一晃，試圖站穩腳步，接著又中了另一個巨人的戰斧。這一斧直接砍穿他的胸口。

加文朝對方射出黃矛，一、二、三、迅速連發，但是已經來不及解救那個黑衛士。

「上去，」加文叫。「上去！」

他們奔上階梯，彷彿地獄在背後追趕。基普跑最後。高塔還在不斷上升，像樹一樣越長越高。

「那是什麼？」加文問。

什麼？基普什麼也沒看到。他累斃了，而他們才爬到半路。他低頭，發現那些狂法師決定追上來。他沒有減慢速度。

前方傳來兵器交擊聲，基普知道他們遇上了阻礙，他只能趁這個機會趕上前面的人。不過加文完全沒有減速。基普聽見慘叫聲直墜而下。當他在蜿蜒的階梯上路過適才打鬥的位置時，看見狂法師殘破的屍體躺在下方很遠的地方。

一道綠光柱射中塔頂，整座高塔開始震動，差點把他們摔下階梯。

□

「那是什麼玩意兒？」鐵拳指揮官問。

沒人回答。沒人知道。綠魔法的感覺突然變了，影響沒有之前那麼大，彷彿凝聚到其他地方。提雅拿著一副望遠鏡。透過望遠鏡，她看得比大部分人清楚。「光線源自大金字塔。」她說。「或是導向它，我看不出來。」

「是武器嗎？」

「我不知道！」

黑衛士在火砲室中來回奔走，砲手擦拭滾燙的銅砲管加以冷卻，確保砲膛不會點燃砲彈的火藥殘留。有些人準備著下一發砲彈的火藥。負責將大砲推回定位的黑衛士都在享受應得的休息。雖然有裝輪子，這門重砲還是超級巨大。哈席克的目光在寫下許多數字的羊皮紙和綠島之間游移，嘴唇無聲移動，默默心算。

一切都很混亂，太多事情同時發生。

「那座塔頂上有個綠人。」負責觀察長筒望遠鏡的黑衛士叫道。

不管大金字塔和剋星之間是怎麼回事，總之都對入侵者有好處。那座高塔的體積越來越大。「阿塔西人爲什麼要幫助剋星？」提雅問。

「長官，」觀察員說。「如果我不清楚狀況的話——長官，那傢伙是阿提瑞特。」

「因爲盧城已經淪陷了。」鐵拳指揮官冷冷說道，走向觀察員，後者往旁邊讓開。

「什麼?!」哈席克對跟他回報的黑衛士吼道。那跟盧城無關。

「我們之前沒發現。它堆在最底下。」黑衛士轉過一根爆破彈。那側破了個洞，火藥都露光了，它的飛行距離大概和獨翼鳥差不了多少。

「指揮官。」哈席克說。「我們只剩下兩顆砲彈。一顆爆破彈，一顆圓砲彈。你要我們裝塡哪一種？」

他們一直在發射爆破彈，現在已可以射中目標四十步以內的位置，而且其中有兩枚還射得更近。但加文和剩下的人已經快要抵達塔頂，爆破彈若在這麼近的距離爆炸，會把他們通通炸死。

另一方面，圓砲彈重量較重，飛行路線也不同。他們先發射了幾枚測量距離，然後才開始對狂法師發射爆破彈，但是練習不足。

鐵拳指揮官說：「裝圓砲彈。」

哈席克遲疑。「長官，憑我的技術，圓砲彈的誤差高達二十步。在現在這種距離下，技巧完全無關緊要，長官，我們得要非常幸運。」

提雅見過他發射圓砲彈的情況，他這麼說已經非常樂觀了。

鐵拳指揮官毫不動搖。「我相信你。用圓砲彈。殺了那個神。」

□

當基普疲憊不堪、喘到快吐地抵達塔頂時，其他人已經開打了。綠色巨柱的頂部看起來像是介於塔頂和樹頂之間，十二座小塔圍著塔頂，像是城牆上的城齒。每一根城齒裡都有個巨人，其中四個已經出來和加文、卡莉絲，還有最後一名黑衛士——巴亞．尼爾——大打出手。

其他巨人都正慢慢甦醒。基普感到身旁的城齒微微震動。裡面的巨人都還是人，不過卻深受綠法色影響而重新打造自己的人。盧城那道強烈綠光似乎在加速改變的過程。就在基普眼前，他看見巨人手臂肌肉外覆蓋上一層帶有閃亮鱗片的綠色皮膚。他的胸腔變厚，雙腳拉長。

在強烈的厭惡感驅使下，基普一刀插向那頭怪物。匕首彷彿刺穿濕紙一樣刺穿巨繭。巨人突然睜開綠眼，張大嘴巴，接著渾身軟癱，眼中綠光消逝。

現在已經有六個巨人破繭而出，攻擊加文和卡莉絲。其中一個被加文放火燒頭，然後又被巴亞．尼爾砍下腦袋。但是還有其他巨人逐漸甦醒。完全處於盧城綠光照射下的巨人似乎都已經醒了，而被自己的藺擋住綠光的甦醒較慢。

一時之間，基普考慮要不要加入戰局。加文和卡莉絲想盡辦法要闖進高塔中央，那綠光聚焦、反射光線強烈到讓基普觸眼生疼。其他巨人則阻擋著加文和卡莉絲抵達該處。加文和卡莉絲手忙腳亂。基普也沒能力幫助他們——不過可以防止他們的處境進一步惡化。

於是，他沿著塔緣繞行，迎向那些大藺。他一七首插入另一個巨人胸口。就像之前一樣，巨人睜開雙眼，眼珠凸起，綠光消逝。基普繼續跑。他刺了第三個巨人，巨人一拳打穿大藺，抓向基普，但基普拔出七首，矮身閃避。巨人驟起，撕裂大藺，然後摔倒在地，化作一灘爛泥。

旁邊的大藺已經空了，基普在跑向下一個大藺時看了盧易克岬一眼，看見一道閃光和一團黑煙。

一千〇一。一千〇二……

基普沒時間擔心那個。在他奔向一個甦醒中的巨人時，另一個巨人從側面攔截他。對方身高超過八呎，右手臂上冒出一把長劍。綠盧克辛應該無法形成利刃，但要嘛就是這些巨人可以無視綠盧克辛的規則，不然就是有沒有利刃都無所謂，因爲只要被巨人那條粗手臂打到，基普肯定會粉身碎骨。

基普從腰間的眼鏡袋裡拿出紅眼鏡來戴，想要放火燒掉這個大渾蛋——但他戴錯眼鏡了。橘盧克辛毫無效用地灑在巨人胸口，巨人則舉起巨劍，大吼一聲，全速衝刺。

基普在地上噴灑橘盧克辛，然後奮力跳向一旁。他感到有東西從耳邊呼嘯而過。巨人一腳踩在他身旁，在試圖轉向時濺起濕滑的橘盧克辛。沒有長劍的那條手臂大幅甩動，然後腳上一滑，直接摔落高塔。

基普心滿意足地看著他旋轉下墜。胖小孩最清楚狂奔時要停下來有多困難。

最靠近的大藺是空的。

空繭被砲彈擊中，毫無預警地炸成綠盧克辛碎片，如同黃蜂群般插入基普的臉和左手。

一〇〇六，我猜。

基普站在原地，震驚、困惑、傷口流血，聽著遠處傳來的開砲聲。盧易克岬上的那些渾蛋眞的想要殺了他們。他要是多跑兩步，現在已經死了。

但是沒有時間了。加文胸口血跡斑斑，卡莉絲渾身冒煙，好像剛剛被火燒過。巴亞·尼爾的鼻子在噴血。他們身後躺了好幾個巨人，塔頂中央的強光逐漸轉弱，隱約看見一條人影。這應該算是好事，但基普不這麼認爲。他跑向下一個大繭，刺死已經完全成形的巨人，然後迎向最後一個。

這個巨人已經醒了，正在爬出大繭辨識方向。

基普直撲而上，揮刀就砍。

女巨人揚起前臂，擋下這一刀，接著用手臂夾住基普的前臂。基普衝勢不止，撞向自己的雙手，被自己的拳頭打個正著。

他摔在她腳下，一下子動彈不得，鮮血湧入眼中。他在女巨人扭曲的五官中看出殺機。

□

「沒打中。」觀察員叫道。「前十五步、左二十步。打爛東南方一座小塔。差點害死粉碎者。」不少人出聲咒罵，不過沒人指責任何人。所有人都知道能從五千步外擊中塔頂，就已經很不容易了。有些砲擊是靠技巧、有些砲擊堪稱藝術、有些只能算純粹好運。他們只能盡量做好前兩項，最後的好運就無法掌握了。

但是大家並沒有放慢動作。已經有人開始冷卻重砲，測量火藥了。

「確定沒有砲彈了嗎？」鐵拳指揮官問。

「檢查三次了，長官。」哈席克說。「只有一顆爆破彈。如果奇蹟出現，擊中那座塔的話，它會把我們的人通通炸死。」

鐵拳指揮官神情嚴肅。一秒過去。所有人都看著他。

「裝填。」

□

這時候來一發砲彈就好了，基普面對死亡時心想。

但是沒有砲彈。沒人搭救。就算他們現在開砲，還是要等六秒後才能解救基普——但是六秒後他已經死了。

他奮力掙扎，胡亂揮刀。他的匕首刺穿女巨人的小腿肌肉。

他以為一切都結束了。他刺傷她，但傷勢不重，現在她要殺了他。但是女巨人卻沒有行動，彷彿結冰般站在原地。基普透過眼中鮮血眨眼看她。她身體發白——顏色從頭開始越來越淡，彷彿他在她身上插了根吸管，然後吸光她體內所有的色彩。覆蓋在她五官上的綠盧克辛分散瓦解，綠髮脫落，臉上的完美綠面具枯萎脫落，蒸發為一團瀰漫著雪杉香氣的煙霧。她的碧眼塌陷、身體萎縮、洩氣乾癟。沒過多久，眼前這個原本身材高大到撐碎衣衫的女人，已經變得瘦弱不堪。斑暈裡的綠色碎片在眼白中閃閃發光，隨即消失。虹膜中的綠也閃閃發光，然後消失。她的皮膚褪到原先的魯斯加蒼白色調。

她了無生氣，摔向基普，扯開了插在小腿上的匕首。

他半跪起身。她揚起手掌，彷彿想要汲色。

基普劃開她的喉嚨，她嘆氣，雙眼上翻，躺下死去。

她揚手汲色，要殺基普？還是說揚手是想要討饒？

盧城的綠光熄滅了。

「夠了。」有個聲音說道。音量不大，但似乎貫穿一切，撼動基普的骨頭。

基普將死去的女人拋到腦後，轉向塔頂中央，看著站在該處的新神。

□

阿提瑞特，淫蕩女王，綠女神，天堂配偶，月光女士，相傳擁有許多特質，有些傳說互相牴觸。但不管眼前這個女神是什麼樣的神，都不是女的。和那十二個巨人不同，他不比加文高大，顯然認爲眞正的力量不用透過體型來呈現。雖然阿提瑞特似乎也不打算刻意迴避庸俗的呈現方式。

他完全沒有人類的血肉。全身都覆蓋在一層薄若絲綢的盧克辛底下。巨大結實的肌肉上刻劃著盤根糾結的線條，伴隨著他手腳的動作改變形狀。他的長髮是由藤蔓和毒蛇組成。脖子上戴著鑲有一顆黑寶石的項鍊。他移動時肌肉會相互磨擦，露出深紅色間隙，看起來像是紅樺樹的樹皮，也可能是盧克辛皮膚沒有保護到的血管。他袒胸露背，腰下以活藤蔓組成短裙。胸口長有如同胸毛般的青苔，所有表皮上都有樹葉和雜草同時盛開與枯萎。

一切完美到連加文也分辨不出究竟是眞實還是幻象。

神的眼睛是燧石，看起來彷彿藉由力量、光、魔法、生命，從內部燃燒。加文認爲如果可以看見綠色，這個神看起來應該會更壯觀。但是他的體態動作看起來眼熟。喔，歐霍蘭慈悲爲懷。間諜的情報沒錯。

「德凡尼．瑪拉苟斯。」加文說。「從沒想過你也會穿裙子。我本來想問你戰後都在忙些什麼，不過我大概猜得出來。」一隻蟑螂從神的腋窩下爬出，又消失在手臂中。「你養的蟲不錯。小心白蟻。」

加文腦中心念電轉。他曾與德凡尼．瑪拉苟斯並肩作戰。他——達山，不是加文。他母親承認派遣殺手刺殺此人，顯然那個殺手謊報任務成功。德凡尼是提希絲的父親。不管怎麼樣，德凡尼都沒有理由喜歡加文——或者，老實說，喜歡達山。

□

德凡尼當年該死是因爲他認識達山。他一直跟隨達山到裂石山大戰結束。他或許有看見眞相。如果菲莉雅．蓋爾猜得沒錯，他就有可能揭發——

但是話說回來，或許我應該先擔心他會不會現在就宰了我，而不是去擔心日後他會不會摧毀我的生活。

阿提瑞特揚起雙手，加文感覺到身後的巨人騰空而起，飄向後方。

「加文，」卡莉絲說。「加文！」她再次裝填彈藥，已經把鉛彈塞入槍膛。儘管看不見綠色，加文還是可以看出她的眼睛到雙手之間的深色盧克辛絲。「加文，」她說。「我控制不了自己。快跑！」

「妳不會開槍射我的。」加文說。

「可惡！我控制不了自己！」

「你會待著。」阿提瑞特以類似石塊交擊的聲音說道，然後朝加文比出一指，腳下的地面冒出一張盧克辛網。加文拍開它。「怎麼回事？」阿提瑞特大笑。「原來這就是我們成功的原因。你失去綠色了。你是不完整的稜鏡法王，偏偏還霸占著位子不放。我想我該感謝你固執的自尊，蓋爾。謝謝你，再見。」

卡莉絲如同牽線木偶般揚起手槍，朝加文的腦袋扣下扳機。

他在最後關頭甩開她的手。子彈在他脖子上劃出一道灼痕。藤蔓纏上他的雙腳，他揮劍砍斷它們，接著一根樹枝大小的棒子將他絆倒。加文著地翻滾，隨即起身，發現自己站在高塔邊緣。他揮動雙臂。

高塔冒出長有矛尖的小樹，刺向加文。他閃過一根，肩膀中了一矛，然後抓起另一根樹矛。樹矛向後扯時，連加文也一起被扯了起來。

他落地翻滾，甩開樹矛，然後拔腿就跑。

卡莉絲依然受困在原地，裝填她的手槍。最後一名黑衛士巴亞・尼爾，也一樣被定在地上——他也是綠法師，難以抗拒阿提瑞特的控制，不過幸好他的手槍掉了。高塔試圖抓住加文，甚至預估他要逃跑的路線，迅速長出荊棘擋路。剩下的三頭巨人全都原地站著，沒有收到命令，袖手旁觀。高塔對面，基普瞪大眼睛看著一個死女人。加文希望那孩子懂得裝死。基普也能汲取綠魔法。

另一根樹幹掃向加文的腳，他跳起來避過。他朝阿提瑞特噴出火焰，但看不出有沒有效果。他落地，在另兩根荊棘矛刺過來時再度躍起。他努力回想有沒有什麼弱點可以用來對付德凡尼．瑪拉苟斯。

加文的火焰似乎沒有任何效果。德凡尼身後冒出一張王座，而他正舉起雙手。加文砍向荊棘矛，燒掉試圖纏住他的藤蔓。翻身、閃躲、晃向左邊，快步踏向右邊，發射魔法彈、火焰，以及純粹的高溫，竭盡所能地朝神逼近。

接著，神作弊。地板消失了。撐著加文體重的綠盧克辛，就這麼從他落腳的地方消失不見，然後從其四周重新組合。綠盧克辛將他擠回地面，緊緊固定他的四肢。

但加文並非全然無助。馭光法師大多習慣用手汲色，從手腕或指尖釋放盧克辛。但其實並不一定要迎合其他馭光法師的習慣。

加文裂開肩膀和手臂上的皮膚，朝困住他的盧克辛噴灑紅和次紅盧克辛。綠盧克辛冒煙，猛烈燃燒，讓他短暫掙脫，但是立刻重組回來。加文用盡渾身解數放聲大叫，沿著整條手臂裂開皮膚，一路裂到胸口兩側，向下延伸到雙腳，然後朝束縛他的牢籠噴火。

他狼狽脫身，向神舉起雙手，對準阿提瑞特的腦袋射出一根黃釘，然後將全身的意志力灌注其中——結果卻什麼也沒有。

他低頭看著雙手。沒有盧克辛。搞什麼？

沒有黃色。

綠盧克辛竄上他的雙腳，轉眼間已再度困住他。直到此刻，加文才發現哪裡出了錯。阿提瑞特在塔頂外圍製造出一個泡泡，一層半透明的綠色薄膜，隔絕了加文能使用法色的所有透鏡。

但是沒有透鏡是完美的，而加文並不打算放棄。他吸收次紅光，卻只能讓手旁的綠盧克辛冒煙，燃燒的速度趕不上盧克辛回塡的速度。透過那面透鏡汲色，有點像是透過太長、太細的蘆桿呼吸一樣困難。

加文太虛弱了。

「感覺如何，加文．蓋爾？我是指身爲凡人。四周都是光，但卻無能爲力？」

加文．蓋爾。雖然現在這種情況他的身分沒什麼意義，不過德凡尼並沒有認出他。菲莉雅．蓋爾下令暗殺一個根本不是威脅的男人——而因爲她失敗了，現在他眞的成爲威脅。

加文臉上諷刺的笑容似乎激怒了這個新神。「我以爲你死了。」加文說。他剛剛有看到基普在後面。或許只要加文持續吸引阿提瑞特的注意，那個男孩就可以趁機做點什麼。

「我差點就死了。當年我們有個小團體——成員全是在戰爭中存活下來，但是傷勢嚴重到肯定會被你逼去自殺的馭光法師。你已經奪走我們太多東西。我們不願意聽從你的命令去死。所以我們當中有幾個人學會利用光來重新打造自己。被火燒傷的、渾身疤痕的、斷手斷腳的。我們獲得新生。因爲光是鎖不住的，加文．蓋爾。」

「你是怎麼——」加文開口提問。基普躡手躡腳地走到阿提瑞特的王座後方。

「我只有一個問題，加文．蓋爾。」阿提瑞特說。「你想死在女人手上，還是那個孩子？」

基普僵住。「父親，」他說。「我動不了。」

「加文。」卡莉絲說。她咬緊牙關，目光含淚，奮力對抗體內的綠盧克辛。「我不能——我不能……」

□

「我打得中。」哈席克躍躍欲試。

「打中就會把他們通通炸死，白痴！」厚底靴大叫。

哈席克說：「我們救不了他們！這是我們唯一的機會。對方是神！」

鐵拳指揮官不理會他們兩個，嘴裡喃喃唸誦他以爲自己早就忘掉的禱文：「全能的歐霍蘭，光之賜與者，看著我，聽著我。在我身處黑暗的時刻，我來到你的王座前。」指揮官眼看著自己唸誦禱文，彷彿是旁觀者。打從十三歲之後，他就沒再唸過這段懇求禱文。他的胸口空蕩蕩的。他在口吐禱文的同時，看見母親在眼前緩緩死去。「光之主，看——」他突然間靈光一現。

「往上一格，往右兩格。」他對哈席克說。

「長官，我已經瞄好——」

「立刻！」他叫道。

喀喀喀三響過後，哈席克已經依照指示調整好砲口。鐵拳拿起火繩桿，親自點燃導火線。

整間火砲室充斥著火砲巨響，鐵拳聽見所有人都在讀秒。

□

「我希望你知道那是什麼感覺，加文。」神說。「我可以感覺到全世界所有有生命、所有成長中的東西，而我的感覺還在一秒一秒地持續擴張。」

阿提瑞特聽起來十分陶醉，不過不管怎樣，基普都動彈不得。他的肌肉在自己的意志下伸展收縮，但骨頭卻鎖在定位。他差一點就成功了。他差一點就救了大家。差一點基普。

加文說了句話，但基普沒聽見。他看見阿提瑞特突然警覺，透過第六感察覺危機。他轉身，基普看見盧易克岬堡壘的火砲煙霧。

一千〇一。

阿提瑞特轉動肩膀。哈哈大笑。「你朋友？」他問。「他們難道不知道砲彈殺死你們的機率比殺死我高？我差點就讓砲彈落地了，來看看結果如何。」他揚起雙手，瞄準，彷彿他有辦法看見飛行中的砲彈。

一千〇五。

「差點。」他說。阿提瑞特手中射出一樣東西，擊中他們頭上不到二十步外半的砲彈。

他沒想到那是顆爆破彈。

爆破彈發出震耳欲聾的巨響和撼動高塔的震波。籠罩塔頂的綠泡泡粉碎。巨人摔倒在地。基普騰空而起。

基普顏面著地，隨即爬向他的匕首。其他人全都立刻採取行動。基普聽見卡莉絲的手槍擊發，看見加文朝所有巨人和阿提瑞特發射黃釘。加文的手上冒出火焰——

——隨即熄滅。

雖然他的巨人都死了，但是阿提瑞特還是信手揮開射向他的黃釘，好像那和煙霧沒有兩樣。左手一揮，右手一揮。加文受困，泡泡重組，轉眼恢復原狀。加文淹沒在綠盧克辛黏液裡，卡莉絲摔落，巴亞·尼爾已經躺在地上。

基普感到關節裡的鋼鐵再度回到原位。他撲向阿提瑞特的背部，揮出匕首，然後在空中感到渾身骨骼鎖定。

胖小孩很清楚慣性是怎麼回事。

基普的匕首刺穿阿提瑞特的後腦。

鎖定基普骨骼的盧克辛，如同霧氣般消散。他施展擒拿手法，落在阿提瑞特身上。他在神的腦袋裡扭轉匕首，聽見骨頭嘎吱作響。

基普跪在地上，看著手裡的匕首。刀刃上的綠寶石和藍寶石瞬間光芒耀眼。基普聽見軀體倒地的聲響；那些巨人失去了形體和生命。

卡莉絲哈哈大笑，基普這才發現塔頂突然變得有多安靜。他收起匕首，站起身來。

「歐霍蘭的鬍子呀，基普。」加文說。「幹得好。」他們腳邊躺著一個人——或著說曾經是人的怪物。少了融入體內各處的綠盧克辛，德凡尼·瑪拉苟斯變成一團沒有皮膚、沒有毛髮的肉塊，殘破的頭顱中流出腦漿和鮮血。

高塔劇烈震動，突然下沉五步，差點把他們都摔進海裡。

「這表示整座島嶼都要塌了嗎？」卡莉絲問。

「恐怕是這樣。」加文說。

「我認爲那樣很好。」卡莉絲說。「如果我不會就這麼摔死的話。」

加文大笑。「那個我有辦法。過來。」

加文汲色的美妙聲響傳入基普耳中。

□

「成功了！」哈席克大叫。「我們救了他們！我就說我打得中吧！」

黑衛士歡聲雷動，毫不緊張地看著高塔倒向海面。加文．蓋爾阻止了一個神，以致他們絕不懷疑他有辦法逃出一座崩壞的高塔。

但提雅一直注視著鐵拳指揮官。鐵拳動也不動地站在原地，接著突然像一噸磚頭般跪倒在地。提雅從未見過像鐵拳指揮官這麼高大、令她望而生畏的人，當然也沒見過這樣的人低聲啜泣。

「*伊拉希，伊利沙馬，伊利阿達，伊利法雷特*。」他一再複誦這幾個顯然是帕里亞祈禱文的句子。他跪在地上，看到提雅困惑的神情，說道：「祂看見我了。祂聽見我了。連我的禱告都聽見了。」

接著，帕里亞壯漢不管手下會如何看待自己，整個人伏倒在地，啜泣、啜泣。

第一一一章

安德洛斯·蓋爾的旗艦在海戰中倖存。當然，他沒讓旗艦駛入有危險的海域。他的船在綠島分崩離析、沉入海底後加入搜救，但是先找到稜鏡法王、卡莉絲、基普和巴亞·尼爾的是另一艘船，然後在僅存的船艦完成搜救任務後回到旗艦上。

這是一場克朗梅利亞船艦和外圍海盜的競賽。海盜的目的是打撈船骸，強行招募倖存者，或是當成奴隸變賣。

現在，入夜後，加文和基普坐在大船船頭的水手艙外，圍著一個火盆取暖。基普的衣服還沒乾，雖然他知道如何使用次紅盧克辛烘乾衣服，但他今天已過度汲色，完全不想再看到盧克辛，更別說是汲色製作了。他明天肯定會暈光。加文一上船就有新衣服和繃帶可用，當然，當稜鏡法王就是有這些好處。

他們在甲板上坐了很長一段時間，靜靜享受著美好的寧靜。加文讓累壞了的黑衛士下去休息。守衛他的人參與了攻占盧易克岬堡壘，並且在戰鬥數小時後又去協助救援任務；他們應該要好好休息。三不五時會有人來到稜鏡法王面前恭賀他。有些人甚至恭賀基普。基普屠神者，有人這麼叫他。基普不喜歡這個綽號。他是在機緣巧合之下才成爲屠神者的，之所以能發出那致命的一擊，都是因爲他最不具有威脅性，因爲他不值得注意。

加文只是說：「你該做什麼就做什麼，基普。別人要怎麼叫你就怎麼叫你。你沒辦法改變那個。人們想要英雄，如果從今以後這個頭銜都跟定你了，你只要確保自己不要太相信自己有能力屠神就好。」他搖了搖頭，好像他本來想說的並不是這些。「你今天很勇敢，基普。你堅守黑衛士最崇高的理念，我以你爲傲。」他遞給基普一杯香料酒。

基普皺起眉頭，接過酒杯。屠神的不是他。是那支匕首。他還沒有把匕首的事告訴父親。他必須說。他一整個下午都在想要怎麼跟他說。

卡莉絲來到他們的火盆旁。她坐在加文身旁，伸手放上他的大腿，然後對基普微笑。「嘿，屠神者。」她說。她在逗他，不過沒有惡意。不知道爲什麼，這個綽號發自她的口中聽起來還不錯。基普小聲謙虛了幾句。

「不過我眞的得教你使用匕首。」她說。「你出招很遜，很遜。」她又在說笑了。不過基普忍不住微笑。這句玩笑話是說她日後想要多花點時間和他相處。他幾乎想不出什麼比這更好的願望。

「我累壞了。」她對加文說。「我要先下去休息。你還要一個小時？」

「安德洛斯要見我，那些將軍也有話要說。我們得想辦法阻止這些剋星出現。」加文悶悶不樂地說。「至少還要一個小時。」

「我以你爲傲。」她說。「爲了這個。」

加文似乎知道她在說什麼，但基普聽不懂。爲了和基普一起坐在火盆旁邊嗎？

「有人和我提過某件與愛有關的事，」加文說。「我還是覺得有點傻，不過我想嘗試看看。」他也在逗她。

卡莉絲的笑容讓整個甲板都亮了起來。「我愛你。」她說，基普從未聽過她如此親切溫柔的聲音。她深陷愛河。

「有什麼實際的行動會伴隨這句話而來嗎？」加文問。

「我要先下去睡一會兒。」她說。「但是，嗯，叫醒我。」她對他眨眼，並沒有刻意掩飾，看得基普臉都紅了。

「嗯。」加文在她起身離開時滿足地說道，看著她的背影。「基普，」他說。「你如果有機會遇上那樣的女人……別像你父親那麼傻。」

「是的，先生。」基普微笑。「所以……接下來會怎樣？」

「你說總督轄地的情況？」

基普點頭。

「我們失去了兩個總督轄地。其他總督並不在乎提利亞，但是阿塔西？」他搖頭。「恐怕因爲我們太想避免戰爭，結果卻導致戰爭必然發生。」

他說「我們」。即使基普知道他父親曾經竭盡所能要求克朗梅利亞在一切太遲前出兵，他還是得爲失敗負責。他再度認爲他父親是個大人物。

基普今天並沒有多少時間思考，不過那一點時間就足夠了。那支匕首很重要，非常重要。他從那隻巨人體內吸走盧克辛。基普應該立刻把匕首的事告訴父親，但是主動惹惱父親似乎不是明智之舉。

每當情況開始好轉時，你就會張開你的大嘴巴，基普。

但通常都是不小心的。這一次他主動開口。

他正要開口——或再過一、兩分鐘就能開口了——突然有個阿諛奉承的聲音說道：「兩位閣下，」葛林伍迪。「蓋爾盧克法王等著見你。他聽說你在上面，於是爬了上來，這可花了他不少力氣。」

「那他在哪兒？」基普問。哎呀。賤嘴基普。或許他是被屠神者的名號沖昏了頭。又或許是因爲喝了香料酒的關係。

「在船尾，兩位閣下。不過他只說要見稜鏡法王。」

「想要的話就一起來，基普。不過場面不會好看。」加文說。「我父親和我有場架要吵。」

葛林伍迪嘴巴抿成一條線，不過沒說什麼。

「我想和你一起，先生。」基普說。

加文和基普爬下去，基普小心翼翼地踏著階梯。顯然他喝太多酒了。他們穿越船腰，爬上通往船尾的階梯。

眼前的景象挑起基普的記憶。安德洛斯．蓋爾背對他們而立。天上月光黯淡，透過碎雲灑落。安德洛斯披著兜帽斗篷，戴著黑眼鏡。基普彷彿被石頭打中，他曾在珍娜絲．波麗格給他的九王牌裡見過這一幕。寫字的那個人穿的就是這襲斗篷。

「看來你搞砸了我們整個行動，還讓敵軍殲滅了我們的艦隊。」安德洛斯．蓋爾說。「不過我很高興你安然無恙。還有你的私生子。聽說我們要舉辦一場婚禮。你娶了我不准你娶的女人。」

這是叛國，不過被發現才算，他心想，內心十分興奮。他信裡的「——歐斯」肯定就是克伊歐斯．懷特．歐克，法色之王，他用名字稱呼他，就像他們兩個是朋友一樣。他們在策劃達格努的事。紅神，他想要成爲紅神。安德洛斯．蓋爾和他們的敵人達成共識。而事情還不只如此。

「你是紅狂法師。」基普喃喃自語。

「加文，」安德洛斯說，或許沒聽見基普說了什麼，或許根本不在乎。「這是你最後一次違背我的命令。我已經著手進行解除稜鏡法王職務的程序。你該知道我掌握了足夠票數，你沒機會威脅光譜議會了。」

「你是紅狂法師。」基普再說一次。

「基普，」加文說。「我想你喝多了。你何不——」

「叛徒！」基普朝安德洛斯叫道。「你這怪物！」

「葛林伍迪，把這個小酒鬼帶走。」安德洛斯說。「立刻！」

他是紅狂法師。爲什麼其他人沒發現？或許其他紅狂法師發狂的跡象比較明顯，但是他們怎麼可能沒發現？他們難道只是不敢問？他們難道全都太害怕，希望讓其他人出面犯險？他們肯定有辦法應付掩飾自己發狂的老馭光法師。

但是規矩不適用在安德洛斯·蓋爾身上，所有規矩都不適用。他那座基普從未造訪過的豪宅，遠遠超過依規定所能建造的高度。他養大了兩個能夠出任稜鏡法王的兒子，還能不參與會議而保住光譜議會裡的席次。但他不是人，他是怪物。

葛林伍迪一把抓住基普的上衣正面，把他拉走。基普不知道自己怎麼了。他以訓練時學會的手法掙脫葛林伍迪的束縛，然後伸手插向對方的雙眼。葛林伍迪揚起雙手，掌心向前。基普一手抓住對方的兩根手指，施展指鎖術。

強壯的老頭雙膝著地，神色訝異，基普一腳踢中他胸口，踢得他離地而起，滾下通往船腰的台階。

基普衝向安德洛斯·蓋爾，想要扯下他的兜帽和眼鏡，讓加文看看基普肯定他會看到的景象。他在即將撲到老頭身上時，看見安德洛斯拔出了一支匕首。

此刻已經來不及停步。老頭的小匕首筆直插入基普的腹部。基普拍開匕首，撞上老頭還有上前阻止他們的加文。

基普扯下老頭的兜帽，感覺那支匕首沿著他的肋骨劃開。安德洛斯·蓋爾怒不可遏，完全陷入紅魔法的掌握，以最快的速度攻擊，打定主意要殺了他。他一手抓住基普的上衣。

三個人糾纏在一起。加文試圖格開安德洛斯．蓋爾的攻擊，避免他繼續刺傷基普。基普正面擊向安德洛斯的臉，不過因爲加文的肩膀擠到基普右臂之前而沒有打中他。安德洛斯的匕首避開加文，插入基普的左臂。

安德洛斯．蓋爾的眼鏡被基普的那一拳打歪，並在他盛怒下墜落地面。他像個瘋子般展開攻擊。加文不停地阻擋他，直到三人一起撞上護欄。

哨音響起，水手尖叫，黑衛士沉悶的腳步聲從下層甲板迅速傳來。他們絕對趕不及的。基普看見了安德洛斯．蓋爾的雙眼——斑暈粉碎，一片血紅。他是紅狂法師。

基普不記得拔出了匕首，不知道匕首是怎麼出現在手中的。他讓加文擋在他和安德洛斯．蓋爾中間，然後揮出右手，繞過他父親，刺向那個老渾蛋，刺中他的肩膀。

老頭瞪大雙眼，放聲慘叫。

基普的後腦突然挨了一下，又有一人加入戰局，把他們全部撞上護欄。基普轉過身去，看見來人是葛林伍迪。葛林伍迪雖然年紀很大，不過依然受過黑衛士訓練。場內有兩支匕首和八隻手。這場纏鬥暫時陷入僵局。

基普的匕首遠比安德洛斯那把長，而當他努力避開安德洛斯的小匕首時，葛林伍迪和加文同時看向比較長的那支匕首。他的匕首處於很糟糕的位置。基普持刀刺向安德洛斯，但如果有人往上使力，扭轉刀身——基普完全無法使勁阻止匕首插入自己體內。

一時之間，加文的目光飄向基普的雙眼。基普看出他父親跟他想到一樣的問題——接著，加文眼中的絕望被一陣奇特的寧靜感取代。下定決心。做好選擇。他內心平和。

葛林伍迪和加文同時以迅雷不及掩耳的速度放手。葛林伍迪搶先抓向基普，基普的匕首轉而向上，直指他的胸口——結果又在最後關頭被加文拉開，把刀尖指向自己胸口。

所有人都停止了打鬥，不過卻不是同時。基普向後跌開，面露驚恐。他放開匕首就表示沒人阻止安德洛斯．蓋爾的衝勢，而那支匕首插入他兒子的胸口，直沒入柄。

加文張開嘴巴，無聲慘叫，就連安德洛斯也連忙後退，震驚莫名。加文依靠護欄，神色委靡；接著雙眼瞪大，越瞪越大，彷彿體驗到一股全新的痛楚。確實如此。匕首開始變大。

安德洛斯．蓋爾沒看見，他拉回兜帽遮臉，然後撿起他的眼鏡。當他轉過身來，看見兒子胸口插著一把長劍時，只是說道：「盲眼刀。太好了。葛林伍迪，搶回來。」不管他剛剛短暫被感應到多少人性，此刻都已經蕩然無存。

加文臉上流露痛苦和背叛的表情。他快死了，而他的親生父親竟然只在乎一支匕首。

基普僵在原地。他父親救了他，犧牲自己——爲了基普。一切來得太快，他不知道是該繼續攻擊安德洛斯，還是去他父親身旁。不管怎麼做都改變不了事實。

加文靠著支撐自己身體的護欄往上挺，想要說話，但是說不出來。他看向基普，彷彿是在道歉，在道別，然後整個人翻過護欄。

他墜入黑暗的海面，就此消失。船帆升起，在海風的幫助下穩定前進。第一批年輕黑衛士趕到船尾，分頭散開，神色困惑，水手大吼大叫，葛林伍迪則伸手亂指，混淆他們，製造混亂，瞭望台上的哨音依然刺耳。

基普沒有多想，毫不遲疑。他跳入海中。

第一一二章

海水很冷，月光和星光完全無法透入。在海面下，基普什麼都看不見。他放鬆雙眼，找尋熱源。

那裡！

基普開始游泳。他泳技並不高明，不過儘管目標顏面朝下，沒有動彈，但還沒開始下沉。

基普尚未游到父親身邊，情況已經出現變化。加文沉入海面。基普深吸了口氣，在他沉太深之前抓住他的上衣。基普把他拉出海面，差點被父親背上突起的劍刃刺穿。他在水裡掙扎，但問題在於，即使渾身脂肪，他的泳技還是只夠讓自己保持在水面上。要帶著一個人游泳根本不可能。

他甚至沒辦法高呼救命。旗艦完全沒有轉向的跡象。船鐘響起時，基普已經距船尾一百五十步外。

安德洛斯．蓋爾根本不想找加文。他竭盡所能地拖延黑衛士。那個渾蛋。

基普終於調整到可以憑藉浮力和一隻手臂打水，讓自己仰浮在水面上呼吸的姿勢。幾乎每一陣浪頭都會淹沒他的腦袋，但只要看準時機呼吸，他就不會吃到水。

他大叫：「救命！人員落海！」但船上的人絕不可能聽見他的叫聲。旗艦直到此刻才點明燈火，開始轉向。如果眞的有辦法找到他的話，那種大小的船需要十到十五分鐘才能回到基普這裡。更重要的是，除非他有辦法汲取次紅，不然船上的人絕對看不到他。

基普試著對抗胸中那股驚慌感，那感覺令他難以呼吸。他算錯時間吸氣，結果被海水弄得劇咳片刻才清空肺裡的積水，差點放開了父親的屍體。親愛的歐霍蘭呀。親愛的歐霍蘭，不。

加文・蓋爾死了。死了。親愛的歐霍蘭呀，不。父親，爲什麼？你爲什麼要那麼做？

當他恢復冷靜之後，他發現自己在打鬥的過程中吸收了一些光線。他之前都沒察覺這點。他認爲那就跟測驗時一樣，恐懼和憤怒令他瞳孔放大。他不知情地吸收了盧克辛。

他有一點紅盧克辛和一點黃盧克辛可用。他知道附近還有其他船隻，只要讓他們知道他的位置，就會有人來救他。

深吸了一口氣之後，他從指尖發射出一點黃光。就連這麼一點小動作都把他推入海中，喘不過氣。

他不知道附近有沒有鯊魚，不知道鯊魚會不會聞到盧克辛的味道。他知道牠們聞得到血腥味，而他父親的血可能引來牠們。

不過他沒有驚慌，他已經沒有力氣驚慌。片刻後，他舉起手掌，在手指外包覆一層紅盧克辛。嘗試幾次之後，他用黃盧克辛點燃了它。

但是他沒辦法一邊舉著火手，一邊帶著父親游泳。火焰被海浪澆熄後，他嘗試再度點火，但是已經有太多紅盧克辛被沖掉了。

他在那艘船映入眼簾前聽見船的聲音。那艘船從他身後出現，遮住後方的光線。一張網子罩住了他，片刻之後，他和他父親都被拉上船，丟在甲板上。

「看看我們找到了什麼？看看我們找到了什麼？」一個男人咯咯笑道。「瑟莉絲！」他叫道。「瑟莉絲，妳這個反覆無常的婊子，砲手愛妳！感謝妳！我接受妳的道歉！小子們，圍過來。看看砲手船長的好運爲我們帶來了什麼。」

基普躺在地上，精疲力竭。他剩下的力氣只夠呼吸。

砲手？基普思緒緩慢。砲手就是加文、基普、麗芙和鐵拳在加利斯頓外海擊沉的那艘海盜船上的人，不是嗎？加文說沒有殺他，因爲他開砲的技巧堪稱藝術。這是同一個人嗎？

砲手船長，身穿背心、露出胸口的黑皮膚伊利塔人——和上次見到的背心不同——在長劍允許的角度下翻過加文。是同一個砲手。喔，慘了。「見鬼了。」砲手看著那把劍說道。他自加文身上拔出長劍，舉在身前。

基普的匕首已經跟之前大不相同，已變成一支長劍。不，不光是長劍。寬大的劍刃足足有三呎半長，比象牙還白，單面開鋒，刃面上有兩條交叉的黑螺紋。栩栩如生的黑螺紋上每隔一段相等的距離就有一顆寶石，而那七顆寶石現在全都隱隱發光，從次紅到超紫，每種顏色各一顆。劍脊是薄火槍，只有最後一個手掌的部分才是純粹的劍刃。

砲手來回揮動長劍。「輕。」他說。「輕得不可思議。」但當他看見火槍，看見劍刃上讓手指扶穩槍管的刻痕部位時，不禁哈哈大笑。

一陣嘔吐聲響讓基普和砲手同時將注意力移開長劍。船員交頭接耳，看著加文對著甲板吐水。

他翻過身來，邊喘邊咳。

「還活著？帶他下去。」砲手下令。「給他東西吃，治療他的傷，綁起來。別讓他逃了。他不會乖乖待著的。」水手抬起加文，帶他前往下層甲板。砲手船長再度大叫。「瑟莉絲！瑟莉絲！我可不是吝嗇鬼！妳與我分享，我就與妳分享。我用得上這傢伙。」基普發現他是在指他。「他是個馭光法師。妳看到了！妳知道我有多想要馭光法師！海上很少遇到好的馭光法師，瑟莉絲。但是妳幫了我大忙。」

喔，狗屎。

「我把他交給妳，就當我們扯平了？公平吧？妳給我兩個。我還妳一個！」砲手說。「小子們？」

幾雙手抓了下來。基普奮力掙扎，結果只換來滿鼻子鮮血。他實在太虛弱了，根本無力反抗。水手使勁一拋，他又摔回海裡。

他浮在黑暗的海面上，耳中只聽見划槳聲，還有砲手發號施令和大笑的聲音。

基普游泳，只剩下讓自己保持仰面朝天的力量，離開光線照耀的範圍，無法汲色，期待有人趕來救他。

沒有人來。

第一一三章

第二天早上，法色之王克伊歐斯・懷特・歐克來到他安置麗芙的宮殿。他指示麗芙隨他一起上屋頂，看起來似乎心情很好。

他們並肩俯瞰整座城市。附近還有幾處火頭。有些地方的戰鬥還沒結束，可能還要再過幾週才能平定城內所有叛亂。法色之王宣告所有在接下來兩天內投降的叛軍都既往不咎。繼續反抗的人將會受到強姦、處死家族成員，以及所有他手下能想得出來的懲罰。戰爭不是他發明的，他說，而他會竭盡所能地盡快結束戰爭。迅速殘暴的手段總比長時間戰亂要好。

「成功了嗎？」麗芙問。

「阿提瑞特降世？」法色之王問。「喔，成功了。妳徹底成功了。最後失敗是阿提瑞特自己的錯——還有辛穆的。我們明天會奪回盧易克岬堡壘，到時候或許就會弄清楚是怎麼回事。他似乎確實有占領了堡壘，但肯定哪裡搞砸了，因爲他們知道他占領了堡壘。後來又失守了。如果他沒死，我也不認爲他會回來。妳不用再擔心他了。」

這倒讓她鬆了口氣，不過麗芙覺得有這種感覺似乎很懦弱。她扭轉了整個戰局，竟然還怕一個流鼻涕的小鬼？

「還有更多好消息。」法色之王說。「除了妳的光榮勝利和我們奪下盧城之外，妳父親沒有幫他們作戰。」

「我知道。」麗芙說。

「他有和妳聯絡嗎？」

「沒有。」

「那妳怎麼知道？」克伊歐斯・懷特・歐克問。

「因爲我們贏了。」

法色之王大笑，不過麗芙聽得出來這個答案讓他不太高興。「希望我們永遠不用測驗妳對他的能力所抱持的信心。不過還有好消息，妳感覺到了嗎？」

他是指魔法上的感應。「不。我沒有你那種感應能力。」麗芙說。

「稜鏡法王死了。法色自由了。」

「我不懂。」麗芙說。她覺得很難受。阿提瑞特降世後，她的感應能力就封閉了。她想念那場戰役的高潮，而她暗自期待自己估計錯誤，期待基普、卡莉絲和加文都還活著。

「這……」克伊歐斯朝海灣比了比。「這是我們的挫敗。剋星會自行降世，阿麗維安娜。我們只要等就好了，很快就會有其他剋星出現。另一個藍剋星、另一個綠剋星，現在每種法色都有一個剋星。」

她冷冷地轉頭看他。難怪他不把剋星死亡放在心上。

「還要一段時間，但他們已經無法阻止我們了，麗芙。我們唯一要注意的就是在每個剋星降世時，都讓我們信任的馭光法師身處剋星中心。」

「我們信任的馭光法師？你是說任何馭光法師都可以……」她在剋星塔頂看見阿提瑞特，當然，但是——德凡尼・瑪拉苟斯？

「任何天賦異稟的馭光法師，沒錯。數百年前，這種情況引發許多血腥衝突，因爲每個綠法師都在互相殘殺，妄想成神，然後諸神又會互相開戰。但是那個年代已經結束了。」他寬大地笑了笑，接著攤開手掌，掌心放著一串項鍊，中央鑲有一顆隱隱發光的黑寶石。「我說過妳肩負使命，阿麗維安娜，符合我手下最強大超紫法師的偉大使命。所以，告訴我，妳現在猜到是什麼了嗎？」

第一一四章

安德洛斯．蓋爾站在他的艙房裡，仔細打量自己。他站著，沒穿上衣，沒戴兜帽，沒穿斗篷，沒有黑眼鏡，簾幕拉起。他看著自己的雙手、雙臂，最後看向眼睛。他已經掩飾好幾個月的破碎斑暈消失了。他依然保有法色——次紅、紅、橘和黃——散布在明亮藍眼中央的虹膜裡，但已經恢復平衡。

他曾見過盲眼刀的功效——並不是這個樣子。那支匕首是殺戮工具。但當他看著自己的肩膀，完全沒有傷口，連破皮都沒有。他又看了看眼睛，肯定這是某種幻覺。但是斑暈還在，而且很穩定。他覺得精力充沛，身體狀況比過去十五年、二十年都還要好。他之前得努力克制才能阻止紅魔法把他逼瘋——而在最後那段日子裡，他並不確定自己占了上風。

現在他又恢復成正常的馭光法師了，起碼還有十年不會粉碎斑暈的多色譜法師。

這情況，這情況改變了一切。

□

黎明前不久，基普被沖到岸上。他並不是自己游過來的。過去幾個小時裡，他都只能讓自己漂在海上，保持呼吸。他在沙灘上爬到不會再被海水捲走的位置，然後像條擱淺的鯨魚般癱倒在地。

中午時分，他被搜他口袋的人吵醒。他立刻掙扎，甩開對方的手，深怕遭到攻擊。他坐起身來，發現起碼有十幾具屍體被沖到海灘上。

搜他口袋的人哈哈大笑。基普眨了眨眼，抬頭看他，但那年輕人背對刺眼的陽光。他身穿骯髒的白上衣，還有用許多彩色飾帶裝飾的斗篷，手裡拿著一把手槍。

「喔，我找對海灘了，是不是？」年輕人說。「我眞幸運，是不是？」

基普望向海灘，看見年輕人的小船。他八成是在海上看見海灘躺滿屍體，於是決定過來大肆搜刮。基普很渴。「你有水嗎？」他聲音沙啞地說。

「船上有。還有吃的。」

基普奮力起身。年輕人沒有動手扶他。接著他想到了。他聽過那個聲音。他瞇眼看向背光的年輕人。「喔，不。」他說。

「反應有點慢，是不是？」辛穆說。他上前一步，一拳打在基普臉上。

基普摔倒，重重坐在沙上。他檢查自己的鼻子，眼中淚水直流。往好的方面想，他的鼻子沒斷。他緩緩站起，走向小船。他足足喝掉半水袋的水。他頭痛欲裂，可能是宿醉。他以前沒宿醉過。而且還暈光。他全身無處不痛。他肋骨附近有一條長長的傷口，左手的刀傷也在抽痛。

基普考慮要不要攻擊正揉著自己手掌的辛穆：他打基普打到手痛。但是辛穆手上有槍。他會發現基普試圖汲色——此刻汲色吸引人的程度就和下水道的餿水差不多——而且基普覺得自己的身手就像一百二十歲的老人。基普曾見過這傢伙汲色，很久以前。他一點也不懷疑辛穆會開槍。他上船。

「解下腰帶，交給我。然後從衣服上撕一塊布，綁住你的眼睛。」辛穆說。「慢一點。」

基普照做。他感覺到辛穆把船推入海裡。基普撲向前去，扯下遮眼布。

辛穆一手抓住在水中沉浮的船頭，正要爬上船來，而手槍則對準基普的臉。「後退。後退！」他說。「我沒啥耐性，如果你不在五秒內回去坐好，遮起眼睛，我就會對你的臉開槍。」

基普承認失敗，坐回板凳，拉回遮眼布。他差一點就成功了。差一點。失敗的斗篷輕易蓋在他無力的肩膀上。差一點基普。又是這樣。

不。那不是事實。他已經不是那個基普了。他不笨。他不弱。他不是懦夫。沒有人排擠他。他成功加入黑衛士。全世界最強的戰士和馭光法師都接納了他。他父親接納了他。他對抗過國王、狂法師，還有神。他犯過大錯：他曾愚蠢、軟弱、是個懦夫、遭人排擠。要不是他，他父親不會中那一刀。但他也在其他人都無能爲力的情況下救回落海的父親。基普一直戴著「差一點」這副眼鏡看待一切。但是介於妓女之子和稜鏡法王之子中間，還有另一條道路，一條中間之道。他並不算是眞的基普屠神者，也不再是那個飽受朗米爾欺壓的男孩。再也不是了。我的行爲界定我的價值，而我是粉碎者。

只願意透過一片眼鏡看待世界的人，永遠都會活在黑暗中。任何有耳朵的人都該聽見眞理。

該是我打破老眼鏡的時候了。

「拿起船槳。」辛穆說。基普在盲目摸索船槳時，聽見辛穆爬上船的聲音。接著他感到盧克辛包覆他的雙手，把他和槳固定在一起。「你先划一個小時，我就會給你食物和水。來吧！旅途還長著呢，兄弟。」

基普開始划船。他左手划得很難受。「兄弟？」他問，語氣冷靜、坦然，一點也不畏懼。

「我祖父安德洛斯．蓋爾要我前往克朗梅利亞。他說他剩下的家人都失蹤了。說他在考慮收養我。說他有遠大的計畫。」他稍停片刻。「怎麼，你不知道？我是卡莉絲和加文的兒子。我是辛穆．懷特．歐克。」

基普的心臟自胸口墜落，把船板打了個洞，然後在沉入海底的過程中壓死了幾十條魚。

他聽見檢視手槍的金屬磨擦聲，以爲辛穆終究還是決定要殺了他。接著辛穆哈哈大笑。「老天呀，我也太走運了。」他對自己說。「你看看？這把槍裡沒子彈。」

第一一五章

加文被人用巴掌甩醒。他覺得很難受。船艙很黑，瀰漫著很久沒洗澡的男人體臭、艙底積水、海草、魚腥，還有排泄物的味道。他手腕上扣著手銬，身上除了短褲，什麼都沒穿。

他臉上又挨了一巴掌，力道強到在他口中掀起一股血腥味。他睜開雙眼，看著眼前的男人。他的肺和喉嚨都被他努力吐出的海水給磨破了。

「砲手，你這個渾蛋。」加文說，聲音很沙啞。昨晚的情況印象模糊。「你在幹嘛？」

「你不能汲色了，對不對？」

加文舉起雙手，空無一物，徒勞無功。船艙裡昏暗到需要吸收兩分鐘光線才能對任何人造成威脅。而以他此刻的身體狀況，他也沒有足夠的意志施法。

「給我兩分鐘。」他說。他的左眼腫脹。他被——喔，歐霍蘭呀！加文檢視自己的胸口。沒有受傷。他究竟做了什麼樣的噩夢？竟然以爲自己被匕首穿胸而過？他被人下藥，帶離旗艦？

「你的雙眼和瑟莉絲一樣湛藍，蓋爾閣下。完全沒有任何斑暈。我向來討厭那些盧克法王，總是把人使喚來使喚去，不肯親自動手去做他們該做的事。」他輕笑，好像說了什麼很聰明的話。「不過我對於這個不公不義的人生，有自己的解決之道。這不是艘很起眼的船，但卻是有尊嚴的船，是不是？」

「這是你的船？」加文問，還有點迷迷糊糊。他坐在一張長凳上，旁邊有個白頭髮、白鬍子的瘦子，眼睛很大，衣不蔽體。這下面每個人都很瘦，都衣不蔽體，只有水喝，或是只有硬麵包吃。他們全都被鐐銬鎖住。全都在看他。

「對，我的船。苦棒號，我這樣叫她，因爲她會磨爛你的肉棒。她屬於我，而現在你屬於她。好好幹，蓋爾。如果這個老女孩沉了，你會跟她一起沉。」

手銬鎖鏈的另外一端把他的手扯到槳上。

「砲手……」加文語帶警告地說。

「砲手船長，六號。亂叫就要吃鞭子。」

「歐霍蘭詛咒你，你不知道我是誰嗎?!」砲手已經二十年沒幫加文做事了，或許他改變太多，以致砲手沒看到他的華服就不認得他。

砲手微笑。「會問『你不知道我是誰嗎?』的人，才是眞的不知道答案的人。不過問題就在這裡，加文．蓋爾，我會給你機會找出這個答案。」

「不是加文，」加文反抗道。「達山。我是達山．蓋爾。」

砲手打開艙門，讓陽光照入船艙。「你以前是誰對我來說沒差，而你現在是划槳奴隸六號。第三排，中間位置。不過別擔心，只要努力划槳，工作勤奮，六個月內你就可以坐到最前面。人生有目標眞好，是不是?」他露齒而笑。「小子們?」

加文一言不發。他沒有反抗，因爲透過開啓的艙門，他看見了比淪爲奴隸還要糟糕的事。本來在昏暗惡臭的船艙裡，他還沒有發現——色彩在黑暗中總是不明顯。但艙門開啓之後，在看到天空、飛鳥和船帆之後，在看到加文等著吸收用以粉碎鎖鏈逃生的強光後，他發現了更糟糕的事實。他沒辦法從純粹的白光中分離光譜。他沒辦法分光是因爲沒辦法汲取那些法色。他無法汲色是因爲他看不見那些法色。無知的人們以色盲來形容次色譜人，事實上次色譜人純粹只是無法分辨顏色。

致謝

從毫米波到武術格鬥到魔法風雲會，我在撰寫這本書的過程中需要許多幫助，我要感謝很多人的幫助，雖然有些我已在前一本書感謝過（我依然欠他們人情）。首先，感謝我的妻子克莉絲蒂，如果沒有她，我現在肯定在做我討厭的工作。感謝妳容忍我過去兩年裡一週工作六天的生活，親愛的。我會努力正常一點……遲早。謝謝伊莉莎，承受這麼多公事責任，讓我可以專心寫作。謝謝唐．馬斯、卡麥隆．麥克魯，還有其他DMLA的成員，幫我們找到適當的合作夥伴，指導我們，提供專業知識，還有絕佳的情節建議和鼓勵。作家的生活太容易孤獨寂寞了，你們爲我提供了理智與智慧。

感謝歐比圖書（Orbit Books）的成員（戴維、安、艾力克斯、提姆、蘇珊、艾倫，特別是羅倫．P），他們的苦幹實幹、創新和熱誠，不斷讓我驚訝。我聽說過其他出版社的作者遇過的恐怖故事，我很高興能以歐比爲家。謝謝所有身居幕後，確保機器順利運作的人。

謝謝瑪麗．羅賓奈特．科瓦（《牛奶與蜂蜜的陰影 *Shades of Milk and Honey*》作者）擔任我的第一個讀者，給了我很棒的意見，讓這本書變得更好。另外，關於第三集劇情急轉直下的部分，妳提供了讓情況變得更糟的建議？沒錯，我徹底偷來用了。

感謝N．威利斯數學教授，他在看完《黑稜鏡》後立刻問我玩不玩魔法風雲會（他很狡猾地刺探我願不願意和他玩，而不是直接承認自己有多宅）。我從未玩過魔法風雲會，但很快就發現其中蘊含的數學之美。書中世界的九王牌設定，就是由此播下種子（不過規則和玩法有所不同），而我知道我肯定會收到詢問這件事的郵件：會……不過還要過幾年。我還要感謝他幫我架構黑衛士的測驗程序，這個程序後來變得非常複雜。自己想吧。

感謝我一個特戰部隊的朋友——E·H·，他幫我弄到（解密過，完全合法！）毫米波科技的簡介。誰說奇幻小說不能用到尖端科技？

非常感謝羅里·米勒警官，他研究暴力的著作應該成爲所有想在虛構世界描寫暴力場景的作者必讀的參考資料，還有希望在眞實世界裡避免暴力事件的人（先從《暴力冥思 *Meditations on Violence*》看起）！他只有一點讓我無法原諒——在「腎上腺素」不存在的世界與年代裡，討論腎上腺素釋放率簡直像是身處地獄。（感謝鮑威爾書店的彼得·H把那本書賣給我——也把我的書賣給其他人！）

謝謝阿佛烈·丁尼生，我在《黑稜鏡》和《盲眼刀》裡都曾透過吉維森之名簡短引述《尤里西斯》裡的句子。不朽名句，先生。上一本書原先就想感謝您，結果忘了。很抱歉。

最後，感謝我的讀者。我熱愛寫作，而我能持續寫作都是因爲你們。這是很大的特權與榮耀，我覺得虧欠各位。我沒辦法承諾什麼，但會竭盡所能寫出最好的故事。不如就讓我這樣做，然後你們繼續強迫朋友買我的書。說定了？

布蘭特·威克斯

馭光者

登場人物

Adrasteia (Teia)	阿德絲提雅（提雅）／克朗梅利亞的學生。她是斯慕沙托維倫格提家族的盧克萊提雅・維倫格提女士的奴隸；黑衛士人選和帕來法師。
Aheyyad	阿黑亞德／橘法師，塔拉的孫子。加利斯頓守軍之一，加利斯頓明水牆的設計人；由加文・蓋爾稜鏡法王賜名爲阿黑亞德・明水（Aheyyad Brightwater）。
Ahhanen	阿漢尼／黑衛士。
Aklos	阿克洛斯／阿格萊雅・克拉索斯女士的奴隸。
Amestan	阿梅斯坦／參與加利斯頓戰役的黑衛士。
Aram	阿朗／黑衛士矮樹。他父母都是黑衛士，打從會走路開始就一直接受格鬥訓練。
Arana	阿拉娜／馭光法師學生，商人之女。
Aras	阿拉斯／克朗梅利亞學生，黑衛士矮樹。
Arash, Javid	塔維德・阿拉許／防禦加利斯頓的馭光法師之一。
Aravind, Lord	阿拉文德／阿塔西總督。伊度斯行政官，卡塔・漢哈迪塔之父。
Arias, Lord	阿利爾斯／法色之王的顧問之一。他是負責爲法色之王散布謠言的阿塔西人。
Arien	雅莉安／克朗梅利亞的老師。是橘法師，奉黑盧克法王之命測驗基普。
Ariss the Navigator	大航海家阿利斯／傳奇冒險家，探險家。
Asif	阿席福／年輕黑衛士。
Asmun	阿斯姆／黑衛士矮樹。
Atagamo	阿塔加莫／在克朗梅利亞教盧克辛特性的魔法老師。伊利塔人。
Atiriel, Karris	卡莉絲・阿提瑞爾／一名沙漠公主。嫁給盧西唐尼爾斯之前成爲卡莉絲・影盲者（Karris Shadowblinder）。
Ayrad	艾拉德／黃法師。他早基普許多年加入黑衛士訓練班，一開始在班上排名最後（第四十九名），然後慢慢爬到

	頂端，和所有人對打。後來大家才知道他是因爲誓言才這麼做的。他成爲黑衛士指揮官，有四任稜鏡法王至少被他救過一次，最後遭人毒殺。
Azmith, Caul	高爾・阿茲密斯／帕里亞將軍，帕里亞總督的小兒子。
Balder	包德／討厭基普的黑衛士矮樹。
Bas the Simple	單純貝斯／提利亞多色譜法師（藍／綠／超紫），相貌英俊，但是輕微智障，發誓要殺死懷特・歐克家族慘案的凶手。
Ben-Hadad	班哈達／克朗梅利亞的魯斯加學生。他曾入選加入前幾期的黑衛士訓練班。藍黃雙色譜法師，自行設計出可換用藍色或黃色的法色眼鏡。非常聰明。
Big Ros	大洛斯／阿格萊雅的奴隸。
Blademan	劍客／黑衛士守衛隊長。他在盧易克岬戰役中率領一艘飛掠艇，與加文及光陰守衛隊長並肩作戰。
Blue-Eyed Demons, the	藍眼惡魔傭兵團／當年幫助達山作戰的傭兵團。
Borig, Janus	珍娜絲・波麗格／老太婆。她禿頭，愛抽長菸斗，顯然是「明鏡」。
Bursa	布爾莎／法色之王最重要的顧問。她隨時都在撥弄小算盤，掌握三分之一的嫖妓代幣。
Burshward, Captain	伯許渥船長／一名安加船長（來自永恆黑暗之門外）。
Burshward, Gillan	伯許渥・吉蘭／伯許渥船長的兄弟。
Buskin	厚底靴／和圖澤坦及特拉蒂一樣，都是鐵拳指揮官進攻盧易克岬時最強的弓箭手。
Cailia	凱莉雅／第三眼的皮格米矮人僕役。
Carver Black	卡佛・黑／非馭光法師，這是黑法王的傳統。他是七總督轄地的最高行政官。儘管有權在光譜議會中發言，卻無投票權。
Carvingen, Odess	奧迪斯・卡文眞／加利斯頓守軍裡的馭光法師。
Cavair, Paz	帕斯・卡維爾／藍惡棍傭兵團於盧城大金字塔的隊長。
Cezilia	瑟西莉雅／第三眼的僕人／保鏢。
Clara	克萊拉／第三眼的僕人／保鏢。
Companions' Mother	女伴之母／法色之王部隊的妓院工會。
Coran, Adraea	阿德拉雅・科倫／聖人。說過「戰爭很可怕」。
Cordelia	科黛莉雅／身材苗條的黑衛士。
Corfu, Ramia	拉米亞・科福／高強的年輕藍法師。他是法色之王最寵信的手下之一。
Corzin, Elph	艾勒雷夫・可辛／阿伯恩藍法師，加利斯頓守護者。
Counselor, the	大顧問／傳奇人物。《國王顧問》的作者，該書裡的統

	治方式殘暴到連他自己都不願實行。
Crassos, Aglaia	阿格萊雅・克拉索斯／克朗梅利亞的年輕女貴族兼馭光法師。她是魯斯加重要家族中的么女，享受虐待奴隸的虐待狂。
Crassos, Governor	克拉索斯總督／阿格萊雅・克拉索斯的哥哥；已故的加利斯頓總督。
Cruxer	關鍵者／黑衛士矮樹。他是家族中第三代加入黑衛士的人；父母是因娜娜和鉗拳。
Daelos	戴羅斯／黑衛士矮樹。
Dagnar Zelan	達格納・柴蘭／第一代黑衛士之一。在認同盧西唐尼爾斯的理念後轉而服侍他。
Danavis, Ariviana (Liv)	阿麗維安娜・達納維斯（麗芙）／科凡・達納維斯的女兒。來自提利亞的黃超紫雙色譜法師。合約掌握在魯斯加人手中，負責監督她的是阿格萊雅・克拉索斯。
Danavis, Corvan	科凡・達納維斯／紅法師。魯斯加偉大家族的後裔，同時也是當代最高明的軍事將領，達山能打勝仗的主因。
Danavis, Ell	艾兒・達納維斯／科凡・達納維斯的第二任妻子。結婚後三年遭刺客暗殺。
Danavis, Erethanna	伊瑞桑娜・達納維斯／西魯斯加納索斯伯爵手下的綠法師；麗芙・達納維斯的表親。
Danavis, Qora	可拉・達納維斯／提利亞貴族；科凡・達納維斯的第一任妻子，阿麗維安娜・達納維斯的母親。
Delara, Naftalie	納弗塔莉・戴萊拉／安德洛斯本來要「允許」加文娶的女人。
Delara, Orange	戴萊拉・橘／阿塔西在光譜議會的代表。代表橘法色，是個四十歲的橘紅雙色譜法師，即將走到生命尾聲。前任橘法王是她母親，輪流統治加利斯頓的主意就是她提出來的。
Delarias	戴拉瑞亞斯／瑞克頓的一戶人家。
Delauria, Katalina	卡塔琳娜・迪勞莉雅／基普的母親。是帕里亞或伊利塔人，海斯菸鬼。
Delclara, Micael	米凱爾・戴克拉瑞／瑞克頓的採石工人。
Delclara, Miss	戴克拉瑞太太／瑞克頓戴克拉瑞家的家長。她六個兒子都是採石工人。
Delclara, Zalo	柴洛・戴克拉瑞／採石工人，戴克拉瑞家的兒子之一。
Delelo, Galan	加蘭・迪里洛／法色之王部隊中的士官長。他護送麗芙抵達加利斯頓城門。
Delmarta, Gad	蓋德・戴爾瑪塔／達山部隊中的年輕將領。當年他攻占

	盧城時，公開處決皇室家族和僕役。
Delucia, Neta	內塔・迪露西雅／伊度斯統治議會的成員（也就是所謂的城母）。
Dujr	杜爾／他和阿漢尼是卡莉絲及加文離開難民船時輪班的黑衛士。
Droose	卓斯／與砲手同船的水手之一。
Elessia	愛莉希雅／黑衛士。
Elio	俄里歐／基普營房裡的惡霸。基普折斷了他的手臂。
Elos, Gaspar	蓋斯帕・伊羅斯／綠狂法師。
Erato	伊拉托／討厭基普的黑衛士矮樹。
Essel	伊塞兒／女黑衛士，曾在某個阿塔希貴族占她便宜時折斷對方手指。
Euterpe	優特培／提雅的奴隸朋友。她的主人在一場乾旱中失去了一切，於是把她租給洛利安的銀礦妓院五個月。她從此變了個人。
Falling Leaf, Deedee	迪迪・落葉／綠法師。由於她的健康狀況惡化，讓一群資深馭光法師興起前往加利斯頓參加解放儀式的念頭。
Farjad, Farid	法利德・法加德／貴族，達山的盟友，僞稜鏡法王戰爭期間，達山承諾戰後讓他登上阿塔西王座。
Farseer, Horas	霍拉斯・法西爾／另一個達山的盟友，藍眼惡魔傭兵團的頭子。加文・蓋爾在僞稜鏡法王戰爭過後殺了他。
Fell	擊倒／女黑衛士，所有黑衛士中最嬌小的人，擅長特技動作。
Ferkudi	弗庫帝／黑衛士矮樹，藍／綠雙色譜法師，擅近身扭打。
Finer	傑出／在九王牌中看見的黑衛士。
Fisk, Trainer	費斯克訓練官／他透過反覆磨練與特殊狀況訓練黑衛士矮樹。當年他在加入黑衛士的測驗中勉強擊敗卡莉絲。
Flamehands	火手／伊利塔法師，加利斯頓守護者之一。
Gaeros	蓋羅斯／阿格萊雅女士的奴隸。
Galaea	蓋拉雅／卡莉絲・懷特・歐克的女侍，叛徒。
Galdem, Jens	詹斯・加爾丹／克朗梅利亞的魔法老師，紅法師。
Galib	加利伯／克朗梅利亞的多色譜法師。
Gallos	加洛斯／加利斯頓的馬伕。
Garadul, Perses	伯希斯・加拉杜／盧伊・岡薩羅在僞稜鏡法王戰爭中落敗後任命的提利亞總督。伯希斯是拉斯克・加拉杜的父親。戰後他致力於剷除爲禍提利亞的強盜問題。
Garadul, Rask	拉斯克・加拉杜／自立爲提利亞之王的總督；他父親是伯希斯・加拉杜。

Gazzin, Griv	葛里夫．加辛／與伊．橡木盾並肩作戰的綠法師。
Gerain	傑蘭／在加利斯頓遊說居民加入加拉杜王陣營的老人。
Gerrad	傑拉德／克朗梅利亞的學生。
Gevison	吉維森／詩人（去世已久）。
Golden Briar, Eva	伊娃．高登．布萊爾／安德洛斯．蓋爾供加文挑選的結婚對象之一。
Gold Eyes, Tawenza	塔溫莎．黃金眼／黃法師。她每年只教克朗梅利亞最頂尖的三個黃法師學生。
Goldthron	高德索恩／克朗梅利亞的魔法老師。只比學生大三歲，負責指導超紫班。
Gonzalo, Ruy	盧伊．岡薩羅／僞稜鏡法王戰爭期間，與達山同盟的提利亞總督。
Goss	高斯／帕里亞黑衛士矮樹，最強的戰士之一。
Gracia	葛萊希雅／身材高大的帕里亞矮樹。比大多數男生高。
Grass, Evi	伊薇．葛拉斯／加利斯頓守護者兼馭光法師。是來自血林的綠黃雙色譜法師，也是超色譜人。
Grazner	葛拉斯納／黑衛士矮樹。基普在一場比試中擊潰了他的意志。
Green, Jerrosh	傑洛許．綠／與德凡尼．瑪拉荀斯同爲法色之王和血袍軍麾下最強的綠法師。
Greenveil, Arys	阿萊絲．葛林維爾／光譜議會中的次紅法王。血林人，是吉雅．托爾佛的表親，妹妹是安娜．喬維斯的母親艾拉。她父母在戰時被露娜．綠的兄弟所殺。她與十二個不同的男人生下十二個小孩。
Greyling, Gavin	加文．葛雷林／新進黑衛士。是吉爾．葛雷林的弟弟，以加文．蓋爾之名命名。是兩兄弟裡比較英俊的那個。
Greyling, Gill	吉爾．葛雷林／新進黑衛士。是加文．葛雷林的哥哥，是兩兄弟裡比較聰明的那個。
Grinwoody	葛林伍迪／安德洛斯．蓋爾的首席奴隸兼左右手。不算馭光法師，但安德洛斯動用關係讓他加入黑衛士訓練，與黑衛士結交、查探祕密。他通過了黑衛士訓練，結果在宣誓當天決定與蓋爾法王續約，黑衛士沒有忘記他的背叛。
Guile, Andross	安德洛斯．蓋爾／加文、達山，以及塞瓦斯丁．蓋爾的父親。他能汲取從黃色到次紅的法色，不過眾所皆知他擅長紅色，那也是他在光譜議會中代表的法色。儘管來自已經有代表在光譜議會中的血林，他還是在議會占了一個席次，宣稱他在魯斯加的那幾塊地讓他有資格出席

	議會。
Guile, Darien	達里安・蓋爾／安德洛斯・蓋爾的曾祖父。娶了伊・橡木盾的女兒，結束了兩大家族間的戰爭。
Guile, Dazen	達山・蓋爾／加文的弟弟。愛上卡莉絲・懷特・歐克，在「他」燒掉他們家族宅邸，害死裡面所有人後，引發了僞稜鏡法王戰爭。
Guile, Draccos	卓克斯・蓋爾／安德洛斯・蓋爾的父親。
Guile, Felia	菲莉雅・蓋爾／嫁給安德洛斯・蓋爾。加文和達山的母親，阿塔西皇室的表親，是個橘法師。烏爾貝・拉斯柯在遇上奧莉雅・普拉爾前，曾追求過她母親。
Guile, Gavin	加文・蓋爾／稜鏡法王。比達山年長兩歲，十三歲就被任命爲稜鏡法王。
Guile, Kip	基普・蓋爾／加文・蓋爾和卡塔琳娜・迪勞莉雅的私生子。是超色譜人兼全色譜法師。
Guile, Sevastian	塞瓦斯丁・蓋爾／蓋爾家最小的弟弟。在加文十三歲、達山十一歲時被一名藍狂法師殺害。
Gunner	砲手／伊利塔海盜。首度出航時是在阿維德・巴拉亞號上擔任火砲手。後來成爲船長。
Ham-Haldita, Kata	卡塔・漢哈迪塔／伊度斯行政官，阿塔西總督之子。
Harl, Pan	潘・哈爾／黑衛士矮樹。家族之前十代裡有八代都在當奴隸。
Helel, Mistriss	赫雷女士／冒充克朗梅利亞的老師，試圖謀殺基普。
Hena	漢娜／在克朗梅利亞教導盧克辛建構的魔法老師。
Hezik	哈席克／母親在娜若斯指揮海盜狩獵船的黑衛士。他瞄準火砲的技術甚佳。
Holdfist	鉗拳／已故黑衛士。兒子是關鍵者，妻子是另一名黑衛士因娜娜。
Holvar, Jin	琴・霍瓦／和卡莉絲同年加入黑衛士，不過比卡莉絲年輕幾歲。
Idus	伊達斯／黑衛士矮樹。
Inana	因娜娜／關鍵者母親，是黑衛士。黑衛士鉗拳的遺孀。
Incaros	英卡洛斯／阿格萊雅・克拉索斯女士的臥房奴隸。
Ironfist, Harrdun	鐵拳・哈爾丹／黑衛士指揮官，三十八歲，藍法師。
Isabel (Isa)	伊莎貝兒（伊莎）／瑞克頓一個美麗少女。
Izem Blue	伊森・藍／傳奇法師，在加文・蓋爾的指揮下守護加利斯頓。
Izem Red	伊森・紅／加文・蓋爾的指揮下守護加利斯頓的馭光法師。他在僞稜鏡法王戰爭期間爲加文作戰。是個速度超

	快的帕里亞紅法師，頭上戴的高特拉打成眼鏡蛇形狀。
Jalal	賈拉爾／賣咖啡的帕里亞商人。
Javaros, Lord	傑瓦洛斯／可能會成爲下任黑衛士指揮官和安德洛斯．蓋爾工具的小白痴。
Jorvis, Ana	安娜．喬維斯／超紫與藍雙色譜法師，克朗梅利亞的學生，安德洛斯．蓋爾允許加文娶的女人之一。
Jorvis, Demnos	丹諾斯．喬維斯／安娜．喬維斯的父親，阿萊絲．葛林維爾的妹夫，妻子是艾拉．喬維斯。
Jorvis, Ela	艾拉．喬維斯／阿萊絲．葛林維爾的妹妹，丹諾斯．喬維斯的妻子，血林人，安娜．喬維斯之母。
Jumber, Norl	諾爾．強伯／黑衛士。
Jun	祖恩／黑衛士矮樹。在一次測驗裡和烏勒搭檔帶著錢穿街走巷。
Kadah	卡達／克朗梅利亞魔法老師；教導汲色基礎的綠法師。
Kalif	卡里夫／黑衛士。
Kallikrates	卡利克拉特／提雅的父親。本來是絲路商人，後來家產被妻子敗光。
Kaftar, Graystone	葛雷史東．凱夫塔／綠法師，黑衛士矮樹。體格強健、膚色黝黑，來自有錢家庭，讓他能在來到克朗梅利亞學習前就先接受訓練。
Klytos Blue	克萊托斯．藍／光譜議會藍法王。雖是徹頭徹尾的魯斯加人，但代表伊利塔。是懦夫，也是安德洛斯的工具。
Laya	拉雅／黑衛士紅法師，參與了加利斯頓之役。
Lem (Will)	蘭姆（威爾）／黑衛士，不知是單純還是瘋狂，意志超級堅定的藍法師。
Leo	李歐／黑衛士矮樹，超級強壯。
Lightbringer, the	馭光者／預言和神話中極具爭議的人物。大部分人認同他是男性、將會或曾經殺過諸神和國王、出生不詳、魔法天才、將會橫掃或曾經橫掃世間一切的戰士、窮人和飽受壓迫之人的救星、從小就是大人物、粉碎一切者。大部分神諭是用古帕里亞文撰寫而成，而古帕里亞文中許多語意都已隨著時代改變，導致解讀神諭難上加難。基本上有三種觀點／馭光者尚未降世；馭光者已降世，就是盧西唐尼爾斯（這是克朗梅利亞當前承認的觀點，不過並非向來如此）；還有某些學派認爲馭光者只是用來比喻人類最高貴的情操。
Little Piper	小風笛手／橘黃雙色譜黑衛士。
Lucia	露希雅／黑衛士矮樹。是班上最美麗的女孩，也是關鍵

	者的搭檔。他們關係親密。
Lucidonius	盧西唐尼爾斯／傳說中建立七總督轄地和克朗梅利亞的人，第一任稜鏡法王。娶卡莉絲・影盲者爲妻，成立黑衛士。
Luna Green	露娜・綠／光譜議會的綠法王。是魯斯加人，吉雅・托爾佛的表親。她哥哥戰時殺害阿萊絲・葛林維爾父母。
Lytos	萊托斯／黑衛士，瘦瘦的伊利塔閹人。
Malargos, Aristocles	阿利斯托可斯・瑪拉苟斯／伊蓮和提希絲・瑪拉苟斯的叔叔；未從戰場上返回。
Malargos, Dervani	德凡尼・瑪拉苟斯／魯斯加貴族，提希絲・瑪拉苟斯的父親，僞稜鏡法王戰爭期間是達山的朋友和支持者。他是綠法師，戰後在提利亞荒野中失蹤多年。當他試圖返鄉時，菲莉雅・蓋爾雇用海盜暗殺他，以免洩露加文的祕密。
Malargos, Eirene (Prism)	伊蓮・瑪拉苟斯（稜鏡法王）／一族之長，亞歷山德・斯普雷丁・歐克（加文・蓋爾前的稜鏡法王）前的稜鏡法王。她在位十四年，不過加文對她的印象只有小時候看她舉行太陽節儀式。
Malargos, Eirene (the Younger)	伊蓮・瑪拉苟斯（年輕後者）／提希絲・瑪拉苟斯的姊姊。當父親和叔叔戰後沒有隨軍返鄉時，出面管理家族財務。
Malragos, Tisis	提希絲・瑪拉苟斯／相貌出眾的魯斯加綠法師。她父親和叔叔爲達山而戰；姊姊是伊蓮・瑪拉苟斯，很可能會從姊姊那裡繼承一座商業帝國的財富。
Marissia	瑪莉希雅／加文的臥房奴隸。在達山戰爭中被魯斯加人俘虜的紅髮血林人，自十八歲起，已經服侍加文十年。
Marta, Adan	亞當・瑪塔／瑞克頓居民。
Martaens, Marta	瑪塔・馬太安斯／克朗梅利亞的魔法老師。她是當今少數帕來法師之一，負責教導提雅。
Mori	莫里／法色之王部隊裡的士兵。
Mossbeard	苔蘚鬚／血林海岸接近盧易克灣一個小漁村的村長。
Maheed	娜希／阿塔西女總督。她在僞稜鏡法王戰爭期間慘遭蓋德・戴爾瑪塔將軍謀殺。
Nassos	納索斯／西魯斯加的伯爵。麗芙・達納維斯的表姊在他手下做事。
Navyd, Payam	培楊・納維德／克朗梅利亞的英俊老師；菲普斯・納維德是他表弟。
Navyd, Phips	菲普斯・納維德／培楊・納維德的表弟。他在盧城長

大，後來加入法色之王的部隊。父親和哥哥都在僞稜鏡法王戰爭後被吊死，當年他十二歲。他想找阿拉文德領主報仇。

Nerra　奈拉／設計能弄沉船艦的超強爆破盤的黑衛士。

Neil, Baya　巴亞．尼爾／黑衛士綠法師。

Nuqaba, the　努夸巴／帕里亞口耳相傳的歷史守護者，代表強大的力量。她住在阿蘇雷。

Oakenshield, Zee　伊．橡木盾／安德洛斯．蓋爾的曾曾祖母，綠法師。是蓋爾家族的創建者，雖然家族姓氏來自另一半家族。

Omnichrome, Lord (the Color Prince)　全色譜之王（法色之王）／對抗克朗梅利亞統治的反抗軍首領。由於全身幾乎都以盧克辛重塑，所以知道他眞實身分的人不多。他是全色譜多色譜法師，宣揚強調自由與力量的信仰，反對盧西唐尼爾斯和歐霍蘭。其他稱號包括：法色之王、水晶先知、多色譜大師、奇異啓蒙師、彩虹之王。原本身分是克伊歐斯．懷特．歐克，卡莉絲．懷特．歐克的哥哥。在引發僞稜鏡法王戰爭的那場大火裡嚴重燒傷。

One-eye　獨眼／分盾傭兵團的傭兵。

Onesto, Prestor　普雷斯特．昂斯托／瓦利格與葛林銀行的伊利塔銀行家。

Orholam　歐霍蘭／七總督轄地信仰的一神宗教裡的神，又名萬物之父、光明之王。加文．蓋爾擔任稜鏡法王前四百年，盧西唐尼爾斯將他的信仰傳播到七總督轄地。

Orlos, Maros　馬羅斯．奧洛斯／信仰非常虔誠的魯斯加法師。參與了僞稜鏡法王戰爭和加利斯頓之役。

Or-mar-zel,atir　歐－馬－柴爾－阿泰爾／守護盧西唐尼爾斯的第一代黑衛士之一。

Oros Brothers, the　奧羅斯兄弟／兩個黑衛士矮樹。

Payam, Parshan　帕山．培楊／克朗梅利亞的年輕法師，爲了和人打賭而去追求麗芙．達納維斯。他失敗得驚天動地。

Pavarc　裴瓦克／他在加文．蓋爾之前兩百年證實世界是圓的，後來因爲宣揚光是缺乏黑暗的狀態而遭人私刑處死。

Philosopher, the　大哲學家／代表道德和自然哲學基礎形象的人物。

Phyros　法羅斯／法色之王的手下。七呎高，擅使兩把斧頭。

Pip　皮普／黑衛士矮樹。

Pots　鍋具／黑衛士。

Presser　壓榨者／黑衛士。

Ptolos　普托洛斯／魯斯加女總督。

Pullawr, Orea	奧莉雅・普拉爾／見白法王（White, the）。
Rados, Blessed Satrap	神聖總督拉度斯／魯斯加總督，曾對抗過兵力是己方兩倍的血林部隊。他以焚燬部隊後方的羅山諾斯橋、斷自己部隊退路而聞名。
Ramir (Ram)	朗米爾（朗）／瑞克頓居民。
Rassad, Master Shayam	拉薩德，夏陽大師／據說他能在完全看不見有色光譜的情況下，透過次紅和帕來光譜行走；瑪塔・馬太安斯的老師就是向他學習帕來法術。
Rathcore, Ulbear	烏爾貝・拉斯柯／白法王的丈夫，已經去世二十年。九王牌高手。
Rig	瑞格／傳奇黑衛士。他是紅／橘雙色譜法師。
Rud	魯德／黑衛士矮樹。矮小的海岸帕里人，頭戴高特拉。
Running Wolf	奔狼／稜鏡法王戰爭期間加文麾下的將軍。他被兵力遠遜於他的科凡・達納維斯部隊擊敗。
Sada Superviolet	莎妲・超紫／帕里亞代表，超紫法師，光譜議會裡的游離票。
Samite	錦繡／卡莉絲最好的朋友之一。她是黑衛士，也是基普的保鏢，最強壯的女性黑衛士之一。
Sanson	山桑／瑞克頓的男孩。
Satrap of Atash	阿塔西總督／見阿拉文德（Aravind, Lord）。
Sayeh, Meena	米娜・沙耶／珊蜜拉・沙耶的表親。她在蓋德・戴爾瑪塔剷除盧城皇室時遇害，年僅七歲。
Sayeh, Samila	珊蜜拉・沙耶／加文部隊中的藍法師。她在加文・蓋爾領導下參與守護加利斯頓的任務。
Selene, Lady	瑟琳女士／提利亞藍綠雙色譜法師。她負責指揮加利斯頓的綠法師挖通主灌溉渠道。
Sendinas, the	山迪娜一家人／一個瑞克頓家庭。
Shadowblinder, Karris	卡莉絲・影盲者／盧西唐尼爾斯之妻，之後成爲遺孀。她是第二任稜鏡法王。見卡莉絲・阿提瑞爾（Atiriel, Karris）。
Sharp, Master	夏普大師／安德洛斯・蓋爾的手下。他佩戴由人齒串成的項鍊。
Shayam, Lord	夏陽法王／十二空氣法王之一，法色之王指派他負責重整加利斯頓。
Shimmercloak, Gebalyn	吉巴林（微光斗篷）／渥克斯（微光斗篷）前任搭檔。似乎在一次任務中死於大火。
Shimmercloak, Niah	妮雅（微光斗篷）／她是渥克斯的搭檔，一名分光者。
Shimmercloak, Vox	渥克斯（微光斗篷）／綠法師兼殺手。他十三歲時被克

	朗梅利亞開除；信仰阿提瑞特。
Shining Spear	閃耀之矛／本名厄爾—安納特。改信光明後，成為佛魯夏斯馬利許，然後又為了讓當地人唸得出他的名字而改名閃耀之矛。
Siluz, Rea	莉雅・希魯斯／克朗梅利亞圖書館第四副圖書館員，是個不太高明的黃法師。她認識珍娜絲・波麗格，指引基普去找波麗格。
Small Bear	小熊／身材高大的獨眼弓箭手。伊・橡木盾的手下。
Spear	長矛／加文剛成為稜鏡法王時的黑衛士指揮官。
Spreading Oak, Alexander	亞歷山德・斯普雷丁・歐克／加文前任的稜鏡法王。可能有鴉片癮，他大多躲在自己家裡。
Stump	樹墩／帕里亞黑衛士。
Sworrinss, the	史渥林一家人／瑞克頓的一個家庭。
Tala	塔拉／偽稜鏡法王戰爭時的一名馭光法師兼戰士。也是加利斯頓守護者之一。她孫子是阿黑亞德・明水，妹妹是塔莉。
Tala (the younger)	塔拉（年輕的塔拉）／黃綠雙色譜法師。以偽稜鏡法王戰爭的戰爭英雄為名，她是個高強的馭光法師，不過不是很厲害的戰士。
Talim, Sayid	沙易・塔林／前稜鏡法王。四十年前，他差點利用永恆黑暗之門後方一支不存在的大軍讓光譜議會策封他為普羅馬可斯。
Tamerah	塔梅拉／黑衛士矮樹，藍單色譜法師。
Tana	塔納／黑衛士後人，矮樹。
Tanner	譚納／黑衛士矮樹。
Tarkian	塔基恩／一名多色譜法師。
Tayri	塔莉／帕里亞法師，加利斯頓守護者。姊姊是塔拉。
Tazerwalt	泰莎華特／帕里亞特拉格拉努部落的公主。她嫁給哈尼蘇，阿格巴魯的德伊。
Temnos, Dalos the Younger	小達洛斯・譚諾斯／在偽稜鏡法王戰爭和加利斯頓之役中都在加文・蓋爾麾下作戰的馭光法師。
Tempus	光陰／盧易克岬戰役中負責指揮綠法師的黑衛士。
Tep, Usef	尤瑟夫・泰普／曾參與過偽稜鏡法王戰爭的馭光法師。他還有個綽號叫紫熊，因為他是紅與藍的非連續雙色譜法師。戰後，他與珊蜜拉・沙耶陷入愛河，雖然戰時兩人隸屬敵對陣營。
Third Eye, the	第三眼／先知，先知島的領袖。
Tizrik	緹希莉／克朗梅利亞學生。左臉上有胎記。

Tizrik	提斯利克／阿格巴魯德伊之子。沒有通過黑衛士測驗，不過在那之前他就因爲仗勢欺人而被基普打斷鼻子。
Tlatig	特拉蒂／黑衛士中最頂尖的弓箭手之一。
Tolver, Jia	吉雅・托爾佛／光譜議會中的黃法王。是阿伯恩法師，也是阿萊絲・葛林維爾（次紅法王）的表親。
Tremblefist	震拳／黑衛士。鐵拳的弟弟，曾任阿格巴魯的德伊。
Tristaem	崔斯坦／《理性基礎》作者。
Tufayyur	荼法優／黑衛士矮樹。
Tugertent	圖澤坦／黑衛士最頂尖的弓箭手之一。
Ular	屋勒／黑衛士矮樹，祖恩的搭檔。
Usem the Wild	狂野巫山／法師，加利斯頓守護者。
Valor	勇氣／黑衛士矮樹。他在黑衛士測驗中和皮普搭檔。他們遭到流氓阻止，沒有通過測驗。
Vanzer	凡賽／黑衛士，綠法師。
Varidos, Kirawon	綺拉旺・瓦利度斯／超色譜法師，克朗梅利亞的魔法老師兼首席測驗官。她的法色是橘色和紅色。
Varigari, Lord	瓦里加里領主／瓦里加里家族的賭徒，本來是漁民，後來在血戰爭中晉升貴族。因爲好賭成性而把家產和領土都輸光了。
Vecchio, Pash	帕許・維奇歐／勢力最龐大的海盜王。他的旗艦叫作加剛吐瓦。
Vena	薇娜／麗芙在克朗梅利亞的朋友兼同學；超紫法師。
Verangheti, Lucretia	盧克萊提雅・維倫格提／阿德絲提雅在克朗梅利亞的贊助人。她來自伊利塔的斯慕沙托維倫格提。
Vin, Taya	塔亞・文／分盾傭兵團的傭兵。
Wanderer, the	漫遊者／傳奇人物，吉維森詩作《漫遊者的最後旅程》主角。
White Oak, Karris	卡莉絲・懷特・歐克／黑衛士；紅綠雙色譜法師；僞稜鏡法王戰爭的起因。
White Oak, Koios	克伊歐斯・懷特・歐克／懷特・歐克七兄弟之一，卡莉絲・懷特・歐克的哥哥。
White Oak, Kolos	克洛斯・懷特・歐克／懷特・歐克七兄弟之一，卡莉絲・懷特・歐克的哥哥。
White Oak, Rissum	利蘇・懷特・歐克／盧克法王，卡莉絲和七個哥哥的父親；脾氣出名的暴躁，不過其實是懦夫。
White Oak, Rodin	羅丁・懷特・歐克／懷特・歐克七兄弟之一，卡莉絲・懷特・歐克的哥哥。
White Oak, Tavos	塔沃斯・懷特・歐克／懷特・歐克七兄弟之一，卡莉絲

	·懷特·歐克的哥哥。
White, the	白法王／光譜議會之首。她是藍綠雙色譜法師，不過現為了延長壽命而避免汲色。她名叫奧莉雅·普拉爾，不過很少有人這樣叫她。是烏爾貝·拉斯柯的配偶。
Will	威爾／綠法師，黑衛士。
Winsen	文森／身材高大的帕里亞人，黑衛士矮樹。
Wit, Rondar	朗達·威特／變成狂法師的藍法師。
Young Bull	小公牛／與伊·橡木盾並肩作戰的藍法師。
Yugerten	尤歌坦／身材高瘦的黑衛士矮樹，藍法師。
Zid	席德／法色之王部隊的軍需官。
Ziri	希里／黑衛士矮樹。
Zymun	辛穆／法色之王部隊中的年輕法師。

馭光者

名詞解說

Aghbalu	阿格巴魯／帕里亞城市。
alcaldesa	鎮長（女性）／提利亞用語，類似村長或酋長。
Am, Children of	安姆之子／七總督轄地人民的古體稱謂。
Anat	安納特／狂怒之神，次紅相關。見附錄「關於古神」。
Angar	安加／七總督轄地和永恆黑夜之門外的國家。其技巧高超的水手偶能穿越永恆黑夜之門，進入瑟魯利恩海。
aristeia	光榮時刻／一個包含天賦、使命和卓越的觀念。
Aslal	阿斯拉爾／帕里亞首都。
ataghan	阿塔干劍／劍身纖細，尖端微彎，劍刃大多只單面開鋒的劍。
Atan's Teeth	阿坦之牙／提利亞東部的山脈。
atasifusta	阿塔西夫斯塔／全世界最粗的樹，據信在偽稜鏡法王戰爭後滅絕。樹脂特性類似濃縮的紅盧克辛，只要慢慢吸收，樹又夠大，就能點燃數百年不滅的火焰。樹木本身呈象牙白色，幾棵尚未發育完全的小樹就能讓一個家庭保暖好幾個月。
Atirat	阿提瑞特／淫慾之神，與綠法色相關。見附錄「關於古神」。
Aved Barayah	阿維德．巴拉亞／傳奇船艦。名字原意「噴火號」。
aventail	鎖甲護面／通常是鎖甲所製，附在頭盔上，覆蓋頸部、肩膀和胸口上半部。
Azûlay	阿蘇雷／帕里亞海岸城市；努夸巴住在那裡。
balance	均衡魔法／稜鏡法王最主要的工作。當稜鏡法王在克朗梅利亞塔頂汲色時，能單憑一己之力感應全世界魔法失衡的狀態，然後施展足夠的法術（也就是均衡魔法的意思）平衡法色，阻止失衡狀態繼續惡化進而毀滅世界。盧西唐尼爾斯降世前，世界經常魔法失衡，引發大火、饑荒、戰爭，導致數千人甚至百萬人死亡。超紫可以均衡次紅、藍色均衡紅色、綠色均衡橘色。黃色似乎天生就是平衡的存在。
bane	剋星／普塔蘇古代用語，單複數同型。原意可能是指一座神廟或聖地，不過盧西唐尼爾斯的帕里人相信它們都

是邪惡力量。帕里人是從普塔蘇古文中接收這個單字。

beakhead	船頭撞角／船頭突出的部位。
beams	亮光／見「在克朗梅利亞接受訓練的法師」。
Belphegor	貝爾菲格／懶惰之神，與黃法色相關。見附錄「關於古神」。
belt-flange	腰帶勾／附在手槍上的勾子，用來把槍固定在腰帶上。
belt knife	腰帶匕首／小到可以塞在腰帶裡的匕首，通常用來吃東西，很少拿來防身。
bich'hwa	碧奇瓦／又名「毒蠍」，有著環形刀柄、波浪刀刃的匕首。有時候以獸爪製成。
Bichrome	雙色譜法師／能夠汲取兩種法色的法師。
Big Jasper (Island)	大傑斯伯（島）／克朗梅利亞對面的大傑斯伯城座落的島嶼，七總督轄地的使館都在這裡。
binocle	雙筒望遠鏡／有兩個鏡筒的望遠鏡，讓人可以同時以雙眼觀察遠方物品。
Blackguard, the	黑衛士／白法王的護衛。盧西唐尼爾斯同時還賦予黑衛士防止稜鏡法王濫用權力和保護稜鏡法王安危的任務。
blindage	防護板／海戰時船上用來防護開放式甲板的護具。
Blood Plains, the	血平原／古時候對於魯斯加和血林的統稱，自從維西恩之罪引發血戰爭之後世人就如此稱呼它們。
Blood War, the	血戰爭／在維西恩之罪摧毀原先關係良好的血林和魯斯加同盟後爆發的一連串戰役。這場戰爭似乎沒完沒了，隨時都在開戰和停戰，直到加文．蓋爾爲僞稜鏡法王戰爭畫下句點後才徹底了結。目前看來雙方似乎沒有再度開戰的跡象。某些學者也將整個血戰爭細分成幾場不同的戰爭，而以複數稱之。
Blue-Eyed Demons, the	藍眼惡魔傭兵團／很有名的強盜團。加文．蓋爾在僞稜鏡法王戰爭過後除掉了該團首領。
blunderbuss	喇叭槍／較短的火槍，槍口呈鐘形，可以裝填霰彈。只有短距離射擊，比方說對抗暴民，才能發揮效用。
brightwater	明水／液態黃盧克辛。
Brightwater Wall	明水牆／建造明水牆堪稱史詩功績。這面城牆是由阿黑亞德．明水設計，蓋爾稜鏡法王在加利斯頓於短短數日內建造完成，用以抵擋全色譜之王部隊的攻擊。
Broken Man, the	破碎之人／提利亞橘園裡的雕像。普塔蘇遺跡？
caleen	卡林／女性奴隸的暱稱，類似「女孩」，但不分年紀。
Cannon Island	火砲島／位於大傑斯伯島和小傑斯伯島之間，以最少兵力駐守的小島。

cavendish　卡文迪許／類似菸草的水果皮

Cerulean Sea, the　瑟魯利恩海／七總督轄地中央的大海。

cherry glims　櫻桃燭光／二年級紅法色學生的暱稱。

chirurgeon　外科醫生／縫合傷口、研究人體解剖的人。

Chosen, Orholam's　神選之人／稜鏡法王的另一個稱呼。

Chromeria, the　克朗梅利亞／七總督轄地的統治政權；同時也是訓練馭光法師的學校。

- Chromeria trained　在克朗梅利亞接受訓練的馭光法師／曾經或此刻正在瑟魯利恩海小傑斯伯島上的克朗梅利亞魔法學校學習魔法的人。克朗梅利亞的訓練系統不限制學生的年紀，而是以他們的能力和知識來作爲晉級的標準。所以汲色效率極高的十三歲馭光法師可以成爲閃光，或三年級學生，而一個才剛開始學習汲色的十八歲馭光法師就只是個微光。
  - · darks　暗光／嚴格說來，是「申請入學者」，就是還未在克朗梅利亞參加能力測驗或獲准入學的未來馭光法師。
  - · dims　微光／克朗梅利亞一年級（最低階）學生。
  - · glims　燭光／二年級學生。
  - · gleams　閃光／已經具有一定汲色能力的三年級學生。
  - · beams　亮光／四年級學生。

cocca　科卡艦／一種商船，通常不大。

Colors, the　法色法王／光譜議會的七名成員。最初每位法色法王都代表一種法色，可以汲取那種法色，而每個總督轄地都有一名代表派駐在光譜議會。自光譜議會成立，由於各總督皆想盡辦法玩弄權術，導致議會制度逐漸腐敗。儘管依例都會指派爲與其能力相對應的法色法王，但如今總督代表，可以不會汲取綠法色但成爲綠盧克斯法王。同樣地，有些總督轄地可能會失去派遣代表的權力，其他轄地則可以同時在議會裡派駐兩到三名代表，端看當時政治形勢而定。法色法王任期爲終生。

color matcher　色彩比對師／全色譜超色譜人。有時會擔任總督園丁。

color-senstive　色彩敏感／見超色譜人。

color wright　狂法師／粉碎斑暈的馭光法師。他們常會用盧克辛重塑自己身體，拒絕履行馭光法師和社會的協議。

conn　康恩／阿塔西北部小村落的村長或領袖；這個稱謂在血林更常用。

Corbine Street	科賓街／大傑斯伯街道，通往卡莉絲・影盲者大噴泉。
corregidor	行政官／提利亞語中對主政務官的稱呼；源自提利亞占領東阿塔西時期。
Counselor to Kings, the	國王顧問／手稿，以對付異議份子的殘酷手段聞名。
Cracked Lands, the	裂地／阿塔西西端土地龜裂的區域。只有最不怕苦、最有經驗的商人才會取道此處。
Crater Lake	克雷特湖／南提利亞一座大湖，提利亞的前首都，凱爾芬所在地。該區以森林和盛產紫杉弓聞名。
Crossroads, the	十字路口／一間咖啡館、飯店、酒館，大小傑斯伯最高檔的旅舍，據說旅舍樓下還有一間同樣高檔的妓院。十字路口位於百合莖橋附近，前身是提利亞大使館，處於使館區中央，專供所有使節、間諜，還有商人及各地政府協商之用。
cubit	庫比／丈量單位。一庫比爲一呎高、一呎寬、一呎深。
culverin	重砲／火砲，砲彈沉重、砲管很長，適合遠距離砲擊。
dagger-pistols	匕首槍／附短刀的燧發槍，讓使用者可以遠距開槍，萬一手槍沒有擊發，還可近距離格鬥。
Dagnu	達格努／暴食之神，紅法色相關。見附錄「關於古神」。
danar	丹納／七總督轄地的貨幣。在傑斯伯島上的昂貴旅舍，一丹納可以買杯咖啡。一般工人一天的工資約一丹納，技能不足的工人一天只能賺取半丹納。這種硬幣中央有方孔，通常用方形棒子插成硬幣條。即使斷成兩半仍具有貨幣價值。
tin danar	錫丹納／價值八個丹納幣。一條錫丹納通常有二十五枚硬幣，也就是兩百丹納。
silver quintar	銀昆塔／價值二十丹納，比錫丹納稍寬，但厚度只有一半。一條銀昆塔通常有五十枚硬幣，也就是一千丹納。
den	丹／十分之一丹納。
darks	暗光／見「在克朗梅利亞接受訓練的馭光法師」。
Dark Forest	黑暗森林／血林中一塊皮格米矮人居住的區域。由於入侵者帶來疾病導致大量死亡之故，他們的人數一直沒有恢復，過著與世隔絕，通常懷抱敵意的生活。
darklight	黑暗之光／帕來色的另一種說法。
dawat	達瓦特／帕里亞武術。
Dazen's War	達山之戰／偽稜鏡法王戰爭別名，戰勝者使用。
Deimachiam the	迪馬奇亞／諸神戰爭。神學上用來稱呼盧西唐尼爾斯對抗古世界異教諸神之戰。

Demiurgos	迪米厄苟斯／明鏡別稱；半創造者。
dey/deya	德伊／德亞／帕里亞稱謂，差別在性別。一座城和鄰近區域近乎獨裁的統治者。
dims	暗光／見「在克朗梅利亞接受訓練的馭光法師」。
discipulae	神徒／女性複數（也可以用於混合性別之團體），用來稱呼同時學習宗教和魔法的人。
drafter	馭光法師／能夠把光轉化爲物理型態（盧克辛）的人。
drafte-tailor	馭光法師裁縫／蓋爾兄弟小時候短時間消失的職業。這些裁縫能以強大意志創造出夠軟的盧克辛縫製衣服，然後加以彌封。
Elrahee, elishama, eliada, eliphalet	伊拉希，伊利沙馬，伊利阿達，伊利法雷特／帕里亞禱文。
Embassies District	使館區／大傑斯伯內最接近百合莖橋，也是最接近克朗梅利亞的區域。區內有市集、咖啡館、旅舍和妓院。
epha	以砝／測量穀物的單位，約莫三十三公升。
Ergion	厄吉恩／距伊度斯一天路程的阿塔西城市。建有城牆。
Everdark Gates, the	永恆黑暗之門／連接瑟魯利恩海和另一端海洋的海峽。傳說盧西唐尼爾斯封閉了永恆黑暗之門，不過偶爾會有安加船艦穿門而過。
evernight	永恆黑夜／詛咒字眼，意指死亡與地獄。形而上學和神學中的現實，而非眞實存在的地點，代表了會永遠擁抱虛無、完全的黑暗、最純粹的夜晚、大多屬於邪惡的形體，也讓那一切所擁抱。
eye caps	眼罩／特殊眼鏡。這種法色眼鏡直接覆蓋在眼眶外，黏在皮膚上。和其他眼鏡一樣，讓馭光法師透過自己的法色視物，以便輕鬆汲色。
False Prism, the	僞稜鏡法王／達山·蓋爾的另一個稱號，在他哥哥已經由歐霍蘭挑選爲正式稜鏡法王後依然自封爲稜鏡法王。
Flase Prism's War	僞稜鏡法王戰爭／加文和達山·蓋爾之戰的通俗說法。
Fealty to One	效忠一方／達納維斯家族座右銘。
Ferrilux	費利盧克／驕傲之神，超紫相關。見附錄「關於古神」。
firecrystal	火水晶／持久的次紅盧克辛，不過一與空氣接觸就撐不了多久。
firefriend	火友／次紅法師彼此間的稱呼。
Flame of Erebos, the	伊瑞伯斯之燄／所有黑衛士都能取得的墜飾，代表犧牲與職責。
flashbomb	閃光彈／黃法師製作的武器。殺傷力不強，只會以黃盧克辛蒸發時綻放出的強光影響受害者的視覺。

flechette	小鋼矛／小型投射武器（有時以盧克辛製造），一端尖銳，另一端附有穩定飛行的尾翼。
foot	步／從前是種不固定的丈量單位，以當任稜鏡法王的腳長爲準。後來統一規定爲十二拇趾長（沙易．塔林稜鏡法王的腳長）。
Free, the	自由法師／拒絕接受克朗梅利亞協議而加入全法色法王的部隊，選擇粉碎斑暈成爲狂法師。又稱Unchained。
Freed, the	被解放的馭光法師／接受克朗梅利亞協議，選擇在粉碎斑暈、陷入瘋狂前於解放儀式中死去的馭光法師（由於與「自由法師」太相近了，向來都是異教徒和克朗梅利亞語言戰爭的常客，因爲異教徒想要掌握這個長久以來占據他們認爲十分變態意義的用詞）。
Freeing	解放儀式／解放所有即將粉碎斑暈、陷入瘋狂的馭光法師，每年太陽節都由稜鏡法王本人親自舉行的儀式。
frizzen	燧石磨片／在燧發槍裡塊讓燧石磨擦的Ｌ型金屬片。這塊金屬位於擊發時會開啓的鉸鍊上，讓磨擦出來的火花點燃黑火藥。
gada	卡達／踢皮球和傳球的球賽。
galleass	加利安艦／有槳也有帆的大型商船。後來指改作軍事使用的船，包括在船頭、船尾增建船堡和可以朝四面八方開火的火砲。
gaoler	獄卒／負責看守囚室或地牢的人。
Gargantua, the	加剛吐瓦／海盜王帕許．維奇歐的旗艦。
Garriston	加利斯頓／提利亞前第一商業大城，位於昂伯河在瑟魯利恩海的出海口。加文．蓋爾稜鏡法王建造明水牆守護該城，但失敗，城市落入全色譜之王克歐伊斯．懷特．歐克的掌握。
Gatu, the	蓋圖／帕里亞部落，其他帕里亞人因爲他們整合古老信仰與歐霍蘭而鄙視他們。嚴格說來，他們的信仰算是異教信仰，但是克朗梅利亞除了公開譴責，並沒有採取任何手段剷除他們的信仰。
gemshorn	八孔直笛／用野豬牙做成的樂器，利用指孔吹奏出不同音調。
ghotra	高特拉／帕里亞頭巾，許多帕里亞人用這種頭巾來表達對歐霍蘭的崇敬。大多數人只在白天戴，不過有些人晚上也戴。
giist	吉斯特／藍狂法師的口語說法。
gladius	葛來迪爾斯劍／雙刃短劍，適合近距離割刺。

Glass Lily, the	玻璃百合／小傑斯伯，或全克朗梅利亞建築之總稱。
gleams	閃光／見「在克朗梅利亞接受訓練的馭光法師」。
glims	燭光／見「在克朗梅利亞接受訓練的馭光法師」。
gold standard	黃金標準／以黃金作爲重量標準，衡量所有物品。原始的標準黃金收藏在克朗梅利亞，認證過的副本則收藏在所有總督轄地的首都和主要城市，在產生爭議時用以判決。偷斤減兩的商人會受到嚴厲的懲罰。
Great Chain (of being)	（創造的）大鏈條／創造秩序的神學名詞。第一個環節是歐霍蘭本身，其他環節（創造物）都自其衍伸而來。
Great Desert, the	大沙漠／提利亞荒地別稱。
great hall of the Chromeria, the	克朗梅利亞大殿堂／位於稜鏡法王塔地底，每週一天，這裡會成爲舉行儀式的場地，其他塔的鏡子都會轉向，把光線導入大殿堂。這裡有白大理石柱，及全世界最大的彩繪玻璃。通常這裡面都擠滿了辦事員、使節，以及其他來克朗梅利亞辦事的人。
great hall of the Travertine Palace, the	洞石宮殿大殿／這座大殿之奇觀在於八根星形巨柱，全由已經絕種的阿塔西夫斯塔木所製。據說那是某位阿塔西國王的禮物，這種樹是全世界最粗的樹，樹脂能持續燃燒，即使被砍下來五百年後還不熄滅。
Great River, the	大河／魯斯加和血林間的河流，兩國許多戰役的戰場。
great yard, the	大庭院／克朗梅利亞諸塔中央的庭院。
Green Bridge	綠橋／瑞克頓上游不到一里格處，加文．蓋爾在前往裂石山與弟弟作戰時只花了幾秒鐘就搭建而成的橋。
green flash	綠閃光／日落時少見的閃光；沒人可以肯定代表什麼。有人相信具有神學上的特殊意義。白法王稱之爲歐霍蘭眨眼。
Green Forest, the	綠森林／血林和魯斯加兩國數百年和平相處的年代，後來被維西恩之罪終止。
Green Haven	綠避風港／血林首都。
grenado	爆破彈／裝滿黑火藥的大瓶子，頂端塞著一塊木頭，用布條與一點黑火藥充當引信。
grenado, luxim	盧克辛爆破彈／用盧克辛做的爆破彈，可以順著盧克辛弧線或經由火砲發射投擲而出。多放有彈丸或碎片，端看當作哪種爆破彈用。小型爆破彈有時可塞在彈袋裡。
Guardian, the	守護者像／聳立在加利斯頓海灣入口處的巨像。她一手持矛，一手持火把。黃法師持續以黃盧克辛點亮火把，讓它慢慢瓦解成光，形成類似燈塔的作用。參考「女神像」。

Guile Palace	蓋爾宮殿／蓋爾家族在大傑斯伯城的宮殿。安德洛斯·蓋爾在加文擔任稜鏡法王期間鮮少回家，寧願待在克朗梅利亞的住所。蓋爾宮殿是少數幾間不用配合千星鏡控制高度的建築。
habia	哈比亞／一種長男裝。
Hag, the	老巫婆像／組成加利斯頓西門的巨像。她頭戴皇冠，依靠一根法杖；皇冠和法杖都是高塔，可供弓箭手射擊入侵者用。可參見「女神像」。
Hag's Crowm, the	老巫婆的皇冠／加利斯頓西門的一座塔。
Hag's Staff, the	老巫婆的法杖／加利斯頓西門的一座塔。
Harbirnger	預兆劍／科凡·達納維斯在兄長死後繼承的劍。
Hass Valley	哈斯谷／厄爾人在這裡困住盧西唐尼爾斯。
haze	海斯菸／改變心智的藥物。通常使用菸斗抽，會產生噁心甜味。
Hellfang	地獄牙／神祕的刀，又名食髓者和盲眼刀。白色刀身帶有黑色紋路，鑲著七顆無色寶石。
hellbounds	地獄犬／灌注紅盧克辛和足夠意志就能讓狗衝向敵人，然後起火燃燒。
hellstone	地獄石／黑曜石的迷信講法，這種石頭比鑽石或紅寶石還稀有，很少人知道世上現存的黑曜石是從哪裡創造或挖出來的。黑曜石是唯一能透過接觸血液直接吸走馭光法師體內盧克辛的石頭。
hullwrecker	船身破壞盤／裝滿爆破碎片的盧克辛盤。一面帶黏性，附有引信，能夠吸附在船身上，於士兵遠離後引爆。
hurricano	暴風雨／風暴種類。
Idoss	伊度斯／阿塔西城市，由城母議會和一名行政官統治。
incarnitive	附體化身／直接將盧克辛與身體部位整合的做法。
Inura, Mount	英努拉山／先知島上的山，第三眼住在山腳下。
ironbeaks	鐵喙／被灌注盧克辛和施法者意志的鳥，用來攻擊遠方的對手，然後引爆。
Ivor's Ridge, Battle of	艾佛脊之役／偽稜鏡法王戰爭期間的一場戰役，科凡·達納維斯的聰明才智是達山取勝的主要關鍵。
jambu	閻浮樹／會結粉紅色果實的樹。生長在先知島。
Jasper Islands/the Jaspers	大、小傑斯伯島/大、小傑斯伯城／位於瑟魯利恩海、克朗梅利亞所在的島嶼。
Jasperites	傑斯伯人／大傑斯伯城內的居民。
javelinas	野豬／動物，適合狩獵。巨野豬很少見。這兩種野豬都有獠牙和蹄，也都是夜行動物。

ka	卡／用以訓練肢體平衡、彈性和控制力的一連串格鬥動作。往往會結合在戰鬥中可能一起用到的動作。這是種形式的專注或冥思練習。
Karsos Mountains, the	卡索斯山脈／沿著瑟魯利恩海聳立的提利亞山脈。
katar	卡塔匕首／這種短刀不用刀柄，而是採用橫握的握把，刀身兩側順著手掌兩側朝上臂延伸。透過強化刀尖和握拳的持用方式，這種匕首非常適合貫穿護甲。
Kazakdoon	卡薩克東／遙遠東方的傳說城市或土地，位於永恆黑暗之門外。
Kelfing	凱爾芬／提利亞前首都，位於克雷特湖畔。
khat	卡特／容易上癮的興奮劑，咀嚼後會弄髒牙齒的葉片，帕里亞人最常用。
kiyah	基亞／用以呼氣並強化肢體動作的戰呼。
kopi	咖啡／易上癮的興奮劑，很受歡迎的飲料。味苦色黑，要趁熱喝。
kris	克里斯／波浪狀的帕里亞刀。
Ladies, the	女神像／組成加利斯頓城門的四座雕像，嵌入城牆，以罕見帕里亞大理石所造，由近乎隱形的黃盧克辛彌封。據說它們代表了女神安納特的各種形象。盧西唐尼爾斯沒有摧毀它們，因爲他相信它們同時代表了部分眞理。女神像包括老巫婆像、情人像、母親像和守護者像。
Laurion	洛利安／阿塔西東部以銀礦和大量奴隸著稱的區域。在這裡挖礦的奴隸平均壽命很短，奴隸主人往往會用送往洛利安礦坑威脅奴隸。
league	里格／距離單位，六千〇七十六步。
lightbane	光之剋星／見「剋星」。
lightsickness	暈光／汲色過度的副作用。只有稜鏡法王不會暈光。
lightwell	光井／克朗梅利亞高塔於傍晚或背光處，利用鏡子將光線導入塔內的通道。
Lily's Stem, the	百合莖橋／大、小傑斯伯間的盧克辛橋。是由藍和黃盧克辛組成，所以看起來是綠色的。橋身位於高水位標記之下，能夠承受猛烈的海浪和風暴。
linstock	火繩杆／杆子頂端裝有導火線。讓砲手站在火砲後座力範圍之外點燃火砲。
Little Jsper	小傑斯伯／克朗梅利亞所在的小島。
Little Jasper Bay	小傑斯伯灣／小傑斯伯島海灣，以海牆維持海水平靜。
loci damnata	洛希．丹納塔／僞神神廟。剋星。據信擁有魔力，特別易影響馭光法師。

longbow	長弓／（就速度、距離和力道而言）能有效率地射箭的武器。製作和使用這種武器的人都必須非常強壯。克雷特湖的紫杉森林提供最適合用來製作長弓的木材。
Lord Prism	稜鏡法王閣下／稜鏡法王的敬稱。
lords of the air	空氣法王／全色譜之王稱呼他最信任的藍法師軍官。
Lover, the	情人像／組成加利斯頓東城門的神像。外表大約三十來歲，仰躺弓起背部，著地的雙腳橫跨大河，膝蓋在一邊河岸形成高塔，對岸高塔則是撩動頭髮的手肘。身穿薄紗。稜鏡法王戰爭前，她弓起的身體下能降下閘門擋住河道，閘門的鋼鐵的紋路延續她身上的薄紗。日落時，她會散發出銅般的光澤，城門入口位於她髮中的城門。
luxiat	盧克教士／歐霍蘭的牧師。盧克教士身穿黑袍，表示他極度需要歐霍蘭的光芒照耀；所以一般人都稱盧克教士爲黑袍教士。
luxin	盧克辛／馭光法師從光中創造出來的物質。見附錄。
luxlord	盧克法王／光譜議會中的法色法王。
Luxlord's Ball, the	盧克法王舞會／一年一度在稜鏡法王塔頂舉行的舞會。
luxors	盧克裁決官／克朗梅利亞官派的官員，負責不擇手段宣揚歐霍蘭的光。曾多次追殺帕來法師、分光異教徒及其他人。僵硬的信仰和殺人與刑求的特權往往會引發歐霍蘭信徒和不認同他們意見的人激烈辯論。
magister	魔法老師／克朗梅利亞中教導魔法與宗教的老師。
mag torch	鎂火炬／通常是讓馭光法師夜間施法用的，這種火炬可以綻放所有法色的火光。有色的鎂火炬十分昂貴，不過若製作得宜即可讓使用者取得最精確的法色，讓她可以在不戴眼鏡的情況下直接施法。
match-holder	火繩座／火繩火槍上固定導火線的地方。
matchlock musket	火繩機構火槍／藉由在藥鍋中插入導火線來點燃槍膛中的火藥，推動石頭或鉛彈以高速離開槍管的火器。火繩機構的火槍能夠精準命中目標的距離從五十步到一百步不等，端看製作槍枝的工匠和使用哪種彈藥而不同。
matériel	物資／裝備和補給的軍事用語。
merlon	城齒／城牆或城垛隆起的部份，用在敵火前保護士兵。
Midsummer	盛夏／太陽節的別稱，一年中白晝最長的一天。
Midsummer's Dance	盛夏之舞／太陽節慶典鄉村版。
Mirrormen	鏡人團／加拉杜王部隊中身穿鏡甲、防禦盧克辛的士兵。鏡子會在盧克辛接觸到它們時分崩離析。
Molokh	摩洛卡／貪婪之神，橘法色相關。見附錄「關於古神」。

monochromes	單色譜法師／只能汲取一種法色法術的法師。
Mot	莫特／嫉妒之神，藍法色相關。見附錄「關於古神」。
Mother, the	母親像／守護加利斯頓南門的神像。被塑造成懷孕許久的少女形象，一手持匕首，一手拿長矛。
mund	俗人／無法汲色的人。羞辱的講法。
murder hole	殺人洞／走道天花板上的洞，讓士兵開槍、跳下，丟或投擲武器、盧克辛、燃油之類的東西。常見於城堡和城牆建築。
nao	納歐艦／小型三桅船艦。
Narrows, the	娜若斯／瑟魯利恩海上介於阿伯恩和魯斯加主大陸間的海峽。阿伯恩人藉由向試圖取道絲路或想要從帕里亞前往魯斯加者收取高額過路費以控制娜若斯海峽的貿易。
near-polychrome	近多色譜法師／可以汲取三種法色，但是第三種不夠穩定，算不上眞正多色譜法師的馭光法師。
non-drafter	非法師／不能汲色的人。
norm	普通人／不能汲色的人的另一種說法。有羞辱意味。
nunk	囊克／黑衛士新進學員的半貶低稱呼。
Odess	奧迪斯／阿伯恩城市，座落在娜若斯海峽頂端。
old world	古世界／盧西唐尼爾斯統一七總督轄地，廢除崇拜異教古神信仰前的世界。
oralam	歐拉蘭／帕來色的另一種稱呼，意指隱藏之光。
Order of the Broken Eye, the	碎眼殺手會／知名的殺手公會。擅長暗殺馭光法師，曾經至少三度遭人剷除。一般認爲他們每次重生都與之前的組織毫無瓜葛。有人說數百年前的碎眼殺手會裡有帕來法師。該殺手會最頂尖的殺手是微光斗篷殺手，這種殺手總是成雙出擊。
Overhill	歐佛西爾區／大傑斯伯城區。
Pact, the	聖約／自從盧西唐尼爾斯以來，聖約就一直規範著七總督轄地。重點在於馭光法師同意服務人民，換取身分地位和財富，在即將粉碎斑暈或粉碎斑暈後選擇死亡。
parry-stick	格擋棒／用來架開攻擊的防禦性武器。有時候棒子中有會附一支手刺，在架開攻擊後轉守爲攻。
petasos	寬邊帽／寬邊的魯斯加帽，通常用稻草編成，防止太陽照射臉部。
pilum	標槍／沉重的投擲矛，矛柄會在刺穿盾牌後彎曲，避免敵人重複使用標槍的同時，大幅拖累盾牌的重量。現已很少人在使用這種武器，多半作爲儀式用途。
polychrome	多色譜法師／能汲取超過兩種法色的馭光法師。

portmaster　船務官／負責收取關稅、安排船隻出入港事宜的官員。
Prism, the　稜鏡法王／一個世代只有一位稜鏡法王。能感應世上各法色的均衡狀態、均衡魔法，並在自己體內進行分光。除了均衡世界魔法和防止狂法師與大規模災難發生外，大多擔任儀式、宗教性角色，而非政治性的角色。
Prism Tower, the　稜鏡法王塔／克朗梅利亞的中央塔。稜鏡法王、白法王及超紫法師（人數不夠，住不滿一座塔）居住其中。大殿堂位於該塔地底，塔頂則有顆供稜鏡法王均衡世界法色的大水晶。一年一度的盧克法王舞會也在這裡舉行。
promachia　普羅瑪奇亞／將某人任命爲普羅馬可斯的制度。在戰爭期間讓普羅馬可斯擁有近乎絕對的權力。
promachos　普羅馬可斯／戰時賦予稜鏡法王的頭銜。讓稜鏡法王得以集權統治，不過只有在光譜議會通過下才能取得該頭銜。除了其他權力，普羅馬可斯還有權指揮部隊、掌握財物、將平民晉升爲貴族。古意爲「身先士卒之人」。
Providence　天佑／相信歐霍蘭會保佑七總督轄地及其子民的信仰。
psantria　山崔亞／弦樂器。
pyrejelly　紅黏液／紅盧克辛，一經點火就會引燃被黏住的物品。
raka　拉卡／很嚴重的侮辱，暗指對方不管在道德上和智慧上都是白痴。
Raptors of Kazakdoom　卡薩克東猛禽／安加神話中會飛的爬蟲類。
Rath　拉斯／魯斯加首都，位於大河及其支流匯集在克魯利恩海的出海口。
Rathcaeson　拉斯凱森／神祕城市，加文．蓋爾利用描繪這座城市的古老畫像設計明水牆上的圖案。
ratweed　鼠草／有毒植物，葉子常被當作興奮劑來抽。易上癮。
Red Cliff Uprising, the　紅懸崖起義／僞稜鏡法王戰爭後發生在阿塔西的反叛。沒有皇室家族（遭滅族），這次起義很快就遭到撲滅。
Rekton　瑞克頓／昂伯河畔的提利亞小鎭，近裂石山之役戰場。在僞稜鏡法王戰爭前曾是重要商業站。
Rozanos Bridge　羅山諾斯橋／位於魯斯加和血林間，橫跨大河的橋，被神聖總督拉度斯燒燬。
Ru　盧城／阿塔西首都，曾以城堡聞名，現以大金字塔著稱。
Ru, Castle of　盧城城堡／曾是盧城的驕傲，稜鏡法王戰爭時蓋德．戴爾瑪塔將軍於屠殺皇室家族後，燒燬了城堡。
Ruic Head　盧易克岬／由俯瞰阿塔西盧城及其海灣的懸崖峭壁組成的半島。懸崖上有座堡壘負責對抗入侵的敵軍。
runt　矮子／黑衛士新進學員的貶低稱謂。

Slve　沙爾夫／常見的問候語，原意：「祝你健康！」

Sapphire Bay　藍寶石灣／小傑斯伯旁的海灣。

satrp/satraoah　總督／女總督／七總督轄地統治者的頭銜。

sev　色幅／重量單位，等於七分之一色文。

seven　色文／重量單位，等於一庫比水的重量。

Sharazan Mountains, the　夏拉桑山脈／提利亞南部難以通行的山脈。

shimmercloak　微光斗篷／能讓穿戴者除了在次紅和超紫光譜下，近乎隱形的斗篷。

Skill, Will, Source, and Still/Movement　技巧、意志、色彩源、靜止／動作／汲色的四大要件。

- Skill　技巧／汲色四要素中最不受重視的一環，透過不斷練習取得。包含熟悉施法盧克辛的特性和力量、能精確看見和汲取同一波長的法色等。
- Will　意志／馭光法師藉由強行灌注意志汲色，而只要意志力夠強，甚至能強化有缺陷的汲色。
- Source　色彩源／視馭光法師能夠汲取的法色不同，需該法色光線或能反射該法色物品，才能汲色。只有稜鏡法王能在體內分白光，汲取任何法色。
- Still　靜止／一種反諷。汲色需要動作，技巧越高超的馭光法師要的動作越細微。

slow fuse　導火線／一段細繩，通常有泡過硝酸鉀，用來點燃具有開火機構的武器火藥。

slow match　引信／導火線的另一種說法。

spectrum　光譜／一段範圍的光波（盧克辛光譜之詳解，請參閱附錄）；或克朗梅利亞政府的統治議會（參閱法色法王）。

spidersilk　蜘蛛絲／帕來盧克辛的另一種說法。

spyglass　望遠鏡／小型望遠鏡，利用透明凸鏡來觀察遠方物體。

star-keepers　星鏡維護員／又名塔猴，是個頭嬌小的奴隸（通常是小孩），負責操縱控制大傑斯伯星鏡的繩索，將光線反射到城內各處供馭光法師使用。儘管待遇不錯，不過他們兩人一組，每天都從黎明工作到黃昏，除了和夥伴輪流休息外，通常沒有任何休息時間。

subchromats　次色譜人／色盲的馭光法師，通常是男人。只要無法分辨的顏色不是他的法色，次色譜人可絲毫不受影響地正常汲色。紅綠色盲次色譜人依然可以是強大的藍法師或黃法師。見附錄。

Sun Day　太陽節／對歐霍蘭信徒或異教徒都是聖日，一年中白晝最長的日子。對七總督轄地而言，太陽節是稜鏡法王解

	放即將粉碎光暈的馭光法師的日子。解放儀式通常在傑斯伯舉行，所有千星鏡都將光線集中在稜鏡法王身上。他能吸收並分解光線，而其他人會當場燒死，或是因為過度汲色而爆炸。
Sun Day's Eve	太陽節前夕／在一年中白晝最長之日和解放儀式前的慶祝活動。
Sundered Rock	裂石山／提利亞的雙胞山，相對而立，形狀相像，彷彿曾是一塊巨岩，後來被從中分開。
Sundered Rock, Battle of	裂石山之役／加文和達山在昂伯河畔小鎮附近進行的最終決戰。
superchromats	超色譜人／對光極度敏感的人。他們彌封的盧克辛很少失敗。女性馭光法師中的超色譜人遠比男性多。
tainted	腐化之人／粉碎光暈的馭光法師，又稱狂法師。
thobe	睡袍／長到腳踝的袍子，通常是長袖。
Thorikos	索利可斯／洛利安銀礦下、通往伊度斯河畔的城鎮。這裡處理奴隸抵達和離去、三萬名奴隸生活的程序，以及生活必需品的交易中心，也負責利用河運運送銀礦。
Throne Conspiraciesm the	荊棘陰謀／偽稜鏡法王戰爭後的一連串陰謀。
Thousands Stars, the	千星鏡／大傑斯伯島上讓陽光在白天盡可能照射到任何需要光線處的鏡子。
Threshing, the	打穀機測驗／克朗梅利亞學生的學前測驗。
Threshing Chamber, the	打穀機室／申請進入克朗梅利亞學習魔法的學生進行汲色能力測驗的房間。
Tiru	提魯／帕里亞部族。
Tlaglanu, the	特拉格拉努／帕里亞部族，深受其他帕里亞人討厭，阿格布魯的德伊哈尼蘇挑選了該族的泰莎瓦特公主為妻。
torch	火炬／紅狂法師。
translucification, forced	強行轉換／見意志掠奪。
Travertine Palacem the	洞石宮殿／古世界奇觀之一。既是宮殿又是堡壘，由切割過的石灰岩（鮮綠色）和白大理石建造而成。以球根狀馬蹄鐵拱門、牆壁上的幾何圖案、帕里亞符文和地板上的棋盤圖案所著稱。牆壁上刻有平行的線條，營造出編織而成，而非雕刻而成的感覺。這座宮殿乃是大半提利亞都還是帕里亞領土的年代的遺跡。
Tree People, the	樹人／住在（曾住在）血林深處的部落文化。會畫獸形壁畫，顯然也會建木建築。可能與皮格米矮人血緣相關。
Umber River, the	昂伯河／提利亞的生命之河。這條河的河水讓各式各樣植物都能如此炎熱的氣候下生長；河道上的水閘在偽稜

	鏡法王戰爭前是全國的貿易管道。常被強盜控制。
Unchained, the	自由法師／全色譜之王的信徒，選擇破除聖約，在斑暈粉碎後繼續生活下去的馭光法師。
Unification, the	諸神統一／盧西唐尼爾斯和卡莉絲·影盲者在加文·蓋爾統治前四百年建立起七總督轄地的過程。
Ur, the	厄爾人／將盧西唐尼爾斯圍困在哈斯谷的部族。他在十分危急下突圍而出，主要歸功於厄爾－安納特（後來成為佛魯夏斯馬利許或閃耀之矛）和卡莉絲·阿提瑞爾。
urum	烏羅姆／一種三叉餐具。
uambrace	前臂鎧甲／保護前臂的鎧甲。也有用布做的儀式版本。
Varig and Green	瓦利格和葛林銀行／在大傑斯伯設有分行的銀行。
vechevoral	維克瓦羅／鐮刀狀刀器，刀柄長如斧柄，刀身呈新月形，開鋒的是朝內的碗口刃面。
Verdant Plains	維丹平原／魯斯加絕大部分的領土。維丹平原是綠法師的最愛。
Vician's Sim	維西恩之罪／結束魯斯加和血林同盟關係的事件。
Voril	沃利爾／離盧城兩天路程的小鎮。
warrior-drafter	戰士－馭光法師／主為各總督轄地或克朗梅利亞作戰的馭光法師。
water markets	水市場／提利亞村鎮中心或城市裡有連接到昂伯河的圓形湖泊，在提利亞村鎮裡十分常見。水市場會常態性疏通，維持一定深度，讓船隻可以載著貨物順暢來去市鎮中心。最大的水市場位於加利斯頓。
Weasel Rock	鼬鼠岩／大傑斯伯城內有許多狹窄巷道的區域。
Weedling	威斗林／盧城附近接近盧易克岬的小沿海村落。
wheellock pistol	輪發手槍／使用轉動的輪發機構製造火花，點燃火藥的手槍；這是第一支試圖點燃火藥的機械式槍械。少數工匠的版本比燧發槍可靠一點，也容許連續開火。不過輪發槍大多還是比本就很不可靠的燧發槍更不可靠。
Whiteguard	白衛士／全色譜之王貼身保鏢的稱謂。
widdershins	逆時鐘／一種方向；與太陽行進的方向相反。
willjacking/will-breaking	意志掠奪／意志擊潰／馭光法師接觸到本身可汲取之法色的未彌封盧克辛後，可利用意志阻絕另一名法師控制該盧克辛，自行加以利用。
Wiwurgh	威爾／住有許多血戰爭中來自血林的難民的帕里小鎮。
wob	哇布／黑衛士新進學員的一種稱呼。
zigarro	斯加羅菸／捲起來的菸草，方便拿來抽。有時候會以鼠草將鬆散的菸草捲起來。

馭光者

附錄

關於單色譜、雙色譜、多色譜馭光法師

馭光法師大多是單色譜馭光法師：只能汲取一種法色的法術。能夠汲取兩種法色，並有足夠技巧製造兩種穩定盧克辛的馭光法師叫作雙色譜馭光法師。任何可以製作三種以上法色固態盧克辛的馭光法師都叫作多色譜馭光法師。多色譜馭光法師能夠汲取的法色越多，能力就越強，也就會越受歡迎。全色譜多色譜馭光法師是可以汲取光譜中所有法色的多色譜馭光法師。稜鏡法王向來是全色譜多色譜馭光法師。

然而光是能夠施展一種法色的法術並非馭光法師價值與技巧的唯一評判標準。有些馭光法師汲色速度很快，有些效率很高，有些意志比其他人堅定，有些比較擅長製作耐用的盧克辛，有些比較聰明或在盧克辛使用方式與使用時機上展現較多創意。

非連續雙色譜/多色譜法師

在連續色譜中，次紅鄰接紅色、紅色鄰接橘色、橘色鄰接黃色、黃色鄰接綠色、綠色鄰接藍色、藍色鄰接超紫。大部分雙色譜和多色譜馭光法師只是比單色譜馭光法師能夠取用色譜上更大範圍的法色。也就是說，一名雙色譜馭光法師能汲取兩個鄰接法色的機會較大（藍色和超紫、紅色和次紅、黃色和綠色……以此類推）。然而，少數馭光法師是非連續雙色譜馭光法師。顧名思義，這些馭光法師能汲取的法色彼此並不相鄰。尤瑟夫·泰普就是著名例子：他會汲取紅色和藍色。卡莉絲·懷特·歐克又是一個例子，汲取綠色和紅色。沒人知道非連續雙色譜馭光法師存在的理由與原因。只知道這種馭光法師十分罕見。

關於外光譜法色

少數有爭議的說法宣稱世界上的法色不只七種。沒錯，因爲顏色是連續的，你可以說色彩的數量多到無限。然而，某些人難以接受世界上存在超過七種可供汲色法色的理論。一般相信除了當前承認的七種法色，還有其他共鳴點，但那些共鳴點都不夠強烈，取用的頻率完全不能與核心七法色相提並論。 這種法色包含了次紅以下的一種法色──帕來色。以及超紫以上的法色──奇色。

但如果法色的定義廣泛到包含百萬人中只有一人能夠汲取的法色，那黃色難道不該被分成液態黃和固態黃嗎？（傳說中的）黑盧克辛和白盧克辛又該如何定位？這些

（不算）法色的法色能夠放到光譜裡嗎？
儘管很難辯出結果，但這些爭議純粹是學術性的。

次色譜人和超色譜人

次色譜人是無法分辨至少兩種顏色的人，一般人會稱之爲色盲。次色譜現象並不一定會摧毀一個馭光法師。比方說，無法分辨紅色和綠色對藍法師而言並不會造成多大困擾。
超色譜人是比一般人更擅長分辨細微色彩差異的人。不論何種法色，超色譜人汲色都會更加穩定，不過獲益最多的還是黃法師。只有超色譜黃法師才有可能製作出固態黃盧克辛。

□

關於盧克辛

——包含物理特徵、形而上學、對個性造成的影響、傳奇法色、還有口語說法

光是魔法的基礎。能施展魔法的人叫作馭光法師。馭光法師能把一種法色的光轉變成實體物質。每種法色都有各自特性，但是使用盧克辛的方式無窮無盡，端看馭光法師的想像力和技巧而定。
七總督轄地的魔法運作方式基本上與蠟燭燃燒的現象相反。蠟燭燃燒時，實體物質（蠟）轉變爲光。色譜魔法會把光轉變成實體物質，也就是盧克辛。每種顏色的盧克辛都有不同特性。只要以恰當的方式汲色（容許一定程度的差異），就能產生穩定的盧克辛，能夠持續數天甚至數年，依法色而定。
大多數馭光法師（魔法使用者）只能汲取一種法色。馭光法師得身處看得見該法色的環境下才能汲色（就是說綠法師可以看著綠草地汲色，但如果身處四面都是白牆的房間，那就無法汲色）。通常馭光法師都會隨身攜帶法色眼鏡，方便在缺乏所屬法色的環境下施法。

物理特徵

盧克辛有重量。如果馭光法師在頭上製作盧克辛乾草車，那麼那輛車出現後的第一件事就是把汲色者壓扁。最重到最輕的盧克辛分別是：紅色、橘色、黃色、綠色、藍色、次紅、超紫、次紅[註]。僅供參考，液態黃盧克辛只比同體積的水輕一點。
（註：次紅很難精準測量重量，因爲它一暴露在空氣中立刻就會化成火。上面的排列順序是在把次紅盧克辛放入密閉容器中測量，然後減去容器本身重量得出的結果。在眞實世界裡，次紅水晶在起火燃燒之前往往會向上飄）。

盧克辛有觸感。
次紅盧克辛：再一次，基於其易燃性，次紅的觸感最難描述，不過一般人都把它形容爲類似熱風。
紅盧克辛：有點黏、很黏、超黏，依汲色方式而定；可以很黏，也可以很稀。
橘盧克辛：滑、很滑、像肥皂、油膩膩。
黃盧克辛：通常處於液態，類似不停冒泡的水，觸感冰涼，大概比海水稠一點點。處於固態時滑溜溜的、形狀固定、表面平順、非常堅硬。
綠盧克辛：不一定——依馭光法師的技巧和汲色目的而定，綠盧克辛摸起來可以從單純具有皮革的紋路一直到像樹幹一樣粗糙。可彎曲、具有彈性，通常會拿來跟樹枝比較。
藍盧克辛：觸感光滑，不過施法技巧不好的話，摸起來會有紋理，也可能很容易脫落，類似白堊，不過有結晶。
超紫盧克辛：像蜘蛛網，輕薄到完全看不見。

盧克辛有味道。盧克辛最基本的味道就是樹脂味。下面提到的氣味都是大略描述，因爲每種法色的盧克辛聞起來就是那種顏色本身的味道。想像你要怎麼描述橘子的味道。你會說就是柑橘類，然後有點刺鼻，但這種描述並不精確。橘子聞起來就是橘子的味道。不過下面描述的味道大致接近。
次紅：木炭、煙、燒焦的味道。
紅：茶葉、菸草、乾巴巴的味道。
橘：杏仁。
黃：桉樹和薄荷味。
綠：清新的杉樹、樹脂味。
藍：礦物、白堊、幾乎沒味道。
超紫：有一點類似丁香。
黑【註】：無味/也可能有腐肉的味道。
白【註】：蜂蜜、紫丁香。
（註：根據傳說，這些都是神話故事裡提到的味道。）

形而上學

任何汲色的行爲都會讓馭光法師感覺很好。年輕馭光法師和首度汲色的馭光法師特別容易感受到興奮和所向無敵的感覺。一般而言，這種感覺會隨著時間遞減，不過一段時間沒有汲色的馭光法師往往會再次拾回那種感覺。對大多數馭光法師而言，汲色的效果和喝一杯咖啡很像。奇怪的是，有些馭光法師似乎會對汲色過敏。一直以來人們不斷在討論究竟該把汲色對個性的影響歸類在形而上學或是物理特性上。不管該被歸在哪種分類下，也不管應該屬於魔法老師還是盧克教士該研究的課題，總之這些影響效果存在是無庸置疑的。

盧克辛對個性造成的影響

盧西唐尼爾斯降世前的黑暗時代裡，人們相信熱情的人會變成紅法師、精於算計的女人會變成黃法師或藍法師。事實上，正好相反。

每個馭光法師，就像每個女人一樣，都有自己與生俱來的個性。汲取的法色會影響他朝向以下描述的行爲改變。個性衝動的馭光法師在汲取紅魔法同樣一段時間過後，更大幅度地偏向「紅色」 特質的程度，會超過天生冷靜而有條理的人。

馭光法師汲取的法色會隨著時間影響他的個性。然而這個事實並不會讓他成爲法色的囚犯，或是不能對受到法色影響時的行爲負責。不斷出軌的綠法師終究是不忠的淫徒。在盛怒下謀殺敵人的次紅法師依然是殺人犯。當然，天生易怒又是紅法師的女人更容易受到法色影響，但世界上還是有很多心機深沉的紅法師和浮躁易怒的藍法師。

「法色與女人不同。當心你套用各法色馭光法師刻板印象的時機。」這話的意思是說，刻板印象有時候很有用：一群綠法師多半會比一群藍法師更加狂野粗暴。

基於這些是用於一般情況下的刻板印象，每種法色都有各自的美德和缺陷（早期盧克教士認知中的美德，並不是不會受到某種以特定方式做惡的誘惑，而是征服自己心中想去犯那種罪的慾望。於是，暴食會與節欲放在一起，貪婪會和慈悲放在一起，以此類推）。

次紅法師：次紅代表徹底的激情，所有馭光法師中最純粹的情緒，最容易發怒或哭泣的一群人。次紅法師喜好音樂，通常容易衝動，不像其他馭光法師那麼恐懼黑暗，常常會失眠。情緒化、注意力不集中、難以預料、前後矛盾、深情、包容。次紅男馭光法師往往不能生育。
相關缺陷：狂怒。
相關美德：耐性。

紅法師：紅法師脾氣暴躁、精力充沛、喜好破壞。他們同時也很溫柔、激勵人心、性急、誇大、自我膨脹、生性樂觀、力量強大。
相關缺陷：暴食。
相關美德：節制。

橘法師：橘法師通常都是藝術家，擅長了解其他人的情緒和動機。有些橘法師利用這一點反抗或超越他人的期待。敏感、擅於操弄人心、有氣質、有魅力、感同身受。
相關缺陷：貪婪。
相關美德：慈悲。

黃法師：黃法師往往思緒清晰，情緒和理智處於完美平衡的狀態。開心、睿智、聰穎、平衡、警戒、冷漠、觀察敏銳、偶爾坦白過頭、絕佳的騙徒。思想家，而非實踐家。
相關缺陷：懶惰。
相關美德：勤奮。

綠法師：綠法師狂野、自由、容易變通、適應力強、擅於培養、友善。他們不會藐視威權，因為他們根本不承認威權。
相關缺陷：淫慾
相關美德：自制

藍法師：藍法師都很守規矩、好奇、理性、冷靜、冷酷、公正、聰明、喜好音樂。他們看重結構、規則、階級。藍法師通常都是數學家和作曲家。理想、意識型態、正確性對藍法師而言往往比人還要重要。
相關缺陷：嫉妒
相關美德：仁慈

超紫法師：超紫法師通常能抱持客觀的觀點；冷眼看待一切，喜歡冷嘲熱諷、文字遊戲，而且往往很冷酷、把人當做需要解開的謎題或有待破解的密碼。超紫法師無法忍受非理性的行為。
相關缺陷：驕傲。
相關美德：謙遜。

傳說中的法色
奇色（發音為Key）：假設上層光譜中相對於帕來色的法色（在故事裡往往是用「如同帕來色低於次紅色般，奇色遠遠位於超紫之上」來形容）。又名「顯像色」。傳說它的主要用法同帕來色——看穿物品，不過相信奇色存在者認為它看穿物品的力量遠勝帕來，能看穿血肉、骨骼，甚至金屬。傳說故事中唯一的共通點似乎就是奇色法師的生命週期比任何法師都短：五到十四年，幾乎沒有例外。如果奇色當真存在，就會成為歐霍蘭創造光的目的是為了宇宙或自己，而不僅只是供人類使用的證據，導致神學家改變當前認定的人類本位學說。
黑色：毀滅、空虛、無，不存在也無法填補的空間。傳說黑曜石就是黑盧克辛死後遺留下來的骸骨。
帕來色：又稱蜘蛛絲，除了帕來法師，沒人看得見。帕來色位於大多數次紅法師在可見光譜中擷取次紅光以下很遠的位置。帕來色會被歸類為傳說法色是因為人類肉眼的晶體沒辦法扭曲到能夠看見這種法色的形狀。這個傳說中的法色會被聯想到黑暗法師、夜晚編織者和刺客的原因在於這個光譜（再一次，傳說中的光譜）就連在晚上也看得到。用途不明，但猜想與謀殺有關。有毒？

白色：歐霍蘭的原意。白盧克辛是用以創造的物質，所有盧克辛和生命都源自於此。用世俗的形容來描述白盧克辛（就像黑盧克辛被貶低為黑曜石一樣）。就是發光的象牙或純白的蛋白石，可以在全光譜中綻放光芒。

口語說法

克朗梅利亞要求學生用正式名稱稱呼所有法色，但似乎無法阻止學生幫法色取綽號。在某些案例裡，這些不正式的稱呼已經成為技術名詞——紅黏液是比較黏稠，燃燒時間較久，能把屍體燒成灰燼的盧克辛。不過另外一些案例中，這些稱呼演變成與原始定義完全相反的意思——明水本來是用來稱呼液態黃盧克辛的，但明水牆卻是一面由固態黃盧克辛建造而成的城牆。

還有幾個比較口語的說法：
次紅：火水晶
紅：紅黏液、燃膠
橘：諾蘭凍
黃：明水
綠：神木
藍：霜玻璃、玻璃
超紫：天弦、靈魂弦、蜘蛛絲
黑：地獄石、虛無石、夜纖維、煤渣石、哈登
白：真明、星血、上彩、盧西頓

□

關於古神

次紅：安納特，狂怒女神。據說崇拜她的信徒會舉行獻祭嬰兒的儀式。人稱荒野女神、火焰女神。信仰中心位於提利亞、帕里亞南端和伊利塔南部。
紅：達格努，暴食之神。信仰他的地區是東阿塔西。
橘：摩洛卡，貪婪之神。從前住在西阿塔西的人崇拜他。
黃：貝爾菲格，懶惰之神。盧西唐尼爾斯降世之前，主要信仰區位於北阿塔西和南血林。
綠：阿提瑞特，淫慾女神。信仰中心主要在西魯斯加和大部分血林。
藍：莫特，嫉妒之神。信仰中心在東魯斯加、帕里亞東北及阿伯恩尼亞。
超紫：費利盧克斯，驕傲之神。信仰中心是南帕里亞和北伊利塔。

□

關於科技與武器

七總督轄地處於知識大躍進的年代。稜鏡法王戰爭之後的和平歲月及其後抑制海盜的行動使得各總督轄地間的貨物與觀念得以自由流通。所有轄地都能取得便宜、高品質的鐵和鋼，進而打造出高品質的武器、耐用的車輪，以及所有介於兩者之間的物品。儘管，像阿塔西的碧奇瓦與帕里亞的格擋棒之類的傳統武器仍在持續製造，現在也很少用獸角或硬木去做。工匠常常會用盧克辛強化武器，不過大部分盧克辛長時間曝曬在陽光下都會瓦解，由於能夠製作固態黃盧克辛的黃法師十分稀少，世俗部隊大多仍使用金屬武器。

科技最大的躍進在於火器方面的改進。通常，火槍都是由不同鐵匠所打造的。這表示所有士兵都得有能力維修自己的火器，而零件也必須分別製造。壞掉的擊鎚和藥鍋不能直接換新，要拆開來、重新打造成適當形狀。拉斯有數百名鐵匠學徒試圖以製作盡可能相同的零件大量製造武器來改善這個問題，但做出來的火繩槍往往品質不佳，爲了構造一致、方便維修而犧牲精準度和耐用度。伊利塔的鐵匠採取不同的作法，打造出全世界最頂級的客製火槍。最近，他們開始嘗試一種名爲燧發機構的槍枝。這種槍不利用導火線去點燃藥鍋裡的火藥以推動槍枝槍膛，而是利用燧石磨擦磨片，直接將火星打入槍膛。這種方式表示火槍或手槍隨時都可以發射，士兵不用先點燃導火線。燧發槍未廣泛使用的原因在於不擊發的機率太高——如果燧石沒有正確磨擦到燧石磨片，或是火星沒有彈到定位，就不會擊發。

截至目前爲止，結合盧克辛與火器的嘗試都不算成功。製作完美無瑕的黃盧克辛彈丸是可行的，但是能製作固態黃盧克辛的馭光法師數量過少形成製作瓶頸。藍盧克辛彈丸常常會被黑火藥爆炸的力道打碎。用黃盧克辛丸與紅盧克辛混合填充的爆破彈（砲彈擊中目標時，撞碎的黃盧克辛會點燃紅盧克辛）曾在努夸巴試爆，但因厚到不會在火槍中爆炸、同時薄到擊中目標時會破碎的黃盧克辛厚度實在太難拿捏，導致數名鐵匠在製作彈丸時慘遭炸死，結果就是這種技術無法廣泛使用。

七總督轄地各地肯定都有進行其他相關實驗，一旦品質良好、零件統一、精準度高的火器問世，戰爭的型態就會永遠改變。當前的情況是，訓練精良的弓箭手射程更遠、射速更快，而且更精準。

The Lightbringer

馭光者

[3] 破碎眼 The Broken Eye

面對甦醒的古神來襲，克朗梅利亞的眾人要尋找他們失蹤的稜鏡法王——唯一能阻止這場大災禍的人——加文．蓋爾。但此時，加文成了海盜船長砲手的囚人，就算他能脫逃，卻要面對更殘酷的事實——他失去了汲色的能力……

—— 2019年春．即將出版

馭光者2 盲眼刀 下 / 布蘭特·威克斯（Brent Weeks）；
戚建邦　譯——初版．——台北市：蓋亞文化，2018.08
冊；公分.——（Fever；FR065）
譯自：The Blinding Knife
ISBN 978-986-319-353-1(上冊：平裝). --
ISBN 978-986-319-354-8(下冊：平裝). --
ISBN 978-986-319-355-5(全套：平裝)

874.57　　107010248

Fever FR065

馭光者〔2〕盲眼刀 The Blinding Knife 下

作　　者　布蘭特．威克斯（Brent Weeks）
譯　　者　戚建邦
封面設計　克里斯
總 編 輯　沈育如
發 行 人　陳常智
出 版 社　蓋亞文化有限公司
地址：台北市 103 赤峰街 41 巷 7 號 1 樓
電話：02-2558-5438　傳真：02-2558-5439
電子信箱：gaea@gaeabooks.com.tw
投稿信箱：editor@gaeabooks.com.tw
郵撥帳號 19769541　戶名：蓋亞文化有限公司
法律顧問　宇達經貿法律事務所
總 經 銷　聯合發行股份有限公司
地址：新北市新店區寶橋路二三五巷六弄六號二樓
電話：02-2917-8022　傳真：02-2915-6275
港澳地區　一代匯集
地址：九龍旺角塘尾道 64 號龍駒企業大廈 10 樓 B&D 室
電話：+852-2783-8102　傳真：+852-2396-0050
初版一刷　2018年08月
定　　價　新台幣 840 元（上下冊不分售）

Printed in Taiwan

ISBN／978-986-319-354-8